# Christian Jacq



# RAMSÉS

## A DAMA DE ABU-SIMBEL

*Volume 4 da série Ramsés*

Tradução de
MARIA D. ALEXANDRE

6ª edição

EDIÇÕES
BestBolso
RIO DE JANEIRO – 2014

CIP-Brasil. Catalogação na fonte
Sindicato Nacional dos Editores de Livros, RJ.

J19r
v.4
6ª ed.

Jacq, Christian, 1947-
Ramsés: A dama de Abu-Simbel / Christian Jacq; tradução de Maria D. Alexandre. – 6ª edição – Rio de Janeiro: BestBolso, 2014.

Tradução de: Ramsès: La dame d'Abou-Simbel
Seqüência de: Ramsés: A batalha de Kadesh
Continua com: Ramsés: Sob a acácia do Ocidente
ISBN 978-85-7799-031-3

1. Ramsés II, Rei do Egito – Ficção. 2. Egito – História – Até 332 a.C. – Ficção. I. Alexandre, Maria D. II. Título. III. Título: A dama de Abu-Simbel

07-2510

CDD – 843
CDU – 821.133.1-3

*Ramsés: A dama de Abu-Simbel*, de autoria de Christian Jacq.
Título número 038 das Edições BestBolso.
Sexta edição impressa em julho de 2014.

Título original francês:
RAMSÈS: LA DAME D'ABOU-SIMBEL



www.edicoesbestbolso.com.br

Ilustração e design de capa: Carolina Vaz, a partir da imagem da capa publicada pela Editora Bertrand Brasil (Raul Fernandes, 1999) e da ilustração feita por Mateu Velasco para *Ramsés: O filho da luz* (BestBolso, 2007).



Impresso no Brasil

ISBN 978-85-7799-031-3

EDIÇÕES BESTBOLSO

# *Ramsés: A dama de Abu-Simbel*

Christian Jacq nasceu em Paris no ano de 1947 e vive na Suíça. Doutor em Estudos Egípcios pela Universidade de Sorbonne, o autor não é apenas um egiptologista que escreve romances sobre o Egito Antigo. Sua ligação com a civilização egípcia é muito mais profunda, o que o motivou a criar o Instituto Ramsés, dedicado a reconstruir fotograficamente os sítios arqueológicos ameaçados do Egito. Em 1995 Christian Jacq se consagrou internacionalmente ao publicar cinco romances históricos de grande sucesso sobre a saga do faraó Ramsés:

Volume 1: O filho da luz
Volume 2: O templo de milhões de anos
Volume 3: A batalha de Kadesh
Volume 4: A dama de Abu-Simbel
Volume 5: Sob a acácia do Ocidente

# MAPA DO EGITO

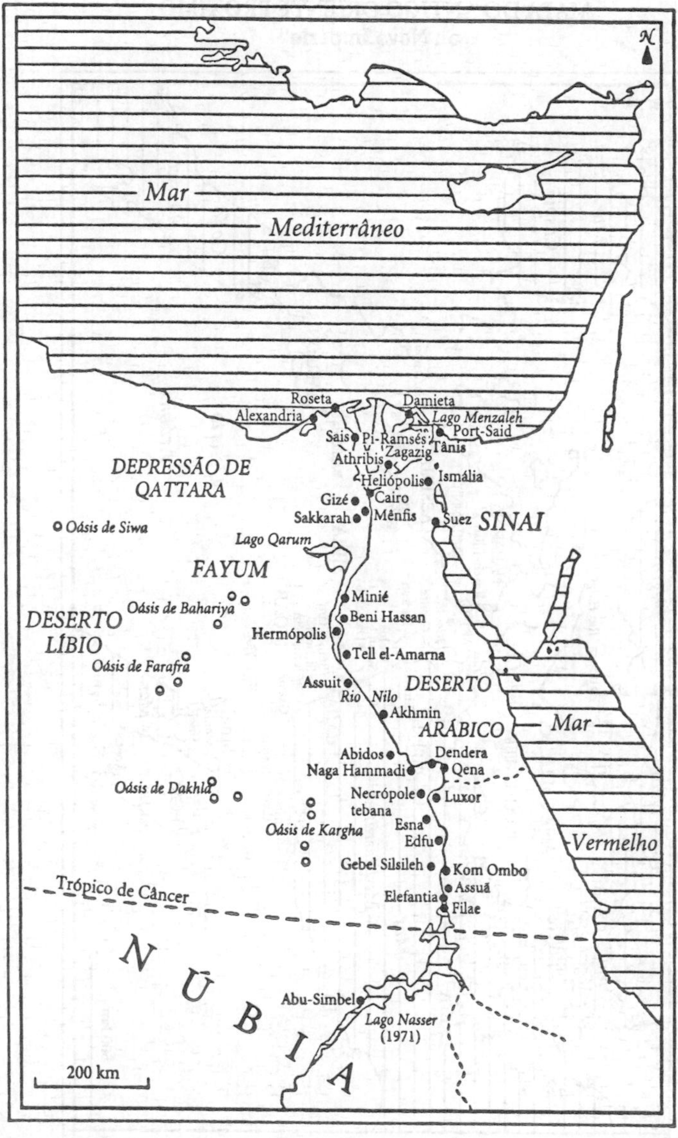

# MAPA DO ANTIGO ORIENTE PRÓXIMO
## ou Novo Império

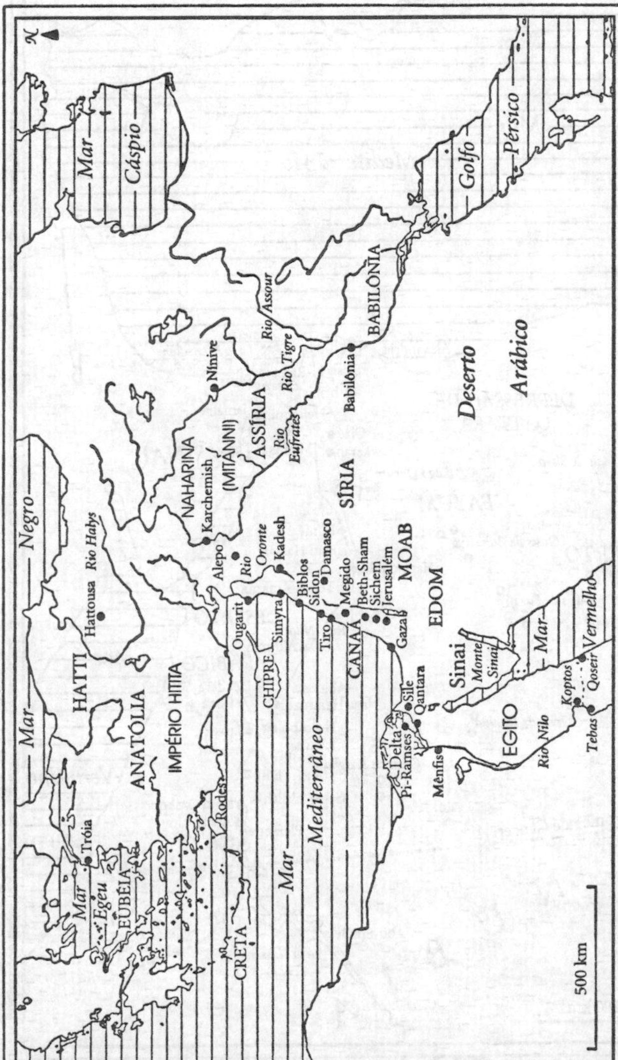

# 1

Matador, o leão de Ramsés, soltou um rugido que gelou de medo tanto os egípcios quanto os revoltosos. A enorme fera, condecorada pelo faraó com um fino colar de ouro por seus bons e leais serviços prestados durante a batalha de Kadesh contra os hititas,* pesava mais de 300 quilos, tinha 4 metros de comprimento e exibia uma juba ao mesmo tempo farta e bela, que lhe cobria o topo da cabeça, os lados do focinho, o pescoço e parte das espáduas e do peito. A pelagem, lisa e curta, era castanho-clara e brilhante.

A cólera de Matador era detectada por mais de 20 quilômetros em redor, e todos compreenderam que era igual à fúria de Ramsés, que, desde a vitória em Kadesh, se tornara Ramsés o Grande.

Seria real essa grandeza, já que o faraó do Egito não conseguia, apesar do prestígio e da valentia, impor sua lei aos bárbaros da Anatólia?

O exército egípcio revelara-se decepcionante durante o confronto. Os generais, covardes ou incompetentes, haviam abandonado Ramsés, deixando-o só na frente de milhares de adversários, certos da vitória. Mas o deus Amon, oculto na luz, ouvira a prece do filho e concedera ao braço do faraó uma força sobrenatural.

Depois de cinco anos de um reinado tumultuado, Ramsés convencera-se de que sua vitória em Kadesh impediria os

*Os longínquos antepassados dos turcos.

hititas de reerguerem a cabeça durante muito tempo, e o Oriente Médio entraria numa era de relativa paz.

Ele, o potente touro, o bem-amado da Regra divina, o que protegia o Egito, o Filho da Luz, enganara-se redondamente. Mereceria esses qualificativos, face à desordem que se propagava em seus protetorados tradicionais, Canaã e o sul da Síria? Não só os hititas não desistiam da luta, como tinham lançado uma vasta ofensiva, aliando-se aos beduínos, ladrões e assassinos que sempre haviam cobiçado as ricas terras do Delta.

O general do exército de Ra aproximou-se do rei.

– Majestade... A situação é mais crítica do que prevíamos. Não se trata de uma revolta comum; segundo nossos batedores, toda a região de Canaã ergue-se contra nós. Uma vez vencido este primeiro obstáculo, haverá um segundo, um terceiro, um...

– E você está desesperado para chegar em um bom porto?

– Nossas perdas poderão ser grandes, Majestade, e os homens não têm qualquer desejo de se deixar matar por nada.

– A sobrevivência do Egito será motivo suficiente?

– Não queria dizer...

– Mas foi o que pensou, general! Portanto, a lição de Kadesh foi inútil. Estarei condenado a viver rodeado de covardes, que perdem a vida porque pretendem salvá-la?

– Minha obediência e a dos outros generais não falharão, Majestade, mas pretendíamos simplesmente alertá-lo.

– Nosso serviço de espionagem conseguiu alguma informação sobre Acha?

– Infelizmente não, Majestade.

Acha, amigo de infância e ministro das Relações Exteriores de Ramsés, caíra numa emboscada ao visitar o principe de Amurru.* Teria sido torturado, ainda estaria vivo, ou seus carcereiros o considerariam uma peça de valor para uma futura troca?

Logo que soubera da notícia, Ramsés mobilizara suas tropas, ainda mal refeitas do confronto em Kadesh. Para salvar Acha, precisava atravessar regiões que haviam se tornado hostis. Uma vez mais, os príncipes locais haviam desrespeitado o juramento de aliança com o Egito, vendendo-se aos hititas em troca de metal precioso e de promessas vultosas. Quem não sonhava invadir a terra dos faraós para usufruir suas riquezas, consideradas inesgotáveis?

Ramsés o Grande possuía inúmeras obras a completar: seu templo de milhões de anos em Tebas – o Ramesseum –, Karnak, Luxor, Abidos, sua morada de eternidade do Vale dos Reis, e Abu-Simbel, o sonho de pedra que queria oferecer a sua adorada esposa Nefertari... Mas ali estava ele, na fronteira da região de Canaã, no topo de uma colina, observando uma fortaleza inimiga.

– Majestade, se eu me atrevesse...

– Seja corajoso, general!

– Sua demonstração de força é incrivelmente impressionante... Estou convencido de que o imperador Muwattali compreenderá a mensagem e libertará Acha.

Muwattali, o imperador hitita, era um homem obstinado e esperto, consciente de que sua tirania apenas se apoiava na força. Embora sendo o líder de uma enorme coligação, falhara em seu intuito de conquistar o Egito, mas lançava agora um novo assalto, por intermédio de beduínos e rebeldes.

Apenas a morte de Muwattali ou a de Ramsés poria fim a um conflito cujo resultado seria decisivo para o futuro de inúmeros povos. Se o Egito fosse derrotado, o poderio militar

*O atual Líbano.

hitita imporia uma cruel ditadura, que acabaria por destruir uma civilização milenária elaborada desde o reinado de Menés, o primeiro dos faraós.

Por instantes, Ramsés pensou em Moisés. Onde se esconderia esse outro amigo de infância que fugira do Egito depois de ter cometido um assassinato? As buscas tinham sido inúteis. Houve quem afirmasse que o hebreu, que colaborara tão eficazmente na construção de Pi-Ramsés, a nova capital construída no Delta, fora engolido pelas areias do deserto. E se tivesse se juntado aos rebeldes? Não, Moisés nunca se tornaria um inimigo.

– Majestade... Majestade, pode ouvir-me?

Fitando o rosto bem alimentado e medroso daquele graduado que apenas pensava no próprio conforto, Ramsés viu também o do homem que mais o detestava no mundo, Chenar, seu irmão mais velho. O miserável aliara-se aos hititas, na esperança de se apoderar do trono do Egito. Chenar desaparecera durante sua transferência da prisão de Mênfis para o degredo nos oásis, protegido por uma tempestade de areia. Ramsés continuava convencido de que ele ainda estava vivo e com a firme intenção de o prejudicar.

– Prepare as tropas para o combate, general.

De má vontade, o oficial superior afastou-se rapidamente.

Como Ramsés teria preferido gozar a doçura de um jardim ao lado de Nefertari e de seus filhos; como teria saboreado a felicidade do dia-a-dia, longe do barulho das armas! Mas tinha de salvar seu país da invasão de hordas sanguinárias, que não hesitariam em destruir os templos e também as leis. O que estava em jogo ultrapassava sua vontade. Não tinha o direito de pensar em seu próprio bem-estar, em sua família, mas sim no direito de esconjurar o mal, mesmo pagando o preço da própria vida.

Ramsés contemplou a fortaleza que barrava o caminho de acesso ao coração do protetorado de Canaã. Com 6 metros de altura, os muros de duplo declive abrigavam uma importante guarnição. Arqueiros ocupavam as ameias. Os fossos estavam repletos de cacos cortantes de cerâmica, que feririam os pés dos soldados de infantaria encarregados de erguer as escadas.

Um vento marítimo refrescava os soldados egípcios, amontoados entre duas colinas inundadas de sol. Haviam chegado ali em marcha forçada, gozando apenas de curtas paradas e de acampamentos ocasionais. Só os mercenários, bem pagos, resignavam-se a combater; os jovens recrutas, descontentes com a idéia de abandonar sua terra por um período indeterminado, receavam morrer em horríveis combates. Todos esperavam que o faraó se contentasse em reforçar a fronteira nordeste, em vez de se lançar numa aventura que poderia acabar em desastre.

Antes, o governador de Gaza, a capital de Canaã, oferecera um esplêndido banquete ao Estado-Maior egípcio, jurando que nunca se aliaria aos hititas, aqueles bárbaros da Ásia, de crueldade lendária. A hipocrisia, demasiado evidente, revoltara então o coração de Ramsés; atualmente, a nova traição não surpreendia o jovem monarca de 27 anos, que começava a ser capaz de perscrutar o segredo de seus semelhantes.

Impaciente, o leão deu um novo rugido.

Matador mudara muito, desde o dia em que Ramsés o descobrira, moribundo, na savana da Núbia. Mordido por uma serpente, o leãozinho não tinha qualquer chance de sobrevivência. Ao primeiro contato, estabelecera-se entre a fera e o homem uma afeição profunda e misteriosa. Felizmente, Setaou, o curandeiro, também amigo de infância e companheiro de universidade de Ramsés, conseguira descobrir remédios eficazes. A formidável resistência do animal permitira-lhe ultrapassar o obstáculo e tornar-se um adulto de força descomunal. O rei não poderia sonhar com melhor guarda-costas.

Ramsés passou a mão pela juba de Matador. A carícia não acalmou a fera.

Envergando uma túnica de pele de antílope com inúmeros bolsos cheios de drogas, pílulas e frasquinhos, Setaou subia a encosta da colina. Atarracado, de estatura mediana, cabeça quadrada, cabelos negros, com a barba por fazer, tinha paixão pelas serpentes e pelos escorpiões. Com o veneno deles, preparava medicamentos eficazes e, na companhia da mulher Lótus, uma encantadora núbia cuja simples visão inebriava os soldados, continuava incansavelmente suas pesquisas.

Ramsés confiara ao casal a direção do serviço de saúde do exército. Setaou e Lótus haviam participado de todas as campanhas do rei, não por amor à guerra, mas para capturar novos répteis e tratar dos feridos. E Setaou considerava que ninguém mais estava tão bem colocado quanto ele para vir em auxílio de seu amigo Ramsés, em caso de desastre.

– O moral das tropas não é bom – constatou.

– O generais desejam a retirada – reconheceu Ramsés.

– Considerando o comportamento de seus soldados em Kadesh, o que pode esperar? São inigualáveis na fuga e na debandada. E você tomará sozinho sua decisão, como é habitual.

– Não, Setaou, sozinho não. Com o conselho do sol, dos ventos, da alma do meu leão, do espírito desta terra... Eles não mentem. Entretanto, compete a mim entender a sua mensagem.

– Não pode haver melhor conselho de guerra.

– Falou com suas serpentes?

– Elas também são mensageiras do invisível. Sim, interroguei-as, e responderam-me sem hesitação: não recuar. Por que Matador está tão nervoso?

– Por causa do bosque de carvalhos, à esquerda da fortaleza, a meio caminho entre ela e nós.

Setaou olhou na direção do bosque, mascando uma haste de junco.

– Tem razão, não cheira nada bem. Será outra armadilha, como em Kadesh?

– Aquela funcionou tão bem que os estrategistas hititas imaginaram que outra seria igualmente eficaz: ao atacarmos, seríamos detidos em nosso avanço, enquanto os arqueiros da praça-forte nos dizimariam com facilidade.

Menna, o escudeiro de Ramsés, inclinou-se perante o rei.

– Seu carro está pronto, Majestade.

O monarca acariciou longamente seus dois cavalos, "Vitória em Tebas" e "A deusa Mut está satisfeita", que, juntamente com o leão, haviam sido os únicos a não traí-lo em Kadesh, quando a batalha parecia perdida.

Ramsés agarrou as rédeas dos animais sob o olhar incrédulo do escudeiro, dos generais e do regimento de elite dos carreiros.

– Majestade – inquietou-se Menna –, não vá...

– Passemos por fora da fortaleza – ordenou o rei – e ataquemos direto o bosque de carvalhos.

– Majestade... Esqueceu sua cota de malha! Majestade!

Brandindo o colete de Ramsés, coberto de pequenas placas de metal, o escudeiro correu inutilmente atrás do carro do monarca, que se lançara sozinho em direção ao inimigo.

# 2

Em pé em seu carro lançado a toda velocidade, Ramsés o Grande parecia mais um deus do que um homem. Alto, de testa ampla e descoberta, com uma coroa azul envolvendo a cabeça, supercílios salientes, sobrancelhas fartas, olhar penetrante como o de um falcão, nariz longo, fino e arqueado, orelhas redondas e delicadamente recortadas, maxilar poderoso, lábios carnudos, era a própria encarnação do poder.

À sua aproximação, os beduínos ocultos no bosque de carvalhos saíram de seu esconderijo. Uns retesaram os arcos, outros brandiram as lanças.

Tal como em Kadesh, o rei foi mais rápido do que um furacão, mais ágil do que um chacal percorrendo enormes distâncias; e semelhante a um touro de chifres afiados que derruba seus inimigos, esmagou os primeiros agressores que vieram a seu encontro, arremessando flecha sobre flecha, trespassando o peito dos revoltosos.

O chefe do grupo beduíno conseguiu escapar à carga furiosa do monarca e, com um dos joelhos dobrados, preparou-se para arremessar um longo punhal que o atingiria pelas costas.

O salto de Matador fez estacar, estupefatos, os rebeldes. Apesar do peso e do tamanho, o leão parecia voar. Com as garras em riste, abateu-se sobre o chefe dos beduínos, cravou-lhe as presas na cabeça e fechou as mandíbulas.

O horror da cena foi tanto que inúmeros guerreiros largaram armas e fugiram para escapar da fera, que já dilacerava os corpos de outros dois beduínos que acorreram em auxílio do chefe.

Os carros egípcios, seguidos por várias centenas de soldados de infantaria, juntaram-se a Ramsés e não tiveram qualquer dificuldade em aniquilar o último ponto de resistência.

Tranqüilo, Matador lambeu as patas ensangüentadas e olhou o dono com olhos meigos. A gratidão que encontrou nos olhos de Ramsés provocou-lhe um rosnado de prazer. O leão deitou-se junto da roda direita do carro, com olhar vigilante.

– É uma grande vitória, Majestade! – declarou o general do exército de Ra.

– Acabamos de evitar um desastre. Por que nenhum batedor foi capaz de detectar um grupo de inimigos no bosque?

– Nós... nós negligenciamos esse ponto, pois nos pareceu sem qualquer importância.

– Será que vou ter de mandar meu leão ensinar aos meus generais o ofício das armas?

– Vossa Majestade deseja certamente reunir o conselho de guerra para preparar o assalto à fortaleza...

– Ataque imediato.

Ao ouvir o tom de voz do faraó, Matador soube que a trégua havia terminado. Ramsés afagou o dorso de seus dois cavalos, que se olharam como para se encorajarem.

– Majestade, Majestade... Eu lhe suplico!

Quase sem fôlego, o escudeiro Menna estendeu ao rei o colete coberto de pequenas placas de metal. Ramsés concordou em vestir a cota de malha, que não enfeava muito sua túnica de linho de mangas compridas. Nos pulsos do soberano, duas pulseiras de ouro e lápis-lazúli, cuja parte central era formada por duas cabeças de patos selvagens, símbolo do casal real semelhante a duas aves migratórias levantando vôo para as regiões misteriosas do céu. Ramsés reveria Nefertari antes de empreender a longa viagem para o outro lado da vida?

"Vitória em Tebas" e "A deusa Mut está satisfeita" batiam no solo com as patas, revelando impaciência. A cabeça dos dois cavalos estava enfeitada com um penacho de plumas vermelhas de extremidade azul, e o dorso era protegido por uma carapaça vermelha e azul; ambos tinham pressa de avançar até a fortaleza.

Do peito dos soldados de infantaria ergueu-se novamente o cântico composto instintivamente logo após a vitória de Kadesh, cujas palavras encorajavam aos covardes: "O braço de Ramsés é poderoso, seu coração, valente; é um exímio arqueiro, uma muralha para seus soldados, uma chama que queima seus inimigos."

Nervoso, o escudeiro Menna encheu de flechas as duas aljavas do rei.

– Verificou-as bem?

– Sim, Majestade. São leves e fortes. Apenas Vossa Majestade pode atingir os arqueiros inimigos.

– Sabe que a lisonja é uma falta grave?

– Não, mas tenho muito medo! Sem sua presença, esses bárbaros nos teriam exterminado!

– Prepare uma boa ração para meus cavalos; terão fome quando voltarmos.

Logo que os carros egípcios se aproximaram da praça-forte, os arqueiros cananeus e seus aliados beduínos dispararam várias rajadas de flechas, vindo elas morrerem aos pés das parelhas de cavalos. Estes relincharam, alguns empinaram, mas a tranqüilidade do rei impediu que sua tropa de elite se deixasse dominar pelo pânico.

– Estiquem seus arcos grandes – ordenou – e aguardem meu sinal.

A fábrica de armas de Pi-Ramsés havia confeccionado vários arcos de madeira de acácia, cuja corda de tensão consistia em um tendão de boi. Cuidadosamente estudada, a curvatura do arco permitia lançar uma flecha com precisão a mais de 200 metros, em trajetória parabólica. Essa técnica tornava ilusória a proteção das ameias, atrás das quais escondiam-se os sitiados.

– Todos juntos! – gritou Ramsés com voz tão trovejante que lhes libertou as energias.

A maior parte dos projéteis atingiu seus alvos. Feridos na cabeça, com os olhos perfurados, o pescoço atravessado de lado a lado, inúmeros arqueiros inimigos caíram, mortos ou gravemente feridos.

Aqueles que os substituíram tiveram a mesma sorte.

Tendo certeza de que sua infantaria não cairia sob as flechas dos revoltosos, Ramsés deu ordem para se lançarem sobre a porta de madeira da fortaleza e a demolirem com golpes de um tronco. Os carros egípcios aproximaram-se, e os arqueiros do faraó ajustaram ainda melhor a pontaria, impedindo qualquer resistência. Os cacos cortantes que enchiam os fossos perderam o efeito; ao contrário do habitual, Ramsés não mandaria erguer escadas, preferindo passar pela entrada principal.

Os cananeus amontoaram-se atrás da porta, mas não conseguiram conter o ímpeto dos egípcios. O confronto foi de uma violência terrível; os soldados de infantaria do faraó pisotearam dezenas de cadáveres e, como uma onda devastadora, penetraram o interior da fortaleza.

Pouco a pouco os sitiados foram perdendo terreno; com as grandes capas e as roupas franjadas com manchas de sangue, tombavam uns sobre os outros.

As espadas egípcias trespassaram capacetes, quebraram ossos, rasgaram peitos e costas, cortaram tendões, dilaceraram entranhas.

Depois, um silêncio brutal abateu-se sobre a praça-forte. As mulheres suplicaram aos vencedores que poupassem os sobreviventes, agrupados em um canto do pátio central.

O carro de Ramsés fez sua entrada na cidadela reconquistada.

– Quem está no comando aqui? – perguntou o rei.

Um qüinquagenário com o braço esquerdo amputado destacou-se do grupo miserável dos vencidos.

– Sou o soldado mais velho... Todos os meus chefes morreram. Imploro a clemência do senhor das Duas Terras.

– Que perdão é possível conceder a quem não respeita sua palavra?

– Que o faraó nos conceda pelo menos uma morte rápida.

– Eis as minhas decisões, cananeu: as árvores de sua província serão cortadas, e a madeira transportada para o Egito; os prisioneiros, homens, mulheres e crianças, serão conduzidos até o Delta e colocados em trabalhos de utilidade pública; gado e cavalos de Canaã passam a ser propriedade nossa. Quanto aos soldados sobreviventes, serão alistados no meu exército e passarão a combater sob minhas ordens.

Os vencidos prostraram-se, felizes por salvarem a própria vida.

SETAOU ESTAVA CONTENTE. O número de feridos graves era pouco significativo, e o curandeiro dispunha de carne fresca suficiente e de curativos feitos com mel para deter as hemorragias. Com mãos ágeis e precisas, Lótus fechava as feridas com tiras adesivas colocadas em cruz. O sorriso da bela núbia atenuava as dores. Os maqueiros traziam os feridos à enfermaria de campanha, onde eram tratados com ungüentos, pomadas e poções antes de serem repatriados para o Egito.

Ramsés dirigiu-se aos homens que tinham sofrido na carne para defender seu país, convocando seus oficiais superiores e lhes revelando sua intenção de continuar até o norte e reconquistar uma a uma as fortalezas de Canaã que haviam passado para o controle hitita com a ajuda dos beduínos.

O entusiasmo do faraó os influenciou. O medo desapareceu dos corações de todos, que se alegraram com a noite e o dia de repouso concedidos pelo monarca. Ramsés, por sua vez, jantou com Setaou e Lótus.

– Até onde pretende ir? – perguntou o curandeiro.

– Pelo menos até o norte da Síria.

– Até... Kadesh?

– Veremos depois.

– Se a expedição durar muito tempo – apontou Lótus –, nos faltarão remédios.

– A reação dos hititas foi rápida, a nossa será ainda mais.

– Esta guerra terminará algum dia?

– Sim, Lótus, no dia da derrota total do inimigo.

– Tenho horror de falar de política – comentou Setaou, rabugento. – Vamos, querida; vamos fazer amor antes de partirmos em busca de algumas serpentes. Sinto que esta noite será propícia à colheita.

RAMSÉS CELEBROU OS RITUAIS da madrugada na pequena capela erguida ao lado de sua tenda, no centro do acampamento. Um santuário modesto, se comparado com os templos de Pi-Ramsés; mas o fervor do Filho da Luz era o mesmo. Nunca seu pai Amon revelaria sua verdadeira natureza aos humanos, nunca seria encarnado em qualquer forma; no entanto, a presença do invisível era sentida por todos.

Quando o soberano saiu da capela, notou um soldado que segurava um órix pela trela, controlando o quadrúpede com dificuldade.

Realmente, um estranho soldado, com longos cabelos, túnica colorida, barbicha e olhar fugidio. Por que razão aquele animal selvagem fora introduzido no acampamento, tão próximo da tenda real?

O rei não teve mais tempo para se interrogar. O beduíno soltou o órix, que avançou para Ramsés com os chifres apontados para o estômago do soberano desarmado.

Com um salto rápido, Matador caiu sobre o flanco esquerdo do animal e cravou-lhe as garras na nuca; tendo morte instantânea, o órix despencou sob o corpo do leão.

Atônito, o beduíno tirou um punhal da túnica, mas não teve tempo de usá-lo, pois sentiu uma violenta dor nas costas, imediatamente seguida de um nevoeiro gelado que o cegou, obrigando-o a soltar a arma. Moribundo, caiu de cabeça para a frente, com uma lança cravada nas costas.

Calma e sorrindo para o rei, Lótus demonstrara uma surpreendente destreza. A linda núbia nem parecia perturbada.

– Obrigado, Lótus.

Setaou saiu de sua tenda, seguido por numerosos soldados que viram o leão devorar o antílope e descobriram o cadáver do beduíno. Desesperado, o escudeiro Menna prostrou-se aos pés de Ramsés.

– Estou desolado, Majestade! Prometo-lhe identificar as sentinelas que deixaram entrar este criminoso no acampamento, em seguida castigando-as severamente.

– Reúna os trombeteiros e ordene-lhes que dêem o toque de partida.

# 3

Cada vez mais irritado, sobretudo consigo mesmo, Acha passava os dias observando o mar pela janela do primeiro andar do palácio em que estava prisioneiro. Como, sendo ele o chefe da rede de espionagem egípcia e ministro das Relações Exteriores de Ramsés o Grande, pudera cair na armadilha montada pelos libaneses da província de Amurru?

Filho único de uma família de notáveis, Acha, que fizera brilhantemente os mesmos estudos que Ramsés na universidade de Mênfis, era um homem elegante e requintado, tão apaixonado por mulheres como elas por ele. Rosto fino, membros longos e esguios, voz envolvente, gostava de ditar moda. Entretanto, por trás do comando da elegância ocultavam-se um homem de ação e um diplomata de elevado padrão, falando várias línguas estrangeiras, e especialista nos protetorados egípcios e no império hitita.

Depois da vitória em Kadesh, que parecia ter definitivamente travado a expansão hitita, Acha considerara conveniente dirigir-se o mais rapidamente possível à província de Amurru, esse lânguido Líbano que se estendia ao longo do Mediterrâneo, a leste do monte Hermon e da cidade comercial de Damasco. O diplomata pretendia fazer daquela província uma base fortificada, de onde partiriam os comandos de elite para deter qualquer tentativa de avanço hitita em direção à Palestina e à zona do Delta.

Ao penetrar no porto de Beirute a bordo de um barco carregado de presentes para o príncipe de Amurru, o subornável Benteshina, o ministro egípcio das Relações Exteriores, não imaginava que seria recebido por Hattusil, o irmão de Muwattali, o imperador hitita que acabava de apoderar-se da região.

Acha avaliara seu adversário. Baixo, de aparência frágil, mas inteligente e astuto, Hattusil era um inimigo temível. Obrigara seu prisioneiro a redigir uma carta oficial a Ramsés para atrair o exército do faraó a uma emboscada; mas Acha, por meio de um código, esperava ter despertado a desconfiança do soberano.

Como reagiria Ramsés? A razão do Estado aconselhava-o a abandonar o amigo nas mãos do adversário e precipitar-se para o norte. Conhecendo o faraó, Acha estava convencido de que este não hesitaria em atacar os hititas com a máxima violência, quaisquer que fossem os riscos. Mas não representava o chefe da diplomacia egípcia uma excelente peça de valor para troca? Benteshina desejava vender Acha ao Egito em troca de um bom peso de metal precioso.

Fraca chance de sobrevivência, na verdade, mas Acha não tinha outra esperança. Aquela passividade forçada tornava-o irritável; desde a adolescência, sempre fora ele a tomar a iniciativa, e era insuportável ter de estar assim, à mercê dos acontecimentos. Precisava agir, fosse como fosse. Talvez Ramsés pensasse que Acha estava morto, talvez tivesse tentado lançar uma ofensiva de grande envergadura – depois de ter equipado suas tropas com novas armas.

Quanto mais Acha refletia, mais convencido estava de que não lhe restava outra alternativa senão libertar-se por seus próprios meios.

Um serviçal trouxe-lhe, como sempre, um farto almoço; o egípcio não podia se queixar da intendência do palácio, que o tratava como um hóspede de categoria. Acha saboreava um pedaço de carne de vaca grelhada quando ouviu os passos pesados do senhor da casa.

– Como vai nosso grande amigo egípcio? – perguntou Benteshina, príncipe de Amurru, um gordo qüinquagenário com um grosso bigode negro.

– Honra-me sua visita.

– Senti vontade de beber vinho com o chefe da diplomacia de Ramsés.

– Por que Hattusil não o acompanha?

– Nosso grande amigo hitita está ocupado em outro lugar.

– Como é bom ter somente grandes amigos... Quando verei Hattusil novamente?

– Não sei.

– Então o Líbano tornou-se uma base hitita?

– Os tempos mudam, meu caro Acha.

– Não receia o ódio de Ramsés?

– Entre o faraó e meu principado erguem-se agora barreiras intransponíveis.

– Canaã inteira está sob o controle hitita?

– Não me faça muitas perguntas... Saiba que tenho intenção de negociar sua preciosa vida em troca de algumas riquezas. Espero que nada de aborrecido lhe aconteça durante a operação, mas...

Com um sorriso mau, Benteshina deu a entender que Acha seria eliminado antes de poder contar o que tinha visto e ouvido em Amurru.

– Tem certeza de ter escolhido o lado certo?

– Com certeza, amigo Acha! Na verdade, os hititas impuseram a lei do mais forte. E depois fala-se dos inúmeros problemas que têm impedido Ramsés de governar com serenidade... Uma conspiração, ou a derrota militar, ou as duas juntas, conduzirão à morte ou à substituição de seu soberano por um outro mais conciliador.

– Conhece mal o Egito, Benteshina, e muito menos o próprio Ramsés.

– Sei avaliar os homens. Apesar da derrota em Kadesh, será o imperador hitita o vitorioso.

– É uma aposta arriscada.

– Gosto de vinho, de mulheres e de ouro, mas não sou jogador. Os hititas têm a guerra no sangue, e os egípcios, não.

Benteshina esfregou suavemente as mãos.

– Se deseja evitar um lamentável acidente no momento da troca, meu caro Acha, deveria pensar seriamente em mudar de lado. Suponhamos que dê falsas informações a Ramsés... Será bem recompensado depois de nossa vitória.

– Pede-me para trair, logo eu, o chefe da diplomacia egípcia?

– Ora, não vê que se trata de uma situação de emergência? Eu também havia jurado fidelidade ao faraó...

– A solidão afeta meu poder de reflexão.

– Deseja... uma mulher?

– Uma mulher requintada e culta, bastante compreensiva...

Benteshina esvaziou sua taça de vinho, passando em seguida o dorso da mão direita pelos lábios úmidos.

– Que sacrifícios eu não faria para melhorar sua reflexão?

A NOITE CHEGARA, e dois lampiões a óleo iluminavam tenuemente o quarto de Acha, estendido na cama e trajando um saiote curto.

Obcecava-o um pensamento: Hattusil havia deixado Amurru, e sua partida não estava de acordo com uma expansão hitita nos protetorados da Palestina e da Fenícia. Se o avanço dos guerreiros anatólios tivesse sido espetacular, por que razão Hattusil teria abandonado sua base libanesa, de onde podia controlar a situação? O irmão de Muwattali não podia ter corrido o risco de seguir mais para o sul; provavelmente regressara à sua terra, mas... por que razão?

– Senhor...

A vozinha trêmula sobressaltou Acha. Ergueu-se e, na penumbra, viu uma jovem vestida numa túnica curta, com os cabelos soltos e descalça.

– Foi o príncipe Benteshina que me mandou... Ele ordenou-me... ele exige...

– Sente-se a meu lado.

Ela obedeceu, hesitante.

Teria cerca de 20 anos, era loura e opulenta, muito apetecível. Acha acariciou-lhe o ombro.

– É casada?

– Sim, senhor, mas o príncipe prometeu-me que meu marido não saberá de nada.

– Qual é a profissão dele?

– Guarda da fronteira.

– Você tem alguma ocupação?

– Separo a correspondência.

Acha deslizou as alças da túnica da loura, beijou-a no pescoço e depois deitou-a na cama.

– Tem recebido notícias da capital de Canaã?

– Algumas... Mas não posso falar disso.

– Há muitos guerreiros hititas aqui?

– Também não posso falar disso.

– Ama seu marido?

– Sim, senhor, sim...

– Fazer amor comigo lhe desagrada?

A jovem voltou o rosto para o lado.

– Responda às minhas perguntas, e não a tocarei.

Com os olhos cheios de esperança, ela contemplou o egípcio.

– Me dá sua palavra?

– Você a terá, por todos os deuses da província de Amurru.

– Os hititas ainda não são muito numerosos; apenas algumas dezenas de instrutores que treinam nossos soldados.

– Hattusil partiu?

– Sim, senhor.

– Com que destino?

– Não sei.

– Como está a situação em Canaã?

– Incerta.

– A província não está sob o controle hitita?

– Circulam notícias contraditórias. Alguns dizem que o faraó se apoderou de Gaza, a capital de Canaã, e que o governador da província morreu durante o ataque.

Acha sentiu um novo ânimo invadir-lhe o peito, como se renascesse para a vida. Não só Ramsés havia decifrado sua mensagem, como também contra-atacara, impedindo os hititas de se espalharem. Eis o motivo de Hattusil ter partido: para avisar o imperador.

– Lamento, minha linda.

– Você... você não vai manter sua promessa?

– Vou, mas tenho que tomar algumas precauções.

Acha amarrou-a e a amordaçou; precisava de algumas horas antes de ela dar o alerta. Ao ver o manto que a jovem deixara na entrada do quarto, o diplomata entreviu um meio de sair do palácio: pôs o manto, puxou o capuz para a frente e se lançou escada abaixo.

Havia um banquete no andar térreo.

Alguns convidados, embriagados, dormiam; outros entregavam-se a excessos enlouquecidos. Acha passou por cima de dois corpos nus.



– Aonde você vai?

Acha não podia correr. Diversos homens armados guardavam a porta do palácio.

– Já despachou o egípcio? Venha cá, minha filha...

A alguns passos, a liberdade.

Então a mão viscosa de Benteshina puxou o capuz para trás.

– Que falta de sorte, meu caro Acha!

## 4

Pi-Ramsés, a capital do Delta construída por Ramsés, era denominada "a cidade da turquesa" por causa dos mosaicos envernizados de azul que adornavam as fachadas das casas. Qualquer transeunte maravilhava-se, nas ruas de Pi-Ramsés, com os templos, o palácio real, os lagos de recreio, o porto; extasiava-se vendo os pomares, os canais repletos de peixes, as *villas* dos nobres e seus jardins e aléias ladeadas de flores; saboreavam-se maçãs, romãs, azeitonas e figos, apreciava-se o sabor de fruta dos vinhos e cantava-se a canção popular: "Que alegria viver em Pi-Ramsés; ali o pequeno é tão considerado quanto o grande, a acácia e o sicômoro oferecem sua sombra, as construções resplandecem de ouro e turquesa, o vento é suave e as aves voam em redor dos lagos."

Mas Ameni, o secretário particular do rei, colega de universidade e fiel servidor do monarca, não compartilhava essa alegria de viver. Sentia, juntamente com outros habitantes da cidade, que não reinava ali a alegria habitual porque Ramsés estava ausente.

Ausente e em perigo.

Sem dar ouvidos a qualquer conselho de prudência, sem admitir qualquer adiamento, Ramsés partira para o norte a fim de reconquistar Canaã e a Síria, arrastando suas tropas para uma aventura de conseqüências incertas.

Porta-sandálias oficial do faraó, Ameni era pequeno, frágil, magro e quase calvo; de ossos frágeis, tez pálida, mãos longas e finas, capazes de traçar belos hieróglifos, esse filho de estucador possuía laços invisíveis com Ramsés. Era, segundo expressão antiga, "os olhos e os ouvidos do rei"; permanecia à sombra, à frente de um serviço com cerca de vinte funcionários dedicados e competentes. Trabalhador incansável, dormindo pouco e comendo bastante sem conseguir engordar, Ameni raramente saía de seu gabinete, no qual imperava um porta-pincéis de madeira dourada dado por Ramsés. Quando tocava naquele objeto, em forma de coluna encimada por um lírio, sua energia renascia e o fazia atacar uma quantidade de dossiês que desencorajariam qualquer escriba. Em seu gabinete, que ele próprio limpava e arrumava, os papiros estavam cuidadosamente arrumados em arcas de madeira e grandes jarros, ou fechados em estojos de couro colocados nas prateleiras.

– Um mensageiro do exército – anunciou um dos assistentes.

– Mande-o entrar.

Coberto de poeira, o soldado parecia estar no limite de suas forças.

– Trago uma mensagem do faraó.

– Mostre-me.

Ameni identificou o selo de Ramsés. Apesar de seu fraco fôlego, correu até o palácio.

A RAINHA NEFERTARI recebia o vizir, o grande intendente da Casa do rei, o escriba das contas, o escriba da mesa, o superior dos ritualistas, o chefe dos segredos, o superior da Casa da Vida, o camareiro, os chefes do Tesouro e do celeiro, assim como grande quantidade de outros altos funcionários ansiosos por receber diretivas precisas, para não tomar qualquer iniciativa que merecesse a desaprovação da grande esposa real, encarregada de governar o país na ausência de Ramsés. Felizmente, Ameni apoiava-a sempre, e Touya, a mãe do rei, a auxiliava com seus preciosos conselhos.

Considerada a mais bela entre as belas, cabelos negros e brilhantes, olhos verde-azulados, rosto luminoso como o de uma deusa, Nefertari enfrentava a provação do poder e da solidão. Música dedicada ao templo, fascinada pela escrita dos sábios, sonhara com uma existência meditativa; mas o amor de Ramsés transformara a tímida mocinha na rainha do Egito, com a decisão de cumprir suas funções sem fraquejar.

A administração da Casa da rainha, por si só, exigia trabalho pesado; sendo uma instituição milenar, compreendia um pensionato em que eram educadas jovens egípcias e estrangeiras, bem como uma escola de tecelagem, oficinas nas quais se fabricavam jóias, espelhos, vasos, leques, sandálias e objetos rituais. Nefertari reinava sobre um numeroso pessoal composto por sacerdotisas, escribas, administradores dos rendimentos imobiliários, operários e camponeses, fazendo questão de conhecer pessoalmente os principais responsáveis por cada setor de atividade. Sua obsessão era evitar erros e injustiças.

Naqueles dias angustiantes nos quais Ramsés arriscava a vida para salvar o Egito de uma invasão hitita, a grande esposa real devia redobrar esforços e governar o país, fosse qual fosse o cansaço.

– Ameni, até que enfim! Tem notícias de Ramsés?

– Sim, Majestade: de um papiro trazido por um mensageiro do exército.

A rainha não se instalara no gabinete de Ramsés, que permaneceria vazio até seu regresso, mas num amplo compartimento decorado com faianças azul-claras e que dava para o jardim em que Vigilante, o cão amarelo-dourado do rei, dormia junto de uma acácia.

Nefertari abriu o papiro e leu o texto redigido e assinado pelo próprio Ramsés.

Nenhum sorriso iluminou o rosto grave da rainha.

– Tenta reconfortar-me – confessou ela.

– O rei avançou?

– Canaã está dominada, e o governador desleal foi morto.

– É uma bela vitória! – entusiasmou-se Ameni.

– O rei continua indo para o norte.

– Por que está tão triste?

– Porque ele irá até Kadesh, sejam quais forem os perigos a correr. Antes, tentará libertar Acha, e não hesitará em pôr a própria vida em risco. E se a sorte o abandonar?

– Sua magia não o abandonará.

– Como sobreviveria o Egito sem ele?

– Em primeiro lugar, Vossa Majestade é a grande esposa real e está governando maravilhosamente; depois Ramsés regressará, tenho certeza.

De repente ouviram no corredor um ruído de passos precipitados e batidas na porta. Ameni abriu-a.

Surgiu uma parteira muito excitada.

– Majestade... Iset está quase tendo a criança e chama por Vossa Majestade!

ISET A BELA TINHA OS OLHOS de um verde intenso, o nariz pequeno e os lábios finos; geralmente seu rosto possuía um ar de extrema sedução. Mesmo naquelas horas de sofrimento, mantinha o encanto da juventude, que lhe permitira seduzir Ramsés e ser seu primeiro amor. Nunca esquecera a cabana de juncos, na orla de um campo de trigo, na qual o príncipe Ramsés e ela se haviam entregue um ao outro.

Mas Ramsés apaixonara-se por Nefertari, que tinha alma de rainha. Iset a Bela afastara-se porque desconhecia a ambição e o ciúme; nem ela nem ninguém podia rivalizar com Nefertari. O poder assustava Iset, mas apenas um sentimento perdurava em seu coração: o amor que dedicava a Ramsés.

Num momento de loucura, por despeito, quase conspirara contra ele, mas, incapaz de o prejudicar, rapidamente se afastara das forças do mal. Seu mais belo título de glória não era seu filho Kha, um menino de excepcional inteligência?

Depois de ter uma menina – Meritamon – Nefertari não podia mais ter filhos. Exigira então que Iset a Bela desse ao monarca um segundo filho e também outros descendentes. Mas o rei criara a instituição dos "filhos reais", que lhe permitiria escolher, nos vários estratos da sociedade, rapazes ou moças que seriam educados no palácio. Seu número seria uma prova da inesgotável fecundidade do casal real, o que evitaria qualquer dificuldade na sucessão.

Iset a Bela, contudo, iria reavivar sua paixão por Ramses, oferecendo-lhe um outro filho; graças aos testes tradicionais,* já estava sabendo que iria dar à luz um segundo varão.

O parto seria de pé, assistido por quatro parteiras denominadas "as doces" ou "as dos polegares firmes". As fórmulas

*Por exemplo, se a urina da mulher fizer germinar cevada, dará à luz um menino; mas se fizer germinar trigo, será uma menina. Se nem um nem outro germinarem, a criança não nascerá.

rituais foram pronunciadas a fim de afastar os espíritos das trevas que tentavam impedir o nascimento. Por intermédio de fumigações e poções, a dor era atenuada.

Iset a Bela sentiu o pequeno ser sair do lago acolhedor no qual durante nove meses havia crescido.

O contato com uma mão suave e um perfume de lírio e jasmim fizeram Iset a Bela acreditar que havia penetrado no interior de um jardim paradisíaco em que o sofrimento não existia. Voltando a cabeça para o lado, viu que Nefertari ocupara o lugar de uma das parteiras. Com um pano úmido, a rainha limpou a testa de Iset.

– Majestade... Não acreditei que viesse.

– Chamou-me, e aqui estou.

– Tem notícias do rei?

– São excelentes. Ramsés reconquistou Canaã e não tardará a dominar os outros revoltosos. Está derrotando os hititas com velocidade.

– Quando regressará?

– Não há de ter pressa em ver seu filho?

– Esta criança... você a amará?

– Eu a amarei como à minha própria filha e como a seu filho Kha.

– Tinha receio de que...

Nefertari apertou com força as mãos de Iset a Bela.

– Não somos inimigas, Iset, você precisa vencer esse seu conflito interno.

De repente, a dor aumentou; Iset deu um grito. A parteira-chefe apressou-se.

Iset queria esquecer o fogo que lhe consumia as entranhas, mergulhar num sono profundo, deixar de lutar sonhando com Ramsés... Mas Nefertari tinha razão; precisava terminar a misteriosa obra que começara em seu íntimo.

Nefertari segurou nas mãos o filho de Iset a Bela, enquanto uma das parteiras cortava-lhe o cordão umbilical. Iset fechou os olhos.

– É realmente um menino?

– Sim, Iset. Um menino belo e forte.

## 5

Kha, o filho de Ramsés e de Iset a Bela, copiava em um papiro virgem as máximas do velho sábio Ptah-Hotep, que, com a idade de 110 anos, considerara útil escrever alguns conselhos destinados às gerações futuras. Kha tinha apenas 10 anos, mas detestava brincadeiras de criança e passava o tempo estudando, apesar das meigas reprimendas de Nedjem, o ministro da Agricultura, preocupado com a educação do menino. Nedjem preferia que ele se distraísse mais, mas a capacidade intelectual de Kha fascinava-o. Aprendia depressa, fixava tudo na memória e já escrevia como um escriba experiente.

Próximo dele, a linda Meritamon, filha de Ramsés e de Nefertari, tocava harpa. Com 6 anos apenas, demonstrava um notável dom para a música, aliado a uma graça senhorial. Enquanto desenhava os hieróglifos, Kha gostava de ouvir a irmã dedilhar melodias e cantar doces canções. Vigilante, o cão amarelo-dourado, suspirava de prazer com a cabeça pousada sobre os pés da garota, cuja semelhança com Nefertari era surpreendente.

Quando a rainha entrou no jardim, Kha parou de escrever e Meritamon, de tocar harpa. Inquietas e impacientes, as duas crianças correram para ela.

Nefertari beijou-as.

– Correu tudo bem, Iset deu à luz um menino.

– Meu pai e você deviam ter previsto seu nome.

A rainha sorriu.

– Acha que podemos prever tudo?

– Sim, porque formam o casal real.

– Seu irmão mais novo chama-se Merneptah, "o amado do deus Ptah", patrono dos artesãos e senhor do Verbo criador.

DOLENTE, A IRMÃ MAIS VELHA de Ramsés, era uma volumosa mulher morena que sempre estava cansada. A pele gordurosa a obrigava a usar inúmeros ungüentos. Inativa durante muito tempo, dominada pelo tédio da nobreza típico das jovens afortunadas, encontrara um ideal quando o mago líbio Ofir lhe falara na fé do rei herético Akhenaton, partidário do deus único. É certo que o mago havia sido obrigado a matar para defender a própria liberdade, mas Dolente aprovara-lhe o gesto e aceitara auxiliá-lo no que quer que acontecesse.

A conselho do mago, que arranjara refúgio no próprio Egito, Dolente regressara ao palácio e mentira a Ramsés para que este a perdoasse. O mago não a havia raptado, servindo-se dela para sair do país? Dolente declarara sua alegria por ter escapado do pior e por poder reencontrar a família.

Acreditara Ramsés na versão da irmã? Por ordem sua, Dolente permaneceria na corte de Pi-Ramsés. Era o que ela esperava, para poder informar Ofir, logo que houvesse uma oportunidade. Como o rei partira para combater nos protetorados do Norte, ela não tivera possibilidade de revê-lo para melhor conquistar-lhe a confiança.

Dolente não se poupava nenhum esforço para seduzir Nefertari, cuja influência sobre o marido já conhecia. Quando a rainha saiu da sala do conselho após uma conferência com os superiores dos canais, Dolente inclinou-se perante a soberana.

– Majestade, permita que me ocupe de Iset.

– O que pretende de concreto, afinal?

– Velar por sua criadagem, purificar seu quarto todos os dias, utilizar um sabão feito da casca e da polpa da balanita* para lavar a mãe e a criança, limpar todos os objetos com uma mistura de cinzas e soda... Preparei para ela um estojo de maquiagem contendo potes de base, frasquinhos repletos de essências delicadas, *kohl* e estiletes para sua aplicação! Iset não deve permanecer bela?

– Ela será sensível a seu afeto.

– Se Iset concordar, eu própria a maquiarei.

Nefertari e Dolente deram alguns passos por um corredor decorado com pinturas representando lírios, acianos e mandrágoras.

– Dizem que o bebê é esplêndido.

– Merenptah será um homem muito forte.

– Ontem, eu quis brincar com Kha e Meritamon, mas proibiram-me. Senti uma grande mágoa, Majestade.

– São ordens de Ramsés e minhas, Dolente.

– Durante quanto tempo ainda vão desconfiar de mim?

– Admira-se? Sua fuga com esse mago, seu apoio a Chenar...

– Já não tive meu quinhão de sofrimento, Majestade? Meu marido foi morto por Moisés, e esse maldito mago por pouco não se apoderou de meu espírito. Chenar sempre me detestou e humilhou, e ainda assim me acusam! Apenas

*Árvore rica em saponina.

desejo descansar e gostaria muito de sentir o afeto e a confiança dos meus familiares... Admito que cometi graves erros, mas terei de ser sempre considerada uma criminosa?

– Não conspirou contra o faraó?

Dolente ajoelhou-se na frente da rainha.

– Fui escrava de homens maus e sofri sua influência. Agora, acabou-se. Desejo viver só, no palácio, como Ramsés exige, e esquecer o passado... Algum dia me perdoarão?

Nefertari ficou comovida.

– Tome conta de Iset, Dolente; ajude-a a preservar a beleza.

MEBA, O ADJUNTO do ministro das Relações Exteriores, entrou no gabinete de Ameni. Diplomata de carreira, herdeiro de uma rica família de embaixadores, era uma figura altiva e condescendente. Não pertencia ele a uma casta superior que possuía poder e riqueza impedindo-o de se ligar a pessoas inferiores? No entanto, sofrera um rude golpe quando Chenar, o irmão mais velho do rei, o expulsara de seu posto de chefe da diplomacia egípcia. Humilhado, posto de lado, julgara que nunca mais estaria em evidência, isso até o dia em que a rede de espionagem hitita instalada no Egito o contactara.

Traição... Meba nem tivera tempo para pensar nisso. Recuperando o gosto pela intriga, atento aos detalhes, conquistara a confiança das autoridades e conseguira novas funções. Antigo superior de Acha, tornara-se, aparentemente, seu fiel subordinado. Apesar do espírito arguto, o jovem ministro deixara-se enganar pela fingida humildade de Meba; ter um homem experiente como colaborador, e ainda por cima um antigo bode expiatório de Chenar, levara Acha a baixar a guarda.

Desde o desaparecimento do mago Ofir, chefe da rede de espionagem hitita, Meba esperava ordens que não chegavam. Congratulava-se com esse silêncio e o aproveitava para consolidar sua rede de amizades no ministério e na alta sociedade, sem esquecer-se de ir espalhando seu fel. Afinal, não havia sido vítima de injustiças? Acha não era um intelectual brilhante, no entanto perigoso e ineficaz? Meba acabava de esquecer os hititas e sua traição.

Mastigando um figo seco, Ameni redigia uma carta com censuras dirigidas aos chefes dos celeiros e lia a queixa de um governador de província por causa da falta de madeira para o aquecimento.

– O que se passa, Meba?

O diplomata detestava aquele pequeno escriba cheio de rugas e mal-educado.

– Não está muito ocupado para poder me ouvir?

– Ainda tenho um pouquinho de audição, porém na condição de falar logo o assunto.

– Na ausência de Ramsés, não é você que se ocupa da regência do reino?

– Se tem qualquer motivo de desagrado, solicite audiência à rainha: é Sua Majestade que pessoalmente aprova minhas decisões.

– Não brinque comigo; a rainha me mandará de volta a você.

– Do que se queixa?

– Da ausência de diretivas claras. Meu ministro está no exterior, o rei trava batalhas, e minha administração sente-se dominada por incertezas e dúvidas.

– Aguarde o regresso de Ramsés e de Acha.

– E se...

– E se não regressarem?

– Não devemos encarar essa terrível hipótese?

– Não me parece.
– É categórico...
– Sou.
– Então esperarei.
– Não podia tomar melhor iniciativa.

TER NASCIDO NA SARDENHA, ter sido chefe de um famoso bando de piratas e ter enfrentado Ramsés, devendo-lhe a vida e tornando-se seu chefe de segurança, eis o destino extraordinário de Serramanna, o gigante de bigode ousado, acusado por Ameni de traição, antes de este se retratar e conquistar sua amizade.

O sardo teria gostado de combater os hititas, esmigalhando cabeças e trespassando peitos, mas o faraó ordenara-lhe que se encarregasse da proteção da família real, ordem que Serramanna cumpria com o mesmo ardor com que em outras épocas se preparava para atacar navios mercantes.

Aos olhos do sardo, Ramsés era o mais formidável chefe de guerra que jamais encontrara, e Nefertari, a mulher mais bela e inacessível que já conhecera. O casal real era um milagre cotidiano e o ex-pirata não podia mais deixar de servi-lo. Bem pago, com comida abundante e de qualidade, gozando da companhia de soberbas mulheres, estava pronto a dar a vida pela tranqüilidade do reino.

Havia, no entanto, uma sombra nessa cena atual: seu instinto de caçador torturava-o. O regresso de Dolente à corte parecia-lhe uma manobra que podia prejudicar Ramsés e Nefertari; considerava a irmã do rei desequilibrada e mentirosa. Na sua opinião, o mago que a tinha manipulado continuava a servir-se dela, embora ainda não conseguisse provar.

Serramanna estava conduzindo um inquérito acerca da mulher loura cujo cadáver fora encontrado numa casa pertencente a Chenar, o pérfido irmão de Ramsés desaparecido numa tempestade de areia durante sua transferência para o degredo de Khargeh.

As explicações de Dolente tinham sido pouco convincentes; que a vítima tivesse servido de médium, o sardo até admitia; mas que Dolente fosse incapaz de dizer algo mais sobre a infeliz parecia-lhe muito pouco verossímil. Seu silêncio? Pura vontade de esconder a verdade. Dolente representava o papel de perseguida para melhor ocultar assuntos importantes. Mas como tornara a cair nas boas graças de Nefertari, Serramanna não podia acusá-la partindo de simples suposições.

A persistência era uma das principais qualidades de um pirata. O mar permanecia deserto durante dias inteiros, e de repente a presa surgia. No entanto, era preciso seguir na direção certa e percorrer zonas de caça abundante; por isso pusera em campo seus auxiliares, tanto em Mênfis como em Pi-Ramsés, munidos de retratos fiéis da jovem loura assassinada.

Alguém acabaria falando.

## 6

A Cidade do Sol,* edificada por ordem do faraó herético Akhenaton, não passava de uma cidade abandonada. Os palácios, as moradias dos nobres, as oficinas, as casas dos

*Akhet-Aton, "o país de luz de Aton", no Médio Egito, na metade do caminho entre Mênfis, ao norte, e Tebas, ao sul.

artesãos; os templos, silenciosos para sempre; a grande avenida por onde passava o carro de Akhenaton e Nefertiti, as ruas de comércio e as vielas dos bairros populares estavam desertas.

Naquela região desolada, na vasta planície à beira do Nilo, ao abrigo de um conjunto montanhoso em forma de arco, Akhenaton consagrara um local a Aton, o deus único que encarnava no astro solar.

Ninguém mais freqüentava a capital esquecida. Depois da morte do rei, a população regressara a Tebas, levando consigo objetos preciosos, móveis, utensílios de cozinha, arquivos. Aqui e ali havia ainda algumas cerâmicas e, na oficina de um escultor, uma cabeça inacabada de Nefertiti.

Com o correr dos anos, os edifícios iam-se degradando. A tinta branca fendia-se, e o gesso esboroava-se. Construída às pressas, a Cidade do Sol resistia mal às tempestades e aos ventos de areia. As estelas, gravadas por Akhenaton para proclamar os limites do território sagrado de Aton, apagavam-se; o tempo tornava os hieróglifos ilegíveis e entregava ao nada a louca aventura do místico.

Na falésia, haviam sido escavados os túmulos dos dignitários do regime, mas não repousava lá nenhuma múmia. Ao abandono da cidade correspondera o das sepulturas, desde então sem alma e sem proteção. Ninguém se atrevia a aventurar-se por ali, pois constava que os espectros haviam se apoderado daqueles lugares e quebravam a nuca dos visitantes muito curiosos.

Ali estavam escondidos Chenar, o irmão mais velho de Ramsés, e o mago Ofir. Instalaram seu domicílio no túmulo do grande sacerdote de Aton, cuja sala de colunas revela va-se confortável; nas paredes, evocações de templos e de palácios conservavam a imagem do esplendor perdido da

Cidade do Sol. O escultor imortalizara Akhenaton e Nefertiti, venerando o astro solar de onde saíam longos raios terminados por mãos que davam a vida ao casal real.

Os pequenos olhos castanhos de Chenar fixavam de vez em quando os baixos-relevos que representavam Akhenaton, a encarnação do sol triunfante. No entanto, Chenar, aos 35 anos, rosto redondo, quase lunar, bochechas inchadas, lábios grossos e ossatura pesada, detestava esse sol, astro protetor do irmão Ramsés.

Ramsés, o irmão tirano que ele tentara derrubar com o auxílio dos hititas; Ramsés, que o condenara ao exílio no degredo dos oásis; Ramsés, que queria fazê-lo comparecer perante um tribunal que decretaria sua morte.

Durante sua transferência da grande prisão de Mênfis para o degredo dos oásis, uma tempestade de areia, na rota do deserto, proporcionara a Chenar uma oportunidade de fuga. O ódio que sentia pelo irmão, aliado ao desejo de vingança, permitiram-lhe sair vivo da tempestade. Chenar dirigira-se, então, para o único local em que estaria a salvo: a cidade abandonada do rei herético.

Seu cúmplice Ofir, chefe da rede de espionagem hitita, que o acolhera. Ofir, o líbio, com perfil de ave de rapina, maçãs do rosto salientes, grande nariz adunco, lábios finos e queixo pronunciado; o homem que devia fazer de Chenar o sucessor de Ramsés.

Furioso, o irmão do faraó agarrou uma pedra e a atirou na estátua de Akhenaton, danificando a coroa do monarca.

– Maldito seja ele, e que desapareçam para sempre os faraós e seu reino!

O sonho de Chenar desfizera-se. Ele, que deveria reinar sobre um imenso império que ia da Anatólia à Núbia, encontrava-se reduzido ao estado de pária em seu próprio país. Ramsés deveria ter sido vencido em Kadesh, os hititas deveriam ter invadido o Egito, Chenar deveria ter subido ao trono das Duas Terras e colaborado com o ocupante, livrando-se depois do imperador hitita para se tornar o único senhor do Oriente Médio. Ramsés, o que conduz ao naufrágio; Chenar, o salvador: era essa a verdade que deveria ter imposto aos povos da região.

Chenar voltou-se para Ofir, sentado na parte traseira do túmulo.

– Por que razão falhamos?

– Foi um período de pouca sorte. O destino há de mudar.

– Fraca resposta, Ofir!

– Mesmo sendo a magia uma ciência exata, não exclui o imprevisível.

– E esse imprevisível foi o próprio Ramsés!

– Seu irmão possui qualidades excepcionais e uma capacidade de resistência rara e fascinante.

– Fascinante... Terá você caído sob o encanto desse déspota?

– Contento-me em estudá-lo para melhor o destruir. O deus Amon não foi em seu auxílio durante a batalha de Kadesh?

– Está dando ouvidos a semelhantes boatos?

– O mundo não é apenas formado pelo visível. Circulam nele forças secretas, e são essas forças que formam a trama da realidade.

Chenar bateu com o punho na parede em que estava representado o astro solar, Aton.

– Aonde o conduziram seus discursos? Para lá, este túmulo, longe do poder! Estamos sós e condenados a perecer como dois miseráveis.

– Isso não é completamente verdade, já que os partidários de Aton nos alimentam e garantem nossa segurança.

– Os partidários de Aton... Um bando de loucos e místicos, prisioneiros de suas próprias ilusões!

– Não está longe da verdade, mas eles nos são úteis.

– Pretende formar com eles um exército capaz de vencer o de Ramsés?

Ofir desenhou estranhas figuras geométricas na poeira.

– Ramsés venceu os hititas – insistiu Chenar –, sua rede foi desmantelada, e eu já não tenho nenhum partidário. Além de apodrecer aqui, que outro destino nos espera?

– A magia nos ajudará a modificá-lo.

Chenar encolheu os ombros.

– Não conseguiu eliminar Nefertari e não foi capaz de enfraquecer Ramsés.

– Está sendo injusto – considerou o mago. – A rainha saiu muito marcada da provação que lhe infligi.

– Iset a Bela dará outro filho a Ramsés, que adotará tantos herdeiros quantos quiser! Nenhuma preocupação familiar impedirá meu irmão de reinar.

– Os golpes acabarão por desgastá-lo.

– Ignora que um faraó do Egito se regenera após o trigésimo ano de seu reinado?

– Ainda não chegamos lá, Chenar; os hititas não desistiram de lutar.

– A coligação que formaram não foi destruída em Kadesh?

– O imperador Muwattali é um homem astuto e prudente; soube bater em retirada no momento certo e organizará uma contra-ofensiva que há de surpreender Ramsés.

– Já não tenho vontade de sonhar, Ofir.

Ao longe, ouviu-se o som de um galope.

Chenar agarrou uma espada.

– Ainda não é a hora de os atonianos nos trazerem comida. O irmão de Ramsés precipitou-se para a entrada do túmulo que dominava a cidade morta e a planície.

– Dois homens.

– Vêm para cá?

– Estão saindo da cidade e se dirigindo para a falésia... para nós! É melhor sairmos deste túmulo e nos escondermos em outro lugar.

– Não fique nervoso, são apenas dois.

Ofir ergueu-se.

– Talvez seja o sinal que eu esperava, Chenar. Observe bem.

Chenar identificou um dos partidários de Aton; a presença do companheiro deixou-o estupefato.

– Meba... Meba aqui?

– É meu subordinado e nosso aliado.

Chenar guardou a espada.

– Na corte de Ramsés, ninguém desconfia de Meba; agora temos de esquecer nossas diferenças.

Chenar não respondeu. Sentia um profundo desprezo por Meba, cuja única ambição era preservar a própria fortuna e o conforto. Quando o diplomata se apresentara diante dele como o novo agente hitita, Chenar não acreditara na sinceridade de seu empenho.

Os dois cavaleiros desmontaram no início do caminho que conduzia ao túmulo do grande sacerdote de Aton. O partidário do deus solar ficou vigiando os cavalos, e Meba dirigiu-se para o esconderijo de seus cúmplices.

A inquietação apertou a garganta de Chenar. E se o alto funcionário os tivesse traído, precedendo apenas por instantes a guarda do faraó? Mas o horizonte permanecia livre.

Tenso, Meba não utilizou as fórmulas de delicadeza habituais.

– Corro grande perigo vindo aqui... Por que me mandaram uma mensagem convocando-me para vir?

A réplica de Ofir deixou-o perplexo.

– Está sob minhas ordens, Meba; irá aonde eu lhe disser que vá. Novidades?

Chenar ficou surpreso. Quer dizer, então, que, mesmo escondido naquele buraco, o mago continuava a dirigir a rede.

– Não são muito boas. O contra-ataque hitita não teve muito sucesso; Ramsés reagiu vigorosamente e já reconquistou Canaã.

– Dirige-se para Kadesh?

– Não sei.

– Seja mais eficiente, Meba, muito mais eficiente, para me dar mais informações. Os beduínos cumpriram o que haviam prometido?

– A revolta parece generalizada... Mas tenho de ser muito prudente para não despertar a desconfiança de Ameni!

– Não trabalha no Ministério das Relações Exteriores?

– Sim, mas a prudência...

– Tem como se aproximar do pequeno Kha?

– O filho mais velho de Ramsés? Sim, mas por quê?...

– Preciso de um objeto que lhe seja particularmente querido, Meba, e preciso dele muito em breve.

## 7

Moisés, a mulher e o filho tinham deixado a região de Madiã, que ficava ao sul de Edom e a leste do golfo de Aqaba. O hebreu se ocultara ali durante um longo período, antes de sair de sua reclusão para regressar ao Egito, contra a vontade do sogro. Sendo acusado de assassinato, não era loucura entregar-se às autoridades do faraó? Certamente seria preso e condenado à morte.

Mas nenhum argumento dissuadira Moisés. Deus falara-lhe no coração da montanha e ordenara-lhe que fizesse seus irmãos hebreus saírem do Egito, para permitir-lhes viver sua fé numa terra que lhes pertencesse. A missão parecia impossível, mas o profeta teria forças para realizá-la.

Também a esposa, Zípora, tentara dissuadi-lo.

Em vão.

E a pequena família partira pelos estreitos caminhos em direção ao Delta. Zípora seguia o marido, que, com o auxílio de um grande cajado cheio de nós, avançava a passo tranqüilo, sem nunca hesitar no caminho a seguir.

Quando uma nuvem de areia anunciou a aproximação de um grupo de cavaleiros, Zípora apertou o filho nos braços e se escondeu atrás de Moisés. Alto, barbudo, de tronco largo, tinha porte de atleta.

– Temos de esconder-nos – implorou ela.

– É inútil.

– Se forem beduínos, vão nos matar; se forem egípcios, vão prendê-lo!

– Não seja medrosa.

Imóvel, Moisés lembrou-se dos anos de estudo na universidade de Mênfis, durante os quais fora instruído conforme toda a sabedoria dos egípcios, dedicando uma profunda amizade ao príncipe Ramsés, futuro faraó. Depois de ter ocupado um posto importante no harém de Mer-Ur, o hebreu desempenhara o cargo de mestre-de-obras no canteiro de obras de Pi-Ramsés, a nova capital das Duas Terras. Ao confiar-lhe essa missão, Ramsés fizera de Moisés uma das primeiras personalidades do reino.

Mas Moisés vivia atormentado. Desde a juventude um fogo lhe queimava a alma e cuja dor só desaparecera ao encontrar a sarça ardente, que ardia sem se consumir. O hebreu descobrira finalmente sua missão.

Os cavaleiros eram beduínos.

À frente vinham Amos, calvo e barbudo, e Baduch, alto e magro, os dois chefes de tribo que haviam mentido para Ramsés, no cerco de Kadesh, a fim de o atraírem a uma emboscada. Os cavaleiros dispuseram-se em círculo ao redor de Moisés.

– Quem é você?

– Meu nome é Moisés. E aqui estão minha mulher e meu filho.

– Moisés... É o amigo de Ramsés, o alto dignitário que cometeu um crime e fugiu para o deserto?

– Sou eu.

Amos saltou do cavalo e felicitou o hebreu.

– Estamos então no mesmo campo! Também nós combatemos Ramsés, aquele que foi seu amigo e que hoje quer sua cabeça.

– O rei do Egito ainda é meu irmão – afirmou Moisés.

– Está sonhando. O ódio o persegue constantemente. Beduínos, hebreus e nômades devem aliar-se aos hititas para abater esse déspota. Sua força tornou-se lendária, Moisés; venha conosco e ataquemos as tropas egípcias que tentam invadir a Síria.

– Não me dirijo para o norte, mas sim para o sul.

– Para o sul? – espantou-se Baduch, desconfiado. – Para onde está querendo ir?

– Para o Egito, para Pi-Ramsés.

Amos e Baduch entreolharam-se, estupefatos.

– Está zombando de nós? – perguntou Amos.

– Estou dizendo a verdade.

– Mas... será preso e executado!

– Jeová me protegerá. Devo ajudar meu povo a sair do Egito.

– Os hebreus fora do Egito... Enlouqueceu?

– Foi essa a missão que Jeová me confiou, e é essa a missão que cumprirei.

Baduch apeou também.

– Não saia daí, Moisés.

Os dois chefes de tribo afastaram-se para dialogarem, sem que o hebreu os ouvisse.

– É um insensato – afirmou Baduch. – Sua estada prolongada no deserto fez com que seu espírito mergulhasse na demência.

– Engana-se.

– Eu, enganado? Esse Moisés é um louco, não há sombra de dúvida!

– Não, é um homem astuto e determinado.

– Esse infeliz, perdido num caminho do deserto, com uma mulher e uma criança?... Mas que magnífica astúcia!

– Sim, Baduch, magnífica! Quem desconfiará de um miserável como ele? Moisés continua sendo muito popular no Egito e tem intenções de fomentar uma revolta dos hebreus.

– Não tem qualquer chance de consegui-lo! A guarda do faraó não deixará.

– Se o ajudarmos, poderá nos ser útil mais tarde.

– Ajudá-lo... Mas como?

– Fazendo-o atravessar a fronteira e fornecendo armas aos hebreus. É provável que sejam exterminados, mas terão instalado a confusão em Pi-Ramsés.

MOISÉS RESPIROU profundamente o ar do Delta. Embora tendo-se tornado inimiga, aquela terra ainda o enfeitiçava. Deveria odiá-la, mas o verde suave das culturas e a doçura dos palmares deslumbravam-no, recordando-lhe o sonho de um jovem, amigo e confidente de um faraó do Egito, um sonho que consistia em permanecer a vida inteira ao lado de Ramsés, servindo-lhe, ajudando-o a transmitir o ideal de verdade e justiça de que se tinham alimentado as dinastias. Mas esse ideal pertencia ao passado; agora, era Jeová que guiava os passos do hebreu.

Graças aos dois beduínos, Moisés, a mulher e o filho entraram no território egípcio durante a noite, escapando às patrulhas que circulavam entre os fortins. Apesar do medo, Zípora não formulara críticas nem objeções; Moisés era seu marido e ela lhe devia obediência, seguindo-o até onde ele quisesse ir.

Com o nascer do sol e a ressurreição da natureza, Moisés sentiu o espírito reconfortado. Seria ali que travaria seu combate; quaisquer que fossem os obstáculos que se opusessem, Ramsés devia compreender que os hebreus exigiam libertar-se e manifestavam o desejo de formar uma nação, de acordo com a vontade divina.

A pequena família deteve-se nas aldeias, onde, como era costume, os viajantes eram acolhidos com benevolência. A maneira como Moisés se exprimia provava que era egípcio de raiz, e por causa disso os contatos com os aldeões foram facilitados. Passo a passo, o hebreu, a mulher e o filho chegaram aos arredores da capital.

– Construí uma boa parte desta cidade – confidenciou à esposa.

– Como é grande e bela! Vamos viver aqui?

– Por algum tempo.

– Onde nos alojaremos?

– Jeová providenciará.

Moisés e a família entraram no bairro das oficinas, animado por intensa atividade. O labirinto de ruelas surpreendeu Zípora, que já começava a ter saudade da existência calma de seu oásis. As pessoas interpelavam-se e gritavam de todos os lados. Marceneiros, alfaiates e fabricantes de sandálias trabalhavam com afinco. Jumentos carregados com potes contendo carne, peixe seco ou queijos passavam lentamente.

Mais adiante, as casas dos oleiros hebreus.

Nada mudara. Moisés as reconhecia todas, ouvia os cânticos familiares e deixava crescer em seu íntimo recordações em que a revolta se misturava com o entusiasmo da juventude. Quando parou numa pequena praça com um poço aberto no centro, um velho oleiro aproximou-se dele quase encostando em seu nariz.

– Já o vi antes... Mas... não é possível! Não é o famoso Moisés?

– Sou sim.

– Achamos que estivesse morto!

– Enganaram-se – disse Moisés, sorrindo.

– No seu tempo, nós, os oleiros, éramos mais bem tratados... Hoje, os que trabalham mal são obrigados a arranjar eles próprios a palha. Você teria protestado! Está vendo só? Ser obrigado a ir arranjar palha! E quantas discussões para se conseguir um aumento de salário!

– Tem pelo menos uma casa?

– Queria uma maior, mas a Administração tem deixado de lado meu pedido. Antigamente, creio que você teria me ajudado.

– Vou ajudá-lo.

 O oleiro olhou-o desconfiado.

– Não tinha sido acusado de um crime?

– Assim foi.

– Matou o marido da irmã de Ramsés, segundo dizem.

– Um chantagista e um carrasco – lembrou Moisés. – Não tinha intenção de matá-lo, mas a discussão deu no que deu.

– Então, matou-o mesmo... Mas eu o compreendo, sabe?

– Poderia dar-nos abrigo por esta noite, a mim e à minha família?

– Seja bem-vindo.

ASSIM QUE MOISÉS, a esposa e o filho adormeceram, o velho oleiro saiu da cama e, às escuras, dirigiu-se para a porta que dava para a rua.

Quando a entreabriu, ela rangeu. Assustado, o homem ficou parado durante algum tempo. Convencido de que Moisés não havia acordado, deslizou para fora da casa.

Se denunciasse o criminoso às autoridades, receberia uma boa recompensa.

Mal dera alguns passos na ruela, quando um punho forte o empurrou de encontro à parede.

– Aonde ia, canalha?

– Eu... eu estava sufocado, precisava de ar livre.

– Pretendia vender Moisés, não é verdade?

– Não, claro que não!

– Merecia que eu o estrangulasse.

– Deixe-o – ordenou Moisés, aparecendo no limiar da porta. – É um hebreu como nós. E você, quem é? Por que veio em meu auxílio?

– Meu nome é Aarão.

O homem era velho, mas forte; possuía uma voz grave e sonora.

– Como soube que eu estava aqui?

– Quem não o reconheceu neste bairro? O conselho dos anciãos deseja vê-lo e ouvi-lo.

## 8

Benteshina, o príncipe de Amurru, estava tendo um sonho delicioso. Uma jovem nobre originária de Pi-Ramsés e completamente nua, perfumada com mirra, subia por suas coxas como uma gata no cio.

De repente, ela hesitou e começou a oscilar, como um barco prestes a naufragar. Benteshina agarrou-se a seu pescoço.

– Senhor, senhor! Acorde!

Abrindo os olhos, o príncipe de Amurru viu que estava quase estrangulando seu mordomo. A claridade da madrugada iluminava o quarto.

– Por que veio importunar-me tão cedo?

– Erga-se, suplico-lhe, e olhe pela janela.

Hesitante, Benteshina seguiu a recomendação do serviçal. O peso de suas carnes flácidas dificultava-lhe o andar.

Não havia qualquer bruma sobre o mar; o dia anunciava-se esplêndido.

– O que há para ver?

– A entrada do porto, senhor!

Benteshina esfregou os olhos.

À entrada do porto de Beirute estavam três barcos de guerra egípcios.

– E as vias de acesso terrestre?

– Também estão cortadas; há um enorme exército egípcio espalhado por todo lado! A cidade está cercada.

– Acha encontra-se em boas condições? – perguntou Benteshina.

O mordomo baixou a cabeça.

– Nós o lançamos na masmorra como mandou.

– Traga-o!

O PRÓPRIO RAMSÉS dera de comer a seus dois cavalos, "Vitória em Tebas" e "A deusa Mut está satisfeita". Os dois soberbos animais nunca se separavam, ligados tanto no combate como na paz. Ambos apreciavam as carícias do monarca e soltavam relinchos de orgulho quando ele os felicitava por sua coragem. A presença de Matador, o leão núbio, não lhes inspirava o menor receio; não haviam enfrentado, na companhia da fera, milhares de soldados hititas?

O general do exército de Ra inclinou-se perante o rei.

– Majestade, nosso dispositivo está em posição. Nenhum habitante de Beirute escapará. Estamos prontos para atacar.

– Interceptem todas as caravanas que deveriam entrar na cidade.

– Devemos prever um cerco?

– É possível. Se Acha ainda estiver vivo, nós o libertaremos.

– Seria muito bom, Majestade, mas a vida de um só homem...

– Às vezes a vida de um só homem é muito preciosa, general.

Ramsés permaneceu com os cavalos e o leão durante toda a manhã. A calma deles parecia-lhe de bom augúrio. De fato, antes de o sol atingir o auge de sua trajetória, o ajudante-de-campo trouxe-lhe a notícia que esperava.

– Benteshina, o príncipe de Amurru, solicita audiência.

Envergando uma ampla túnica de seda multicor que disfarçava sua gordura, e perfumado com essência de rosas, Benteshina apresentou-se sorridente e descontraído.

– Saudações ao Filho da Luz, ao...

– Não tenho qualquer desejo de ouvir as lisonjas de um traidor.

O príncipe de Amurru não perdeu seu aparente bom humor.

– Nossa conversa deve ser construtiva, Majestade.

– Ao se vender aos hititas você fez uma má escolha.

– Resta-me um argumento decisivo: seu amigo Acha.

– Por acaso pensa que sua prisão numa masmorra me impedirá de arrasar esta cidade?

– Ao contrário, tenho certeza. Pois não enaltecem todos o senso de amizade de Ramsés o Grande? Um faraó que traísse os que lhe estão próximos atrairia a cólera dos deuses.

– Acha ainda está vivo?

– Está.

– Exijo uma prova.

– Vossa Majestade verá seu amigo e ministro das Relações Exteriores aparecer no topo da torre principal de meu palácio. Não nego que a estada de Acha na prisão por tentativa de fuga lhe tenha causado alguns incômodos físicos, mas nada de grave.

– O que exige em troca de sua libertação?

– Seu perdão. Quando eu entregar seu amigo, esquecerá que o traí ligeiramente e fará um decreto afirmando que sua confiança em mim permanece inabalável. É pedir muito, concordo, mas preciso salvaguardar meu trono e meus modestos bens. Ah... se tivesse a lamentável idéia de me deter como prisioneiro, é claro que seu amigo seria executado.

Ramsés permaneceu em silêncio por um longo momento.

– Preciso refletir – disse com calma.

Benteshina tinha apenas um receio: que a questão de Estado se sobrepusesse à amizade. A hesitação de Ramsés o fez estremecer.

– Preciso de tempo para convencer meus generais – explicou o rei. – Crê que é fácil renunciar a uma vitória e perdoar um criminoso?

Benteshina ficou mais aliviado.

– "Criminoso" não será um termo exagerado, Majestade? A política das alianças é uma arte difícil; visto que aplico uma honrosa correção, por que não esquecer o passado? O Egito representa meu futuro e darei provas da minha fidelidade, pode ter certeza disso. Se me atrevesse, Majestade...

– Ainda há mais?

– Tanto a população como eu veríamos com maus olhos um bloqueio à cidade. Estamos habituados a viver bem, e a entrega das mercadorias faz parte de nosso pacto. Enquanto espera a redação de seu decreto e sua própria libertação, até mesmo Acha ficará satisfeito por estar sendo bem alimentado.

Ramsés ergueu-se. A audiência estava terminada.

– Ah, Majestade... se eu pudesse saber quanto tempo vai demorar sua reflexão...

– Alguns dias.

– Estou convencido de que chegaremos a um acordo vantajoso tanto para o Egito quanto para a província de Amurru.

RAMSÉS MEDITAVA em frente ao mar, com o leão deitado a seus pés. As ondas vinham dissolver-se perto do rei, e os golfinhos brincavam a distância. O vento sul soprava com força.

Setaou sentou-se à direita do monarca.

– Não gosto do mar, faltam-lhe serpentes. E nem se pode ver a outra margem.

– Benteshina está fazendo chantagem comigo.

– E você está hesitando entre o Egito e Acha.

– Está me censurando?

– Eu o censuraria se fosse o contrário; mas sei qual a solução que deve escolher, e ela não me agrada.

– Tem algum plano?

– Se não tivesse, por que haveria de perturbar a reflexão do senhor das Duas Terras?

– Acha não deve correr qualquer risco.

– Está pedindo muito.

– Tem uma chance real de vencer?

– Uma, talvez.

O MORDOMO DE BENTESHINA procurava satisfazer os desejos intermináveis de seu senhor. O príncipe de Amurru bebia muito, mas só consumia vinhos das melhores colheitas; embora as adegas do palácio fossem constantemente reabastecidas, os numerosos banquetes esvaziavam-nas rapidamente. O mordomo aguardava, portanto, cada fornecimento com impaciência.

Quando as tropas egípcias haviam cercado Beirute, a cidade esperava a chegada de uma caravana que deveria entregar uma centena de ânforas de vinho tinto do Delta no palácio. Era esse o vinho preferido de Benteshina e não outro qualquer.

Qual não foi o contentamento do mordomo ao ver entrar no grande pátio uma fila de carroças carregadas com ânforas de vinho! O bloqueio havia sido finalmente levantado. Graças à chantagem, Benteshina vencera Ramsés.

O mordomo precipitou-se até o condutor da carroça da frente e deu-lhe as instruções: uma parte dos jarros iria para a adega, outra, para o celeiro próximo da cozinha, e uma terceira, para uma despensa ligada à sala dos banquetes.

A descarga da mercadoria começou, ritmada por canções e brincadeiras.

– Poderíamos... provar? – sugeriu o mordomo ao chefe da caravana.

– Boa idéia.

Os dois homens entraram na adega. O mordomo inclinou-se sobre um dos jarros, imaginando o sabor frutado do bom vinho. Enquanto acariciava o formato bojudo do recipiente, uma violenta pancada na nuca o fez cair.

O chefe da caravana, na verdade um oficial do exército de Ramsés, ajudou a sair dos jarros Setaou e os outros membros do comando. Armados com achas leves recortadas, feitas com três cavilhas salientes enfiadas no cabo e solidamente atadas, eliminaram os guardas libaneses, que não esperavam um ataque vindo do interior.

Enquanto alguns membros do comando abriam o portão principal da cidade, permitindo a entrada dos soldados de infantaria do exército de Ra, Setaou precipitou-se até os aposentos de Benteshina. Quando dois libaneses tentaram barrar-lhe a passagem, soltou algumas víboras, furiosas por terem estado muito tempo fechadas num saco.

À vista do réptil que Setaou empunhava, Benteshina apavorou-se.

– Liberte Acha, ou morrerá!

Benteshina não pensou duas vezes. Tremendo, resfolegando como um boi cansado, ele próprio abriu a porta do compartimento em que Acha estava preso.

Quando constatou que o amigo se encontrava bem de saúde, Setaou ficou tão comovido que, esquecendo, esboçou um gesto infeliz: abriu a mão, e a víbora, ao ver-se livre, saltou sobre Benteshina.

## 9

Aproximando-se suavemente dos 50 anos, esguia, de nariz fino e reto, grandes olhos amendoados, severos e penetrantes, queixo quase quadrado, a rainha-mãe Touya continuava a ser a guardiã da tradição e a consciência do reino do Egito. À frente de um numeroso pessoal, aconselhava sem emitir ordens, mas velava para que fossem respeitados os valores que tinham feito da monarquia egípcia um regime firme, marco de união entre o visível e o invisível.

Ela, que as inscrições oficiais designavam como "a mãe do deus, a que deu ao mundo Ramsés, o touro poderoso", vivia na recordação do falecido marido, o faraó Sethi. Juntos, haviam construído um Egito forte e tranqüilo que o filho tinha por dever manter no caminho da prosperidade. Ramsés possuía a mesma energia do pai, a mesma fé em sua missão, e nada lhe interessava mais do que a felicidade de seu povo.

Para salvar o Egito da invasão, fora obrigado a entrar em guerra com os hititas. Touya aprovara a decisão do filho, pois compactuar com o mal só podia conduzir ao desastre; por isso, combater era a única atitude aceitável.

Mas o conflito prolongava-se, e Ramsés continuava a correr perigos. Touya rezava para que a alma de Sethi, transformada em estrela, protegesse o faraó. Com a mão direita, segurava o cabo de um espelho que tinha a forma de uma haste de papiro, hieróglifo que significava "ser verdejante, desabrochado, jovem"; quando o precioso objeto era colocado num túmulo, isso garantia à alma de sua proprietária uma eterna juventude. Touya orientou o disco de bronze para o sol e perguntou ao espelho o segredo do futuro.

– Posso importuná-la?

A rainha-mãe voltou-se lentamente.

– Nefertari...

A grande esposa real, com seu longo vestido branco preso na cintura por um cinto vermelho, era tão bela como as deusas pintadas nas paredes das moradas de eternidade dos Vales dos Reis e das Rainhas.

– Nefertari, traz-me boas notícias?

– Ramsés libertou Acha e reconquistou a província de Amurru. Beirute encontra-se de novo sob o controle egípcio.

As duas mulheres abraçaram-se.

– Quando regressará?

– Não sei – respondeu Nefertari.

Enquanto as duas mulheres continuavam conversando, Touya sentou-se à mesa de maquiagem. Com as pontas dos dedos, massageou o rosto com uma pomada cujos principais componentes eram mel, natrão vermelho, pó de alabastro, leite de jumenta e sementes de alforva, e que servia para desfazer as rugas, dar firmeza à epiderme e rejuvenescer a pele.

– Está preocupada, Nefertari.

– Receio que Ramsés esteja decidido a ir mais longe.

– Para o norte, para Kadesh...

– Para uma nova armadilha que lhe será preparada por Muwattali, o imperador hitita. Ao deixá-lo reconquistar com certa facilidade os territórios que pertencem à nossa zona de influência, não estará o anatólio atraindo nosso exército para uma emboscada?

OS CHEFES DE TRIBO estavam reunidos na espaçosa mansão de tijolos frescos de Aarão. Tinham imposto silêncio a todos os hebreus; disso dependia a segurança de Moisés, cujo regresso devia ser ignorado pela guarda egípcia.

Moisés continuava popular, e muitos esperavam que ele fosse capaz, como antigamente, de conferir dignidade à pequena população de oleiros. Mas não era essa a opinião de Libni, o superior nomeado por seus pares para manter uma relativa coesão entre os clãs.

– Por que regressou, Moisés? – perguntou o ancião de voz áspera.

– Vi na montanha uma sarça em chamas que não se consumia.

– Uma ilusão.

– Não, o sinal da presença divina.

– Perdeu a cabeça, Moisés?

– Deus chamou-me do meio das chamas e falou-me.

Os anciãos murmuravam entre si.

– Que lhe disse Ele?

– Deus ouviu os lamentos e os gemidos dos filhos de Israel, sujeitos à servidão.

– Preste atenção, Moisés. Nós somos trabalhadores livres e não prisioneiros de guerra!

– Os hebreus não são livres para agir como querem.

– Claro que somos! Mas aonde pretende chegar?

– Deus disse-me: "Quando tiveres conduzido o povo para fora do Egito, prestarás culto a Deus nesta montanha."

Os chefes de tribo entreolharam-se, consternados.

– Fora do Egito? – exclamou um deles. – O que significa isso?

– Deus viu a miséria de seu povo no Egito, quer libertá-lo e conduzi-lo até um país fértil e vasto.

Libni irritou-se.

– O exílio virou sua cabeça, Moisés. Estamos instalados aqui há muito tempo; você nasceu no Egito, e este país tornou-se nossa pátria.

– Passei vários anos em Madiã, onde trabalhei como pastor, casei e tive um filho. Estava convencido de que minha existência tinha tomado um rumo definitivo, mas Deus decidiu de outra forma.

– Estava escondido por ter cometido um crime.

– Matei um egípcio, é verdade, porque ele estava tentando matar um hebreu.

– Nada temos a censurar em Moisés – interveio um chefe de tribo. – Compete a nós protegê-lo agora.

Os outros membros do conselho concordaram.

– Se deseja viver aqui – declarou Libni –, nós o esconderemos. Mas deve abandonar seus projetos insensatos.

– Saberei convencê-los, um a um se necessário, pois é essa a vontade de Deus.

– Não temos intenção de deixar o Egito – afirmou o mais jovem chefe de tribo. – Possuímos aqui casas e jardins, os melhores oleiros acabam de ser aumentados e todos têm comida. Por que deveríamos abandonar esse conforto?

– Porque devo conduzi-los à Terra Prometida.

– Você não é nosso líder – objetou Libni – e não ditará nossa conduta.

– Obedecerá, porque Deus assim o exige.

– Sabe com quem está falando?

– Não queria ofendê-lo, Libni, mas não tenho o direito de disfarçar minhas intenções. Que homem poderia ser suficientemente vaidoso para acreditar que sua vontade é mais forte do que a de Deus?

– Se é realmente seu enviado, terá de provar.

– Não duvide, pois as provas serão abundantes.

ESTENDIDO NUM CÔMODO LEITO, Acha deixava-se massagear por Lótus, cujas mãos acariciadoras dissipavam dores e contrações. A bela núbia, apesar da aparente fragilidade, demonstrava espantosa energia.

– Como se sente?

– Melhor... Mas abaixo dos rins as dores ainda são intoleráveis.

– Mas vai tolerá-las mesmo assim! – trovejou a voz de Setaou, que acabava de entrar na tenda de Acha.

– Sua mulher é divina.

– Talvez, mas é minha mulher.

– Setaou! Não está imaginando...

– Os diplomatas são astutos e mentirosos, e você é o melhor de todos. Levante-se, Ramsés nos espera.

Acha voltou-se para Lótus.

– Pode ajudar-me?

Setaou puxou violentamente Acha pelo braço e o obrigou a pôr-se de pé.

– Já está bom. Não precisa mais de massagem!

O encantador de serpentes estendeu ao diplomata um saiote e uma camisa.

– Apresse-se, o rei detesta esperar.

DEPOIS DE TER NOMEADO um novo príncipe para Amurru, um líbio educado no Egito, cuja fidelidade talvez não fosse tão flutuante como a de Benteshina, Ramsés procedera a uma série de nomeações na Fenícia e na Palestina. Queria

 que os príncipes, os presidentes das câmaras e os chefes de

aldeia fossem autóctones capazes de se comprometer, sob juramento, a respeitar sua aliança com o Egito. Se traíssem sua palavra, o exército interviria de imediato. Com essa finalidade, Acha elaborara um sistema de observação e informação no qual depositava grandes esperanças: presença militar escassa, mas com uma rede de correspondentes bem remunerados. O chefe da diplomacia egípcia acreditava nas virtudes da espionagem.

Ramsés desdobrara sobre uma mesa baixa um mapa do Oriente Médio. Os esforços de suas tropas haviam sido recompensados: Canaã, Amurru e o sul da Síria formavam de novo uma vasta zona-tampão entre o Egito e o Hatti.

Era a segunda vitória de Ramsés sobre os hititas. Tinha agora de tomar uma decisão vital para o futuro das Duas Terras.

Setaou e Acha, este menos elegante do que habitualmente, entraram finalmente na tenda do conselho em que estavam reunidos generais e oficiais superiores.

– Foram desmanteladas todas as praças-fortes inimigas?

– Sim, Majestade – disse o general do exército de Ra. – A última, a de Shalom, caiu ontem.

– *Shalom* significa "paz" – esclareceu Acha. – Atualmente ela reina nessas regiões.

– Devemos continuar mais para o norte – perguntou o rei – para tomarmos Kadesh e desferir o golpe final nos hititas?

– É esse o desejo dos oficiais superiores – declarou o general. – Devemos completar nossa vitória exterminando os bárbaros.

– Não temos qualquer chance de consegui-lo – afirmou Acha. – Mais uma vez, os hititas foram recuando à medida que nós avançávamos; suas tropas estão intactas e preparam emboscadas das quais sairemos muito enfraquecidos.

– Com Ramsés no comando – entusiasmou-se o general –, venceremos!

– Você ignora tudo a respeito do terreno. Os hititas nos esmagarão nos altos planaltos da Anatólia, nos desfiladeiros, nas florestas. E mesmo em Kadesh, milhares de soldados de infantaria morrerão sem termos certeza de que poderemos tomar a cidadela.

– Receios fúteis de diplomata... Desta vez estamos preparados.

– Retirem-se – ordenou Ramsés. – Saberão a minha decisão nas primeiras horas da manhã.

## 10

Graças à hospitalidade de Aarão, Moisés passou algumas semanas tranqüilas no bairro dos oleiros. A mulher e o filho saíam livremente e iam descobrindo, intrigados, a vida animada da capital egípcia. Rapidamente integrados no clã hebreu, não tardaram em conviver com egípcios, asiáticos, palestinos, núbios e outros habitantes de Pi-Ramsés que se cruzavam constantemente nas ruelas da cidade.

Moisés vivia recluso. Por várias vezes pedira para ser ouvido novamente pelo conselho dos anciãos. Perante chefes incrédulos e críticos, Moisés não voltara atrás em suas primeiras declarações.

– Sua alma continua atormentada? – perguntou Aarão.

– Agora não, desde que a sarça ardente me apareceu.

– Ninguém aqui acredita que tenha se encontrado com Deus.

– Quando um homem sabe da missão que deve realizar neste mundo, não existe mais dúvida nele. Meu caminho está traçado, Aarão.

– Mas você está só, Moisés!

– Apenas aparentemente. Minhas convicções acabarão por abalar os espíritos.

– Nada falta aos hebreus em Pi-Ramsés; no deserto, onde encontrará alimento?

– Deus velará por isso.

– Você possui a envergadura de um líder, mas segue por caminho errado. Mude de nome e de aparência, esqueça seus projetos insensatos e retome seu lugar entre os seus. Assim, envelhecerá em paz, honrado e tranqüilo, à frente de uma saudável e numerosa família.

– Esse não é meu destino, Aarão.

– Modifique aquele que imaginou.

– Já não sou responsável por ele.

– Por que há de estragar assim sua vida, se a felicidade está a seu alcance?

Bateram à porta da casa de Aarão.

– É a guarda, abram!

Moisés sorriu.

– Como vê, Aarão, não me deixam escolha.

– Você tem de fugir!

– Esta porta é a única saída.

– Eu o defenderei.

– Não, Aarão.

O próprio Moisés abriu a porta.

Serramanna, o gigante sardo, olhou o hebreu com espanto.

– Afinal, não me mentiram... Você voltou mesmo.

– Quer entrar e compartilhar nossa refeição?

– Foi um hebreu que o denunciou, Moisés, um oleiro que receava perder o emprego por causa de sua presença neste bairro. Siga-me, pois tenho de levá-lo para a prisão.

Aarão interpôs-se.

– Moisés deve ser julgado.

– E será.

– A menos que você o elimine antes do processo.

Serramanna agarrou Aarão pela gola da túnica.

– Está me chamando de assassino?

– Não tem o direito de me agredir!

O sardo soltou Aarão.

– Tem razão... E você tem o direito de me insultar?

– Se Moisés for preso, será executado.

– A lei aplica-se a todos, mesmo aos hebreus.

– Fuja, Moisés, volte para o deserto! – implorou Aarão.

– Sabe bem que partiremos juntos para lá.

– Nunca mais sairá dessa prisão.

– Deus me ajudará.

– Vamos, ande! – exigiu Serramanna. – Não me obrigue a amarrar-lhe as mãos.

SENTADO NUM CANTO de sua cela, Moisés observava o raio de luz que se esgueirava por entre as grades. Ele fazia cintilar os milhares de grãos de poeira em suspensão, e pisava no chão de terra batida, socada pelos pés dos prisioneiros.

Em Moisés arderia para sempre o fogo da sarça ardente, a energia da montanha de Jeová. Esquecia o passado, esquecia a mulher e o filho: agora, apenas o êxodo contava para ele, a partida do povo hebreu para a Terra Prometida.

Uma esperança louca para um homem fechado numa cela da grande prisão de Pi-Ramsés e que a justiça egípcia condenaria à morte por assassinato premeditado, ou talvez a trabalhos forçados no degredo dos oásis. Apesar de sua confiança em Jeová, Moisés às vezes descobria-se em dúvida. Como faria Deus para libertá-lo e lhe permitir cumprir sua missão?

O hebreu cochilava quando longínquos clamores o arrancaram de seu torpor. Aumentaram minuto a minuto até se tornarem ensurdecedores. A cidade inteira parecia enlouquecida.

RAMSÉS O GRANDE estava de regresso.

Ninguém o esperava senão daí a alguns meses, mas era ele mesmo, soberbo em seu carro puxado por "Vitória em Tebas" e "A deusa Mut está satisfeita", seus dois cavalos ornados com plumas vermelhas de extremidades azuis. À direita do carro avançava Matador, o enorme leão núbio, olhando as pessoas amontoadas como animais curiosos ao longo do percurso. Ramsés estava radiante, com a coroa azul, a serpente *uraeus* de ouro na testa e o torso envolto numa indumentária ritualística na qual haviam sido pintadas asas verde-azuladas que colocavam o soberano sob a proteção de Ísis, o falcão fêmea.

A uma só voz, os soldados entoavam o cântico que se tornara tradicional: "O braço de Ramsés é poderoso, seu coração, valente; é um arqueiro sem-par, uma muralha para seus soldados, uma chama que queima seus inimigos." Ramsés surgia como o eleito da luz divina e o falcão de vitórias grandiosas.

Generais, oficiais de cavalaria e infantaria, escribas do exército, soldados, todos envergaram seus trajes de cerimônia para desfilar atrás dos porta-estandartes. Aclamados pela multidão, os militares pensavam nas licenças e nos prêmios que os fariam esquecer a dureza dos combates. Na vida militar, não havia momento melhor do que o do regresso ao redil, sobretudo quando era triunfal.

Apanhados desprevenidos, os jardineiros não tiveram tempo para decorar com flores a grande avenida de Pi-Ramsés que conduzia aos templos de Ptah, o deus da criação pelo Verbo, e de Sekhmet, a deusa terrível, detentora do poder de destruição e cura. Entretanto, os cozinheiros cansavam-se assando patos, peças de carne de vaca e pedaços de porco e enchendo os cestos com peixes secos, legumes e frutos. Das adegas saíam jarros de cerveja e de vinho. Os pasteleiros preparavam os bolos em tempo recorde. Os elegantes tinham vestido seus trajes de festa, e as servas acabavam de perfumar as perucas de suas amas.

Na fila do cortejo, várias centenas de prisioneiros asiáticos, cananeus, palestinos e sírios; uns tinham as mãos atadas atrás das costas, outros avançavam livremente, com as mulheres e os filhos a seu lado. No dorso dos jumentos seguiam as trouxas com seus poucos pertences. Os prisioneiros iam ser conduzidos ao gabinete de triagem da capital, que os distribuiria pelas terras e os canteiros de obras dos templos. Cumpririam sua pena de cativeiro como operários ou trabalhadores agrícolas e, no fim, poderiam escolher entre integrar-se na sociedade egípcia ou regressar a seu país de origem.

Seria a paz ou uma simples trégua? O faraó havia esmagado definitivamente os hititas ou regressava para retomar forças e tornar a partir para a guerra? Os que nada sabiam eram os mais prolixos e falavam da morte do imperador Muwattali, da tomada da cidadela de Kadesh e da destruição da capital hitita. Todos esperavam pela cerimônia das recompensas, durante a qual Ramsés e Nefertari apareceriam à janela do palácio real e ofereceriam colares de ouro aos soldados mais valorosos.

Para surpresa geral, Ramsés esqueceu o palácio e se dirigiu para o templo de Sekhmet. Somente ele havia detectado no céu o aparecimento de uma nuvem que crescia e escurecia, a grande velocidade. Os cavalos ficaram nervosos, e o leão rugiu.

Aproximava-se uma tempestade.

O medo tomou o lugar da alegria. Se a deusa terrível desencadeava a fúria das nuvens, não seria o sinal de que a guerra ameaçava o reino do Egito e Ramsés deveria voltar sem demora para o campo de batalha?

Os soldados pararam de cantar.

Todos tiveram consciência de que o faraó iniciava um novo combate, no decurso do qual deveria acalmar Sekhmet e impedi-la de jogar sobre o país seu cortejo de desgraças e sofrimentos.

Ramsés apeou, acariciou as cabeças dos cavalos e do leão e depois meditou no vestíbulo interno do templo. A nuvem dividira-se e multiplicara-se, transformando-se em dez, em cem. Escurecido, o céu começava a ocultar a luz do sol.

Esquecendo o cansaço da viagem e os festejos que Pi-Ramsés se dispunha a celebrar, o monarca preparou-se para enfrentar a Terrível. Só ele poderia dissipar sua fúria.

Ramsés empurrou a grande porta de cedro recoberta de ouro e entrou na puríssima sala, na qual depositou a coroa azul. Depois, avançou lentamente entre as colunas da primeira sala, passou pelo limiar da sala misteriosa e se dirigiu para o *naos*.

Foi então que a viu, luminosa, na penumbra.

Seu longo vestido branco refulgia como o sol, o perfume de sua peruca encantava a alma, a nobreza de seu porte igualava-se à das pedras do templo.

A voz de Nefertari ecoou, suave como o mel. Pronunciou as palavras de veneração e de apaziguamento que, desde a origem da civilização egípcia, transformavam a Terrível em doçura de amor. Ramsés ergueu as mãos com as palmas abertas para a estátua da mulher com cabeça de leoa e leu as fórmulas gravadas nas paredes.

Terminada a litania, a rainha, criatura magnífica em quem havia se operado a transmutação, apresentou ao rei a coroa vermelha do Baixo Egito, a coroa branca do Alto Egito e o cetro denominado "poder".

Com a dupla coroa e o cetro na mão, Ramsés inclinou-se perante a energia benéfica presente na estátua.

Quando o casal real saiu do templo, um sol luminoso inundava o céu da cidade da turquesa. A tempestade havia se dissipado.

## 11

Logo a seguir à entrega de colares aos mais valorosos, Ramsés visitou Homero, o poeta grego que decidira instalar-se no Egito para ali compor suas grandes obras e acabar seus dias. Sua confortável moradia, perto do palácio, era rodeada por um jardim cuja mais bela árvore, um limoeiro, alegrava a vista enfraquecida do velho poeta de longa barba branca. Quando o rei do Egito caminhou até ele, Homero fumava, como de hábito, folhas de sálvia comprimidas num fornilho de cachimbo feito com uma grande concha de caracol e bebia uma taça de vinho perfumado com anis e coentro.

O poeta ergueu-se, apoiado em uma bengala nodosa.

– Fique sentado, Homero.

– Quando deixarmos de saudar o faraó como é devido, será o fim da civilização.

Os dois homens instalaram-se em cadeiras de jardim.

– Tive razão ao escrever estas frases, Majestade: "Quer se combata com ardor ou se permaneça inativo, a vantagem é a mesma. São reservadas as mesmas honrarias ao covarde e ao corajoso. Foi então por nada que o meu coração correu tantos perigos, foi por nada que arrisquei minha vida em tantos conflitos?"

– Não, Homero.

– Portanto, ei-lo de regresso como vencedor.

– Os hititas foram repelidos para suas posições tradicionais. O Egito não será invadido.

– Festejemos o acontecimento, Majestade. Acabaram de entregar-me um vinho notável.

O cozinheiro de Homero trouxe uma ânfora cretense de gargalo estreito, que deixava passar apenas um filete de vinho misturado com água do mar, recolhida na noite do solstício de verão em que soprava o vento norte e conservada durante três anos.

– O texto da batalha de Kadesh está terminado – revelou Homero. – Ditei-o a seu secretário particular, Ameni, que o anotou e transmitiu aos escultores.

– Será gravado nas paredes dos templos e proclamará a vitória da ordem sobre o caos.

– Felizmente! Majestade, há sempre que recomeçar o combate! Não é da própria natureza do caos querer sempre devorar a ordem?

– Foi por essa razão que a instituição faraônica foi instaurada. Só ela pode consolidar o reino de Maât.

– Sobretudo, não a modifique. Tenho intenção de viver feliz durante muito tempo nesta terra.

Heitor, o gato preto rajado de branco de Homero, saltou para os joelhos do poeta e afiou as unhas em sua túnica.

– Oitocentos quilômetros entre sua capital e a dos hititas... Será a distância suficiente para manter as trevas afastadas?

– Enquanto o sopro vital me animar, eu tentarei.

– A guerra não terminou. Quantas vezes ainda terá de voltar para lá?

QUANDO RAMSÉS SAIU da casa de Homero, encontrou Ameni, que o esperava. Mais pálido do que habitualmente, emagrecido, com alguns cabelos a menos, o secretário particular do rei parecia quase partir-se, de tão frágil. Trazia preso na orelha um pincel de que se esquecera.

– Gostaria de consultá-lo urgentemente, Majestade.

– Algum assunto de seus dossiês está criando problemas?

– De um dossiê, não...

– Concede-me alguns instantes para ver minha família?

– Antes disso, o protocolo impõe-lhe certa quantidade de cerimônias e audiências... Tenho que passar por cima de tudo isso, porque há algo muito mais importante: "ele" regressou.

– Está querendo dizer que...

– Sim, Moisés voltou.

– Está em Pi-Ramsés?

– Tem que admitir que Serramanna não cometeu qualquer falta detendo-o. Se o tivesse deixado em liberdade, a justiça teria sido ridicularizada.

– Moisés foi preso?

– Era necessário que fosse.

– Quero vê-lo imediatamente.

– É impossível, Majestade. O faraó não pode intervir num caso de justiça, mesmo que um amigo seja incriminado.

– Temos as provas de sua inocência!

– É preciso seguir os processos normais; se o faraó não fosse o primeiro servidor de Maât e da justiça, este país mergulharia na desordem e na confusão.

– Você é um verdadeiro amigo, Ameni.

O JOVEM KHA COPIAVA um texto célebre, que gerações de escribas haviam copiado e recopiado antes dele:

> Como herdeiros, os escribas que atingiram o conhecimento dispõem dos livros de sabedoria. Seu filho bem-amado dispõe da tabuazinha para escrever. Seus livros são suas pirâmides, os pincéis, seus filhos e a pedra coberta de hieróglifos, sua esposa. Os monumentos desaparecem, a areia recobre as estelas, os túmulos são esquecidos, mas o nome dos escribas que viveram a sabedoria perdura por causa do esplendor de suas obras. Seja escriba e grave este pensamento em seu coração: um livro é mais útil que o muro mais sólido. Vai lhe servir de templo, mesmo depois de ter perecido; pelo livro, seu nome sobreviverá na boca dos homens, será mais sólido do que uma casa bem construída.

O adolescente não estava completamente de acordo com o autor daquelas máximas; é verdade que os escritos atravessavam as épocas, mas não se passava o mesmo com as moradas da eternidade e os santuários de pedra que os mestres-de-obras haviam edificado? O escriba autor daquelas linhas elogiara a excelência de sua profissão a ponto de chegar ao exagero. Por isso, Kha havia jurado ser simultaneamente escriba e mestre-de-obras para não limitar seu espírito.

Desde que o pai o fizera enfrentar a morte sob a forma de uma cobra, o filho mais velho de Ramsés amadurecera muito e pusera definitivamente de lado as brincadeiras infantis. Que fascínio podia ter um cavalo de pau com rodas diante do problema matemático, levantado pelo escriba Ahmes, num papiro apaixonante oferecido por Nefertari? Ahmes comparava o círculo a um quadrado cujo lado correspondia a 8/9 de seu diâmetro, o que permitia atingir uma relação de harmonia com base no valor 3,16.* Logo que tivesse oportunidade, Kha estudaria a geometria dos monumentos para descobrir o segredo dos construtores.

– Posso interromper as reflexões do príncipe Kha? – perguntou o diplomata Meba.

O adolescente não levantou a cabeça.

– Se considera necessário...

Ultimamente, o adjunto do ministro das Relações Exteriores vinha muitas vezes conversar com Kha. O filho do faraó detestava sua arrogância de aristocrata e seus gastos mundanos, mas apreciava-lhe a cultura e os conhecimentos literários.

– Ainda trabalhando, príncipe?

– Há forma melhor de alegrar o coração?

– Eis uma sábia pergunta em lábios tão jovens! No fundo, tem razão. Como escriba e filho de rei, dará ordens a dezenas de servos, não manejará o arado nem a picareta, suas mãos permanecerão macias, escapará às tarefas pesadas, não arcará com nenhum peso excessivo, habitará uma *villa* soberba, suas cavalariças estarão repletas de esplêndidos cavalos, vestirá todos os dias roupas luxuosas, sua cadeira de carregadores será confortável e gozará da confiança do faraó.

– Sei que muitos escribas preguiçosos e com lugar garantido vivem realmente assim; quanto a mim, espero ser

*A determinação prática do famoso pi ($\pi$), segundo o papiro Rhind.

capaz de ler os textos difíceis, participar da redação dos rituais e ser admitido como portador de oferendas nas procissões.

– São ambições bem modestas, príncipe Kha.

– Pelo contrário, Meba! Exigem grandes esforços.

– O filho mais velho de Ramsés não se encaminha ao mais alto destino?

– Os hieróglifos são meus guias; alguma vez eles mentiram?

Meba ficava perturbado com as afirmações daquele rapazinho de 12 anos; tinha a sensação de dialogar com um escriba experiente, senhor de si e indiferente à lisonja.

– A vida não é somente trabalho e rigor.

– Não concebo a minha de outra forma, Meba. Será isso condenável?

– Não, claro que não.

– Você, que ocupa um posto importante, goza assim de tantas oportunidades de distração?

O diplomata evitou o olhar de Kha.

– Estou sempre muito ocupado, pois a política internacional do Egito exige grande competência.

– Não é meu pai que toma as decisões?

– Com certeza, mas meus colegas e eu próprio trabalhamos com afinco para lhe facilitar a tarefa.

– Gostaria de conhecer em pormenores seu trabalho.

– É muito complexo, não sei se...

– Vou me esforçar para compreender.

A chegada de Meritamon, a irmãzinha de Kha, alegre e cheia de vida, aliviou o diplomata.

– Está brincando com meu irmão? – perguntou a menina.

– Não, vim apenas trazer-lhe um presente.

Interessado, Kha ergueu a cabeça.

– O que é?

– Este porta-pincéis, príncipe.

Meba mostrou-lhe uma linda coluna oca de madeira dourada em miniatura, contendo 12 pincéis de tamanhos diferentes.

– É... é muito bonito! – exclamou o príncipe, pousando sobre uma banqueta o pincel que estava utilizando.

– Posso ver? – perguntou Meritamon.

– Tem que ser cuidadosa – disse Kha, muito sério. – Estes objetos são frágeis.

– Vai deixar-me escrever?

– Desde que tenha muita atenção e se esforce para evitar os erros.

Kha deu à irmã um pedaço de papiro usado e um pincel novo, cuja ponta ela mergulhou na tinta. Atento, o príncipe ficou vendo a irmã desenhar os hieróglifos com cuidado.

Concentradas em sua tarefa, as duas crianças esqueceram a presença de Meba. Era o momento que o diplomata esperava.

Apanhou o pincel usado de Kha e sumiu.

## 12

Iset a Bela sonhara durante toda a noite com a cabana de juncos, onde, pela primeira vez, fizera amor com Ramsés. Ali haviam ocultado sua paixão, sem pensar no futuro, saboreando o momento com a avidez de seu desejo.

Iset nunca desejara tornar-se rainha do Egito; a função ultrapassava-a, e só Nefertari era capaz de desempenhá-la. Mas como esquecer Ramsés? Como esquecer o amor que continuava inflamando-lhe o coração? Enquanto o rei combatia, ela sentia-se morrer de angústia. Seu espírito evadia-se, não desejava mais se maquiar, vestia qualquer roupa, não se calçava mais.

Logo que ele regressara, a perturbação desfizera-se, e a beleza reencontrada de Iset teria seduzido o homem mais indiferente que a tivesse visto, trêmula e inquieta, no corredor do palácio que ligava o gabinete de Ramsés a seus aposentos privados. Quando passasse por ali, Iset o abordaria... Não, sua vontade era fugir dali.

Se importunasse Ramsés, ele a mandaria para a província, seria condenada a nunca mais vê-lo. Existiria castigo mais insuportável?

Quando o rei apareceu, as pernas de Iset tremeram. Não teve forças para sair do lugar nem conseguiu afastar os olhos de Ramsés, que tinha o poder e o porte distinto de um deus.

– O que faz aqui, Iset?

– Queria dizer-lhe... Dei-lhe outro filho.

– A ama já me apresentou; Merneptah é soberbo.

– Eu o amarei tanto quanto Kha.

– Tenho certeza de que sim.

– Para você continuarei a ser o pedaço de terra que cultivará, o lago onde se banhará... Deseja outros filhos, Ramsés?

– A instituição das crianças reais velará por isso.

– Peça-me o que desejar... Minha alma e meu corpo lhe pertencem.

– Engana-se, Iset. Nenhum ser humano pode ser proprietário de outro ser humano.

– E, no entanto, eu sou sua, e pode tomar-me na palma da mão tal qual um pássaro caído do ninho. Privada de seu calor, eu definharei.

– Eu amo Nefertari, Iset.

– Nefertari é uma rainha, eu sou apenas uma mulher; não poderia amar-me com um outro tipo de amor?

– Com ela, construo um mundo. Apenas a grande esposa real partilha esse segredo.

– Permite... que eu permaneça no palácio?

A voz de Iset a Bela mal era ouvida; da resposta de Ramsés dependia seu futuro.

– Aqui você criará Kha, Merneptah e minha filha Meritamon.

O CRETENSE QUE PERTENCIA ao regimento de mercenários comandado por Serramanna investigava as aldeias do Médio Egito próximas da cidade abandonada de Akhenaton, o faraó herético. Antigo pirata como seu chefe, ia-se habituando à vida egípcia e aos benefícios materiais que esta lhe proporcionava. Embora sentisse saudade do mar, consolava-se percorrendo o Nilo em pequenos barcos rápidos e se divertia vencendo as armadilhas daquele rio de reações súbitas e imprevisíveis. Até um marinheiro experiente devia mostrar-se humilde perante sua corrente, aos bancos de areia dissimulados sob uma fina camada d'água e às manadas de hipopótamos furiosos.

O cretense mostrara o retrato da jovem loura assassinada a centenas de camponeses, sem sucesso. Para dizer a verdade, cumpria sua missão sem entusiasmo, convencido de que a vítima era originária de Pi-Ramsés ou de Mênfis. Serramanna enviara seus emissários para todas as províncias, na esperança de que um deles conseguisse um indício essencial, mas a sorte não sorria para o cretense. A parte que lhe coubera consistia em uma tranqüila zona rural, que vivia ao ritmo das estações; não seria ele que receberia o prêmio prometido pelo gigante sardo, mas mesmo assim realizava sua tarefa minuciosamente, satisfeito por passar muitas horas em albergues acolhedores. Mais dois ou três dias de investigações e regressaria a Pi-Ramsés de mãos abanando, mas muito feliz com sua estada.

Instalado numa boa mesa, observou a jovem que servia as cervejas. Risonha e descontraída, gostava de provocar os clientes. O cretense decidiu tentar a sorte.

Agarrou-a pela manga da túnica.

– Agrada-me, pequena.

– Quem é você?

– Um homem.

Ela deu uma gargalhada.

– São todos uns vaidosos!

– Eu posso prová-lo.

– Ah, sim... E como?

– À minha maneira.

– Todos dizem o mesmo.

– Eu, não. Eu ajo.

A criada passou um dos dedos pelos lábios.

– Tenha cuidado; não gosto de fanfarrões e sou gulosa...

– Empatou comigo; é meu principal defeito.

– Está quase me fazendo sonhar, homem.

– E se passássemos aos atos?

– Por quem me toma?

– Por aquilo que é: uma linda mulher que deseja fazer amor com um homem atrevido.

– Onde nasceu?

– Na ilha de Creta.

– É... honesto?

– No amor, dou tanto quanto recebo.

Encontraram-se, no meio da noite, em um celeiro. Nenhum dos dois apreciava as preliminares; lançaram-se, portanto, a horas de prazer, com um fogo que só se acalmou depois de vários assaltos. Por fim, satisfeitos, permaneceram deitados um ao lado do outro.

– Você me lembra alguém – disse ele. – Seu rosto recorda-me o de uma pessoa que gostaria muito de encontrar.

– Quem é?

O cretense mostrou à servente o retrato da jovem loura.

– Conheço-a – disse a moça.

– Ela vive por aqui?

– Vivia na pequena aldeia junto da cidade abandonada, perto do deserto. Encontrei-a no mercado há vários meses.

– Como é o nome dela?

– Não sei. Não falei com ela.

– Vivia só?

– Não, havia um velhote com ela, uma espécie de feiticeiro que ainda acreditava nas mentiras do faraó maldito. Ninguém se aproximava dele.

AO CONTRÁRIO DAS OUTRAS aldeias da região, aquela tinha um aspecto horrível. Casas miseráveis, fachadas rachadas, pinturas estragadas, jardins abandonados... Ninguém poderia sentir vontade de viver ali. O cretense aventurou-se pela rua principal, sulcada por imundícies que as cabras iam comendo.

Uma persiana de madeira bateu.

Uma garotinha correu, apertando nos braços uma boneca de trapos. Tropeçou, e o cretense agarrou-a pelo pulso.

– Onde vive o feiticeiro?

A garota debateu-se.

– Se não me responder, tiro-lhe a boneca.

Ela apontou para uma casa baixa, de janelas com grades de madeira e porta fechada. Largando a menina, o cretense correu na direção da casa miserável e abriu a porta com um golpe do ombro.

Ao entrar, viu-se diante de um compartimento quadrado, com chão de terra batida, mergulhado na penumbra. Numa cama de folhas de palma, um velho agonizava.

– Sou um membro da guarda – revelou o cretense. – Não tem o que temer.

– O que... quer?

– Diga-me quem é esta moça.

O homem de Serramanna mostrou o retrato ao velho.

– Lita... É minha pequena Lita... Estava convencida de que pertencia à família do herético... E ele a levou.

– De quem está falando?

– De um estrangeiro... De um mago estrangeiro que roubou a alma de Lita.

– Como se chamava?

– Ele voltou... Vive oculto nos túmulos... Nos túmulos, tenho certeza.

A cabeça do velho tombou para o lado. Ainda respirava, mas não era mais capaz de falar.

O CRETENSE SENTIU MEDO.

As bocas sombrias dos túmulos abandonados assemelhavam-se a entradas do Inferno. Não seria necessário ser da raça dos demônios para adotá-las como refúgio? Talvez o velho lhe tivesse mentido, mas tinha por obrigação explorar aquela pista. Com um pouco de sorte, podia ser que capturasse o assassino de Lita, levasse-o para Pi-Ramsés e lá recebesse o prêmio.

Apesar dessas agradáveis perspectivas, o cretense sentia-se pouco à vontade. Teria preferido combater ao ar livre, enfrentar vários piratas no mar, dar e levar pancadas a céu aberto... Penetrar naqueles sepulcros repugnava-lhe, mas não recuou.

Depois de ter escalado uma encosta íngreme, aventurou-se num primeiro túmulo, de teto bastante alto, cujas paredes estavam decoradas com personagens homenageando Akhenaton e Nefertiti. Com cuidado, o guarda avançou até o fundo da gruta, mas não descobriu nem múmia nem qualquer sinal de presença humana. Nenhum demônio o atacou.

Mais calmo, o cretense explorou um segundo túmulo, tão desanimador quanto o primeiro. A rocha, de má qualidade, reduzia-se a pó; as cenas ali esculpidas certamente não atravessariam os séculos. Incomodados, os morcegos esvoaçaram.

Com certeza o velho havia delirado. No entanto, o emissário de Serramanna decidiu visitar mais dois ou três grandes sepulcros antes de deixar aquele local sombrio e abandonado.

Tudo naquele lugar estava morto, e bem morto.

Depois de ter seguido ao longo da falésia que dominava a planície, onde fora edificada a Cidade do Sol, entrou no túmulo de Merire, grande sacerdote de Aton. Os baixos-relevos eram feitos com esmero; o cretense apreciou a representação do casal real iluminado pelos raios de sol.

De repente, escutou, atrás dele, um leve ruído de passos.

Antes que tivesse tempo de se voltar, o mago Ofir cortou-lhe a garganta.

## 13

Meba fechara os olhos. Quando os reabriu, o cadáver do cretense jazia no solo.



– Não tinha o direito, Ofir, não tinha o direito...

– Pare de gemer, Meba.

– Acabou de matar um homem!

– E você acabou de testemunhar um assassinato.

O olhar de Ofir estava tão ameaçador que o diplomata recuou e penetrou nas profundezas do túmulo. Queria escapar àqueles olhos de incrível crueldade, que o perseguiam mesmo nas trevas.

– Conheço esse intrometido – constatou Chenar. – Era um dos mercenários a quem Serramanna pagava para proteger Ramsés.

– Um guarda em nossa pista... O sardo deve ter-se interrogado sobre a identidade de Lita e está tentando obter informações. A presença deste cão de guarda prova que foi lançada uma vasta operação de busca.

– Já não estamos em segurança nesta cidade maldita – concluiu Chenar.

– Não sejamos tão pessimistas; este curioso já não falará mais.

– No entanto, conseguiu chegar até nós... Serramanna vai conseguir também.

– Só um linguarudo pode ter revelado nosso esconderijo: o tutor de Lita, aquele que os aldeões consideram feiticeiro. Aquele velho imbecil está moribundo, mas ainda teve forças para nos trair. Ainda esta noite tratarei dele.

Meba julgou-se obrigado a intervir.

– Não vá cometer outro assassinato!

– Saia da escuridão – ordenou Ofir.

Meba hesitou.

– Vá embora.

O diplomata avançou. Um tique deformava-lhe a boca.

– Não me toque, Ofir!

– É nosso aliado e meu subordinado, não se esqueça.

– É verdade, mas essas mortes...

– Não estamos nos confortáveis gabinetes de seu ministério. Você pertence a uma rede de espionagem cuja missão é opor-se ao poder de Ramsés, ou seja, destruí-lo para permitir aos hititas conquistar o Egito. Está pensando que algumas brincadeiras diplomáticas bastarão? Um dia também será obrigado a eliminar um adversário que ameace sua segurança.

– Sou um alto funcionário e...

– Você é cúmplice do assassinato deste guarda, Meba, quer isso lhe agrade ou não.

O olhar do diplomata pousou de novo sobre o cadáver do cretense.

– Não imaginei que fosse necessário chegar a isso.

– Pois agora já sabe.

– Fomos interrompidos por este imbecil curioso – lembrou Chenar. – Conseguiu, Meba?

– Foi por essa razão que corri o risco de voltar a essa cidade maldita! Sim, consegui.

A voz do mago tornou-se, então, doce e encantadora.

– Belo trabalho, meu amigo. Estamos orgulhosos de você.

– Cumpro meus compromissos, não esqueça os seus.

– O futuro poder não o esquecerá, Meba. Mostre-me o tesouro que conseguiu roubar.

O diplomata exibiu o pincel de Kha.

– O príncipe utilizou-o para escrever.

– Excelente – considerou Ofir. – Realmente excelente.

– O que pretende fazer?

– Graças a este objeto, pretendo aprisionar a energia de Kha e voltá-la contra ele.



– Não tem a intenção de...

– O filho mais velho de Ramsés faz parte de nossos adversários diretos. Qualquer provação que enfraqueça o casal real é boa para nossa causa.

– Kha é uma criança!

– E é o filho mais velho do faraó.

– Não, Ofir, uma criança não...

– Escolheu seu próprio campo, Meba. Agora é tarde para recuar.

O mago estendeu a mão.

– Dê-me esse objeto.

As hesitações do diplomata divertiram Chenar. Detestava tanto aquele covarde que era capaz de estrangulá-lo com as próprias mãos.

Lentamente, Meba entregou o pincel a Ofir.

– É realmente necessário atacar o menino?

– Regresse a Pi-Ramsés – ordenou o mago – e nunca mais volte aqui.

– Ainda ficará muito tempo neste túmulo?

– O tempo necessário para executar o encantamento.

– E depois?

– Não seja tão curioso, Meba; serei eu a fazer contato com você.

– Na capital, minha posição pode vir a tornar-se insustentável.

– Mantenha o sangue-frio, e tudo correrá bem.

– Como devo comportar-me?

– Continue trabalhando normalmente; minhas instruções chegarão no momento oportuno.

O diplomata fez menção de sair do túmulo, mas voltou-se para o mago.

– Reflita, Ofir. Se atacarmos o filho, Ramsés ficará furioso e...

– Vá embora, Meba.

Da entrada do sepulcro, Ofir e Chenar viram seu cúmplice descer a encosta e montar no cavalo, oculto atrás de uma *villa* em ruínas.

– Esse covarde não é de confiança – considerou Chenar. – Parece um rato assustado que procura em vão sair de sua toca. Por que não o eliminamos logo?

– Enquanto Meba ocupar uma posição oficial, ele nos será útil.

– E se resolvesse revelar a localização de nosso esconderijo?

– Acha que já não me fiz essa pergunta?

DESDE O REGRESSO de Ramsés que Nefertari tivera apenas raros momentos de intimidade com o esposo. Ameni, o vizir, os ministros e os grandes sacerdotes haviam montado cerco ao gabinete do soberano, e a própria rainha continuava tendo de responder às solicitações dos escribas, dos chefes de oficina, dos coletores de impostos e de outros funcionários pertencentes à sua Casa.

Muitas vezes lamentava não se ter tornado música a serviço de um templo; ali, teria vivido mergulhada em serenidade, afastada da agitação do cotidiano; mas sendo a rainha do Egito, não tinha direito a esse refúgio e devia cumprir sua função, sem levar em conta o cansaço ou o fardo das provações.

Graças à ajuda constante de Touya, Nefertari aprendera a arte de governar. Durante sete anos de reinado, Ramsés passara muitos meses no estrangeiro e nos campos de batalha; a jovem rainha tivera que descobrir por si mesma energias insuspeitadas para suportar o peso da coroa e celebrar os rituais que mantinham o laço indispensável entre a fraternidade das divindades e a comunidade dos humanos.

O fato de não ter tempo para pensar em si mesma não lhe desagradava, pois o dia tinha mais tarefas do que horas, e assim é que tinha de ser. É verdade que muitas vezes Kha e Meritamon estavam longe, e ela perdia esses momentos, insubstituíveis, do desabrochar da consciência de uma criança. Embora Kha e Merneptah fossem filhos de Ramsés e de Iset a Bela, amava-os tanto quanto à própria filha, Meritamon. Ramsés tivera razão em pedir a Iset que velasse pela educação das três crianças. Não havia entre as duas mulheres rivalidade nem inimizade; dado que nunca mais poderia ser mãe, fora a própria Nefertari a pedir a Ramsés que se unisse a Iset a Bela para que esta lhe desse descendentes a assim talvez escolhesse seu sucessor. Depois do nascimento de Merneptah, Ramsés decidira afastar-se de Iset e adotar uma quantidade ilimitada de "filhos reais" que proclamariam a fecundidade do casal real.

O amor que Nefertari dedicava a Ramsés ultrapassava muito a união dos corpos e prazeres; não fora apenas o homem que a seduzira, mas, sobretudo, seu fulgor. Formavam um único ser, tendo ela a certeza de se comunicarem entre si a todo momento, mesmo estando longe um do outro.

Cansada, a rainha entregou-se às mãos peritas de sua manicure e de sua pedicure; ao fim de um longo dia de trabalho, abandonava-se a essas exigências de beleza, que lhe permitiam surgir serena em todos os momentos, fossem quais fossem suas preocupações.

Chegou a hora do banho delicioso: duas servas despejaram sobre o corpo nu da rainha água quente e perfumada; a seguir, estenderam-na sobre os mosaicos mornos, dando início, então, a uma longa massagem com creme à base de incenso, terebintina, óleo e limão, que eliminaria tensões e contrações antes do sono.

Nefertari pensou nas imperfeições pelas quais era responsável, nos erros que cometera, em suas inúteis irritações; o caminho justo consistia em agir para quem agia, porque o ato justo enriquecia a regra de Maât e salvaguardava o país do caos.

De repente, sentiu que a mão que a massageava mudou de ritmo e se tornou mais carinhosa.

– Ramsés...

– Autoriza-me a substituir sua serva?

– Vou pensar.

Voltou-se bem lentamente e revelou seu olhar amoroso.

– Não tinha uma interminável reunião com Ameni e os administradores dos celeiros?

– Esta tarde e esta noite nos pertencem.

A rainha desatou o saiote de Ramsés.

– Qual é seu segredo, Nefertari? Às vezes chego a pensar que sua beleza não é deste mundo.

– Nosso amor é?

Enlaçaram-se sobre os mosaicos mornos, seus perfumes misturando-se, os lábios unindo-se, e o desejo transportando-os depois em suas doces vagas.

RAMSÉS ENROLOU Nefertari num enorme xale que, desdobrado, representava as asas da deusa Ísis, em constante movimento para dar o sopro da vida.

– Que esplendor!

– Uma nova obra-prima das tecelãs de Saïs, para que você nunca mais sinta frio.

Ela se aninhou nos braços do monarca.

– Permitam os deuses que nunca mais nos separemos.

# 14

Iluminado por três grandes janelas em forma de claustro, o gabinete de Ramsés era tão discreto quanto o de seu falecido pai, Sethi: paredes sem decoração, uma grande mesa, uma poltrona de encosto alto para o monarca, cadeiras empalhadas para os visitantes, um armário para papiros contendo os escritos mágicos destinados à proteção do rei, um mapa do Oriente Médio e uma estátua do faraó morto, cujo olhar de eternidade velava pela árdua tarefa do filho.

Próximos do material de escrita do rei, duas hastes de acácia atadas na ponta por um fio de linho bem apertado: o cajado de feiticeiro de Sethi, do qual Ramsés já se servira.

– Quando se realizará o julgamento? – perguntou o monarca a Ameni.

– Dentro de 15 dias.

O escriba de feições pálidas estava, como sempre, carregado com grande quantidade de papiros e de tabuletas inscritas. Apesar da fragilidade de suas costas, ele próprio fazia questão de transportar os documentos confidenciais.

– Avisou Moisés?

– Claro.

– E como ele reagiu?

– Parece calmo.

– Disse-lhe que tínhamos a prova de sua inocência?

– Dei-lhe a entender que seu caso não era desesperador.

– Por que tantas precauções?

– Porque nem você nem eu sabemos o resultado do julgamento.

– A legítima defesa não é condenável!

– Moisés matou um homem e, pior ainda, o marido de sua irmã Dolente.

– Farei uma intervenção para dizer o que penso daquele meu cunhado.

– Não, Majestade, não pode intervir de maneira nenhuma. Já que garante a presença de Maât na terra e a perenidade da justiça, o faraó não deve envolver-se num processo judicial.

– Pensa que não sei disso?

– Eu seria seu amigo se não o ajudasse a lutar contra si próprio?

– A tarefa é dura, Ameni!

– Sou teimoso e obstinado.

– Moisés não voltou de livre vontade ao Egito?

– O que não anula seu erro nem seu gesto.

– Estará tomando partido contra ele?

– Moisés é também meu amigo; serei eu a apresentar a prova de defesa. Mas será o bastante para convencer o vizir e os juízes?

– Moisés era muito apreciado na corte; todos compreenderão o encadeamento de circunstâncias que o levaram a matar Sary.

– Esperemos que assim seja, Majestade.

APESAR DE UMA NOITE agradável em companhia de duas sírias muito compreensivas, Serramanna estava de mau humor. Despachou, portanto, as duas jovens antes do café-da-manhã, que os egípcios chamavam "limpeza da boca".

Apesar de seus esforços, a jovem loura assassinada continuava sem identificação.

O sardo havia se convencido de que, por intermédio do retrato da vítima, seus investigadores descobririam rapidamente a pista correta. Mas ninguém conhecia a loura, nem em Pi-Ramsés, nem em Mênfis, nem em Tebas. Só havia uma conclusão possível: fora seqüestrada com o maior rigor.

Uma testemunha devia saber muito: Dolente, a irmã de Ramsés. Infelizmente, Serramanna não podia interrogá-la como desejava. A hipócrita Dolente, tendo-se retratado publicamente e jurado fidelidade ao casal real, havia reconquistado, pelo menos parcialmente, a confiança dos dois.

Horrorizado, o sardo consultou os relatórios redigidos por seus emissários ao regressarem da província. Elefantina, El-Kab, Edfu, as cidades do Delta... Nada. Entretanto, um pormenor o surpreendeu, ao verificar a lista de suas ordens de trabalho: um cretense não havia comunicado o relatório de suas investigações. No entanto, esse antigo pirata era ganancioso e conhecia bem o castigo infligido nos casos de indisciplina.

Sem pensar em barbear-se, e vestindo-se às pressas, Serramanna dirigiu-se à casa de Ameni. Os vinte funcionários de elite que compunham a equipe administrativa ainda não estavam em seus postos, mas o secretário particular e porta-sandálias de Ramsés já classificava os papiros, depois de ter saboreado um caldo de cevada, figos e peixe seco. Apesar da quantidade de alimento que ingeria, Ameni não engordava.

– Algum problema, Serramanna?

– Falta um relatório.

– É assim tão inquietante?

– Sendo do cretense, sim, porque ele é um maníaco perfeccionista.

– Para onde o havia mandado?

– Para o Médio Egito, à província de el-Bersheh. Mais precisamente, para um lugar não muito distante da cidade abandonada de Akhenaton.

– Um lugar perdido.

– Aprendi a ser consciencioso em sua escola.

Ameni sorriu. Os dois homens nem sempre haviam sido amigos, mas, desde sua reconciliação, sentiam verdadeira estima um pelo outro.

– Talvez se trate de um simples atraso.

– O cretense deveria ter voltado há mais de uma semana.

– Confesso que o incidente me parece de menos importância.

– Meu instinto, pelo contrário, garante-me que é grave.

– Por que vem me falar disso? Você dispõe dos poderes necessários para esclarecer esse mistério.

– Mas é que nada corre bem, Ameni, nada!

– Explique-se.

– O mago que desapareceu, o cadáver de Chenar que não se consegue encontrar, essa jovem loura que ninguém consegue identificar... Sinto-me inquieto.

– Ramsés reina e controla a situação.

– Que eu saiba, não estamos em paz, e os hititas não desistiram ainda de tomar o Egito!

– Então acha que a rede de espionagem hitita não foi completamente desmantelada?

– A calma antes da tempestade... é o que sinto. E até hoje meu instinto raramente me enganou.

– O que propõe?

– Vou partir para essa cidade perdida e saber o que aconteceu com o cretense. Até meu regresso, vele pelo faraó.

DOLENTE, A IRMÃ mais velha de Ramsés, estava dominada pela dúvida. A volumosa mulher morena retomara sua vida de aristocrata ociosa e rica, indo a banquetes e recepções incessantemente, numa atividade mundana totalmente sem controle. Trocava opiniões com mulheres fúteis, enquanto velhos insuportáveis e jovens sedutores, com discursos tão vazios quanto seus pensamentos, lhe faziam a corte.

Desde sua adesão ao culto de Aton, o deus único, que Dolente tinha uma obsessão: favorecer a eclosão da verdade, fazendo-a finalmente brilhar sobre a terra do Egito com a expulsão daqueles falsos deuses e das que lhes prestavam culto. Infelizmente Dolente só encontrava pessoas cegas e felizes com sua condição.

Privada da presença e dos conselhos de Ofir, parecia uma náufraga perdida no meio da tempestade. Com o passar das semanas, sua coragem ia esmorecendo. Como preservar uma crença que nada nem ninguém alimentava? Dolente perdia as esperanças num futuro que lhe parecia morto.

Sua criada de quarto, uma jovem morena de olhos ousados, mudou os lençóis da cama e varreu-lhe o compartimento.

– Sente-se mal, princesa?

– Quem pode invejar minha sorte?

– Belos vestidos, passeios em jardins de sonhos, encontros com homens maravilhosos... Confesso que a invejo um pouco.

– É infeliz?

– Oh, não! Tenho um marido atencioso, dois filhos saudáveis e uma vida bem satisfatória. Em breve meu marido acabará de construir nossa nova casa.

Dolente atreveu-se a formular a questão que a perturbava.

– E Deus... Pensa nisso às vezes?

– Deus está em toda parte, princesa; basta venerar os deuses e observar a natureza.

Dolente não insistiu. Ofir tinha razão: era preciso impor a nova religião pela força e não esperar pela conversão do povo. Uma vez submetido ao dogma, renegaria os erros passados.

– Princesa... Sabe o que estão dizendo?

Os olhos atrevidos da criada de quarto estavam inundados de uma imperiosa vontade de tagarelar. Dolente talvez obtivesse alguma informação interessante.

– Dizem que a princesa tem intenção de se casar novamente e que há muitos pretendentes disputando essa honra.

– Dizem o que lhes vem à cabeça.

– É pena... Já está de luto há muito tempo. Na minha opinião, não é bom para uma mulher de sua linhagem sofrer assim com a solidão.

– Essa vida me agrada.

– Parece tão triste às vezes... Observe, porém, que isso é normal. Deve pensar em seu marido. Coitado, morrer assassinado! Como terão Osíris e seu tribunal julgado sua alma? Com o devido respeito, princesa, murmuram que seu marido nem sempre se comportou de forma muito honesta.

– É a triste verdade.

– Então, por que se fecha em más recordações?

– Não me importo com um novo casamento.

– A felicidade voltará, princesa! Sobretudo se o assassino de seu marido for condenado.

– O que você sabe sobre isso?

– Moisés vai ser julgado.

– Moisés?! Mas ele anda foragido!

– Ainda é segredo, mas meu marido é amigo do chefe da guarda da grande prisão: o hebreu está lá, encarcerado. É certo que vai ser condenado à morte.



– É permitido vê-lo?

– Não, está ainda escondido por causa da gravidade das acusações que pesam contra ele. Com certeza será convocada para o processo e terá então ocasião de se vingar.

Moisés de volta! Moisés, que acreditava no deus único! Não seria um sinal destinado a Dolente?

## 15

O julgamento de Moisés realizou-se na grande sala de justiça sob a presidência do vizir, servidor de Maât. Envergando uma pesada túnica engomada, usava como única jóia um coração, símbolo da consciência do ser humano que, na prova da morte, será julgado na balança do Além.

Antes da abertura da audiência, o vizir encontrara-se com Ramsés no templo de Ptah para renovar o juramento prestado durante sua posse: respeitaria a deusa da justiça e não favoreceria ninguém. Evitando dar-lhe qualquer conselho, o rei contentara-se em assumir seu compromisso.

A grande sala estava cheia.

Nem um só membro da corte queria perder o acontecimento.

Notava-se a presença de alguns chefes de tribo hebreus. As opiniões eram divergentes: uns continuavam convencidos da culpa de Moisés, outros esperavam revelações que justificassem o regresso do criminoso. Todos conheciam a forte personalidade de Moisés, e ninguém admitia ter sido a ingenuidade a causa de seu comportamento.

O vizir abriu a audiência venerando Maât, a Regra que sobreviveria à espécie humana. Mandou colocar sobre os mosaicos 42 placas de couro para lembrar que o julgamento seria aplicável nas 42 províncias do Egito.

Dois soldados trouxeram Moisés. Todos os olhares convergiram para o hebreu. Com o rosto crispado, barbudo, de impressionante estatura, o ex-dignitário de Ramsés exibia uma calma surpreendente. Os soldados indicaram-lhe seu lugar em frente do vizir.

De um lado e do outro do ministro da Justiça, o júri de 14 membros compunha-se de um agrimensor, uma sacerdotisa da deusa Sekhmet, um médico, um carpinteiro, uma mãe de família, um camponês, um escriba do Tesouro, uma dama da corte, um mestre-de-obras, uma tecelã, o general do exército de Ra, um escultor, um escriba dos celeiros e um marinheiro.

– Seu nome é Moisés?

– É como me chamo.

– Recusa algum dos membros deste júri? Observe-os e reflita durante o tempo que quiser.

– Tenho confiança na justiça deste país.

– Este país não é o seu?

– Nasci aqui, mas sou hebreu.

– É egípcio e será julgado como tal.

– O julgamento e o veredicto seriam diferentes, se eu fosse estrangeiro?

– Com certeza não.

– Nesse caso, que importância tem?

– Compete a este tribunal avaliar isso. Terá por acaso vergonha de ser egípcio?

– Compete a este tribunal avaliar isso, como acabou de dizer.

– É acusado de ter matado um contramestre chamado Sary e de ter fugido em seguida. Admite esses fatos?

– Admito, mas eles precisam de explicações.

– É esse o objetivo deste julgamento. Considera pouco exatos os termos da acusação?

– Não.

– Compreende então que, de acordo com a lei, devo pedir a pena de morte para você.

Houve murmúrios na platéia; Moisés permaneceu impassível, como se aquelas palavras terríveis não lhe dissessem respeito.

– Considerando a gravidade dos fatos – falou com firmeza o vizir –, não fixo qualquer limite para a duração do julgamento. O acusado disporá de todo o tempo que necessitar para se defender e explicar as razões de seu crime. Exijo silêncio absoluto e interromperei os debates à menor desordem; os culpados serão punidos com uma pesada multa.

O magistrado dirigiu-se a Moisés.

– Na época do ocorrido, que posição ocupava?

– Dignitário da corte do Egito e mestre-de-obras do canteiro de obras de Pi-Ramsés. Dirigi, sobretudo, as equipes de oleiros hebreus.

– Segundo meu relatório, com total satisfação. Era amigo do faraó, não é verdade?

– Exato.

– Estudos na universidade de Mênfis, primeiro posto oficial no harém de Mer-Ur, contramestre em Karnak, mestre-de-obras em Pi-Ramsés... Uma carreira brilhante que estava apenas começando. A vítima, Sary, seguiu o caminho inverso. Sary, que tinha sido preceptor de Ramsés, esperava tornar-se o diretor da universidade de Mênfis, mas fora remetido para uma posição subalterna. Você havia sido informado das razões desse rebaixamento?

– Tinha minha opinião.

– Podemos conhecê-la?

– Sary era um ser ignóbil, ambicioso e ávido. Foi o destino que o feriu por intermédio de minha mão.

Ameni solicitou a palavra ao vizir.

– Posso fornecer algumas explicações: Sary conspirou contra Ramsés. O rei mostrou-se clemente, por ele ser marido de sua irmã Dolente.

Muitos cortesãos pareceram surpresos.

– Que a princesa Dolente compareça perante este tribunal – ordenou o vizir.

A volumosa mulher morena avançou, hesitante.

– Confirma as afirmações de Moisés e de Ameni?

Dolente baixou a cabeça.

– Eles são comedidos, demasiado comedidos... Meu marido tornara-se um monstro. Quando compreendeu que sua carreira estava definitivamente destruída, desenvolveu uma raiva cada vez mais intensa contra seus subordinados, a ponto de se mostrar de uma crueldade intolerável em relação a eles. Durante os últimos meses de sua vida, perseguia a equipe de oleiros hebreus, pelos quais era responsável. Se Moisés não o tivesse matado, qualquer outro o faria.

O vizir parecia intrigado.

– Suas afirmações não serão exageradas?

– Juro que não! Minha existência era um suplício por causa de meu marido.

– Teria se alegrado com sua morte?

Dolente baixou ainda mais a cabeça.

– Eu... eu me senti como que aliviada, mas tinha vergonha de mim... pois como poderia lamentar por semelhante tirano?

– Tem outras informações a dar, princesa?

– Não... realmente não.

 Dolente voltou a sentar-se entre os cortesãos.

– Alguém deseja defender a memória de Sary e contradizer a versão de sua esposa?

Nenhuma voz se elevou. O escriba encarregado de registrar os depoimentos anotava-os com uma escrita fina e rápida.

– Qual é sua versão do drama? – perguntou o vizir a Moisés.

– Foi por acidente. Embora minhas relações com Sary fossem tensas, não tinha intenção de matá-lo.

– Qual a razão dessa animosidade?

– Descobri que Sary era um chantagista e perseguia os oleiros hebreus. Foi por tentar defender um deles que matei Sary sem querer, para salvar minha própria vida.

– Afirma, portanto, ter agido em legítima defesa.

– Essa é a verdade.

– Por que fugiu?

– Cedi ao pânico.

– Estranho, para um inocente.

– Matar um homem provoca um choque profundo. No momento, perdemos a cabeça e reagimos como se estivéssemos embriagados. Logo depois, tomamos consciência de termos cometido um ato terrível e só temos um desejo: fugir, desaparecer, esquecer e ser esquecido. Foi por isso que me escondi no deserto.

– Passado o choque, poderia ter regressado ao Egito e se apresentado perante um tribunal.

– Conheci uma mulher e tivemos um filho. O Egito parecia-me longe, muito longe.

– Por que resolveu voltar?

– Tenho uma missão a cumprir.

– Que missão?

– Hoje, isso ainda é um segredo só meu e não tem qualquer relação com este processo; amanhã, todos ficarão sabendo.

As respostas de Moisés irritaram o vizir.

– Sua versão dos fatos não é convincente, seu comportamento não advoga a seu favor, e suas explicações são bastante confusas. Creio que assassinou Sary com premeditação porque ele se comportava de forma iníqua para com os hebreus. Os motivos são compreensíveis, mas na verdade trata-se de um crime. De volta a Pi-Ramsés, continuou a se esconder! Não acha isso uma confissão de culpa? Um homem que tem a consciência em paz não age dessa forma.

Ameni achou ser o momento de desferir o golpe decisivo.

– Tenho a prova da inocência de Moisés.

O tom do magistrado tornou-se severo.

– Se não apresentar elementos de peso, vou acusá-lo de ultraje à justiça.

– O oleiro hebreu cuja defesa Moisés assumiu chamava-se Abner; Sary o chantageava. Abner queixou-se a Moisés, Sary quis vingar-se de Abner atacando-o, Moisés chegou a tempo e impediu Sary de maltratar sua vítima. Mas a briga deu errado, Moisés matou Sary sem qualquer premeditação, e sim em legítima defesa. Abner foi testemunha do que ocorreu, e seu depoimento foi recolhido de forma regulamentar. Está à sua disposição.

Ameni entregou o documento ao vizir.

Este verificou que o papiro tinha o selo de um juiz. Quebrou-o, verificou a data e leu o texto.

Moisés não se atreveu a manifestar sua alegria, mas trocou um olhar cúmplice com Ameni.

– Este documento é autêntico e pode ser aceito – concluiu o vizir.

O processo estava terminado, e Moisés, livre da acusação. O júri proclamaria sua absolvição.

– Antes da deliberação – disse o alto magistrado –, gostaria de proceder ainda a uma última verificação.

Ameni franziu as sobrancelhas.

– Que esse Abner compareça diante de nós – exigiu o vizir – e que confirme oralmente seu depoimento.

## 16

Ameni suportou a fúria de Ramsés.

– Uma prova indubitável, um documento autêntico, e Moisés continua na prisão!

– O vizir é minucioso – declarou prudentemente o secretário particular do monarca.

– Do que mais ele precisa?

– Repito: ver Abner.

Ramsés rendeu-se à evidência: as exigências do alto magistrado teriam de ser satisfeitas.

– Foi convocado?

– Foi, e aí a coisa complica.

– Por quê?

– Ninguém consegue encontrar Abner. Os chefes de tribo afirmam que ele está desaparecido há vários meses. Ninguém sabe o que lhe aconteceu.

– Mentira! Querem prejudicar Moisés.

– É possível, mas o que poderemos fazer?

– Mande Serramanna ocupar-se pessoalmente do inquérito.

– É preciso esperar... Serramanna está procurando uma pista no Médio Egito, perto da cidade abandonada de Akhenaton. Está com uma obsessão: identificar a loura assassinada. E, para ser franco, ele está convencido de que a rede de espionagem hitita não foi desmantelada.

A fúria do monarca dissipou-se.

– Qual é sua opinião?

– Chenar está morto, e seus cúmplices estão em fuga ou em estado de não poderem fazer mal a ninguém. Mas Serramanna confia em seu instinto.

– Talvez tenha razão, Ameni; o instinto é uma inteligência direta, capaz de ultrapassar o raciocínio que nos engana ou tranqüiliza. Meu pai transformou o instinto em intuição e a utilizou com genialidade.

– Sethi não era um pirata!

– Serramanna vem das trevas e conhece bem seus meandros. Não lhe dar ouvidos seria um erro. Localize-o o mais depressa possível e ordene-lhe que regresse a Pi-Ramsés.

– Vou enviar mensageiros.

– E transmita meu pedido ao vizir: desejo ver Moisés.

– Mas... Moisés está na prisão!

– O julgamento já se realizou, e os fatos são conhecidos; esta entrevista não poderá influenciar o curso da justiça.

UM VENTO FORTÍSSIMO varria a planície onde fora construída às pressas a Cidade do Sol, cujas ruínas perturbavam o olhar. Quando Serramanna ia passando por uma rua, um pedaço de parede caiu. Embora muitas vezes tivesse enfrentado o medo, o sardo não se sentia à vontade. Havia sombras perigosas vagueando por aqueles palácios e casas abandonados. Antes de interrogar os aldeões, queria perceber a verdade do local, cruzar com seus fantasmas, avaliar o drama que se desenrolara sob o sol de Aton.

Ao chegar a noite, Serramanna dirigiu-se à aldeia vizinha para comer e dormir algumas horas antes de reiniciar as investigações. A aldeia parecia deserta: nenhum animal à vista, nem ao menos um cão. As portas e persianas das casas estavam abertas. Apesar disso, o sardo tirou sua curta espada da bainha. A prudência o teria aconselhado e não se aventurar sozinho numa zona onde pairava o perigo, mas confiava em sua experiência e força.

No chão de terra batida de uma pobre habitação estava uma velha sentada, com a cabeça apoiada nos joelhos, em posição de luto.

– Mate-me, se quiser – disse, com a voz desfeita. – Aqui não há mais nada para roubar.

– Descanse, eu pertenço à guarda de Ramsés.

– Vá embora, estrangeiro; esta terra está morta, meu marido está morto e meu único desejo é desaparecer.

– Quem era seu marido?

– Um bom homem que acusavam de ser feiticeiro, ele, que passou a vida ajudando os outros... Como agradecimento, aquele maldito mago o assassinou!

Serramanna sentou-se ao lado da viúva de vestido sujo e cabelos cobertos de pó.

– Descreva-me esse mago.

– Para quê?

– Procuro esse malfeitor.

A viúva encarou o sardo com espanto.

– Está brincando comigo?

– Acha que estou com cara de estar brincando?

– É tarde demais, meu marido morreu.

– Não poderei ressuscitá-lo, os deuses é que se encarregarão disso, mas hei de agarrar esse mago.

– É um homem alto, seco, com cara de ave de rapina e olhos frios.

– Como se chama?

– Ofir.

– É egípcio?

– Líbio.

– Como sabe desses pormenores?

– Durante meses veio à nossa casa para falar com Lita, nossa filha adotiva. Pobre criança. Tinha visões e julgava ter parentesco com a família do rei herético. Meu marido e eu tentamos chamá-la à razão, mas ela preferia acreditar no mago. Uma noite, desapareceu e nunca mais voltamos a vê-la.

Serramanna mostrou à viúva o retrato da jovem mulher loura assassinada por Ofir.

– É ela?

– Sim, é minha filha Lita... Ela...

O sardo não gostava de mentir; balançou afirmativamente a cabeça.

– Quando viu Ofir pela última vez?

– Há poucos dias, quando veio visitar meu marido doente. Foi ele, foi esse Ofir que o obrigou a beber uma poção mortal!

– Está escondido por estes lados?

– Sim, nos túmulos da falésia, assombrados por demônios... Corte-lhe o pescoço, estrangeiro, pisoteie seu cadáver e queime-o!

– Devia deixar este lugar, viúva; não se pode viver com fantasmas.

Serramanna saiu da pobre casa e montou em seu cavalo, fazendo-o galopar em direção aos sepulcros. O dia começava a escurecer.

Deixando a montaria no sopé da encosta, o sardo subiu-a correndo, com a espada na mão; não se beneficiaria do efeito-surpresa, preferindo atacar com rapidez. O chefe da guarda de Ramsés escolheu os túmulos de entrada mais larga e se esgueirou até seu interior.

Por todo lado, o vazio. Os únicos habitantes daqueles sepulcros abandonados eram as figuras gravadas nas paredes, últimas sobreviventes de uma época já passada.

MERITAMON, FILHA DE RAMSÉS e Nefertari, tocava harpa para o casal real com uma perícia que espantou o monarca. Sentados em cadeiras de dobrar na borda de um lago em que abundavam lótus azuis, o faraó e a grande esposa real, de mãos dadas, saboreavam um momento de felicidade. Não só a filhinha de 8 anos se tornara uma exímia harpista, como ainda demonstrava uma surpreendente sensibilidade. Matador, o enorme leão, e Vigilante, o cão amarelo-dourado deitado entre as patas dianteiras da fera, pareciam estar sob o encanto da melodia tocada por Meritamon.

As últimas notas extinguiram-se docemente, deixando no ar um suave rastro.

O rei beijou a filha.

– Está contente?

– Você é uma artista muito dotada, mas tem ainda que estudar bastante.

– Mamãe prometeu que eu seria admitida no templo de Hathor e que lá me ensinariam coisas maravilhosas.

– Se é esse seu desejo, ele será realizado.

A beleza da menina era tão deslumbrante quanto a de Nefertari, e em seu olhar havia a mesma luz.

– Se me tornar música do templo, você virá ver-me?

– Acha que eu poderia passar sem ouvir suas melodias?

Kha aproximou-se, com ar carrancudo.

– Parece contrariado – constatou a rainha.

– Roubaram-me algo.

– Tem certeza?

– Arrumo tudo todas as noites. Roubaram-me um de meus velhos pincéis com que eu gostava de escrever.

– Não o terá perdido?

– Não, pois procurei por toda parte.

Ramsés pousou as mãos nos ombros do filho.

– Está fazendo uma grave acusação.

– Bem sei que não se deve falar levianamente; foi por isso que refleti bem antes de me queixar.

– De quem desconfia?

– Neste momento, de ninguém; mas vou procurá-lo novamente. Eu gostava muito daquele pincel.

– Tem outros.

– É verdade, mas aquele era meu favorito.

O leão ergueu a cabeça, e as orelhas do cão arrebitaram-se. Aproximava-se alguém.

Dolente apareceu, com ar preguiçoso. Usava uma grande peruca de longas tranças e um vestido verde que combinava bem com sua tez morena.

– Vossa Majestade deseja ver-me?

– Seu comportamento foi admirável durante o julgamento de Moisés – declarou Ramsés.

– Apenas disse a verdade.

– Descrever seu marido com tanta lucidez exigiu coragem.

– Não se pode mentir perante Maât e o vizir.

O escanção do palácio trouxe um vinho novo, e a conversa voltou-se para o trabalho que as duas crianças teriam ainda de fazer para atingir a sabedoria.

Quando deixou o jardim, Dolente estava convicta de ter reconquistado a confiança do rei. A uma amabilidade de fachada, sob a qual se pressentia a suspeita, sucedera a simpatia.

Dolente dispensou sua cadeira de transportadores; preferia passear e voltar a pé para casa.

Sob os modestos trajes do carregador de água que a abordou, quem teria reconhecido Chenar, magro, barbudo e de bigode?

– Está satisfeita, minha querida irmã?



– Sua estratégia foi excelente.

– A amizade cega meu irmão; ao vir em auxílio de Moisés, você se tornou aliada de Ramsés.

– Ramsés tornou-se maleável porque acredita que eu sou sincera. O que devo fazer agora?

– Abra bem os ouvidos; a menor informação pode ser preciosa. Eu a contatarei da mesma forma.

# 17

Ramsés e Ameni tinham ouvido com atenção a longa descrição de Serramanna. Contrastando com a tensão que reinava no ambiente, uma luz suave iluminava o gabinete de Ramsés. Com o fim do período de verão, o Egito ornamentava-se de cores douradas e tranqüilas.

– Ofir, um mago líbio – repetiu Ameni –, e Lita, uma pobre louca que ele manipulou... Teremos realmente razão para nos inquietarmos? Esse sinistro personagem fugiu, não dispõe de nenhum apoio no país e com certeza já ultrapassou a fronteira.

– Menospreza a gravidade da situação – considerou Ramsés. – Esquece o lugar onde ele se ocultava, a Cidade do Sol, a capital de Akhenaton?

– Está abandonada há tanto tempo...

– Mas as idéias perniciosas de seu fundador continuam a perturbar certos espíritos! Esse Ofir pensou utilizá-las para estabelecer uma rede de simpatizantes.

– Uma rede... Seria Ofir um espião hitita?

– Tenho certeza de que sim.

– Mas os hititas estão pouco se importando com Aton e com o deus único!

– Os hebreus não – interveio Serramanna.

Ameni receava ouvir aquela afirmação, mas o sardo não tinha feito qualquer progresso no campo da diplomacia e continuava a exprimir seu pensamento de forma crua.

– Sabemos que Moisés foi contactado por um falso arquiteto – lembrou o chefe da guarda de Ramsés –, e a descrição desse impostor corresponde precisamente à do mago. Não será um argumento decisivo?

– Acalme-se – recomendou Ameni.

– Continue – ordenou Ramsés.

– Não sei nada em matéria de religião – prosseguiu o sardo –, mas sei que os hebreus falam de um deus único. Devo recordá-lo, Majestade, de minha suspeita de traição da parte de Moisés?

– Moisés é nosso amigo! – protestou Ameni. – Mesmo que tenha se encontrado com Ofir, por que havia de conspirar contra Ramsés? Esse mago deve ter contatado muitas pessoas importantes.

– De que serve tapar os olhos? – perguntou o sardo.

O faraó ergueu-se e olhou para longe, pela janela central de seu gabinete. As paisagens verdejantes do Delta eram a expressão perfeita da doçura de viver.

– Serramanna tem razão – considerou Ramsés. – Os hititas lançaram uma dupla ofensiva, atacando-nos simultaneamente do exterior e do interior. Vencemos a batalha de Kadesh, expulsamos suas tropas para fora de nossos protetorados e desmantelamos uma rede de espionagem. Mas não serão essas vitórias irrelevantes? O exército hitita não foi destruído, e esse Ofir continua solto por aí. Um homem como esse, que não recua perante o crime, não desistirá de tentar prejudicar-nos. Mas Moisés não pode ser seu cúmplice... É uma pessoa leal, incapaz de agir na sombra. No que lhe diz respeito, Serramanna engana-se.

– Espero que sim, Majestade.

– Tenho uma nova missão a confiar-lhe, Serramanna.

– Hei de prender Ofir, Majestade.

– Antes, encontre Abner, o oleiro hebreu.

NEFERTARI DESEJARA celebrar seu aniversário numa grande propriedade do Delta, próxima da capital, cuja administração estava confiada ao ministro da Agricultura. De aspecto agradável, sempre deslumbrado com o espetáculo da natureza, ele apresentou ao casal real um novo modelo de arado mais bem adaptado aos solos ricos e pesados do Delta. Ele próprio manejou com entusiasmo o instrumento que cavava a terra em boa profundidade, sem a ferir.

Os empregados da propriedade não escondiam a alegria; ver tão de perto o rei e a rainha era um verdadeiro presente do céu, que lhes encheria o próximo ano de mil e uma felicidades. A colheita seria abundante, frutos magníficos cresceriam nos pomares, e nos rebanhos haveria inúmeros nascimentos.

Nefertari sentiu que Ramsés permanecia alheio às alegrias daquele maravilhoso dia. Ao fim de uma lenta refeição, aproveitou um momento de pausa.

– A ansiedade oprime seu coração... Moisés é responsável por isso?

– É verdade que me inquieta sua sorte.

– Abner já foi encontrado?

– Ainda não. Se não se apresentar ao tribunal, o vizir não pronunciará a absolvição.

– Serramanna não o desiludirá. Mas sinto que algo mais o atormenta.

– A regra dos faraós impõe-me a proteção do Egito tanto dos inimigos do interior como do exterior, e receio ter falhado.

– Com os hititas mantidos a distância, o adversário que agora receia encontra-se sobre nosso solo.

– Teremos de travar uma guerra contra os filhos das trevas, que avançam disfarçados, sob uma falsa aparência.

– Estranhas palavras que, no entanto, não me surpreendem! Ontem, durante a celebração dos rituais da tarde no templo de Sekhmet, os olhos da estátua de granito brilharam com um fulgor inquietante. Conhecemos bem esse olhar: anuncia desgraça. Pronunciei imediatamente as fórmulas de exorcismo, mas será que esta paz que retornou ao santuário se estenderá ao mundo exterior?

– Os fantasmas de Amarna voltam a assombrar as consciências.

– O próprio Akhenaton não fixara os limites de sua experiência no espaço e no tempo?

– É verdade, mas desencadeou forças que não conseguiu controlar. E Ofir, um mago líbio a serviço dos hititas, despertou os demônios adormecidos na cidade abandonada.

Nefertari permaneceu silenciosa, com os olhos fechados, durante um longo momento. Libertando-se dos laços com o efêmero, seu pensamento penetrou no invisível em busca de uma verdade oculta nos meandros do futuro. A prática dos rituais desenvolvera na rainha uma capacidade de vidência, um contato direto com as forças que, a cada momento, iam criando vida. Por vezes, a intuição conseguia levantar o véu.

Ansioso, Ramsés esperou o veredicto da grande esposa real.

– O confronto será terrível – disse ela, ao reabrir os olhos. – Os exércitos que Ofir preparou serão tão violentos quanto os dos hititas.

– Já que confirma meus receios, devemos agir o mais rápido possível. Desencadearemos a energia dos principais templos do reino, assim o recobriremos como uma rede protetora cujas malhas terão sido tecidas pelos deuses e deusas. Sua ajuda é indispensável para mim.

Nefertari abraçou Ramsés, com um gesto de infinita ternura.

– Acha necessário pedi-la?

– Sim, pois vamos empreender uma longa viagem e enfrentar inúmeros perigos.

– Nosso amor teria algum sentido, se não fosse consagrado ao Egito? Ele nos dá a vida, nós lhe damos a nossa.

Jovens camponesas de seios nus, a cabeça enfeitada com uma touca de juncos e um saiote vegetal enrolado na cintura dançaram em honra da fecundidade da terra e atiraram umas às outras pequenas bolas de pano para afastar o mau-olhado. Graças à sua perícia, os gênios maus, pesados, pouco hábeis e disformes, não conseguiriam penetrar nas culturas.

– Ah, se tivéssemos a habilidade delas – desejou Nefertari.

– Também você tem uma preocupação oculta.

– Estou inquieta com Kha.

– Cometeu alguma falta grave?

– Não; é por causa do pincel que lhe roubaram. Lembra-se do desaparecimento de meu xale preferido? Tenho certeza de que esse mago Ofir o utilizou para praticar um encantamento, arruinar minha saúde e enfraquecer nossa união. Graças à intervenção de Setaou, pude dar à luz Meritamon e escapar à morte, mas receio um novo ataque e, desta vez, contra uma criança, contra nosso filho mais velho.

– Ele se queixa de algo?

– O doutor Pariamakhu acaba de examiná-lo e não descobriu nada de anormal.

– Seu diagnóstico não me basta; mande chamar Setaou e peça-lhe para criar uma muralha mágica em torno de Kha. A partir de hoje, deve relatar-nos o mínimo incidente. Preveniu Iset?

– Claro que sim.

– É preciso descobrir o ladrão ou a ladra para saber se somos traídos mesmo no interior do palácio. Serramanna interrogará o pessoal.

– Tenho medo, Ramsés, tenho medo por Kha.

– Controlemos esse medo que lhe pode ser prejudicial. O manipulador das trevas se utilizará da menor falha.

EQUIPADO COM UMA PALETA de escriba e pincéis, Kha entrou no laboratório de Setaou e Lótus. A bela núbia obrigava uma cobra negra a cuspir seu veneno, enquanto o marido preparava uma poção para tratar as perturbações digestivas.

– É você meu professor de magia?

– Seu único professor será a própria magia. Ainda tem medo das serpentes?

– Oh, sim!

– Apenas os imbecis não receiam os répteis. Nasceram antes de nós e conhecem segredos de que nós necessitamos. Já reparou que eles se esgueiram entre os mundos?

– Desde que meu pai me fez encontrar a grande cobra, sei que evitarei a morte maléfica.

– Parece, no entanto, que é necessário protegê-lo.

– Roubaram-me um pincel, e um mago quer servir-se dele contra mim. Foi a rainha que me contou a verdade.

A seriedade e a maturidade do jovem espantaram Setaou.

– Como as serpentes nos enfeitiçam – explicou –, ensinam-nos também a forma de lutar contra os feitiços. É por

 isso que vou fazê-lo ingerir todos os dias uma mistura à

base de cebolas esmagadas, sangue de serpente e plantas urticáceas. Dentro de 15 dias, acrescentarei limalha de cobre, ocre vermelho, alúmen e óxido de chumbo. Depois, Lótus lhe oferecerá um remédio que ela própria inventou.

Kha fez uma careta.

– Não deve ser nada agradável.

– Um pouco de vinho disfarça o mau sabor.

– Nunca bebi.

– Uma lacuna a mais a preencher.

– O vinho perturba o espírito dos escribas e os impede de terem mão firme.

– O excesso de água impede o coração de se dilatar; não dê ouvidos a essas idéias. Para saber distinguir os grandes vinhos, é preciso começar a prová-los cedo.

– Vão me proteger da magia ruim?

Setaou manipulava um pote de ungüento esverdeado.

– Um homem sem iniciativa não tem qualquer chance de resistir à magia ruim; apenas um trabalho intensivo lhe permitirá escapar aos ataques do invisível.

– Estou pronto – declarou Kha.

## 18

Há dez dias chovia em Hattusa,* a capital do império hitita, construída no planalto da Anatólia central, onde as estepes áridas alternavam-se com desfiladeiros e ravinas.

Cansado, com as costas curvadas, as pernas curtas, os olhos castanhos sempre atentos, o imperador Muwattali era

*A atual Bogazköy, 150 quilômetros a leste de Ankara (Turquia).

friorento. Mantinha-se, portanto, junto da lareira, ainda com o gorro de lã e o longo manto vermelho e preto.

Apesar da derrota em Kadesh e do fracasso da contra-ofensiva, Muwattali sentia-se em segurança em sua cidade da montanha, formada por uma cidade baixa e uma cidade alta dominada por uma acrópole na qual se erguia o palácio imperial. Gigantescas fortificações, acompanhando o relevo, faziam de Hattusa uma praça-forte inexpugnável.

Na orgulhosa e invencível cidade, no entanto, aumentavam as críticas contra o imperador. Pela primeira vez, seu apurado sentido de estratégia não conseguira a vitória para seu exército.

Nos nove quilômetros de muralhas, eriçados de torres e ameias, os soldados montavam guarda rigorosa, mas todos se perguntavam se amanhã Muwattali continuaria a presidir os destinos do império. Até então, aquele que era familiarmente chamado "o grande chefe" sempre conseguira abortar as tentativas de tomada do poder, eliminando os ambiciosos; mas os recentes acontecimentos haviam tornado frágil sua posição.

Isso sem mencionar dois homens que lhe cobiçavam o trono: o filho, Uri-Techup, apoiado pela elite do exército, e Hattusil, o irmão do imperador, astuto diplomata que elaborara uma poderosa coligação contra o Egito. Coligação que Muwattali tentava manter ao oferecer grande quantidade de presentes valiosos a seus aliados.

Muwattali acabava de passar uma serena parte do dia em companhia de uma encantadora jovem, divertida e culta, que lhe fizera esquecer as preocupações. Teria gostado, tanto quanto ela, de poder consagrar-se à poesia amorosa para esquecer as paradas militares. Mas tal pensamento não passava de um sonho, pois um imperador hitita não tinha tempo nem direito de sonhar.

Muwattali aqueceu as mãos. Ainda hesitava: deveria eliminar o irmão ou o filho? Ou os dois? Alguns anos antes, a intervenção brutal teria sido inevitável; grande quantidade de pessoas dedicadas à intriga e até mesmo de soberanos havia sucumbido à morte por envenenamento, muito apreciada na corte hitita. Atualmente, a hostilidade entre os dois pretendentes lhe poderia ser útil. Não neutralizá-los o permitiria aparecer como um mediador indispensável?

E havia ainda uma outra realidade angustiante que ditava sua conduta: o império estava prestes a desmembrar-se. Os repetidos fracassos militares, o financiamento da guerra e as dificuldades do comércio internacional ameaçavam estremecer o gigante.

Muwattali recolhera-se no templo do deus da tempestade, o mais belo do bairro dos santuários da cidade baixa, que englobava nada menos do que 21 monumentos dedicados às divindades. Como qualquer sacerdote, o imperador partira três pães e derramara vinho sobre um bloco de pedra, pronunciando a fórmula ritual: "Que possa durar eternamente." Era por seu país que o imperador proclamava esse voto; em seus pesadelos, via-se derrotado pelo Egito e traído pelos aliados. Durante quanto tempo ainda contemplaria, do topo de sua acrópole, os terraços feitos de pedras justapostas, as belas moradias da nobreza, as portas monumentais que davam acesso à sua capital?

O camareiro avisou o imperador de que seu visitante havia chegado – depois de ultrapassar os numerosos postos de guarda antes de chegar ao alojamento imperial, rodeado de reservatórios de água, cavalariças, um arsenal e uma caserna.

Muwattali gostava de receber seus visitantes numa sala de pilastras fria e austera, decorada com armas comemorativas das vitórias do exército hitita.

O passo pesado e marcial de Uri-Techup era reconhecível entre mil. Alto, musculoso, dono de um invejável vigor, envolto numa capa avermelhada de peles e de cabelos compridos, afirmava-se como um guerreiro temível, sempre pronto para entrar em combate.

– Como tem passado, meu filho?

– Mal, meu pai, muito mal.

– No entanto, parece estar com excelente saúde.

– O senhor me chamou aqui para zombar de mim?

– Não esqueça com quem está falando.

Uri-Techup perdeu a arrogância.

– Perdoe-me, estou com os nervos à flor da pele.

– Qual a razão dessa contrariedade?

– Eu, que era o chefe de um exército vitorioso, eis-me aqui reduzido à categoria de reles subalterno, sob as ordens de Hattusil, o derrotado de Kadesh! Não será desperdiçar energia demais, que poderia ser colocada a serviço de meu país?

– Sem Hattusil, a coligação não se teria formado.

– E para que nos serviu ela? Se tivesse confiado em mim, teria triunfado sobre Ramsés!

– Persiste ainda no mesmo erro, meu filho! Para que serve evocar constantemente o passado?

– Expulse Hattusil e devolva-me o comando real.

– Hattusil é meu irmão, é respeitado por nossos aliados e aceito pelos comerciantes, sem os quais nosso esforço de guerra teria de parar.

– Qual é sua proposta, então?

– Acabar de vez com nossas diferenças e unirmos nossas forças para salvar o Hatti.

– Salvar o Hatti... Mas quem o ameaça?

– A nosso redor o mundo evolui; não aniquilamos o Egito, e há certas alianças que podem modificar-se mais rapidamente do que eu supunha.

– Não compreendo nada desse discurso! Nasci para combater, não para tecer intrigas das quais o Hatti não sai engrandecido.

– São conclusões apressadas e insensatas, meu filho. Se pretendemos estender nossa supremacia a todo o Oriente Médio, comecemos por solucionar nossas divisões internas. Há uma diligência salutar e indispensável: sua reconciliação com Hattusil.

Uri-Techup bateu com o punho numa das pilastras da lareira.

– Nunca! Nunca aceitarei humilhar-me perante aquele medíocre!

– Acabemos com nossas divisões e seremos mais fortes.

– Encerre seu irmão e a mulher num templo e dê-me ordem para atacar o Egito: eis uma diligência salutar.

– Recusa qualquer forma de conciliação?

– Recuso.

– É sua última palavra?

– Se afastar Hattusil, serei seu fiel apoio. Eu e o exército.

– Um filho negocia o amor que dedica ao pai?

– Você é muito mais do que um pai, é o imperador do Hatti. Apenas o interesse do Hatti deve ditar nossas decisões. Minha posição é justa, como acabará por reconhecer.

O imperador pareceu cansado.

– Talvez tenha razão... Tenho de refletir.

Ao sair da sala de audiência, Uri-Techup estava certo de ter convencido o pai. Em breve o envelhecido imperador não teria outra alternativa senão conceder-lhe plenos poderes, antes mesmo de lhe entregar o trono.

TRAJANDO UM VESTIDO vermelho, colar de ouro, pulseiras de prata e sandálias de couro, Putuhepa, esposa de Hattusil, queimava incenso na sala subterrânea do templo de Ishtar. A acrópole estava silenciosa àquela avançada hora da noite.

Dois homens desceram a escada. Um deles, baixo, com os cabelos presos por uma tira, envolto numa indumentária feita de espesso tecido multicor, e com uma pulseira no cotovelo esquerdo, era Hattusil, que precedia o imperador.

– Como está frio aqui! – queixou-se Muwattali, aconchegando-se mais ainda em seu manto de lã.

– Este compartimento não é nada confortável – reconheceu Hattusil –, mas tem a vantagem de ser absolutamente tranqüilo.

– Quer sentar-se, Majestade? – perguntou Putuhepa.

– Este banco de pedra serve. Apesar de sua longa viagem, meu irmão parece menos cansado do que eu. O que soube de essencial, Hattusil?

– Estou inquieto quanto a nossa coligação. Alguns de nossos aliados parecem prestes a esquecer seus compromissos. Estão ficando cada vez mais ambiciosos, mas consegui satisfazê-los. Fique sabendo, porém, que essa coligação nos está sendo muito cara; no entanto, há notícias mais preocupantes.

– Fale, peço-lhe.

– Os assírios estão se tornando ameaçadores.

– Aquele pequeno povo?

– Seguiu nosso exemplo e nos considera em plena dissolução em razão das recentes derrotas e de nossas desavenças.

– Poderíamos esmagá-los em poucos dias!

– Não creio; e também não seria inteligente dispersar nossas forças no momento em que Ramsés se prepara para atacar Kadesh.

 – Dispõe de informações fidedignas?

– Segundo nossos espiões, o exército de Ramsés estaria prestes a retomar a ofensiva. Desta vez, os cananeus e os beduínos já não se oporão ao rei do Egito. Assim, o caminho para o Hatti estará livre. Abrir uma segunda frente contra os assírios seria uma loucura.

– O que aconselha, Hattusil?

– Privilegiemos nossa unidade interna; a questão que me opõe a seu filho já durou demais e só nos enfraquece. Estou pronto a encontrar-me com ele para fazê-lo tomar consciência da gravidade do momento. Se teimarmos em desafiar-nos mutuamente, desapareceremos do mapa.

– Uri-Techup recusa qualquer reconciliação e exige assumir o comando de todas as nossas tropas.

– Para se lançar de cabeça contra os egípcios e sofrer uma grande derrota!

– Segundo ele, o choque frontal é nossa única possibilidade.

– Você é o imperador e só a você compete escolher entre ele e mim. Se adotar a política de seu filho, eu me retirarei.

Muwattali deu alguns passos para se aquecer.

– Só há uma solução razoável – declarou calmamente a bela Putuhepa. – Como imperador, deve privilegiar a grandeza do Hatti. Que Hattusil seja seu irmão e Uri-Techup seu filho não tem qualquer importância perante a salvaguarda de nosso povo, pois como imperador sabe muito bem que a fúria guerreira de Uri-Techup nos conduzirá à ruína.

– Qual é então a solução... razoável?

– Ninguém consegue convencer uma pessoa com esse temperamento arrebatado. Portanto, é necessário eliminá-la. Nem você nem Hattusil devem estar implicados em sua morte; eu própria me encarregarei disso.

# 19

Moisés ergueu-se.

– Você, aqui?

– A justiça autorizou-me a visitá-lo.

– O faraó precisa solicitar autorização para visitar suas prisões?

– No seu caso, sim, pois é acusado de assassinato. Mas, antes de tudo, você é meu amigo.

– Então, não me renega...

– Abandona-se um amigo que cai em desgraça?

Ramsés e Moisés abraçaram-se longamente.

– Não tive confiança em você, Ramsés, porque não acreditei que viria.

– Homem de pouca fé! Por que fugiu?

– Pensei primeiro que o pânico podia explicar minha atitude... Mas em Madiã, onde me ocultei, tive tempo para refletir. Não foi uma fuga, foi um apelo.

A cela de Moisés era um local limpo e bem arejado, mesmo com chão de terra batida. O rei sentou-se num banco de três pés, de frente para seu amigo hebreu.

– De quem provinha esse apelo?

– Do Deus de Abraão, Isaac e Jacó. De Jeová.

– "Jeová" é o nome de uma montanha no deserto do Sinai; fazer dela o símbolo de uma divindade nada tem de estranho. Não abriga a montanha do Ocidente, em Tebas, a deusa do silêncio?

– Jeová é o Deus único, não se reduz a uma paisagem.

– O que se passou durante seu exílio?

– Encontrei Deus na montanha sob a forma de uma sarça ardente. Revelou-me Seu nome: "Eu sou."

– Por que se limita ele a um único aspecto da realidade? Ator o criador, é simultaneamente "O que é" e "O que não é".

– Jeová confiou-me uma missão, Ramsés, uma missão sagrada que poderá desagradar-lhe. Devo fazer sair o povo hebreu do Egito e conduzi-lo a uma terra santa.

– Ouviu realmente a voz de Deus?

– Era tão clara e profunda como a sua.

– Não está o deserto povoado de ilusões?

– Não me fará mergulhar na dúvida, Ramsés; sei aquilo que vi e ouvi. Minha missão foi determinada por Deus e hei de cumpri-la.

– Fala de... todos os hebreus?

– É um povo inteiro que sairá livre do Egito.

– Quem impede um hebreu de circular livremente?

– Exijo um reconhecimento oficial da fé dos hebreus e autorização para realizar um êxodo.

– Primeiro você tem de sair desta prisão; é por isso que mandei procurar Abner. O testemunho dele será decisivo para sua absolvição.

– Talvez Abner tenha deixado o Egito.

– Tem minha palavra de que não serão poupados todos os esforços para trazê-lo ao tribunal.

– Minha amizade por você permanece intacta, Ramsés, e desejei sua vitória na luta contra os hititas. Mas você é o faraó, e eu o futuro líder do povo hebreu. Se não se curvar à minha vontade, vou me tornar o mais implacável de seus inimigos.

– Os amigos não encontram sempre uma base de entendimento?

– Nossa amizade contará menos do que minha missão; mesmo que meu coração se parta, devo obedecer à voz de Jeová.

– Teremos tempo para voltar a falar disso; primeiro, deve recuperar a liberdade.

– Não me importa estar encarcerado. Preparo-me na solidão para as provações de amanhã.

– A primeira poderá ser uma pesada condenação!

– Jeová está me protegendo.

– Desejo que sim, Moisés. Procurando bem em sua memória, não pode descobrir algum elemento que possa ser útil à sua defesa?

– Disse a verdade, e a verdade brilhará.

– Não está me ajudando muito.

– Quando se é amigo do faraó, por que haveríamos de nos preocupar com a injustiça? Você nunca permitirá que ela invada o reino e a alma dos juízes.

– Encontrou-se com um homem chamado Ofir?

– Não me lembro...

– Tente lembrar-se. Ofir é um falso arquiteto que o contatou em Pi-Ramsés quando você estava construindo minha capital; com certeza elogiou os méritos da religião de Akhenaton.

– Tem razão.

– Fez-lhe propostas concretas?

– Não, mas pareceu-me ser sensível à desgraça dos hebreus.

– Desgraça... O termo não será exagerado?

– Você é egípcio, não pode compreender.

– Esse Ofir é um espião hitita que conspira contra o Egito; é também um assassino. Qualquer acordo com ele faria pesar sobre você suspeita de alta traição.

– Seja quem for que auxilie meu povo merece minha gratidão.

 – Detesta a terra que o viu nascer?

– A infância, a adolescência, nossos estudos em Mênfis, minha carreira a seu serviço... tudo isso está morto e esquecido, Ramsés. Apenas amo uma terra: a que Deus prometeu a meu povo.

NEDJEM, O MINISTRO da Agricultura, demonstrava um nervosismo fora do habitual. Geralmente afável e alegre, fora duro, e sem razão, com seu secretário. Incapaz de se concentrar nos dossiês que devia estudar, deixou seu gabinete e dirigiu-se ao laboratório de Setaou e Lótus.

Acocorada, a linda núbia prendia uma víbora que batia furiosamente com a cauda.

– Segure esta taça de cobre – pediu ao ministro.

– Não sei se...

– Apresse-se com isso.

Hesitante, Nedjem pegou o recipiente que continha um líquido castanho e viscoso.

– Não deixe cair nada, é muito corrosivo.

Nedjem tremia.

– Onde posso colocá-lo?

– Na prateleira.

Lótus enfiou a víbora num cesto, fechando-o em seguida.

– Em que posso ser-lhe útil, Nedjem?

– Você e Setaou...

– O que querem de Setaou? – interrogou a voz áspera do encantador de serpentes.

Vapores inquietantes saíam de filtros de diversos tamanhos; nas prateleiras, os potes misturavam-se com os filtros, os frascos, com os tubos, as decocções, com as poções.

– Quero dizer...

Um ataque de tosse impediu o ministro de continuar.

– Pois bem, diga! – exigiu Setaou.

Mal barbeado, maciço, de ombros largos, quase invisível no meio dos vapores que invadiram a parte do laboratório em que trabalhava, Setaou transvasava veneno diluído.

– É a propósito do pequeno Kha.

– O que lhe aconteceu?

– É você que... Enfim, quero dizer que, até agora, me ocupei da educação dessa criança. Gosta de ler e de escrever, demonstra uma maturidade excepcional para sua idade, possui já uma cultura que muitos escribas invejariam, não hesita em estudar os segredos do céu e da terra, quer...

– Eu sei de tudo isso, Nedjem, e tenho trabalho para fazer. Portanto, vá direto ao assunto.

– Você... você não é um homem fácil!

– A vida não é fácil. Quando se convive diariamente com os répteis, não se pode perder tempo com trivialidades.

Nedjem ficou chocado.

– Mas... minha visita não é uma trivialidade!

– Então diga de uma vez o que tem para dizer.

– Bem, vou ser mais direto: por que está arrastando Kha para o mau caminho?

Setaou colocou sobre uma prateleira o frasco que estava manipulando e limpou a testa com um pano.

– Entre em minha casa, Nedjem, porque vejo que veio perturbar meu trabalho e, ainda por cima, está me insultando! Por mais que você seja ministro, minha vontade agora é enfiar um murro em sua cara!

Nedjem recuou, esbarrando em Lótus.

– Perdoe-me... Não supunha... Mas aquela criança...

– A iniciação de Kha na magia parece-lhe prematura? – perguntou a núbia com um sorriso encantador.

– Sim, sim, é isso – respondeu Nedjem.

– Esses escrúpulos o honram, mas seus receios não têm fundamento.

– Uma criança tão pequena, diante de uma ciência tão complexa, tão perigosa...

– O faraó nos ordenou que protegêssemos o filho; para consegui-lo, precisamos da cooperação de Kha.

O ministro empalideceu.

– Protegê-lo... De que ameaça?

– Gosta de carne marinada? – perguntou Lótus.

– Eu?... Sim, claro.

– É uma de minhas especialidades; aceita compartilhar nossa refeição?

– Convidar-me assim, de última hora...

– Já está decidido – declarou Setaou. – E Kha não é um pequeno objeto frágil, mas sim o filho mais velho de Ramsés. Atacando-o, pretendem enfraquecer o casal real e todo o país. Ergueremos uma muralha mágica em torno de Kha para repelir as influências nocivas lançadas contra ele. A tarefa exige precisão, sendo difícil e incerta. Toda cooperação será, portanto, bem-vinda.

## 20

A ruela do bairro hebreu estava recoberta de traves que suportavam um entrelaçado de juncos destinado a proteger os transeuntes do calor do sol. Sentadas na soleira das portas, as donas de casa discutiam; quando passava o carregador de água, matavam a sede, para depois recomeçarem suas intermináveis conversas, nas quais se engajavam os artesãos que saboreavam um momento de repouso e os oleiros, de regresso dos canteiros de obras.

Um único assunto ocupava todos os espíritos: o processo de Moisés. Uns diziam que ele seria condenado à morte; outros, que ele receberia uma pena leve de prisão. Alguns extremistas defendiam uma revolta, mas a maioria tomava o partido do fatalismo: quem se atreveria a opor-se ao exército e à guarda do faraó? E, afinal, Moisés estava sofrendo o que merecia: não havia matado um homem? O fato de a lei ser aplicada com o máximo rigor não escandalizava ninguém, mesmo levando-se em conta a popularidade de Moisés. Quem não recordava sua dedicação aos oleiros e as vantagens materiais que conseguira para eles? Muitos trabalhadores desejavam que ele voltasse a trabalhar como arquiteto e se ocupar de novo da sorte deles.

Aarão compartilhava do pessimismo do ambiente. É verdade que a sorte de Moisés estava nas mãos de Jeová, mas a justiça egípcia não se mostrava nada terna com os criminosos. Se Abner tivesse concordado em comparecer, a acusação teria sido anulada; mas o oleiro afirmava convictamente que Moisés mentia. Recusou-se, portanto, a sair de seu esconderijo antes do fim do processo. Como Aarão não tinha qualquer censura a fazer a Abner, não podia pedir ao chefe de sua tribo que exigisse seu testemunho.

Ao passar pela ruela, Aarão reparou em um mendigo com a cabeça coberta por um capuz. Encostado à parede, com as pernas dobradas, o homem comia pedaços de pão que os transeuntes lhe atiravam. No primeiro dia, Aarão tentou esquecer o infeliz; no segundo, ele próprio lhe deu de comer; no terceiro, sentou-se a seu lado.

– Não tem família?

– Já não tenho ninguém.

– Era casado?

– Minha mulher morreu, e meus filhos partiram.

– Que triste sorte caiu sobre você?

– Era comerciante de cereais, tinha uma boa casa e levava uma vida tranqüila... Cometi um erro grave ao enganar minha mulher.

– E Deus o castigou.

– Tem razão, mas não é a Ele que devo minha desgraça. Um homem descobriu minha ligação, fez chantagem comigo, arruinou-me e destruiu meu casamento. Minha mulher morreu de desgosto.

– Então esse homem era um monstro!

– Um monstro que continua a agir cruelmente e a espalhar a infelicidade... Além de mim, outros sofrerão com sua crueldade.

– Como ele se chama?

– Tenho vergonha de dizer.

– Por que razão?

– Porque *é* hebreu, como nós.

– Chamo-me Aarão e tenho alguma influência em nossa comunidade. Não tem o direito de continuar calado, porque uma ovelha ranhosa pode contaminar o rebanho.

– Que importância tem isso agora?... Estou só e desesperado.

– Apesar de sua infelicidade, você deve pensar nos outros. Esse homem deve ser castigado.

– Ele se chama Abner – murmurou o mendigo.

DESSA VEZ, AARÃO tinha um sério motivo para se queixar do comportamento de Abner. Nessa mesma noite, reuniu um conselho de anciãos e chefes de tribo, contando-lhes as desventuras do comerciante de cereais.

– Há algum tempo – relembrou um decano –, Abner chantageou alguns oleiros, mas eles guardaram silêncio, e apenas rumores chegaram a nossos ouvidos. Compreende-se agora o motivo de Abner não querer comparecer perante um tribunal, preferindo que se acalme toda essa agitação.

– Moisés está na prisão, e somente o testemunho de Abner poderá salvá-lo!

Desconcertados, os notáveis não demonstravam a mínima vontade de tomar partido. Um chefe de tribo fez um resumo da situação.

– Falemos claramente: Moisés cometeu um assassinato, e esse crime lançou a desconfiança sobre todos os hebreus. Não há injustiça quanto a ele ser castigado. Além disso, voltou para espalhar a perturbação entre nós com suas idéias delirantes. A prudência aconselha que se deixem as coisas correrem.

Aarão foi dominado por violento ódio.

– Covarde entre os covardes! Prefere, portanto, ajudar um miserável como Abner e enviar para a morte Moisés, que lutou por você! Que Jeová o mergulhe na infelicidade e na desgraça!

O decano da assembléia, um oleiro aposentado, interveio com violência.

– Aarão tem razão, nosso comportamento é desprezível.

– Estamos protegendo Abner – lembrou um chefe de tribo. – Não temos o direito de obrigá-lo a arriscar-se a um castigo com base em vagas acusações.

Aarão bateu com seu cajado no chão.

– Será que Abner não o ajudou a enriquecer à custa de nossos irmãos?

– Como se atreve?

– Provoquemos um confronto entre o mendigo e Abner.

– Proposta aceita – declarou o decano.

ABNER ESTAVA ESCONDIDO numa casa de dois pisos, no centro do bairro dos oleiros, de onde só sairia depois da condenação de Moisés. Tornara-se rico e era bem considerado, passando agora a maior parte do tempo empanturrando-se de bolos e dormindo.

Quando o conselho dos anciãos e dos chefes de tribo lhe impusera o confronto, começara a rir, por dois motivos: primeiro, um mendigo não teria valor diante dele; depois, Abner acusaria o povo hebreu de deixar um homem na miséria, o que era contrário à lei egípcia. Se, por um acaso extraordinário, o caso assumisse uma proporção comprometedora, seus cúmplices encarregar-se-iam de fazer desaparecer seu desgraçado acusador.

A entrevista realizou-se no térreo, na sala destinada a receber os visitantes, cujos bancos estavam cobertos de almofadas. Presentes: o decano dos anciãos, um dos chefes de tribo designado por seus pares e Aarão, que amparava o mendigo curvado, quase incapaz de andar.

Abner exibia um ar de gozação.

– Então é esse pobre-diabo que delira a meu respeito... Consegue ao menos falar? O mais conveniente seria dar-lhe de comer e depois mandarem-no acabar seus dias numa das casas do Delta.

Aarão ajudou o mendigo a sentar-se.

– Podemos evitar um confronto – declarou o decano – se aceitar testemunhar em favor de Moisés e confirmar a versão dos fatos, tal como está no documento escrito por você.

– Moisés é um homem agitado e perigoso. Eu proporcionei fortuna a muitos de nossos irmãos! Por que haveria de correr riscos inúteis?

– Por respeito à verdade – interveio Aarão.

– Ela é tão flutuante... Será o bastante para fazer Moisés ser libertado? Afinal, ele é um assassino! Nada temos a ganhar nos metendo nessa história.

– Moisés salvou sua vida, agora você deve salvar a dele.

– Essa história é antiga, e minha memória, fraca... Não é preferível pensar no futuro? E depois, meu depoimento escrito funcionará em favor de Moisés. Se ele se beneficiar de uma dúvida favorável, não será condenado à morte.

– Um longo cativeiro será destino mais invejável?

– Moisés devia ter se controlado e não devia ter matado Sary.

Fora de si, Aarão bateu com o cajado no chão.

– Nada de violência – exigiu o decano.

– Este indivíduo é um canalha, traiu os seus e continuará traindo-os!

– Mantenha a calma – recomendou Abner. – Sou generoso e me comprometo a suprir suas necessidades. Para mim, o respeito aos anciãos é de um valor inestimável.

Se o decano e o chefe de tribo não estivessem presentes, Aarão teria partido a cabeça de Abner.

– Permaneçamos assim, meus amigos, e festejemos nossa reconciliação com uma boa refeição, que lhes ofereço com o maior prazer.

– Esqueceu o mendigo, Abner?

– Ah! O mendigo... Então, o que tem ele a dizer?

Aarão dirigiu-se ao pobre homem.

– Não tenha medo, fale à vontade.

O homem permaneceu prostrado, e Abner desatou a rir.

– É este seu grande acusador? Acabemos logo com isso... Entreguem-no a meus criados, que lhe darão de comer na cozinha.

Aarão estava mortificado.

– Fale, peço-lhe.

Lentamente, o falso mendigo desdobrou seu enorme corpo, tirou o capuz e mostrou o rosto.

Estupefato, Abner mal foi capaz de articular o nome daquele inesperado e temível hóspede.

– Serramanna...

– Está preso – declarou o sardo, com um sorriso de pirata.

ENQUANTO DECORRIA o depoimento de Abner, Serramanna sentia-se dominado por sentimentos contraditórios. Por um lado, esperara nunca encontrar Abner para que Moisés, o conspirador, não fosse absolvido; por outro, cumprira sua missão com sucesso. Era necessário que Ramsés fosse um homem extraordinário para motivar tal obediência de sua parte, mesmo estando convencido de que o hebreu era culpado. O rei agia mal por confiar em Moisés, mas como criticar um monarca que colocava a amizade entre os valores mais sagrados?

Pi-Ramsés em peso aguardava a sentença dada pelo vizir na seqüência da deliberação do júri. O processo aumentara de forma considerável o prestígio de Moisés; os mais pobres e a quase-totalidade dos oleiros tomavam agora partido a seu favor. Não era ele que surgia como o defensor dos infelizes contra os quais a vida se mostrara injusta?

Serramanna esperava que Moisés fosse exilado e que não viesse perturbar a harmonia construída, dia a dia, pelo casal real.

Quando Ameni saiu da sala do tribunal, o sardo foi a seu encontro. O secretário particular de Ramsés estava feliz.

– Moisés foi absolvido.

## 21

A corte estava reunida na sala de audiência do palácio de Pi-Ramsés, que dava acesso a uma escadaria monumental adornada com figuras de inimigos aniquilados. Ninguém sabia por que razão o faraó convocara o governo em peso e os principais responsáveis da Administração, mas todos esperavam o anúncio de decisões vitais para o futuro do país.

Ao passar pela porta monumental orlada com os nomes de coroação de Ramsés pintados em azul sobre fundo branco e colocados dentro de escudos, Ameni ocultava com dificuldade seu descontentamento; por que o rei não lhe fizera nenhuma confidência? Observando o ar contrariado de Acha, considerou que o amigo não sabia muito mais do que ele.

Os cortesãos eram tão numerosos que era impossível ver a decoração formada por mosaicos de terracota envernizados, representando jardins floridos e lagos cheios de peixes. As pessoas comprimiam-se entre as colunas e contra as paredes, as quais exibiam uma deslumbrante paleta de verde-claro, vermelho-escuro, azul-claro, amarelo luminoso e branco sujo. Mas naqueles momentos de angústia, quem pensava em admirar as sublimes aves que esvoaçavam nos pântanos povoados de papiros?

O olhar de Setaou, no entanto, pousava sobre uma pintura que representava uma jovem em meditação em frente a um maciço de malvas-rosas, com feições que se assemelhavam às da rainha. Os frisos de lótus, dormideiras, papoulas, margaridas e acianos encarnavam uma natureza pacífica e sorridente.

Ministros, altos funcionários, escribas reais, ritualistas, guardiões de segredos, sacerdotes e sacerdotisas, damas de alta linhagem e outros personagens importantes fizeram silêncio quando Ramsés e Nefertari se sentaram no trono. O poder do monarca era esmagador, e seu porte, inigualável. Com a dupla coroa que assinalava sua soberania sobre o Alto e o Baixo Egito, envergando uma túnica branca e um saiote dourado, Ramsés segurava na mão direita o cetro "magia", o cajado de pastor que servia para reunir seu povo no invisível e manter sua coesão no visível.

Nefertari era a graça, Ramsés, o poder. Todos na platéia captaram o amor profundo que os unia e dava a ambos um perfume de eternidade.

O chefe dos ritualistas declamou um hino a Amon, celebrando a presença do deus oculto em todas as formas de vida. Então Ramsés falou:

– Vou comunicar-lhes certo número de decisões para dissipar rumores e definir a política que pretendo seguir de imediato. Estas escolhas são fruto de uma longa reflexão realizada em conjunto com a grande esposa real.

Diversos escribas reais prepararam-se para escrever as propostas do monarca, que se tornariam decretos com aplicação imediata.

– Decidi reforçar a fronteira nordeste do Egito, construir novas fortalezas nesse setor, consolidar as antigas muralhas, duplicar as guarnições e aumentar-lhes o soldo. O Muro do Rei deve tornar-se inexpugnável e proteger o Delta de qualquer tentativa de invasão. Equipes de talhadores de pedra e de oleiros partirão já amanhã para iniciar os trabalhos necessários.

Um velho cortesão pediu a palavra.

– Majestade, será o Muro do Rei suficiente para deter as tropas hititas?

– Por si só, não; trata-se apenas do último elemento de nosso sistema de defesa. Graças à recente intervenção do exército, que derrotou a contra-ofensiva hitita, reconquistamos nossos protetorados. Entre nós e o invasor existem Canaã, Amurru e o sul da Síria.

– Não lhe têm traído com freqüência os príncipes que governam essas províncias?

– Na realidade, isso tem acontecido constantemente; é por isso que confio a gestão administrativa e militar dessa zona-tampão a Acha, a quem concedo plenos poderes nessa região. Encarrego-o de manter ali nossa supremacia, controlar os dirigentes locais, criar um sistema de informações eficaz e preparar um corpo de elite capaz de travar qualquer ataque hitita.

Acha permaneceu imperturbável, embora fosse o alvo de todos os olhares, uns de admiração, outros invejosos. O ministro das Relações Exteriores tornava-se um personagem-chave do Estado.

– Decidi também iniciar uma longa viagem com a rainha – continuou Ramsés. – Durante minha ausência, Ameni se encarregará de todos os assuntos correntes e consultará todos os dias Touya, minha mãe. Permaneceremos em contato pelo correio, e nenhum decreto será promulgado sem meu acordo.

A corte ficou estupefata. O papel de eminência parda de Ameni não era novidade, mas por que o casal real se afastava de Pi-Ramsés num período tão crucial?

O chefe do protocolo arriscou-se a fazer a pergunta que todos os lábios formulavam.

– Majestade... Poderia revelar-nos o objetivo de sua viagem?

– Reforçar a infra-estrutura sagrada do Egito. A rainha e eu iremos em primeiro lugar a Tebas para verificar o estado de adiantamento de meu templo de milhões de anos e depois partiremos para o Grande Sul.

– Até a Núbia?

– Sim.

– Perdoe-me, Majestade... Mas será necessário tão longo percurso?

– É indispensável.

A corte compreendeu, então, que o faraó não diria mais nada – que cada um imaginasse as razões secretas daquela surpreendente decisão.

VIGILANTE, O CÃO amarelo-dourado do rei, lambeu a mão da rainha-mãe, enquanto o enorme leão se deitava a seus pés.

– Esses dois fiéis companheiros vieram prestar-lhe uma homenagem – disse Ramsés.

Touya preparava um arranjo de um grande ramo armado que seria colocado sobre a mesa das oferendas destinadas à deusa Sekhmet. Como era altivo o porte da rainha-mãe, com seu longo vestido de linho orlado de ouro, os ombros cobertos por uma curta capa, e a cintura envolta num cinto vermelho de pontas riscadas que iam até o chão! Como era nobre a postura daquela mulher de olhos penetrantes e de rosto delicado e severo, cheia de poder, exigente e inabordável!

– O que pensa de minhas decisões, mãe?

– Nefertari tinha-me falado demoradamente a respeito delas, e receio que eu mesma os tenha inspirado um pouco. A única proteção eficaz de nossa fronteira nordeste consiste realmente em controlar os protetorados com mão firme para impedir uma invasão hitita. Foi essa a política de seu pai e deve ser também a sua. Nove anos de reinado, meu filho... como está suportando esse peso?

– Ainda nem tive tempo para pensar nisso.

– Melhor assim! Continue avançando e traçando seu caminho. Tem certeza de que a tripulação do barco obedece corretamente a suas ordens?

– Meu círculo íntimo é muito reduzido, e não tenho intenções de ampliá-lo.

– Ameni é um homem notável – considerou Touya. – Mesmo não tendo uma visão muito ampla, possui duas qualidades raríssimas: honestidade e fidelidade.

– Seu elogio também vale para Acha?

– Ele também possui uma virtude excepcional: a coragem, uma coragem particularmente feita com base numa análise aprofundada das situações. Quem melhor poderia ter sido escolhido senão ele para velar por nossos protetorados do Norte?

– Setaou será também aprovado por você?

– Sei que ele detesta convenções, mas é sincero; como seria possível não apreciar um aliado tão precioso?

– Resta Moisés...

– Tenho conhecimento de sua amizade por ele.

– Mas não a aprova.

– Não, Ramsés; esse hebreu tem objetivos que você se verá obrigado a desaprovar. Sejam quais forem as circunstâncias, faça com que seu país passe sempre à frente de seus sentimentos.

– Moisés ainda não é motivo para perturbação.

– Se vier a ser, a Regra de Maât, e apenas ela, deve inspirar sua conduta. O caso pode tornar-se difícil, mesmo para você, Ramsés.

Touya endireitou a haste de um lírio; a composição tinha o fulgor de cem flores.

– Aceita governar as Duas Terras durante minha ausência?

– Não vai me obrigar a isso! O peso da idade começa a incomodar-me.

Ramsés sorriu.

– Não acredito.

– Existe imensa força em você para imaginar o que pode ser o peso da velhice. Quer revelar-me agora a verdadeira razão dessa longa viagem?

– O amor pelo Egito e por Nefertari. Quero reanimar o fogo secreto dos templos, fazer com que produzam mais energia.

– Quer dizer que os hititas não são nossos únicos adversários?

– Não. Um mago líbio, Ofir, utiliza contra nós forças das trevas; talvez eu esteja agindo mal em dar muita importância à sua ação, mas não quero correr mais qualquer risco. Nefertari já sofreu demais com seus malefícios.

– Os deuses o favoreceram, meu filho. Poderiam conceder-lhe maior felicidade do que uma esposa tão luminosa?

– Não venerá-la como é devido seria um erro grave; concebi, portanto, um grande projeto para que seu nome brilhe durante milhões de anos e que o casal real surja como a base inatingível em que está construído o Egito.

– Visto que sentiu essa exigência, seu reinado será grande e vitorioso. Nefertari é a magia sem a qual nenhum ato é duradouro. Violência e trevas não desaparecerão, mesmo as gerações se sucedendo umas às outras, mas a harmonia será vivida nesta terra enquanto reinar o casal real. Fortifique-o, Ramsés, faça dele a pedra angular da construção. Quando o amor brilha sobre um povo, proporciona-lhe mais felicidade do que qualquer outra riqueza.

O ramo estava terminado; a deusa ficaria satisfeita.

– Pensa às vezes em Chenar? – perguntou Ramsés.

A tristeza ensombrou o olhar de Touya.

– Como pode uma mãe esquecer seu filho?

– Chenar já não é seu filho.

– O rei tem razão, e eu deveria dar-lhe ouvidos... Poderá perdoar minha fraqueza?

Ramsés apertou Touya ternamente em seus braços.

– Privando-o de uma sepultura – continuou ela –, os deuses infligiram-lhe um terrível castigo.

– Enfrentei a morte em Kadesh, Chenar encontrou-a no deserto. Talvez tenha até purificado a alma.

– E se ainda estivesse vivo?

– Também eu já tive esse pensamento... Se ele estiver escondido nas sombras com as mesmas intenções de antigamente, você será indulgente?

– Você é o Egito, Ramsés, e quem o atacar vai me encontrar no meio do caminho.

## 22

Ramsés inclinou-se perante a estátua de Thot, à entrada do Ministério das Relações Exteriores, e depositou um ramo de lírios no altar das oferendas. Incorporado num grande macaco de pedra, o mestre dos hieróglifos – as "palavras dos deuses" – mantinha o olhar erguido para o céu.

A visita do faraó era uma honra com a qual se congratulavam os funcionários do ministério. Acha recebeu o monarca e se inclinou perante ele. Quando Ramsés o abraçou, os subordinados do jovem ministro sentiram-se orgulhosos por trabalharem sob as ordens de um dignitário a quem o rei concedia tal demonstração de confiança.

Os dois homens fecharam-se no gabinete de Acha, luxuoso e requintado: rosas importadas da Síria, arranjos florais associando narcisos e maravilhas, arcas de acácia, cadeiras de estofos decorados com lótus, almofadas multicores, mesas com pés de bronze. As paredes eram adornadas com cenas de caça às aves nos pântanos.

– Você nunca optou pela sobriedade – constatou Ramsés. – Só faltam os vasos exóticos de Chenar.

– Mas que má recordação! Mandei-os vender em benefício de meu ministério.

Elegante, com uma peruca leve e perfumada, e o pequeno bigode bem cuidado, Acha parecia pronto para participar de um banquete mundano.

– Quando tenho a sorte de aproveitar algumas semanas de paz no Egito – confessou –, embriago-me com os inúmeros prazeres que a vida me proporciona... Mas que o rei fique descansado: não esquecerei a missão que me confiou.

Acha era assim: cínico, aparentemente frívolo, apreciador da moda, um sedutor que saltava de uma mulher para outra; em compensação, um homem de Estado calejado nos meandros da política internacional, perfeito conhecedor do terreno e aventureiro capaz de correr os mais incríveis riscos.

– O que pensa de minhas decisões?

– Confundem-me e alegram-me, Majestade.

– Admite serem... suficientes?

– Falta o essencial, não é verdade? E é exatamente a razão desta visita nada protocolar. Deixe-me adivinhar: não será... Kadesh?

– Escolhi bem meu ministro das Relações Exteriores e chefe de meu serviço de espionagem.

– Sonha ainda se apoderar daquela praça-forte?

– Kadesh foi o local de uma vitória, mas a fortaleza hitita permanece intacta e continua zombando de nós.

Contrariado, Acha serviu um admirável vinho tinto de uma cor deslumbrante em duas taças de prata cujas asas eram corpos de gazela.

– Estava desconfiado de que iria voltar a Kadesh... Ramsés não seria capaz de tolerar a sombra de um fracasso. É verdade, essa fortaleza nos desafia; e é verdade que continua a ser tão forte como antes.

– É por isso que a considero uma ameaça permanente a nosso protetorado do sul da Síria; será de Kadesh, portanto, que partirão os ataques.

– À primeira vista, o raciocínio parece impecável.

– Mas vejo que não é essa sua opinião.

– Um ministro gordo e calmo, confortavelmente acomodado em seus privilégios e dignidades, prostrar-se-ia à sua frente e faria mais ou menos este discurso: "Ramsés o Grande, rei de visão penetrante e braço vitorioso, parta para a conquista de Kadesh!" E esse cortesão seria um terrível imbecil.

– Por que considera necessário desistir dessa conquista?

– Graças a você, os hititas descobriram que não são invencíveis. É verdade que o exército deles continua poderoso, mas seus espíritos estão perturbados. Muwattali prometera a seu país uma invasão fácil e uma vitória esmagadora, e de repente se vê forçado a justificar com dificuldade uma retirada das tropas para suas posições habituais. Há ainda outro conflito que está se desencadeando por lá: a guerra da sucessão ao trono, entre o filho Uri-Techup e o irmão Hattusil.

 – Quem tem as melhores chances de ganhar?

– É impossível prever, porque ambos possuem armas eficazes.

– Está próxima a queda de Muwattali?

– Na minha opinião está, pois mata-se com facilidade na corte hitita. Numa sociedade guerreira, o chefe incompetente, incapaz de vencer, deve ser eliminado.

– Não é o momento ideal para atacarmos Kadesh e nos apoderarmos dela?

– Realmente seria ideal, se nosso interesse consistisse em minar os alicerces do império hitita.

Ramsés apreciava a sutileza do amigo Acha e também o seu caráter irônico, mas, dessa vez, ficou admirado.

– E não é esse o objetivo primordial de nossa política externa?

– Já não tenho muita certeza disso.

– Está brincando comigo?

– Quando uma decisão significa vida ou morte de milhares de seres humanos, não tenho qualquer desejo de brincar.

– Então possui uma informação que pode modificar radicalmente minha opinião.

– Trata-se de uma simples intuição, baseada em alguns dados captados aqui e ali por nossos informantes. Já ouviu falar da Assíria?

– É um povo guerreiro, como os hititas.

– Até agora, a Assíria era um Estado sob a influência hitita. Mas Hattusil, quando formou sua coligação, ofereceu-lhes muito metal precioso para se manterem numa neutralidade favorável. Só que essas riquezas inesperadas transformaram-se em armamento. Atualmente, os militares assírios sobrepõem-se a seus diplomatas. A próxima grande potência asiática poderá bem vir a ser a Assíria, mais conquistadora e devastadora do que o Hatti.

Ramsés ficou pensativo.

– A Assíria... Estará prestes a atacar o Hatti?

– Ainda não, mas logo o conflito me parecerá inevitável.

– Por que Muwattali não corta o mal pela raiz?

– Por causa dos conflitos internos que lhe ameaçam o trono e porque receia um avanço de nosso exército em direção a Kadesh. Para ele, continuamos sendo o adversário principal.

– E para os que ambicionam o poder?

– O filho, Uri-Techup, é cego; seu único sonho é se apossar das Duas Terras, massacrando o máximo de egípcios possível. Hattusil tem uma visão mais ampla e conseqüentemente mais consciência do perigo que cresce, mesmo às portas do império hitita.

– Não me aconselha, portanto, a lançar uma grande ofensiva contra Kadesh.

– Perderemos muitos homens, e os hititas também; então, o verdadeiro vencedor acabará sendo a Assíria.

– É evidente que não se limitou a refletir. Qual é seu plano?

– Receio que não lhe agrade, por ser contraditório em relação à política que você considera justa.

– É só dizer-me.

– Façamos crer aos hititas que preparamos o assalto a Kadesh. Boatos, desinformação clássica, falsos documentos confidenciais, manobras no sul da Síria... Tratarei de tudo.

– Até aí, não estou surpreso.

– A continuação talvez seja mais delicada. Quando essa trama toda se tiver revelado eficaz, partirei para o Hatti.

– Com que justificativa?

– Missão secreta, com plenos poderes para negociar.

– Mas... o que quer negociar?

– A paz, Majestade.

– A paz com os hititas?!

– Sim, Majestade. Esta é a melhor solução para impedir que a Assíria se transforme num monstro muito mais perigoso do que o Hatti.

– Os hititas nunca aceitarão.

– Se me conceder seu apoio, comprometo-me a convencê-los.

– Se fosse outro a me fazer essa proposta, eu o acusaria de alta traição.

Acha sorriu.

– Eu já desconfiava... Mas quem melhor do que Ramsés é capaz de ver longe, muito além do momento presente?

– Os sábios não ensinam que lisonjear um amigo é uma falta imperdoável?

– Não é ao amigo que me dirijo, mas ao faraó. Manter a vista baixa, presa aos acontecimentos, consistiria em aproveitar nossas forças atuais para enfrentar os hititas, com possibilidade real de vencê-los. Mas com o aparecimento da Assíria no cenário internacional devemos modificar nossa estratégia.

– Trata-se de uma simples intuição, Acha. Você próprio confessou.

– No meu posto, prever o futuro e pressenti-lo antes dos outros é essencial. Não é a intuição que conduz a uma decisão justa?

– Não tenho o direito de deixá-lo correr semelhante risco.

– Minha estada entre os hititas? Não será a primeira.

– Quer ocupar de novo suas prisões?

– Concordo que há férias mais agradáveis, mas é preciso saber forçar o destino.

– Não conseguirei arranjar um ministro das Relações Exteriores melhor do que você.

– Tenho intenção de voltar, Ramsés. E, além disso, uma existência fácil e mundana acabaria por enfraquecer-me o espírito. Depois de arranjar algumas amantes, vesti-las, distraí-las e fartar-me delas, sentiria necessidade de uma nova aventura para permanecer com o espírito vivo e conquistador. Portanto, esta experiência não me assusta... Compete-me saber utilizar as fraquezas dos hititas e convencê-los a parar com a hostilidade.

– Tem consciência de que esse projeto é completamente insensato, Acha?

– Ele tem a frescura da novidade e o atrativo do desconhecido; isso não o enfeita de todas as seduções?

– Não estava realmente convencido de que eu iria dar-lhe meu consentimento, estou certo?

– Acabarei por consegui-lo porque você não é um velho monarca friorento incapaz de mudar o mundo. Dê-me ordem para negociar com os bárbaros que nos querem destruir para transformá-los em vassalos.

– Vou iniciar uma longa viagem para o Sul, e você ficará isolado no Norte.

– Já que vai ocupar-se do Além, deixe os hititas comigo.

## 23

Com idades entre 15 e 25 anos, cabeças raspadas, com exceção de uma madeixa formada por várias tranças paralelas presas por um grande gancho nivelado com a orelha e caindo do lado direito do rosto, os “filhos reais” usavam brincos, um longo colar, pulseiras, um saiote plissado, e seguravam na mão uma haste encimada por uma pluma de avestruz.

A esses jovens, escolhidos por seu vigor físico e intelectual, Ramsés confiara a missão de o representarem nos diferentes regimentos do exército. Atuando no campo de batalha, saberiam devolver uma energia por vezes prestes a esmorecer soldados cuja covardia em Kadesh, diante da coligação formada pelos hititas, o rei não esquecera.

Os "filhos reais" partiriam para o Norte e lá se ocupariam da administração dos protetorados. Haviam recebido ordens rigorosas de Acha e as respeitariam.

Espalhava-se já a lenda de que Ramsés o Grande, progenitor infatigável e pai prolífero, pusera no mundo uma centena de filhos cuja existência era a prova evidente da força divina que o habitava. Assim ia se construindo uma genealogia fabulosa que os escultores transpunham para a pedra e que os escribas se compraziam em transmitir.

À sombra de seu limoeiro, o velho Homero perfumava sua barba branca. Heitor, o gato preto rajado de branco, que engordara bastante, começou a ronronar assim que Ramsés o acariciou.

– Perdoe minha indiscrição, Majestade, mas tenho a impressão de que está aborrecido.

– Digamos que... preocupado.

– Más notícias?

– Não, mas é a aproximação de uma longa viagem que apresenta alguns perigos.

O poeta grego encheu com folhas de sálvia o fornilho de seu cachimbo feito de uma grande concha de caracol.

– Ramsés o Grande... É assim que o povo o aclama atualmente. Eis o que acabo de escrever: "Os dons magníficos dos deuses não podem ser negligenciados. Só eles no-los concedem, pois ninguém os pode adquirir isoladamente."

– Será assim tão fatalista?

– É o privilégio da idade, Majestade. Minha *Ilíada* e minha *Odisséia* estão terminadas, e dei os últimos retoques no poema que canta sua vitória em Kadesh. Resta-me agora fumar meu cachimbo, beber vinho perfumado com anis e deixar-me massagear com azeite.

– Não tem vontade de reler sua obra?

– Só os autores medíocres contemplam-se no espelho de suas frases. Qual a razão dessa viagem, Majestade?

– "Regresse com freqüência a Abidos, exigira meu pai, e vele por esse templo." Tenho negligenciado suas ordens e devo me preocupar mais com esse santuário.

– Mas não é só isso.

– À pergunta "O que é um faraó", Sethi respondia: "Aquele que torna seu povo feliz." Como consegui-lo? Realizando atos benéficos para o Princípio e para os deuses, de maneira que recaiam sobre os homens.

– Não foi a rainha que o aconselhou a agir assim?

– Com ela e por ela quero construir uma obra que produzirá essa energia luminosa de que temos tanta necessidade e que protegerá o Egito e a Núbia da infelicidade.

– Está escolhido o local?

– No coração da Núbia, Hathor marcou com sua presença um lugar denominado Abu-Simbel. Encarnando-se nas pedras, a dama das estrelas revelou o segredo de seu amor. E é este lugar que quero oferecer a Nefertari, para que ela se torne para sempre a Dama de Abu-Simbel.

BARBUDO, COM CABELOS hirsutos, sentado nos calcanhares, o cozinheiro servia-se de uma folha de palmeira para atiçar o fogo de um fogareiro sobre o qual assava um ganso devidamente preparado; enfiara um espeto pelo bico e pescoço da ave, mantendo-a assim diretamente sobre o calor. Quando tivesse terminado, depenaria um pato, e, depois de lhe tirar as entranhas, cortar-lhe-ia a cabeça, a extremidade das asas e os pés, e o enfiaria também no espeto para assá-lo em fogo brando.

Uma nobre dama interpelou-o.

– Suas aves estão todas encomendadas?

– Quase todas.

– Se lhe encomendar um pato, pode prepará-lo agora?

– Bem... Agora estou muito ocupado.

Dolente, a irmã de Ramsés, endireitou a alça esquerda do vestido que teimava em deslizar. Depois, a volumosa morena depositou um pote de mel aos pés do cozinheiro.

– Seu disfarce é perfeito, Chenar. Se não tivesse marcado encontro comigo neste exato lugar, não o teria reconhecido.

– Soube de algo importante?

– Acho que sim... Assisti à grande audiência do casal real.

– Volte daqui a duas horas. Vou lhe dar seu pato, acabarei o trabalho, e você me seguirá. Vou conduzi-la até Ofir.

NA ORLA DOS ARMAZÉNS, o bairro dos cozinheiros e cortadores só se acalmava depois do cair da noite. Alguns aprendizes, com pesadas cargas, dirigiam-se para as *villas* dos nobres onde entregavam ótimas peças de carne para serem servidas nos banquetes.

Chenar entrou por uma ruela deserta, parou em frente a uma porta baixa pintada de azul e deu quatro toques espaçados. Logo que a porta se abriu, fez sinal a Dolente para entrarem. A volumosa mulher fez um pequeno esforço para penetrar num compartimento de teto baixo, cheio de cestos. Chenar ergueu um alçapão, e ele e a irmã desceram uma escada de madeira que terminava em uma cave.

Quando viu o mago Ofir, Dolente prostrou-se e beijou-lhe a bainha da túnica.

– Temia tanto não vê-lo nunca mais!

– Eu havia prometido que voltaria, e voltei. Os dias de meditação na Cidade do Sol fortaleceram minha fé em Aton, o deus único que amanhã reinará sobre este país.

De olhos extasiados, Dolente contemplou o mago de cara de ave de rapina. Ele, o profeta da verdadeira fé, fascinava-a. Amanhã sua força guiaria o povo; amanhã ele derrubaria Ramsés.

– Seu auxílio nos é muito precioso – disse Ofir, com voz doce e profunda. – Sem você, como poderíamos lutar contra esse tirano ímpio e detestável?

– Ramsés já não desconfia de mim; estou mesmo convencida de que deposita em mim toda a confiança em virtude de minha intervenção em favor de seu amigo Moisés.

– Quais são as intenções do rei?

– Confiou a gestão dos protetorados do Norte aos filhos reais, sob as ordens de Acha.

– Esse diplomata maldito! – rugiu Chenar. – Enganou-me e me fez de palhaço. Hei de vingar-me, hei de espezinhá-lo, hei de...

– Há assuntos mais urgentes – cortou Ofir secamente. – Ouçamos Dolente.

A irmã de Ramsés estava se sentindo orgulhosa por desempenhar um papel importante.

– O casal real vai fazer uma longa viagem.

– Qual é o destino?

– O Alto Egito e a Núbia.

– Conhece o motivo?

– Ramsés quer oferecer um presente extraordinário à rainha. Um templo, parece.

– E essa é a única razão da viagem?

– O faraó quer reanimar as potências divinas, reuni-las, exaltar-lhes a energia e depois tecer uma rede protetora que estenderá sobre todo o Egito.

Chenar brincou.

– Terá meu bem-amado irmão perdido o juízo?

– Não – protestou Dolente. – Por saber que está sendo ameaçado por adversários misteriosos, não tem outra solução senão fazer apelo aos deuses para constituir um exército invisível e lutar contra os inimigos que o ameaçam.

– Está ficando louco – considerou Chenar – e mergulha em sua demência. Um exército de divindades... É ridículo!

O irmão do rei sentiu o peso do olhar gelado de Ofir.

– Ramsés tomou consciência do perigo – disse Ofir.

– Não acredita que ele...

Chenar interrompeu-se. Do mago emanava uma violência aterradora; de repente, o irmão mais velho do monarca deixou de duvidar dos poderes ocultos do líbio.

– Quem protege o pequeno Kha? – perguntou Ofir a Dolente.

– Setaou, o encantador de serpentes. Transmite sua ciência ao filho de Ramsés e o rodeou de forças que o protegem de qualquer agressão, venha ela de onde vier.

– As serpentes possuem a magia da terra – reconheceu Ofir – e quem lida com elas conhece-a muito bem. No entanto, graças ao pincel do garoto, conseguirei destruir esse sistema de defesa. Mas vou precisar de mais tempo do que o previsto.

O coração de Dolente revoltou-se com a idéia de Kha ter de sofrer o ataque dos espíritos, mas o motivo vergou-a à estratégia do mago. Tal agressão enfraqueceria Ramsés, diminuiria seu *ka* e talvez o levasse a abdicar. Qualquer que fosse a crueldade do golpe, Dolente não se oporia.

– Temos de separar-nos – considerou Ofir.

Dolente agarrou-se à túnica do mago.

– Quando tornarei a vê-lo?

– Chenar e eu vamos deixar a capital temporariamente; não podemos permanecer muito tempo no mesmo lugar. Será a primeira a ser avisada de nosso retorno. Entretanto, continue a recolher informações.

– Continuarei a propagar a verdadeira fé – afirmou ela.

– E haverá preocupação mais importante? – murmurou Ofir com um sorriso cúmplice.

## 24

Para festejar a absolvição de Moisés, os oleiros hebreus organizaram um enorme banquete no bairro popular em que residiam: pães triangulares, empanados de pombo, codornas recheadas, compota de figos, vinho forte e cerveja fresca foram oferecidos aos convivas, que cantaram a noite toda, várias vezes entoando o nome de Moisés, agora o mais popular dos hebreus.

Cansado do barulho, este afastou-se do local da festa quando seus partidários já estavam bastante bêbados para perceberem sua ausência. Moisés sentia necessidade de estar só e de pensar nas lutas que se avizinhavam. Convencer Ramsés a deixar todo o povo hebreu sair do Egito não ia ser fácil. No entanto, tinha de cumprir, a todo custo, a missão que Jeová lhe confiara; para consegui-lo, moveria montanhas.

Moisés sentou-se na beira da mó do bairro. Dois homens dirigiram-se a ele; na verdade, dois beduínos: o calvo e barbudo Amos e o magro Baduch.

– O que estão fazendo aqui?

– Juntamo-nos a essa alegria – declarou Amos. – Não se trata de um momento privilegiado?

– Vocês não são hebreus.

– Podemos ser seus aliados.

– Não preciso da ajuda de vocês.

– Não estará seu clã superestimando suas forças? Sem armas não conseguirá realizar seus sonhos.

– Utilizarei certas armas, mas não as de vocês.

– Se os hebreus se aliarem aos beduínos – afirmou Baduch –, formarão um verdadeiro exército.

– Para quê?

– Para combater os egípcios e vencê-los!

– É um sonho muito perigoso.

– Você, Moisés, como ousa criticar esse sonho? Você, que quer tirar seu povo do Egito, desafiar Ramsés, colocar-se acima das leis deste país... Esse não será um sonho igualmente condenável e perigoso?

– Quem lhe falou de meus planos?

– Todo oleiro sabe disso! Atribuem-lhe mesmo a intenção de brandir o estandarte de Jeová, o deus guerreiro, e apossar-se das Duas Terras.

– Com que facilidade os homens deliram, quando um grande plano altera seus hábitos.

Os olhos espertos de Baduch brilharam com um clarão maldoso.

– Só falta agora você insubordinar os hebreus contra a Administração egípcia.

– Afastem-se de meu caminho, os dois!

– Está agindo mal, Moisés – insistiu Amos. – Seu povo será obrigado a combater e não tem experiência nenhuma nesse campo. Poderíamos servir-lhes de instrutores.

– Vão embora e deixem-me refletir.

– Como queira... Ainda nos veremos.

Deslocando-se com seus burros como simples camponeses e dispondo de uma autorização assinada por Meba para circular, os dois beduínos apearam num campo ao sul de Pi-Ramsés. Mal tinham começado a comer cebolas doces, pão fresco e peixe seco, quando dois homens sentaram-se a seu lado.

– Como decorreu a entrevista? – perguntou Ofir.

– Esse Moisés é teimoso – confessou Amos.

– Ameacem-no – exigiu Chenar.

– Não adiantaria nada. Vamos deixá-lo envolver-se em seus projetos insensatos. A qualquer momento acabará nos pedindo ajuda.

– Os hebreus o aceitaram?

– A absolvição o coloca na categoria de herói, e os oleiros estão convencidos de que ele defenderá seus direitos como antigamente.

– O que pensam de seu plano?

– É muito contestado, mas aquece o sangue de alguns jovens que sonham com a independência.

– Vamos encorajá-los – disse Chenar. – Provocando distúrbios, enfraquecerão o poder de Ramsés. Se este desencadear uma repressão, isso o tornará impopular.

Amos e Baduch eram os dois sobreviventes da rede de espionagem que atuara no Egito durante vários anos. Encontrando-se fora do circuito dos mercadores, não tinham sido descobertos por Serramanna e dispunham de importantes apoios no Delta.

A reunião de Ofir, Chenar, Amos e Baduch parecia um verdadeiro conselho de guerra, marcando a arrancada da ofensiva contra Ramsés.

– Onde se encontram as tropas hititas? – perguntou Ofir.

– De acordo com os informantes beduínos – respondeu Baduch –, estão acampadas em suas posições, na região de Kadesh. A guarnição foi reforçada por se prever um ataque do exército egípcio.

– Conheço meu irmão – ironizou Chenar. – Não resistirá ao desejo de atacar com força total.

Durante a batalha de Kadesh, Amos e Baduch, fazendo-se passar por prisioneiros assustados, tinham mentido a Ramsés para atraí-lo para uma emboscada da qual não poderia escapar. Guardavam de seu fracasso uma recordação dolorosa que tinham urgência de apagar.

– Quais são as intenções do Hatti? – perguntou o mago a Baduch.

– Desestabilizar Ramsés por todos os meios.

Ofir sabia perfeitamente o que significava aquela ordem vaga. Por um lado, o Egito reconquistara seus protetorados, e os hititas não estavam em condições de os recuperar; por outro, o filho e o irmão do imperador hitita deviam estar travando uma luta encarniçada para se apossarem do poder que o imperador ainda detinha, mas por quanto tempo?

A derrota em Kadesh, o fracasso da contra-ofensiva em Canaã e na Síria, a falta de reação à reconquista de seus territórios tomados pelo Egito pareciam provar que o império hitita estava enfraquecido por causa de seus conflitos internos. Mas essa triste realidade não impediria Ofir de prosseguir em sua missão. Quando Ramsés fosse ferido de morte, um novo fogo inflamaria o Hatti.

– Vocês dois – ordenou Ofir a Baduch e Amos –, continuem a infiltrar-se entre os hebreus. Que seus homens se declarem adeptos de Jeová e encorajem os oleiros a seguir Moisés. Dolente, a irmã do rei, nos informará sobre o que estiver se passando na corte durante a ausência do casal real. Eu me ocuparei de Kha, sejam quais forem as proteções de que está rodeado.

– Quero Acha para mim – resmungou Chenar.

– Tem coisa melhor a fazer – afirmou Ofir.

– Quero matá-lo com minhas próprias mãos antes de eliminar meu irmão!

– E se começasse por seu irmão?

A proposta do mago despertou em Chenar uma nova labareda de ódio em relação ao tirano que lhe roubara o trono.

– Voltarei a Pi-Ramsés para coordenar nossos esforços; você, Chenar, siga para o Sul.

Chenar coçou a barba.

– Atrasar Ramsés... É essa sua intenção?

– Espero mais de você.

– Com que meios?

Ofir viu-se obrigado a revelar a estratégia de Muwattali.

– Os hititas invadirão o Delta, e os núbios passarão a fronteira e atacarão Elefantina. Ramsés não conseguirá apagar os incêndios que iremos atear em vários pontos ao mesmo tempo.

– Quais serão meus apoios?

– Um esquadrão de guerreiros bem treinados que o esperam perto da Cidade do Sol e chefes de tribos núbias que há vários meses cobrimos de presentes. Avançando para o coração dessa região, Ramsés ignora que se lançará de cabeça numa emboscada. Faça com que não saia de lá vivo.

 Um largo sorriso iluminou o rosto de Chenar.

– Não creio nem em Deus nem nos deuses, mas começo a acreditar novamente em minha sorte. Por que não me falou mais cedo desses preciosos aliados?

– Porque recebi ordens para nada dizer – precisou Ofir.

– E está transgredindo-as hoje?

– Tenho confiança em você, Chenar. Atualmente, já nada ignora dos objetivos que me foram transmitidos.

Irritado, o irmão de Ramsés arrancou algumas plantas, lançou-as ao vento, ergueu-se e deu alguns passos. Obtinha finalmente a possibilidade de agir a seu bel-prazer, longe da presença do mago. Ofir utilizava demais a magia, a esperteza e as forças subterrâneas; ele, Chenar, adotaria uma estratégia menos complicada e mais brutal.

Mil idéias fervilhavam em sua cabeça. Interromper a viagem de Ramsés de forma definitiva... Era seu único objetivo.

Ramsés... Ramsés o Grande, cujo insolente sucesso lhe roía o coração! Chenar não se iludia sobre suas próprias deficiências, mas possuía uma qualidade que nenhuma desilusão havia conseguido abalar: a obstinação. Media a envergadura do adversário por seu rancor, a cada dia mais crescente, que lhe dava força para enfrentar o senhor das Duas Terras.

Por instantes, envolto na paz do campo, Chenar vacilou.

O que tinha a censurar em Ramsés? Desde o início de seu reinado, o sucessor de Sethi não havia cometido qualquer erro, nem contra seu país nem contra seu povo. Colocara-os ao abrigo da adversidade, comportara-se como um valoroso guerreiro, garantira a prosperidade e a justiça.

O que havia nele para censurar, exceto o fato de ser Ramsés o Grande?

# 25

Por ocasião de um conselho que reunia os principais representantes do clã dos militares e dos comerciantes, o imperador Muwattali recordou as palavras de um de seus predecessores: "Nos nossos dias, o assassinato tornou-se uma prática corrente na família real; a rainha foi assassinada, o filho do rei foi igualmente assassinado. Para evitar semelhantes dramas, torna-se necessário impor uma lei: que ninguém mate um membro da família real, que ninguém desembainhe a espada ou o punhal contra ele, e que todos se entendam para encontrar um sucessor para o soberano."

Afirmando convictamente que sua sucessão não estava aberta, o imperador felicitou-se pela ausência de assassinatos e reiterou sua confiança em Hattusil, seu irmão, e em Uri-Techup, seu filho. Confirmou a este último sua função de comandante-chefe do exército; ao irmão atribuiu o encargo de incentivar a economia e manter sólidos laços com os aliados estrangeiros do Hatti. Em outras palavras, retirava de Hattusil seu poder militar e tornava Uri-Techup intocável.

Perante o sorriso triunfante de Uri-Techup e o rosto perturbado de Hattusil, não era difícil identificar o sucessor que Muwattali escolhera sem lhe pronunciar o nome.

Exausto e curvado, envolto em seu manto de lã vermelha e negra, o imperador não comentou suas decisões e se retirou, rodeado por sua guarda pessoal.

LOUCA DE RAIVA, a bela sacerdotisa Putuhepa pisoteou os brincos de prata que o marido, Hattusil, lhe oferecera na véspera.

– É incrível! O imperador, seu irmão, coloca-lhe mais baixo que o chão, e você nem tinha sido avisado disso!

– Muwattali é um homem secreto... E continuo a ter funções importantes.

– Sem o exército você não passa de um fantoche submetido à boa vontade de Uri-Techup.

– Mantenho sólidas amizades com os generais e os oficiais das fortalezas que protegem nossa fronteira.

– Mas o filho do imperador já reina como senhor na capital!

– Uri-Techup assusta os espíritos moderados.

– Quantas riquezas teremos de oferecer-lhes para convencê-los a não passarem para o lado dele?

– Os comerciantes nos ajudarão.

– Por que o imperador mudou de opinião? Parecia ser contra o filho e já havia aprovado meu plano para eliminá-lo.

– Muwattali nunca age por impulso – lembrou Hattusil. – É claro que considerou as ameaças da casta militar, e a acalmou devolvendo a Uri-Techup seus antigos privilégios.

– É aberrante! Esse louco por guerra aproveitará para tomar o poder.

Hattusil refletiu durante algum tempo.

– Estou me perguntando se o imperador não procurou transmitir-nos uma mensagem de forma sutil. Uri-Techup torna-se o homem forte do Hatti e então nós deixamos de parecer-lhe dignos de importância. Não será o melhor momento para abatê-lo? Estou convencido de que o imperador o recomenda dessa forma para que se apresse. É preciso atacar, e atacar muito depressa.

– Esperarei que Uri-Techup venha um dia desses orar no templo da deusa Ishtar, para interrogar os especialistas em adivinhação. Depois dessa nomeação, a consulta das entranhas de abutre é urgente! O novo chefe do exército hitita deve ter pressa em conhecer seu futuro. E serei eu a oficiá-lo. Quando o matar, explicarei que foi vítima da cólera do céu.

PESADAMENTE CARREGADOS com estanho, tecidos e produtos alimentares, os burros, como de praxe, entravam lentamente na capital hitita em passo regular. Os chefes das caravanas conduziam-nos para um balcão, no qual um mercador verificava a lista e a quantidade dos produtos, elaborava notas de débito, assinava contratos e ameaçava os maus pagadores com processos judiciais.

O principal representante do clã dos mercadores, um sexagenário obeso, perambulava pelo bairro dos comerciantes. Observava com olhar atento as transações e não deixava de intervir em caso de discussão. Quando Hattusil cruzou com ele, perdeu o sorriso comercial. Com os cabelos presos por uma tira, envergando um traje multicor, o irmão do imperador parecia mais nervoso do que o habitual.

– As notícias são ruins – declarou o comerciante.

– Há problemas com os fornecedores?

– Não, pior do que isso: com Uri-Techup.

– Mas... foi a mim que o imperador confiou a administração da economia!

– Uri-Techup não parece preocupado com isso.

– Que abusos cometeu?

– O filho do imperador decidiu lançar um novo imposto sobre todas as transações comerciais para poder pagar melhor os soldados.

– Vou emitir um enérgico protesto.

– Inútil; é tarde demais.

Hattusil parecia um náufrago perdido na tempestade; pela primeira vez, o imperador não lhe fizera qualquer confidência, e ele, seu próprio irmão, sabia de uma notícia importante não pela boca de Muwattali, mas por intermédio de terceiros.

– Pedirei ao imperador que anule esse imposto.

– Falhará – previu o comerciante. – Uri-Techup quer restaurar o poderio militar hitita esmagando o clã dos comerciantes e despojando-o de suas riquezas.

– Protestarei.

– Que os deuses o auxiliem, Hattusil.

HAVIA MAIS DE TRÊS HORAS que Hattusil esperava numa pequena e fria sala do palácio do imperador. Habitualmente, entrava sem cerimônia nos aposentos particulares do irmão; dessa vez, porém, dois membros da guarda pessoal de Muwattali impediram-lhe a entrada, e um camareiro ouvira seu pedido, sem nada prometer.

Em breve seria noite. Hattusil dirigiu-se a um dos guardas.

– Avise ao camareiro que não esperarei mais.

O soldado hesitou, consultou o companheiro com o olhar e desapareceu por instantes. O outro parecia pronto a trespassar Hattusil com a lança, se este tentasse forçar a passagem.

O camareiro reapareceu, escoltado por seis guardas de rostos carrancudos. O irmão do imperador pensou que iam prendê-lo e metê-lo na prisão, de onde não mais sairia.

– O que deseja? – perguntou o camareiro.

– Ver o imperador.

– Já não lhe disse que ele não receberia ninguém hoje? É inútil esperar mais tempo.

Hattusil afastou-se; os guardas permaneceram imóveis.

Quando estava saindo do palácio, cruzou com Uri-Techup, transbordante de energia. Com um sorriso de ironia nos lábios, o comandante-chefe do exército hitita nem o cumprimentou.

Do alto do terraço do palácio, o imperador Muwattali contemplou sua capital, Hattusa. Enorme rochedo fortificado no coração das estepes áridas, fora construída para dar testemunho da existência de uma força invencível. Ao vê-la, qualquer invasor retrocederia. Ninguém se apoderaria de suas torres, ninguém alcançaria a acrópole imperial que dominava os templos das divindades.

Ninguém, exceto Ramsés.

Desde que esse faraó subira ao trono do Egito, fazia vacilar a grande fortaleza e desferia severos golpes em seu império. A hipótese horrível da derrota atravessava por vezes a mente de Muwattali; em Kadesh evitara o desastre, mas continuaria a sorte do seu lado? Ramsés era jovem, conquistador, amado pelos céus, e não desistiria até ter eliminado a ameaça hitita.

Portanto, ele, Muwattali, o chefe de um grande povo guerreiro, devia elaborar outra estratégia.

O camareiro anunciou-lhe a visita de Uri-Techup.

– Mande-o entrar.

O passo marcial do militar fez tremer as lajes do terraço.

– Que o deus da tempestade vele por você, meu pai! O exército em breve estará pronto para reconquistar o território perdido.

– Soube que acabou de lançar um novo imposto que desagrada aos comerciantes.

– São covardes e oportunistas! Suas riquezas servirão para reforçar nosso exército.

– Está se intrometendo na área que confiei a Hattusil.

– O que me interessa Hattusil? Não recusou recebê-lo?

– Não tenho que justificar minhas decisões.

– Escolheu-me como sucessor, meu pai, e teve razão. O exército está entusiasmado, e o povo, sereno. Conte comigo para reforçar nosso poderio e massacrar os egípcios.

– Conheço sua coragem, Uri-Techup, mas ainda tem muito o que aprender. A política externa do Hatti não se limita a um conflito perpétuo com o Egito.

– Só há duas espécies de homens: os vencedores e os vencidos. Os hititas só podem pertencer à primeira. Graças a mim, triunfaremos.

– Contente-se em obedecer às minhas ordens.

– Quando atacaremos?

– Tenho outros projetos, meu filho.

– Por que retardar um conflito que o império exige?

– Porque devemos negociar com Ramsés.

– Nós, os hititas, negociarmos com o inimigo... Perdeu a razão, meu pai?

– Proíbo-lhe de me falar nesse tom! – irritou-se Muwattali. – Ajoelhe-se perante seu imperador e apresente-lhe desculpas.

Uri-Techup permaneceu imóvel, com os braços cruzados.

– Obedeça, ou eu...

Com a respiração entrecortada, os lábios deformados por um ricto de dor e os olhos esgazeados, Muwattali levou as mãos ao peito e caiu sobre as lajes.

Uri-Techup limitou-se a observá-lo.

– Meu coração... meu coração parece uma pedra... Chame o médico do palácio...

– Exijo plenos poderes. Serei eu que darei as ordens ao exército daqui por diante.

– Um médico, depressa...

– Renuncie ao império.

– Sou seu pai... Vai deixar-me... morrer?

– Renuncie ao império!

– Re... renuncio. Dou-lhe... minha palavra.

# 26

O conselho dos chefes de tribo ouviu Moisés com atenção. A absolvição aumentara-lhe a popularidade de tal forma que a voz dele, a quem já chamavam “o profeta”, devia ser ouvida.

– Deus o protegeu – constatou Libni com voz rouca. – Dirija-lhe seus louvores e passe o resto da vida em oração.

– Você sabe quais são minhas verdadeiras intenções.

– Não force sua sorte, Moisés.

– Deus ordenou-me que fizesse o povo hebreu sair do Egito, e vou obedecer-Lhe.

Aarão bateu no solo com seu cajado.

– Moisés tem razão; devemos conseguir nossa independência. Quando estivermos em nossa terra, conheceremos finalmente a felicidade e a prosperidade. Saiamos todos juntos do Egito, cumpramos a vontade de Jeová!

– Por que teremos de arrastar nosso povo pelo caminho da desgraça? – insurgiu-se Libni. – O exército massacrará os insurretos, a guarda palaciana prenderá os revoltosos!

– Afastemos o medo – recomendou Moisés. – É em nossa fé que encontraremos a força para vencer o faraó e evitar sua fúria.

– Não bastará que sirvamos a Jeová nesta terra onde nascemos?

– Deus manifestou-se e falou-me – lembrou Moisés. – Foi Ele que traçou nosso destino. Recusá-Lo provocaria nossa perdição.

KHA ESTAVA FASCINADO. Setaou falava-lhe da energia que circula no universo e anima todos os seres, desde o grão de areia à estrela, da energia concentrada nas estátuas das divindades. No interior dos templos aos quais Setaou lhe dava acesso, o filho mais velho de Ramsés não conseguia afastar-se da contemplação daqueles corpos de pedra.

O menino estava maravilhado. Um sacerdote purificara-lhe as mãos e os pés, e o vestira com um saiote branco, antes de exigir que também purificasse a boca com natrão. Assim que dera os primeiros passos no interior do mundo perfumado e silencioso do santuário, Kha sentira a presença de uma força estranha, aquela "magia" que ligava entre si os elementos da vida, e de que o faraó se alimentava, para, com ela, poder alimentar seu povo.

Setaou levou Kha a descobrir o laboratório do templo de Amon, cujas paredes estavam repletas de textos revelando os segredos da fabricação dos ungüentos rituais e dos remédios utilizados pelos deuses para tratar do olho de Hórus, para que o mundo não fosse privado de luz.

Kha lia os textos com avidez e conservava na memória o máximo de hieróglifos que podia; teria gostado de passar algum tempo nos santuários para estudá-los em detalhes. Era graças àqueles sinais portadores de vida que se transmitia a sabedoria dos antigos.

– Aqui se revela a verdadeira magia – apontou Setaou. – É a arma que Deus deu aos homens para poderem afastar a infelicidade e não sucumbirem à fatalidade.

– Podemos escapar a nosso destino?

– Não. Podemos, sim, vivê-lo conscientemente. Não será isso repelir os golpes da sorte? Se souber tornar mágico o cotidiano, disporá de uma força que lhe permitirá conhecer os segredos do céu e da terra, do dia e da noite, das montanhas e do rio; compreenderá a linguagem das aves e dos peixes; renascerá de madrugada na companhia do sol e verá o poder divino pairar sobre as águas.

– Vai me ensinar as fórmulas do conhecimento?

– Talvez, se você for perseverante e sair vitorioso do combate contra a vaidade e a preguiça.

– Lutarei com todas as minhas forças!

– Seu pai e eu partiremos para o Grande Sul e estaremos ausentes vários meses.

Kha ficou carrancudo.

– Gostaria que ficasse e me ensinasse a verdadeira magia.

– Transforme essa provação em conquista. Virá aqui todos os dias e se impregnará com os signos sagrados que vivem na pedra; estará assim protegido de qualquer agressão que venha de fora. Para maior segurança, vou dar-lhe um amuleto e uma fita protetora.

Setaou ergueu a tampa de uma arca de madeira dourada e tirou de dentro um amuleto em forma de haste de papiro, simbolizando o vigor e o desenvolvimento. Pendurou-o num cordão e o passou em torno do pescoço de Kha. Depois, desenrolou uma tira de pano e, com tinta fresca, desenhou um olho são e completo; quando a tinta secou, enrolou a fita no pulso esquerdo do menino.

– Tenha cuidado para nunca perder o amuleto nem o papiro; eles impedirão as energias negativas de penetrarem em seu sangue. Foram carregados de fluido pelos sacerdotes magnetizadores e atuam de forma preventiva.

– São as serpentes que possuem as fórmulas?

– Elas sabem mais do que nós sobre a vida e a morte, as duas faces da realidade; compreender-lhes a mensagem é o princípio de toda ciência.

– Estava gostando de ser seu aprendiz e de preparar remédios.

– Seu destino não é tratar, mas sim reinar.

– Não quero reinar! Eu gosto é dos hieróglifos e das fórmulas de conhecimento. Um faraó tem que se encontrar com muitas pessoas e resolver muitos problemas. Eu prefiro o silêncio.

– A existência não se curva a nossos desejos.

– Claro que sim, visto que possuímos a magia!

MOISÉS ALMOÇAVA com Aarão e dois chefes de tribo a quem a idéia do êxodo interessara.

Bateram à porta. Aarão abriu, e Serramanna entrou.

– Moisés está aqui?

Os dois chefes de tribo colocaram-se na frente do profeta.

– Siga-me, Moisés.

– Aonde o está levando? – perguntou Aarão.

– Isso não lhe diz respeito. Não me obriguem a utilizar a força.

Moisés adiantou-se.

– Eu vou, Serramanna.

O sardo fez o hebreu subir em seu carro. Escoltado por dois outros veículos da guarda, saiu a toda velocidade de Pi-Ramsés, atravessou os campos cultivados e seguiu para o deserto.

Serramanna deteve-se ao pé de uma colina que dominava uma vasta extensão de areia e pedregulhos.

– Suba até lá em cima, Moisés.

A subida não oferecia qualquer dificuldade.

Sentado num rochedo desgastado pelo vento, Ramsés esperava.

– Gosto tanto do deserto quanto você, Moisés. Não vivemos horas inesquecíveis no Sinai?

O profeta sentou-se ao lado do faraó, e ambos olharam na mesma direção.

– Qual é o deus que o domina, Moisés?

– O Deus único, o verdadeiro Deus.

– Tendo sido instruído com a sabedoria do Egito, abriu seu espírito às múltiplas facetas do divino.

– Não tente reconduzir-me ao passado. Meu povo tem um futuro, e esse futuro irá se cumprir fora do Egito. Permita aos hebreus partirem para o deserto, a três dias de viagem, para ali se sacrificarem a Jeová.

– Sabe muito bem que é impossível. Para essa estada seria necessária uma grande proteção do exército. Nas circunstâncias atuais, não poderia excluir a eventualidade de um ataque de beduínos, que faria numerosas vítimas entre uma população desarmada.

– Jeová nos protegerá.

– Os hebreus são meus súditos, e sou responsável pela sua segurança.

– Somos seus prisioneiros.

– Os hebreus são livres para fazerem o que quiserem, de entrar e de sair do Egito, desde que respeitem a lei. O que me pede, em tempo de guerra, é uma loucura. Além disso, muitos não o seguiriam.

– Guiarei meu povo para a Terra que lhe está prometida.

– Onde fica?

– Jeová nos revelará.

– Os hebreus são tão infelizes assim no Egito?

– Pouco importa isso. O que conta é a vontade de Jeová.

– Por que tanta rigidez? Existem em Pi-Ramsés santuários em que são acolhidos os deuses estrangeiros. Os hebreus podem viver sua crença à vontade.

– Isso já não nos basta. Jeová não tolera a presença dos falsos deuses.

– Não está delirando, Moisés? Desde o começo, em nosso país, os sábios veneraram a unidade do divino em seu Princípio e sua multiplicidade na manifestação. Quando Akhenaton tentou impor Aton em detrimento das outras forças criadoras, cometeu um erro.

– Sua doutrina revive hoje, purificada de todas as escórias.

– Promover um deus único e exclusivo impediria as trocas de divindades entre os países e sufocaria a esperança de fraternidade entre os povos.

– Jeová é o protetor e o socorro dos justos.

– Está esquecendo Amon? Expulsa o mal, ouve a oração daquele que implora com um coração que ama, acorre de imediato até aquele que o chama. Amon é o médico que dá vida ao doente sem utilizar remédios, ninguém escapa a seu olhar, e ele é simultaneamente uno e múltiplo.

– Os hebreus não veneram Amon, mas sim Jeová. E será Jeová que os conduzirá a seu destino.

– Uma doutrina rígida conduz à morte, Moisés.

– Minha decisão está tomada, e vou mantê-la. É essa a vontade de Deus.

– Não será vaidade acreditar que você é seu único depositário?

– Sua opinião me é indiferente.

– Nossa amizade se acabou então?

– Os hebreus vão me escolher como líder deles. Você é o senhor do país que nos retém prisioneiros. Seja qual for a amizade ou estima que tenha por você, elas devem apagar-se pelo dever de minha missão.

– Obstinando-se, assim, ofenderá a Regra de Maât.

– Pouco me interessa!

– Considera-se superior à norma eterna do universo, que existia antes da humanidade e que perdurará depois de sua extinção?

– A única lei que os hebreus respeitam é a de Jeová. Então? Vai conceder-nos autorização para irmos para o deserto e lá celebrarmos sacrifícios em Sua honra?

– Não, Moisés; durante a guerra contra os hititas não posso permitir-me correr semelhante risco. Nenhuma perturbação deve desorganizar nosso sistema defensivo.

– Se persistir em recusar, Jeová animará meu braço, e realizarei prodígios que mergulharão seu país no desespero.

Ramsés ergueu-se.

– Bem, meu amigo, às suas certezas acrescente mais esta: nunca cederei à chantagem.

## 27

A caravana avançava por uma zona árida. A embaixada egípcia, composta por cerca de trinta homens a cavalo, escribas e militares, e mais uma centena de burros carregados de presentes, seguia entre duas paredes rochosas nas quais tinham sido gravadas figuras gigantescas de guerreiros hititas em marcha para o sul, para o Egito. Acha leu a inscrição: "Que o deus da tempestade trace o caminho dos guerreiros e conceda-lhes a vitória."

O chefe da diplomacia egípcia havia sido forçado várias vezes a repreender seu pequeno grupo, assustado diante das paisagens angustiantes e da presença de forças obscuras que percorriam as florestas, os desfiladeiros e os maciços montanhosos. Embora não se sentisse muito à vontade, Acha apressava a marcha, satisfeito por ter evitado os bandos de salteadores que infestavam a região.

A missão diplomática saiu do desfiladeiro, seguiu ao longo de uma ribeira, passou por outros rochedos igualmente decorados com anatólios em postura agressiva e depois chegou a uma planície castigada pelos ventos. Ao longe, um promontório sobre o qual fora construída uma fortaleza, enorme e ameaçador marco fronteiriço do império.

Até os burros hesitaram em continuar, fazendo com que o guia tivesse que apelar para todos os seus dotes de persuasão para convencê-los a avançar em direção ao sinistro edifício.

Nas ameias, arqueiros prontos para disparar.

Acha ordenou aos membros da delegação que apeassem dos cavalos e depositassem as armas no chão.

Brandindo um estandarte multicor, o arauto deu alguns passos em direção à entrada da praça-forte.

Uma flecha quebrou a haste do estandarte, uma segunda cravou-se aos pés do arauto e uma terceira roçou-lhe o ombro. Com um esgar de dor, o homem recuou.

Os soldados egípcios agarraram imediatamente suas armas.

– Não! – berrou Acha. – Não toquem nelas!

– Não vamos deixar-nos massacrar! – protestou um oficial.

– Esse comportamento é anormal. Para que os hititas estejam tão irritáveis e na defensiva, é preciso que tenham ocorrido acontecimentos graves no seio do império, mas o quê? Só poderei sabê-lo depois de ter-me encontrado com o comandante da fortaleza.

– Depois de uma recepção dessas, não pense certamente...

– Reúna dez homens e galope até nossas posições avançadas; ordene às tropas de nossos protetorados que fiquem em estado de alerta, como se fossem sofrer um ataque hitita. Mande os mensageiros informarem ao faraó sobre a situação, a fim de que nossa linha defensiva nordeste esteja em pé de guerra. Logo que possível, farei chegar informações mais completas.

Feliz em partir para uma região mais acolhedora, o oficial não precisou que se repetissem as ordens. Reuniu os dez homens, levou o arauto ferido e conduziu o grupo o mais rápido que pôde.

Os que ficaram com Acha estavam receosos. Este redigiu um texto num papiro em caracteres hititas, assinalando seu nome e títulos, prendeu o documento na ponta de uma flecha e mandou um arqueiro dispará-la, fazendo-a cair junto da porta da fortaleza.

– Tenhamos paciência e esperemos – recomendou Acha. – Ou nos recebem para conversar ou nos massacram.

– Mas... somos uma missão diplomática! – lembrou um escriba.

– Se os hititas matarem diplomatas que pedem para dialogar, é porque se iniciou uma nova fase da guerra. Não se tratará de uma informação capital?

O escriba engoliu em seco.

– Não seria melhor sumirmos daqui?

– Seria vergonhoso. Representamos a diplomacia de Sua Majestade.

Pouco convencidos com a grandeza do argumento, o escriba e seus colegas estavam apavorados.

A porta da fortaleza abriu-se, e saíram três cavaleiros hititas.

Um oficial com capacete e grossa couraça pegou a mensagem e a leu. A seguir, deu ordem a seus homens para rodearem os egípcios.

 – Sigam-nos – ordenou.

O INTERIOR DA FORTALEZA era tão sinistro quanto o exterior. Paredes frias, compartimentos gelados, uma sala de armas, dormitórios, soldados em atividade... Aquela atmosfera sufocante contraiu a garganta de Acha, mas animou os membros de sua embaixada, que já se consideravam prisioneiros.

Depois de uma pequena espera, o oficial com capacete reapareceu.

– Quem é o embaixador Acha?

O ministro-diplomata avançou.

– O comandante da fortaleza quer vê-lo.

Acha foi introduzido num compartimento quadrado, aquecido por uma lareira. Próximo desta encontrava-se um homem baixo, envergando um manto de lã grossa.

– Bem-vindo ao Hatti; sinto-me feliz por voltar a vê-lo, Acha.

– Posso manifestar minha surpresa por encontrá-lo aqui, Hattusil?

– Qual é a missão do ministro das Relações Exteriores do faraó?

– Oferecer ao imperador grande quantidade de presentes.

– Estamos em guerra... Essa é uma atitude bastante insólita!

– Será que o conflito entre nossos países vai durar eternamente?

Hattusil não dissimulou sua surpresa.

– O que quer dizer com isso?

– Que eu gostaria de ser recebido pelo imperador para lhe falar das intenções de Ramsés.

Hattusil aqueceu as mãos.

– Vai ser difícil... muito difícil.

– Quer dizer: impossível?

– Retorne ao Egito, Acha... Não, não posso deixá-lo partir sem que...

Perante a inquietação de seu anfitrião, Acha revelou-lhe o motivo de estar ali.

– Vim propor a paz a Muwattali.

Hattusil voltou-se.

– Isso é uma armadilha ou uma brincadeira?

– O faraó está convencido de que esse é o melhor caminho, tanto para o Egito como para o Hatti.

– Ramsés deseja... a paz? Inacreditável!

– Compete-me convencê-lo e conduzir as negociações.

– Desista, Acha.

– Por quê?

Hattusil avaliou a sinceridade de seu interlocutor. Naquele ponto da conversa, o que podia arriscar se dissesse a verdade?

– O imperador foi vítima de um ataque cardíaco. Privado do uso da palavra, paralisado, não é mais capaz de governar.

– Quem está no poder?

– O filho, Uri-Techup, comandante supremo das forças armadas.

– Muwattali não tinha confiança em você?

– Encarregou-me da economia e da diplomacia.

– Portanto, é meu interlocutor privilegiado.

– Já não sou nada, Acha. Meu próprio irmão me fechava sua porta. Desde que fui informado de seu estado de saúde, refugiei-me aqui, nesta fortaleza, cuja guarnição me é fiel.

– Uri-Techup vai se proclamar imperador?

– Assim que Muwattali morrer.

 – Por que desiste de lutar, Hattusil?

– Já não disponho de meios.

– Todo o exército está controlado por Uri-Techup?

– Alguns oficiais receiam seu temperamento extremista, mas estão condenados ao silêncio.

– Estou pronto a ir à sua capital e apresentar minhas propostas de paz.

– Uri-Techup ignora a palavra "paz"! Você não tem qualquer chance de sucesso.

– Onde está Putuhepa, sua esposa?

– Não saiu de Hattusa.

– Isso não é uma imprudência?

Hattusil voltou-se de novo para a lareira.

Putuhepa tem um plano para impedir a ascensão de Uri-Techup.

A NOBRE E ALTIVA Putuhepa meditava no templo de Ishtar já há três dias. Quando o especialista em adivinhação pousou sobre um altar o cadáver de um abutre abatido por um arqueiro, compreendeu que chegara sua hora.

Com um diadema de prata nos cabelos e trajando um longo vestido grená, Putuhepa apertou o cabo do punhal que cravaria nas costas de Uri-Techup quando este se inclinasse sobre as entranhas do abutre a convite do adivinho.

A bela sacerdotisa sonhara com uma paz impossível, com uma reconciliação entre todas as forças vivas do Hatti e com uma trégua com o Egito, mas a presença de Uri-Techup reduzia a zero tais projetos.

Só ela podia impedir aquele demônio de levar adiante sua obra de destruição; só ela podia oferecer o poder a seu marido Hattusil, que conduziria o império ao caminho da razão.

Uri-Techup fez sua entrada no santuário. Putuhepa estava escondida atrás de uma coluna maciça, próxima do altar.

O filho do imperador não viera só; quatro soldados garantiam sua segurança. Surpresa, Putuhepa pensou em desistir e sair do templo sem ser vista, mas teria outra oportunidade igual àquela? Se não agisse agora, Uri-Techup nunca mais correria quaisquer riscos. Mesmo se fosse suficientemente rápida, ela, a esposa de Hattusil, conseguiria eliminar o futuro tirano, mas seria morta por seus guarda-costas.

Fugir, por sua vez, ao sacrifício seria uma covardia. Devia pensar no futuro de seu país e não em sua própria existência.

O adivinho abriu o ventre do abutre, de onde saiu um odor horrível. Mergulhando as mãos nas entranhas, espalhou-as sobre o altar.

Uri-Techup aproximou-se, ficando alguns metros distante de seus guarda-costas. Putuhepa apertou com força o cabo do punhal e se preparou para saltar; teria de ser tão rápida quanto um gato selvagem e colocar toda a sua energia no gesto assassino.

O grito do adivinho pregou-a no chão. Uri-Techup recuou.

– Senhor, é horrível!

– O que vê nessas entranhas?

– É necessário suspender todos os seus projetos... O destino não lhe é favorável.

Uri-Techup sentiu vontade de cortar o pescoço do adivinho, mas os membros de sua guarda pessoal espalhariam por toda parte a desfavorável previsão. No Hatti, não se podiam ignorar as afirmações dos adivinhos.

– Quanto tempo deverei esperar?

– Até que os presságios lhe sejam favoráveis, senhor.

 Furioso, Uri-Techup saiu do templo.

## 28

A corte fervilhava em meio a boatos contraditórios relativos à partida do casal real para o Sul; uns afirmavam que estava muito próxima, outros que tinha sido adiada *sine die*, em virtude da situação duvidosa nos protetorados. Alguns pensavam mesmo que o rei, apesar da presença dos "filhos reais" à frente dos regimentos, seria obrigado a partir de novo para a guerra.

A luz penetrava livremente no gabinete de Ramsés, recolhido diante da estátua de seu pai. Sobre a grande mesa acumulavam-se comunicações provenientes de Canaã e do sul da Síria. Vigilante, o cão amarelo-dourado, dormia na poltrona do dono.

Ameni irrompeu no gabinete.

– Uma mensagem de Acha!

– É autêntica?

– É sua escrita e mencionou meu nome em criptografia.

– Como chegou aqui?

– Por um dos membros de sua rede que chegou do Hatti. A mensagem não passou pelas mãos de mais ninguém.

Ramsés leu o texto redigido por Acha e assim ficou conhecendo a amplitude das perturbações que ameaçavam dilacerar o império hitita. Compreendia agora o motivo de as comunicações anteriores terem-no obrigado a colocar em estado de alerta os fortins da fronteira nordeste.

– Os hititas estão sem condições de nos atacar, Ameni. A rainha e eu podemos partir.

EQUIPADO COM SEU AMULETO e seu texto mágico, Kha copiava um problema de matemática que consistia em calcular o ângulo ideal de uma rampa para içar pedras até o topo de um edifício em construção rodeado por montículos de terra. A irmã, Meritamon, aperfeiçoava-se cada dia mais na harpa e encantava o irmão Merneptah, que começava a andar sob a vigilância de Iset a Bela e de Matador. O enorme leão núbio, com os olhos semicerrados, comprazia-se em ver o vaivém do menino, hesitante e desajeitado.

A fera ergueu a cabeça quando Serramanna surgiu no limiar do jardim. Captando as intenções pacíficas do sardo, contentou-se em rosnar, retomando a posição de esfinge.

– Gostaria de conversar com Kha – disse o antigo pirata a Iset a Bela.

– Ele cometeu... algum erro grave?

– Não, claro que não; mas poderia auxiliar-me em minha investigação.

– Logo que ele encontrar a solução do problema que está resolvendo, vou mandá-lo falar com você.

Serramanna progredira bastante nas investigações.

Sabia que um mago líbio denominado Ofir matara a infeliz Lita por ela ter acreditado numa miragem. Transformado no porta-voz da heresia de Akhenaton, dissimulara-se atrás dessa doutrina para melhor enganar certos espíritos e disfarçar seu papel de espião dos hititas. Já não se tratava de hipóteses, mas de certezas obtidas com o interrogatório de um mercador ambulante que caíra na rede dos homens de Serramanna quando se apresentara no antigo domicílio de Chenar, onde Ofir se escondera durante um longo período. É verdade que o personagem não passava de um reles agente da rede hitita; como trabalhava apenas ocasionalmente para seu superior direto que regressara ao Hatti, o mercador sírio Raia não fora avisado do desmantelamento da organização clandestina e da dispersão de seus membros. Receando sevícias físicas, o interpelado dissera tudo o que sabia, permitindo a Serramanna decifrar algumas situações obscuras.

Mas Ofir permanecia escondido em algum lugar, e Serramanna também não estava convencido de que Chenar tivesse morrido no deserto. Teria o mago tomado o caminho do Hatti em companhia do irmão de Ramsés? A experiência do sardo ensinara-lhe que os seres maléficos nunca deixavam de fazer mal e que sua imaginação não tinha limites.

Kha aproximou-se do gigante e olhou para ele.

– Você é muito grande e muito forte.

– Concorda em responder a minhas perguntas?

– Sabe matemática?

– Só sei contar meus homens e as armas que lhes entrego.

– Sabe construir um templo ou uma pirâmide?

– O faraó confiou-me outra tarefa: deter criminosos.

– Eu gosto de escrever e de ler os hieróglifos.

– Queria justamente falar-lhe do pincel que lhe roubaram.

– Era meu preferido. Lamento muito o ocorrido.

– Depois desse incidente, deve ter refletido. Tenho certeza de que suspeita de alguém e que me ajudará a identificar o culpado.

– Tem razão; refleti, mas não tenho certeza de nada. Acusar uma pessoa de roubo é muito grave para falar levianamente.

A maturidade do menino espantou o sardo; se existisse realmente qualquer indício, Kha não o desperdiçaria.

– Notou algum comportamento anormal da parte daqueles que o rodeiam? – insistiu Serramanna.

– Durante algumas semanas tive um novo amigo.

– Quem?

– O diplomata Meba. De repente, interessou-se por meu trabalho e depois bruscamente desapareceu.

Um largo sorriso iluminou o rosto do sardo.

– Obrigado, príncipe Kha.

EM PI-RAMSÉS, como nas outras cidades do Egito, a festa das flores era um dia de alegria popular. Superiora de todas as sacerdotisas, Nefertari não esquecia que, desde a primeira dinastia, o governo do país repousara sobre um calendário de festas que celebravam o casamento do céu com a terra. Por intermédio dos rituais organizados pelo casal real, todo o povo participava da vida dos deuses.

Tanto nos altares dos templos como na frente de cada casa, a arte floral exibia seus requintes. Ali, grandes arranjos florais armados, ramos de palmeira e feixes de juncos; mais além, lótus, acianos e mandrágoras com os caules.

Dançando com tamborins redondos ou quadrados, agitando ramos de acácia, com grinaldas de acianos e papoulas, as servas da deusa Hathor percorriam as grandes artérias da capital, e seus pés pisavam em milhares de pétalas.

Dolente, a volumosa irmã de Ramsés, fizera questão de se mostrar ao lado da rainha, cuja beleza deslumbrava os que tinham a felicidade de vê-la. Nefertari relembrava seu desejo, quando moça, de se tornar reclusa a serviço de uma deusa, longe do mundo; como poderia ter imaginado os deveres de uma grande esposa real, cujo peso era cada vez mais esmagador?

A procissão dirigia-se para o templo de Amon, saudada por alegres cânticos.

– Já foi fixada a data de sua partida, Majestade? – perguntou Dolente.

– Nosso barco partirá amanhã – respondeu Nefertari.

– A corte está inquieta; murmura-se que ficará ausente durante vários meses.

– É possível...

– Irá realmente... até a Núbia?

– É essa a decisão do faraó.

– O Egito precisa tanto de você!

– A Núbia faz parte de nosso país, Dolente.

– É um país perigoso, às vezes...

– Não se trata de uma viagem de lazer.

– Que tarefa pode ser assim tão urgente para chamá-la para longe da capital?

Nefertari sorriu, sonhadora.

– O amor, Dolente. Unicamente o amor.

– Não compreendo, Majestade.

– Pensava em voz alta – disse a rainha, distante.

– Gostaria tanto de ajudá-la... Que tarefa poderia realizar durante sua ausência?

– Fique do lado de Iset, apóie-a se ela o desejar; meu único desgosto é não ter tempo suficiente para me ocupar da educação de Kha e Meritamon.

– Que as divindades a protejam como os protegem.

Assim que a festa acabasse, Dolente transmitiria a Ofir as informações que havia conseguido. Ramsés e Nefertari estavam cometendo um erro ao abandonar a capital por um longo período, erro que seus inimigos saberiam aproveitar.

ACOMPANHADO POR SEU porta-sandálias, Meba tencionava fazer um longo passeio de barco pelo lago de recreio de Pi-Ramsés. O diplomata precisava refletir contemplando as águas tranqüilas do lago.

Arrastado num turbilhão, Meba já não era ele próprio. Quais eram suas aspirações, a não ser uma existência luxuosa e tranqüila, um lugar destacado na alta função pública na qual desenvolveria algumas sábias intrigas para firmar sua posição? Afinal, era membro de uma rede de espionagem hitita, trabalhando para a destruição do Egito... Não, nunca havia desejado isso.

Mas Meba tinha medo. Medo de Ofir, de seu olhar gelado, de sua violência incontida. Não, já não podia escapar da armadilha. Seu futuro passava pela queda de Ramsés.

O porta-sandálias chamou um barqueiro que dormia na margem. Serramanna interpôs-se.

– Posso ser-lhe útil, senhor Meba?

O diplomata sobressaltou-se.

– Não, acho que não...

– Pois eu acho que sim! Gostaria muito de dar um passeio neste lago maravilhoso. Autoriza-me a ser seu remador?

O físico avantajado do sardo assustava Meba.

– Como quiser.

Com o impulso de Serramanna, a barca rapidamente se afastou da margem.

– Que local delicioso! Infelizmente, você e eu estamos tão sobrecarregados de trabalho que nem temos tempo para apreciá-lo.

– Qual a razão deste encontro?

– Acalme-se, não tenho a mínima intenção de o interrogar.

– Interrogar-me? A mim?!

– Apenas preciso de sua abalizada opinião sobre um ponto delicado.

– Não estou bem certo de poder ajudá-lo.

– Não foi informado de um roubo estranho? Alguém roubou um dos pincéis de Kha.

Meba evitou o olhar do sardo.



– Roubado... Tem certeza?

– O testemunho do filho mais velho do rei é formal.

– Kha não passa de uma criança.

– Fico me perguntando se não tem alguma idéia, mesmo que vaga, sobre a identidade do ladrão.

– Essa pergunta é insultante. Leve-me imediatamente de volta à margem.

Serramanna esboçou um sorriso carniceiro.

– Foi um passeio muito instrutivo, senhor Meba.

## 29

À proa do barco real, Ramsés abraçava Nefertari ternamente. O casal real saboreava um momento de intensa felicidade, comungando com o espírito do rio, a grande fonte de alimentação nascida nos confins do universo e vinda à terra para transmitir o fluxo criador.

O nível da água estava elevado, e a navegação era rápida, graças ao bom vento do norte. O capitão estava permanentemente alerta, porque a corrente criava perigosos turbilhões; uma manobra errada podia levar ao naufrágio.

A beleza de Nefertari deslumbrava Ramsés cada dia mais. Nela convergiam a graça e a autoridade soberanas, nela se realizava a aliança miraculosa de um espírito luminoso e de um corpo perfeito. Esta longa viagem para o Sul seria a do amor que o rei sentia por uma mulher sublime, cuja simples presença encarnava a serenidade tanto para o faraó como para seu povo. Desde que vivia com Nefertari, Ramsés compreendia o motivo de os sábios terem exigido que o Egito fosse dirigido por um casal real cujo olhar fosse apenas um. 

Depois de nove anos de reinado, Ramsés e Nefertari sentiam-se enriquecidos pelas provações e tão apaixonados um pelo outro como no instante em que haviam compreendido que percorreriam juntos o caminho da vida e da morte.

Cabelos ao vento, trajando um simples vestido branco, Nefertari saboreava as paisagens do Médio Egito com deslumbramento; palmares, plantações à beira d'água, aldeias de casas brancas sobre colinas, tudo encarnava a doçura de um paraíso que os justos descobririam do outro lado da morte e que o casal real devia tentar construir na terra.

– Não receia que nossa ausência...

– Consagrei a maior parte de meu reinado ao Norte, chegou a hora de me preocupar com o Sul; sem a união das Duas Terras, o Egito não sobreviveria. E esta guerra contra o Hatti manteve-me muito tempo afastado de você.

– A guerra não terminou.

– A Ásia vai ser palco de profundas transformações; se houver uma chance de paz, não deveríamos aproveitá-la?

– É esse o objetivo da missão secreta de Acha, não é verdade?

– Acha corre um perigo enorme. Mas quem senão ele poderia realizar missão tão delicada?

– Estamos juntos, na alegria e na dor, na esperança e no medo; que a magia desta viagem proteja Acha.

Os passos de Setaou ressoaram na ponte.

– Posso importuná-lo?

– Aproxime-se, Setaou.

– Teria gostado de ficar junto de Kha; esse menino há de tornar-se um mago famoso. No que diz respeito à sua proteção, podem ficar tranqüilos: ninguém conseguirá quebrar-lhe as defesas que preparei.

– Você e Lótus não têm pressa de rever sua querida Núbia? – perguntou Nefertari.

– Ali vivem as mais belas serpentes da criação... Sabe que o capitão está inquieto com o movimento das águas? Pensa que estamos próximos de uma zona perigosa e tenciona dirigir-se para a margem quando ultrapassarmos aquela ilhota coberta de vegetação, ali no meio do rio.

O Nilo, depois de uma série de meandros, passava em frente de uma rocha a pique na qual os abutres faziam ninho e depois afastava-se da falésia. Em breve surgiu um semicírculo montanhoso que se estendia por 20 quilômetros.

Nefertari levou a mão à garganta.

– O que é? – inquietou-se Ramsés.

– Uma pequena falta de ar... Não é nada.

Uma violenta sacudida fez o barco dançar, sinal de um redemoinho.

Na margem, viam-se as construções em ruínas da capital abandonada de Akhenaton.

– Acompanhe a rainha até nossa cabine e vele por ela – ordenou Ramsés a Setaou.

Assustados, alguns marinheiros perderam a cabeça. Um deles caiu do mastro principal quando tentava segurar uma das velas e bateu no capitão. Semidesmaiado, com os olhos perdidos no vazio, não foi mais capaz de dar instruções claras. Brotaram de todos os lados ordens contraditórias.

– Silêncio! – impôs Ramsés. – Cada um para seu posto! Eu vou fazer a manobra.

Em instantes o perigo surgira. Os barcos de escolta, apanhados numa corrente contrária e sem compreenderem o porquê dos sobressaltos do barco real, viram-se bruscamente afastados dele e incapazes de socorrê-lo.

Quando estava prestes a corrigir a rota, o rei viu o duplo obstáculo.

Impossível de ultrapassar.

No meio do rio havia um grande redemoinho; do lado do desembarcadouro da Cidade do Sol, onde a passagem seria navegável, via-se uma barreira de jangadas sobre as quais tinham sido colocados braseiros. O rei ficou entre duas opções: ou o naufrágio ou o incêndio, que com certeza destruiria seu barco se este se chocasse com as jangadas a toda velocidade.

Quem preparara semelhante armadilha naquele setor da cidade abandonada? Agora Ramsés compreendia o mal-estar de Nefertari: com seus dons de vidente, pressentira o perigo.

O rei tinha apenas alguns segundos para refletir. Dessa vez seu leão não podia fazer nada por ele.

– EI-LO! – berrou o vigia.

Atirando para longe a coxa de pato assado que acabara de morder, Chenar agarrou o arco e a espada. Ele, o grande dignitário apreciador do conforto, obrigara-se a forjar uma alma de guerreiro.

– O barco do faraó está separado dos outros?

– Exatamente como você previu... Os acompanhantes estão a boa distância.

Crescia a cobiça no olhar do mercenário. Chenar prometera-lhe uma boa recompensa, assim como a seus companheiros do pequeno grupo de combate reunido por Ofir. O irmão do rei revelara-se de uma rara eloqüência e transmitira em seu discurso o fogo do ódio que lhe roía o coração.

Nenhum mercenário ousaria atacar Ramsés, com medo de ser fulminado pela energia divina que habitava o faraó. Desde sua vitória em Kadesh, todos receavam os poderes sobrenaturais do senhor das Duas Terras. Chenar encolhera os ombros e prometera ele próprio matar o tirano.

– Metade dos homens para as jangadas, os outros comigo.

Ramsés ia, portanto, perecer nas proximidades da Cidade do Sol, como se a heresia de Akhenaton conseguisse finalmente vencer Amon e as outras divindades que o rei do Egito venerava. Tomando Nefertari como refém, Chenar tinha certeza de convencer a escolta do monarca a reconhecê-lo como rei. A morte de Ramsés provocaria uma imensa lacuna na qual o irmão se introduziria sem perder um segundo.

Vários mercenários saltaram do desembarcadouro para as jangadas e se prepararam para lançar flechas incendiárias sobre o barco real que seus companheiros, comandados por Chenar, atacariam pela retaguarda.

A vitória não lhes poderia escapar.

– TODOS OS REMADORES A estibordo! – ordenou Ramsés.

A primeira flecha incendiária cravou-se na parede de madeira da cabine central; a bela Lótus, ágil e rápida, apagou o começo de incêndio com um pedaço de tecido grosso.

Ramsés subiu para o teto da cabine, retesou o arco, mirou um dos adversários, respirou fundo e disparou. A flecha atravessou a garganta do mercenário, e seus comparsas abaixaram-se atrás dos braseiros para se protegerem das flechas mortais do monarca; suas próprias flechas, sem pontaria, perderam-se nas águas revoltas ao redor do barco.

A manobra brutal exigida por Ramsés modificara a rota; a proa empinara-se como um cavalo furioso, e o barco ficara de lado, atacado a bombordo pelo rio turbulento. Havia uma chance de escapar para a margem, com a condição de não ser sugado pelo redemoinho nem de ser alcançado pelos velozes barcos de Chenar, que já haviam abatido dois marinheiros na popa; com o peito trespassado por flechas, os infelizes haviam caído no rio.

Setaou correu para a proa, levando na mão um ovo de argila que manejava com precaução. Coberto de hieróglifos, o talismã era a réplica do ovo do mundo conservado no *naos* do grande templo de Thot, em Hermópolis; apenas os magos oficiais, como Setaou, eram autorizados a utilizar um símbolo carregado de ondas de temível eficácia.

Setaou estava de mau humor. Havia planejado utilizar o talismã na Núbia, se qualquer perigo imprevisto ameaçasse o casal real; privar-se daquela arma enraivecia-o, mas precisava vencer o maldito redemoinho.

Com grande impulso, o encantador de serpentes atirou o ovo do mundo para as águas, que se agitaram como se fossem levadas à ebulição; formou-se uma espiral, e uma onda abateu-se sobre as jangadas, cobrindo vários braseiros e afogando dois mercenários.

O barco real já não se arriscava agora a ir para o fundo ou ser incendiado, mas, na popa, a situação piorava. Os homens de Chenar haviam lançado ganchos de abordagem e começavam a subir pelas cordas; fora de si, o chefe deles atirava flecha após flecha, impedindo os marinheiros egípcios de agirem.

Duas flechas incendiárias cravaram-se na vela, provocando um princípio de incêndio que Lótus apagou novamente. Embora exposto às flechas inimigas, Ramsés não mudava de posição e continuava a eliminar mercenários. Alertado por gritos vindos da popa do barco, voltou-se e viu um pirata erguer o machado acima da cabeça de um marinheiro desarmado.

A flecha do soberano atravessou o pulso do mercenário, que recuou gritando de dor; Matador enterrou as presas na cabeça de outro que conseguira subir a ponte.

Por um momento, o olhar do faraó cruzou com o do chefe do grupo, um homem barbudo e agitado que fazia pontaria em sua direção. Com um movimento quase imperceptível, o monarca deslocou-se para a esquerda, e a flecha raspou-lhe a face. Furioso por ter errado, o agressor deu ordem de retirada aos sobreviventes.

Uma reviravolta das chamas surpreendeu Lótus, cujo vestido se incendiou. A núbia mergulhou, mas teve pouca sorte, pois foi sugada pelo restante da espiral do redemoinho. Impossibilitada de nadar, ergueu o braço para pedir socorro.

Ramsés mergulhou atrás.

Ao sair da cabine central, Nefertari viu o rei desaparecer no Nilo.

## 30

Os minutos escoavam-se.

O barco real e aqueles que o seguiam haviam lançado a âncora na frente da Cidade do Sol, nas águas agora calmas. Três ou quatro mercenários haviam conseguido fugir, mas a sorte deles não preocupava Nefertari nem Setaou. Tais como Matador, mantinham os olhos fixos no lugar onde Ramsés e Lótus haviam afundado.

A rainha oferecera incenso a Hathor, patrona da navegação; com uma calma e uma dignidade que conquistaram o coração dos marinheiros, Nefertari esperava o relatório dos emissários que haviam partido em busca do monarca e da núbia. Uns percorriam o rio, outros seguiam pelos caminhos de sirga para explorarem melhor as ervas altas que ocultavam as margens. Certamente que a corrente arrastara o rei e a núbia para longe, para o sul.

Setaou permanecia ao lado da rainha.

– O faraó voltará – murmurou ela.

– Majestade... O rio é por vezes impiedoso.

– Voltará, e ele salvou Lótus.

– Majestade...

– Ramsés não terminou ainda sua obra. Um faraó que não terminou sua obra não pode morrer.

Setaou compreendeu que não abalaria as certezas pungentes da rainha. Mas como reagiria ela quando fosse obrigada a aceitar o inevitável? O encantador de serpentes esquecia sua própria dor para partilhar a de Nefertari. Imaginava já o horrível regresso a Pi-Ramsés e o anúncio à corte sobre a morte de Ramsés.

CHENAR E SEUS companheiros esperaram até terem percorrido um número considerável de quilômetros para o norte, arrastados por uma forte corrente, antes de pararem para tomar fôlego. Afundaram então o barco e avançaram por uma região verdejante onde trocaram ametistas por burros.

– Para onde vamos? – perguntou um mercenário cretense.

– Você vai a Pi-Ramsés prevenir Ofir.

– Ele não vai me dar os parabéns.

– Não fizemos nada de errado.

– Ofir não tolera derrotas.

– Ele sabe perfeitamente que temos de enfrentar um forte inimigo e que não poupo esforços para tal. E você vai lhe dar duas boas notícias. A primeira é que vi Setaou a bordo do barco real e, portanto, Kha já não goza de sua proteção. A segunda é que estou indo para a Núbia, como estava previsto, para lá matar Ramsés.

– Prefiro ir com você – disse o cretense. – Meu camarada aqui será um excelente mensageiro. Eu sei lutar e cercar a caça.

– Combinado.

Chenar não se sentia nada desencorajado. A ação violenta transformara-o em chefe de guerra, e sua raiva reprimida durante muitos anos enfim liberava-se livremente. Não conseguira com poucos homens e uma estratégia inteligente surpreender Ramsés o Grande, quase chegando à beira do triunfo?

O destino acabaria por corresponder, de forma favorável, à sua perseverança.

REINAVA O SILÊNCIO em todos os barcos da flotilha real. Ninguém ousava pronunciar uma só palavra, com receio de perturbar a dolorosa meditação da rainha. Caía a noite, e ela continuava imóvel à proa do barco do faraó.

Também Setaou se calara, a fim de preservar a última esperança que a ligava à sombra de Ramsés. Mas, com o pôr-do-sol, Nefertari teria que admitir a atroz realidade.

– Eu sabia – disse ela, com uma voz doce que espantou Setaou.

– Majestade...

– Ramsés está mais à frente, sobre o telhado do palácio branco.

– Majestade, a noite está caindo e...

– Olhe bem.

Setaou fixou o ponto indicado por Nefertari.

– Não, não, é apenas uma ilusão.

– Meus olhos o vêem. Aproximemo-nos.

Setaou não se atreveu a opor-se às exigências da rainha. O barco real levantou âncora e dirigiu-se para a Cidade do Sol que as brumas da noite não tardariam a cobrir.

O encantador de serpentes olhou com bastante atenção para o telhado do palácio branco em que tinham vivido Akhenaton e Nefertiti. Por instantes conseguiu distinguir um homem de pé; esfregou os olhos e olhou melhor. A miragem não desaparecera.

– Ramsés está vivo – repetiu Nefertari.

– Aumentem a velocidade! – exigiu Setaou.

E a silhueta de Ramsés foi se aproximando, ficando maior de minuto a minuto, envolta nos últimos raios de sol.

SETAOU NÃO conseguia acalmar-se.

– Por que razão o senhor das Duas Terras não tentou de tudo para nos revelar sua presença, fazendo-nos ir em seu socorro? Isso não seria revelar fraqueza!

– Tinha mais o que fazer – respondeu o rei. – Lótus e eu nadamos por baixo d'água, mas ela desmaiou, e pensei que havia se afogado. Atingimos a margem no extremo meridional da cidade abandonada e tive que magnetizar Lótus durante longo tempo até que ela voltasse à vida. Depois, avançamos na direção do centro da cidade, e procurei o ponto mais elevado para revelar nossa presença. Sabia que o espírito de Nefertari nos seguia passo a passo e que a faria olhar na direção certa.

Com uma calma luminosa, a rainha manifestava discretamente sua emoção apertando contra si o braço direito de Ramsés, que por sua vez acariciava o leão.

– Julguei que o ovo do mundo tinha sido incapaz de o salvar – resmungou Setaou. – Se tivesse desaparecido, minha reputação teria ficado bastante afetada.

– Como está Lótus? – quis saber a rainha.

– Dei-lhe uma poção sedativa; depois de uma noite de bom sono, esquecerá a aventura.

Um escanção despejou vinho branco fresco nas taças.

– Já não era sem tempo – disse Setaou. – Perguntava a mim mesmo se ainda estaríamos num país civilizado.

– Observou o chefe dos agressores durante o combate? – perguntou Ramsés.

– Pareceram-me todos igualmente intratáveis; nem percebi a presença de algum chefe.

– Era um barbudo muito agitado e com um olhar cheio de ódio... Por instantes julguei reconhecer Chenar.

– Chenar morreu no deserto, a caminho do degredo. Até mesmo os escorpiões acabam por morrer.

– E se tiver sobrevivido?

– Se assim fosse, pensaria apenas em esconder-se e não teria lançado um bando de mercenários contra você.

– A armadilha não foi improvisada e quase deu resultado.

– Pode o ódio corroer de tal forma uma pessoa que a transforme de fidalgo em guerreiro, disposto a tudo para matar seu próprio irmão e agredir a pessoa sagrada do faraó?

– Se for Chenar, acaba de dar-lhe a resposta.

Setaou ficou aborrecido.

– Se esse monstro ainda está vivo, não devemos ficar parados. A loucura que o incita é igual à dos demônios do deserto.

– Esse atentado não foi perpetrado por acaso – considerou Ramsés. – Convoque o mais depressa possível os talhadores de pedra das cidades mais próximas.

UNS VIERAM DE HERMÓPOLIS, a cidade de Thot, outros de Assiut, a cidade de Anubis; várias dezenas de talhadores de pedra instalaram-se num acampamento e, algumas horas depois de sua chegada, começaram a trabalhar sob as ordens de dois mestres-de-obras, depois de terem ouvido um discurso breve e firme de Ramsés.

Na frente do palácio da cidade abandonada, o faraó formulara suas exigências: a Cidade do Sol, dedicada ao deus Aton, devia desaparecer. Um dos predecessores de Ramsés, Horemheb, desmantelara alguns templos e servira-se de suas pedras para preenchimento das colunas, em Karnak. Logo que tivesse feito desaparecer os palácios, casas, oficinas, cais e as construções restantes da cidade morta, Ramsés teria terminado sua obra. As pedras e os tijolos seriam reutilizados em outras localidades, e os túmulos que não abrigassem nenhuma múmia permaneceriam intactos.

O barco real permaneceu ancorado até restarem apenas os alicerces das edificações; em breve seriam cobertos pelos ventos e as tempestades de areia, mergulhando no nada a capital perdida que se tornara foco de forças negativas.

Os ajudantes de pedreiro transportaram os materiais para barcos de carga, que foram repartidos em função das necessidades dos aglomerados vizinhos. Suprimentos de carne, óleo, cerveja e vestuário incentivaram os operários a executar sua tarefa com dedicação.

Ramsés e Nefertari visitaram pela última vez o palácio da Cidade do Sol antes de sua demolição. O pavimento decorado seria recolocado no palácio real de Hermópolis.

– Akhenaton enganou-se – afirmou Ramsés. – A religião que ele preconizava conduzia à doutrinação e à intolerância. Era o próprio espírito do Egito que ele traía. Infelizmente, Moisés seguiu o mesmo caminho.

– Akhenaton e Nefertiti foram um casal real – lembrou Nefertari. – Respeitaram nossas leis e foram inteligentes em limitar sua experiência no tempo e no espaço. Com a instalação de postos fronteiriços haviam encerrado o culto de Aton em sua cidade.

– Mas o veneno espalhou-se... E não tenho certeza se o desaparecimento desta cidade, onde as trevas substituíram a luz, dissipou seus efeitos. Pelo menos o local será devolvido às montanhas e ao deserto, e mais nenhum rebelde se servirá dele como base de partida.

Quando o último talhador de pedra deixou a cidade totalmente demolida, a partir daquele momento mergulhada no silêncio e no esquecimento, Ramsés ordenou que partissem rumo a Abidos.

# 31

À aproximação de Abidos, Ramsés sentiu o coração apertar-se. Sabia quanto seu pai amara aquele lugar, que importância dera à construção do grande templo de Osíris, e censurava-se por não ter voltado ali há mais tempo. É verdade que a guerra contra os hititas e a defesa do Egito haviam ocupado seu espírito e seus braços, mas nenhuma desculpa teria valor perante o deus da ressurreição, na hora do julgamento.

Setaou imaginara que uma multidão de "sacerdotes puros" com a cabeça raspada, perfumados e vestindo trajes de um branco imaculado, camponeses carregados de oferendas e sacerdotisas tocando lira e alaúde se aglomerariam para receber o rei. Todavia, o desembarcadouro estava deserto.

– Não é normal – declarou. – Não desçamos do barco.

– O que receia? – perguntou Ramsés.

– Suponhamos que outros mercenários tenham se apoderado do templo e lhe preparem outra armadilha.

– Aqui, na terra sagrada de Abidos?

– Não vale a pena correr riscos. Continuemos para o Sul e enviemos o exército.

– Como quer que eu aceite que um só palmo de terra de meu país me seja inacessível? E, além do mais, Abidos!

A fúria de Ramsés tinha a violência de uma tempestade do deus Seth. Nem a própria Nefertari tentou acalmá-lo.

A flotilha acostou. O faraó em pessoa encabeçou um cortejo de carros cujas peças, separadas e transportadas de barco, haviam sido reunidas de imediato.

A via das procissões, que ia do desembarcadouro ao pátio do templo, estava igualmente deserta, como se a cidade santa tivesse sido abandonada. Na frente da coluna havia blocos de calcário com a marca dos talhadores de pedra e ferramentas arrumadas nas caixas. Sob as tamargueiras que sombreavam o pátio, viam-se grandes trenós de madeira carregados com blocos de granito provenientes das pedreiras de Assuã.

Estupefato, Ramsés dirigiu-se ao palácio que ficava ao lado do templo. Nos degraus que conduziam à entrada principal, um velho espalhava queijo de cabra em fatias de pão. O aparecimento daquele exército cortou-lhe o apetite; dominado pelo pânico, abandonou a comida e tentou fugir, mas foi agarrado por um soldado, que o conduziu à presença do monarca.

– Quem é você?

A voz do velho tremia.



– Sou um dos lavadores do palácio.

– Por que não está trabalhando?

– Bem... Não há nada para fazer porque todos partiram. Enfim, quase todos... Ainda há alguns sacerdotes, tão velhos como eu, perto do lago sagrado.

Apesar de uma intervenção entusiasta de Ramsés no início de seu reinado, o templo ainda estava por terminar. Franqueada a coluna, o rei e alguns soldados atravessaram a parte administrativa, formada por gabinetes, oficinas, um matadouro, uma padaria e uma cervejaria – tudo vazio –, e dirigiram-se rapidamente para as habitações dos sacerdotes vitalícios.

Sentado num banco de pedra, com as mãos apoiadas no cabo da bengala de madeira de acácia, um velho de cabeça raspada tentou erguer-se ante a aproximação do rei.

– Não se preocupe, servidor do deus.

– Vossa Majestade é o faraó... Haviam-me falado tanto do Filho da Luz, cujo poder resplandece como o sol! Meus olhos estão fracos, mas não posso me enganar... Como estou feliz por vê-lo antes de morrer. Aos 92 anos, os deuses me oferecem uma alegria imensa.

– O que se passa aqui?

– É a quinzena de requisição.

– Requisição... Mas quem se atreveu a isso?

– O governador da cidade próxima... Considerou que o pessoal do templo era muito numeroso e que seria mais útil reparando os canais do que celebrando rituais.

O GOVERNADOR ERA um homem bem-disposto, de bochechas redondas e lábios grossos. Como a barriga o incomodava ao andar, apenas se deslocava em cadeira de carregadores. Mas foi de carro e a toda velocidade que um oficial o conduziu ao palácio de Abidos.

Prostrou-se com doloroso esforço diante do rei, que estava sentado num trono de madeira dourada com pés em forma de patas de leão.

– Perdoe-me, Majestade, não havia sido avisado de sua chegada! Se soubesse, teria organizado uma recepção digna de Vossa Majestade e teria...

– É o responsável pela requisição do pessoal de Abidos?

– Sim, mas...

– Esqueceu que é formalmente proibida?

– Não, Majestade, mas achei que todas essas pessoas estavam desocupadas e que era muito melhor dar-lhes um trabalho que fosse útil à província.

– Desviou-os das tarefas que meu pai lhes atribuíra e que eu próprio havia confirmado.

– Achei que...

– Cometeu um erro muito grave, e a sanção está prevista por decreto: cem pauladas, e o nariz e as orelhas cortados.

Pálido, o governador gaguejou.

– Não pode ser, Majestade! É desumano!

– Estava consciente de seu erro e conhecia o castigo; sequer necessitará de julgamento.

Convencido de que o tribunal pronunciaria a sentença e talvez até mesmo a agravasse, o homem desfez-se em lamentações.

– É verdade que agi mal, eu admito, mas não foi em meu benefício! Graças ao pessoal de Abidos, os diques foram rapidamente reparados e os canais, limpos em toda a sua profundidade.

– Nesse caso, deixo-lhe a escolha de uma outra sanção: você e seus servidores trabalharão como serventes de pedreiro no canteiro de obras do templo até que ele esteja terminado.

CADA SACERDOTISA e cada sacerdote cumpriu seu dever ritual de forma que o templo de Osíris se tornou semelhante ao horizonte do céu, iluminando todos os rostos. Ramsés consagrara uma estátua de ouro com a efígie do pai e celebrara, em companhia de Nefertari, o cerimonial de oferenda à Regra de Maât. As portas de cedro-do-líbano cobertas de âmbar-amarelo, o solo coberto de prata, os limiares de granito e os baixos-relevos multicores faziam do templo um lugar do outro mundo, onde as potências divinas tinham prazer em residir. Nos altares, flores e vasos com perfumes e alimentos destinados ao invisível.

O tesouro foi aumentado com ouro, prata, linho real, óleos de festa, incenso, vinho, mel, mirra e ungüentos; nos estábulos, passaram a coabitar bois, vacas e vitelos gordos, e nos celeiros amontoaram-se cereais de primeira qualidade. Como proclamou uma inscrição hieroglífica, "o faraó multiplica para Deus todas as espécies".

Em discurso pronunciado perante os notáveis da província reunidos na sala de audiência do palácio de Abidos, Ramsés decretou que os barcos, os campos, os terrenos, o gado, os burros e todos os outros bens próprios do templo não lhe poderiam ser retirados sob qualquer pretexto. Quanto aos guardas dos campos, passarinheiros, pescadores, agricultores, apicultores, jardineiros, vinhateiros, caçadores e ao restante do pessoal dedicado ao domínio de Osíris para torná-lo próspero, nenhum deles poderia ser requisitado para efetuar qualquer tarefa noutro lugar.

Quem transgredisse as cláusulas do decreto real sofreria um castigo corporal, seria demitido de todas as suas funções e condenado a vários anos de trabalhos forçados.

Sob o impulso de Ramsés, os trabalhos avançaram rapidamente. Os rituais iluminaram o corpo dos deuses instalados em suas capelas, o mal foi banido e o templo alimentou-se de Maât.

NEFERTARI VIVIA dias felizes. Aquela estada em Abidos proporcionava-lhe a inesperada oportunidade de realizar seu sonho de adolescente: viver na intimidade das divindades, meditar perante sua beleza e descobrir seus segredos praticando os rituais.

Aproximava-se o momento de fechar as portas do *naos* para a noite, e Ramsés não estava a seu lado. A rainha foi à sua procura e o encontrou no corredor dos antepassados, contemplando a lista dos faraós que o haviam precedido, a partir da primeira dinastia. Graças à força dos hieróglifos, seu nome ficaria presente para sempre na memória dos homens; o de Ramsés o Grande viria logo após o de seu pai.

– Como poderei mostrar-me digno destes seres excepcionais? – interrogou-se o rei em voz alta. – Maldade, covardia, mentira... Que faraó conseguirá extirpar algum dia esses males do coração dos homens?

– Nenhum – respondeu Nefertari. – Mas todos travaram de antemão esse combate perdido e algumas vezes conseguiram vencer.

– Se nem mesmo o território sagrado de Abidos é respeitado, qual a utilidade de se fazer decretos?

– Este momento de desânimo nem parece seu.

– Foi por isso que vim consultar meus antepassados.

– Eles só podem ter-lhe dado um conselho: prosseguir, aproveitar as provações para aumentar sua força.

– Sentimo-nos tão bem neste templo! Aqui reina a paz que não consigo fazer reinar no mundo profano.

– Tenho o dever de lhe arrancar desta tentação, mesmo lutando contra meu mais caro desejo.

Ramsés tomou a rainha nos braços.

– Sem você, minhas ações seriam apenas gestos sem sentido. Dentro de 15 dias serão celebrados os mistérios de Osíris. Participaremos deles, e tenho uma proposta a lhe fazer: a decisão será sua.

ARMADOS COM PAUS e vociferando, um bando de arruaceiros atacou a frente da procissão. Com a máscara do deus chacal, "o abridor de caminhos", o sacerdote de Abidos repeliu os assaltantes pronunciando fórmulas de maldição a fim de afastar os seres tenebrosos da barca de Osíris.

Os iniciados nos mistérios apoiaram o abridor de caminhos e dispersaram os que tinham se revoltado contra a luz.

A procissão retomou sua caminhada para a ilha da primeira manhã, onde Ramsés, identificado com Osíris assassinado pelo irmão Seth, repousava num leito com cabeça de leão. As águas do Nilo rodeavam essa colina primordial que as duas irmãs divinas – Ísis e Nephtys – atingiram, utilizando um passadiço.

A ilha ficava no interior de um edifício colossal, formado por dez pilares monolíticos que suportavam um teto digno dos construtores do tempo das pirâmides. O santuário secreto de Osíris terminava em um quarto transversal, de 20 metros por seis, onde era conservado o sarcófago do deus.

Nefertari desempenhava o papel de Ísis, esposa de Osíris, e Iset a Bela o de Nephtys, cujo nome significava "a soberana do templo". Irmã de Ísis, ela a assistia durante os rituais que faziam Osíris sair do domínio da morte.

Nefertari aceitara a proposta de Ramsés; a presença ritual de Iset parecera-lhe desejável.

As duas mulheres ajoelharam-se, Nefertari à cabeceira do leito, e Iset a Bela aos pés. Com um jarro de água fresca na mão direita e um pão redondo na esquerda, recitaram longas e comoventes litanias, necessárias para fazer circular uma nova energia nas veias do ser inerte.

Suas vozes uniram-se na mesma melodia, sob a proteção da deusa do céu, cujo corpo imenso, povoado de estrelas e de decanatos do zodíaco, estendia-se pelo teto, por cima do leito de ressurreição.

Saindo de uma longa noite, o Osíris Ramsés despertou e pronunciou as palavras que seus predecessores haviam pronunciado ao viverem os mesmos mistérios: "Que me sejam dadas a luz no céu, a força criadora na terra, a justeza da voz no reino do outro mundo e a capacidade de viajar à frente das estrelas; possa eu agarrar a corda da proa na barca da noite e a corda da popa na barca do dia."

## 32

Uri-Techup espumava de raiva.

A consulta de outro adivinho no templo do deus da Tempestade dera o mesmo resultado: previsões pessimistas e o não-lançamento de uma ofensiva. A maioria dos soldados era tão supersticiosa que Uri-Techup não podia ignorar os avisos. E nenhum adivinho era capaz de indicar a data em que o prognóstico se tornaria favorável.

Embora os médicos da corte não fossem capazes de melhorar o estado de Muwattali, o imperador não se resignava a morrer. Na realidade, aquela longa agonia satisfazia Uri-Techup: ninguém o acusaria de assassinato. Os médicos haviam constatado a crise cardíaca e apreciavam a dedicação do filho que, todos os dias, visitava o doente. Uri-

Techup criticava a ausência de Hattusil, como se este não se interessasse pela saúde do irmão.

Quando cruzou com a nobre e altiva Putuhepa, a esposa de Hattusil, o filho do imperador não deixou de ironizar.

– Seu marido está se escondendo?

– Hattusil está em missão, por ordem do imperador.

– Meu pai não me falou disso.

– Segundo os médicos, Muwattali não pode pronunciar uma única palavra.

– Parece muito bem informada.

– No entanto, você interditou o quarto do imperador e arroga-se o direito de entrar lá sozinho.

– Muwattali precisa de repouso.

– Todos desejamos que em breve ele seja capaz de exercer a plenitude de suas funções.

– Com certeza; mas admitamos que essa incapacidade se prolongue... Será então necessário tomar uma decisão.

– Sem a presença de Hattusil, impossível.

– Faça com que volte ao palácio.

– É uma ordem ou um conselho?

– É aquilo que considerar melhor, Putuhepa.

PUTUHEPA SAÍRA da capital à noite, com uma pequena escolta, certificando-se por diversas vezes de que Uri-Techup não mandara alguém segui-la.

Estremeceu ao ver a sinistra fortaleza onde se refugiara Hattusil; não teria a guarnição aprisionado o marido para agradar ao general-chefe? Nesse caso, tanto sua existência como a de Hattusil acabariam de forma brutal por trás daqueles muros cinzentos.

Putuhepa não sentia a menor vontade de morrer. Sentia-se, sim, capaz de servir a seu país, desejava viver muitos verões ardentes, percorrer mil vezes ainda os caminhos selvagens da Anatólia e ver Hattusil reinar sobre o Hatti. Se havia uma chance, por minúscula que fosse, de vencer Uri-Techup, agarrá-la-ia com ambas as mãos.

A boa acolhida por parte dos soldados da fortaleza acalmou a sacerdotisa. Foi imediatamente conduzida à torre central, aos aposentos do comandante.

Hattusil correu para ela, e abraçaram-se.

– Finalmente, Putuhepa! Conseguiu escapar..

– Uri-Techup já reina na capital.

– Aqui estamos em segurança; todos os homens desta guarnição o detestam. Muitos soldados sofreram com suas injustiças e violências.

Putuhepa notou a presença de um homem sentado na frente da lareira.

– Quem é? – perguntou em voz baixa.

– Acha, o ministro das Relações Exteriores do faraó e embaixador extraordinário.

– Ele, aqui?

– Talvez essa seja nossa oportunidade.

– Mas... qual é sua proposta?

– A paz.

Hattusil assistiu a um fenômeno extraordinário: o castanho-escuro dos olhos da esposa tornou-se mais claro, como se uma luz interior os iluminasse.

– A paz com o Egito? – repetiu, estupefata. – Todos sabemos que é impossível!

– Não deveríamos utilizar este inesperado aliado em prol de nossos interesses?

Putuhepa afastou-se de Hattusil e se aproximou de Acha. O diplomata ergueu-se e cumprimentou a bela hitita.

– Perdoe, Acha, deveria ter vindo cumprimentá-lo logo.

– Quem não se congratularia pelo reencontro de uma esposa com seu marido?

– Você corre grande perigo permanecendo aqui.

– Pretendia dirigir-me à capital, mas Hattusil convenceu-me a aguardar sua chegada.

– Então já sabe da doença do imperador.

– Mesmo assim, tentarei falar-lhe.

– É inútil, ele está morrendo; o império já pertence a Uri-Techup.

– Vim propor a paz e vou consegui-la.

– Esquece que o único objetivo de Uri-Techup é a destruição do Egito? Desaprovo sua obstinação, mas sempre estive consciente de que a finalidade de nosso império se baseia na guerra.

– Já pensou no verdadeiro perigo que o ameaça?

– Um ataque com força total do exército egípcio, com Ramsés à frente!

– Não pode negligenciar uma outra possibilidade: o gradativo crescimento do poder assírio.

Hattusil e Putuhepa dissimularam com dificuldade seu espanto. Os serviços de informação de Acha eram mais eficazes do que supunham.

– A Assíria acabará por atacá-los, e serão apanhados entre dois fogos, incapazes de manter duas frentes. É utópico acreditar que o exército hitita possa destruir o Egito; aproveitando as lições do passado, instalamos uma rede defensiva em nossos protetorados. Terão dificuldade em ultrapassá-la, e sua resistência permitirá ao grosso de nossas tropas contra-atacar rapidamente. E vocês aprenderam, à sua própria custa, que Amon protege Ramsés e torna seu braço mais eficaz do que milhares de soldados.

– Anuncie-nos, portanto, a queda do império hitita!

– Não, senhora Putuhepa, porque o Egito não tem qualquer interesse em ver desaparecer seu velho inimigo. Já não estávamos nos conhecendo bem? Ao contrário de sua reputação, Ramsés aprecia a paz, e não será a grande esposa real Nefertari a dissuadi-lo de enveredar por esse caminho.

– O que pensa disso a rainha-mãe Touya?

– Partilha meus pontos de vista, ou seja, que a Assíria em breve representará um grande perigo para todos. Os hititas serão os primeiros a serem atacados, depois chegará a vez dos egípcios.

– Uma aliança contra a Assíria... É essa sua proposta?

– A paz e a aliança, para proteger nossos povos da invasão. O próximo imperador do Hatti deverá tomar uma decisão com pesadas conseqüências.

– Uri-Techup nunca desistirá de enfrentar Ramsés!

– E qual é a resposta de Hattusil?

– Hattusil e eu já não temos qualquer poder.

– Qual é sua resposta? – insistiu Acha.

– Aceitaríamos iniciar negociações – declarou Hattusil. – Mas tal conversa tem sentido?

– Só o irrealizável me entusiasma – disse o egípcio, sorrindo. – Você hoje não é nada, mas é com você que quero negociar para iluminar o futuro de meu país. Que Hattusil se torne o imperador, e nossas afirmações assumirão um valor inestimável.

– Não passa de um sonho – objetou Putuhepa.

– Ou fujam, ou lutem.

O orgulho da bela hitita insurgiu-se.

– Não fugiremos.

– Hattusil e você devem conquistar ou comprar a confiança do maior número possível de oficiais superiores.

Os comandantes das fortalezas passarão para seu lado porque Uri-Techup os despreza e bloqueia sua promoção, sob o pretexto de não desempenharem senão um papel defensivo. Por intermédio dos comerciantes, que lhes são quase todos favoráveis, espalhe o rumor de que a economia hitita não suportará um novo esforço de guerra e que um conflito com o Egito trará ruína e miséria. Abra largas brechas e continue constantemente a alargá-las até que Uri-Techup surja como um motivo de perturbação, incapaz de reinar.

– É um trabalho de grande fôlego.

– É esse o preço de seu sucesso e da obtenção da paz.

– Por seu lado, como pretende agir? – perguntou Putuhepa.

– Será arriscado, mas tenho intenção de convencer Uri-Techup.

ACHA CONTEMPLAVA as muralhas de Hattusa e se divertia ao imaginar a capital hitita pintada de cores vivas, adornada com bandeiras e povoada por magníficas jovens dançando nas ameias. Mas essa bela visão desfez-se para dar lugar a uma terrível cidade fortificada, agarrada à montanha.

O ministro das Relações Exteriores estava acompanhado apenas por dois compatriotas – um escudeiro e um porta-sandálias. Os outros membros da expedição haviam regressado ao Egito. Quando Acha mostrou seu selo no primeiro posto de guarda da cidade baixa, o oficial ficou estupefato.

– Avise o imperador de minha presença.

– Mas... você é egípcio!

– Embaixador extraordinário. Peço que se apresse.

Sem saber o que fazer, o oficial manteve Acha sob severa vigilância e mandou um de seus subordinados ao palácio.

Acha não ficou de forma alguma surpreso ao ver chegar, em passo cadenciado, uma escolta de soldados de infantaria armados com lanças e comandados por um brutamontes cujo único pensamento era a obediência absoluta às ordens.

– O general-chefe quer ver o embaixador.

ACHA SAUDOU Uri-Techup e declinou seus títulos.

– O mais brilhante ministro de Ramsés em Hattusa... Mas que surpresa!

– Eis você à frente de um imenso exército. Aceite minhas felicitações.

– O Egito deveria temer-me.

– Conhecemos sua valentia e suas qualidades de guerreiros e os tememos. Foi por isso que acumulei forças de segurança em nossos protetorados.

– Vou exterminá-las.

– Estão preparadas para o choque, por mais violento que seja.

– Façamos uma trégua nesta conversa. Qual é a razão de sua vinda?

– Soube que o imperador Muwattali está doente.

– Contente-se com os rumores; a saúde de nosso imperador é um segredo de Estado.

– O senhor do Hatti é nosso inimigo, mas respeitamos sua grandeza. É por isso que estou aqui.

– O que significa sua presença aqui, Acha?

– Disponho dos remédios necessários para tratar o imperador Muwattali.

# 33

O menino de 7 anos aplicava a si próprio o preceito sempre aplicado pelo pai, que o recebera de seu avô: dar um peixe a quem tem fome é menos útil do que ensiná-lo a pescar.

Tentava, portanto, provar sua habilidade batendo na água com uma vareta de forma, dirigindo sua presa para a rede que seu companheiro, tão esfomeado quanto ele, estendia perto dos altos papiros.

De repente, o garoto os viu.

Uma frota de barcos chegava do Norte, e o que vinha à frente trazia em sua proa uma esfinge de ouro. Era o barco do faraó!

Esquecendo o peixe e a rede, o aprendiz de pescador mergulhou no Nilo e nadou em direção à margem para avisar a aldeia. Haveria festa durante vários dias.

A IMENSA SALA de colunas do templo de Karnak apresentava-se em toda a sua magnificência; com a altura de 25 metros, as 12 colunas da nave central revelavam a força da criação emergindo do oceano primordial.

Foi ali que Nebu, o grande sacerdote de Amon, avançando com o auxílio de sua bengala recoberta de ouro fino, veio ao encontro do casal real. Apesar de seu reumatismo, conseguiu curvar-se. Ramsés ajudou-o a erguer-se.

– Estou feliz por revê-lo, Majestade, e encantado por admirar a beleza da rainha.

– Estará se tornando um perfeito cortesão, Nebu?

– Não há qualquer esperança nesse lado, Majestade; continuarei a dizer o que penso, tal como acabo de fazer.

– Como vai sua saúde?

– Tenho que adaptar-me à velhice, embora ela torne minhas articulações dolorosas; mas o médico do templo dá-me um remédio à base de salgueiro que me faz sentir melhor. Confesso que não tenho muito tempo para pensar em meu bem-estar... Tarefa bastante pesada essa que me confiou!

– Tendo em vista os resultados, tenho razão para estar satisfeito com minha escolha.

Oitenta mil funcionários cujas atividades o grande sacerdote distribuía, cerca de um milhão de cabeças de gado, uma centena de barcos de carga, cinqüenta canteiros de obras em permanente atividade, uma imensa superfície de terras cultivadas, jardins, matas, pomares e vinhas, esse era o universo de Karnak, o rico domínio de Amon.

– O mais difícil, Majestade, é harmonizar os esforços dos escribas dos domínios com os dos celeiros, da contabilidade e de seus outros colegas... Sem uma autoridade superior, este pequeno mundo em breve se transformaria num caos, com cada um pensando apenas em seus interesses.

– O seu sentido de diplomacia faz maravilhas.

– Apenas conheço duas virtudes: obedecer e servir. O restante não passa de conversa fiada. E na minha idade já não há tempo para conversa.

Ramsés e Nefertari admiraram cada uma das 134 colunas cuja decoração revelava o nome das divindades, a que, sem exceção, o faraó apresentava oferendas. Aquelas hastes vegetais, tornadas eternas pela pedra, ligavam o solo, símbolo do pântano primordial, ao teto pintado de azul no qual brilhavam estrelas de ouro.

Tal como Sethi desejara, a imensa sala de colunas de Karnak encarnaria para sempre a glória do deus oculto, revelando seus mistérios.

– Tebas será uma simples escala – perguntou Nebu – ou terá o privilégio de uma longa estada do casal real?

– Para conduzir o caminho rumo à paz – respondeu Ramsés –, devo dar satisfação aos deuses, oferecendo-lhes templos em que gostem de residir e terminando minha morada de eternidade e a de Nefertari. Eles retomarão a vida que depositaram em nosso coração quando chegar a hora; devemos estar preparados para comparecer diante deles, de forma a que o povo do Egito não sofra com nossa morte.

RAMSÉS DESPERTOU a força divina no segredo do *naos* de Karnak e saudou sua presença:

– Saudações a você que cria a vida, os deuses e os humanos, o criador de meu país e das terras longínquas, a você que organiza as planícies verdejantes e a cheia. Todos os seres estão cheios de sua perfeição.

Karnak começava a despertar.

A luz do dia substituía a dos lampiões, os ritualistas enchiam os vasos de purificação com água do lago sagrado, renovavam os pequenos blocos de incenso que perfumavam as capelas, guarneciam os altares com flores, frutos, legumes e pão fresco, organizavam procissões para fazer circular as oferendas que se elevariam todas para Maât. Só ela ressuscitava as diversas formas de vida; só ela alimentava a vida graças ao perfume do orvalho que inundava a terra ao nascer do sol.

Em companhia de Nefertari, Ramsés seguiu a avenida das procissões ladeada de esfinges, que conduzia ao templo de Luxor.

Em frente da coluna, um homem aguardava o casal real. Tinha o rosto quadrado, sólido, um antigo controlador dos estábulos do reino.

– Enfrentamo-nos e lutamos – recordou o rei à esposa – e não deixo de me orgulhar por ter conseguido resistir-lhe, quando eu ainda não passava de um rapaz.

Depois de ter abandonado a carreira das armas, o rude Bakhen mudara muito. Tendo atingido o quarto escalão da hierarquia sacerdotal de Karnak, estava comovido até as lágrimas. Rever o faraó proporcionava-lhe uma alegria tão grande que nem sabia que palavras pronunciar. Preferindo que sua obra falasse por ele, mostrou a impressionante fachada de Luxor, precedida por dois elegantes obeliscos e vários colossos representando Ramsés. Sobre a bela pedra de arenito desenrolavam-se cenas de episódios da batalha de Kadesh e a vitória do rei do Egito.

– Majestade – declarou Bakhen com entusiasmo –, a construção está terminada.

– Mas a obra deve prosseguir.

– Estou à sua disposição.

O casal real e Bakhen entraram no grande pátio situado atrás da coluna e rodeado por pórticos de colunas entre as quais haviam sido erigidas estátuas de Ramsés contendo seu *ka,* a energia imortal que o tornava apto para reinar.

– O trabalho dos talhadores de pedra e dos escultores é admirável, Bakhen, mas não posso mandá-los parar e quero até levá-los para um território difícil, talvez mesmo perigoso.

– Poderei conhecer seu projeto, Majestade?

– Edificar vários santuários na Núbia, entre os quais um grande templo. Reúna os artesãos e consulte-os; aceitarei apenas voluntários.

O RAMESSEUM, o templo de milhões de anos de Ramsés o Grande, construído com base em projetos do próprio rei, transformara-se num grandioso monumento, o maior da margem ocidental. Tinham sido utilizados granito, arenito e basalto para erguer pilones, pátios e capelas; várias portas de bronze dourado delimitavam as diversas partes do monumento, protegido por um muro de tijolos.

Chenar conseguira, ao cair da noite, entrar num armazém vazio. Munido de uma arma que Ofir lhe confiara e que esperava ser decisiva, o irmão de Ramsés esperou que as trevas se tornassem densas para se aventurar no espaço sagrado.

Seguiu ao longo do muro do palácio em construção e atravessou um pátio. A alguns metros da capela dedicada a Sethi, hesitou.

Sethi, seu pai...

Mas um pai que o traíra ao escolher Ramsés como faraó! Um pai que o desprezara e rejeitara, favorecendo a ascensão de um tirano.

Depois de realizar o que havia planejado, Chenar deixaria de ser o filho de Sethi. Mas o que interessava isso? Ao contrário do que afirmavam os iniciados nos mistérios, ninguém ultrapassava o obstáculo da morte. O nada absorvera Sethi como absorveria Ramsés. A vida tinha apenas um sentido: conseguir o máximo de poder, não importa por que meios, e exercê-lo livremente, pisando e eliminando os medíocres e inúteis.

E pensar que milhares de imbecis começavam a considerar Ramsés um deus! Quando Chenar tivesse derrubado o ídolo, o caminho estaria aberto para um novo regime. Poria um fim a todos os rituais antiquados e governaria apenas em função de dois únicos eixos dignos de interesse: a conquista territorial e o desenvolvimento econômico.

Logo que subisse ao trono, Chenar mandaria arrasar o Ramesseum e destruir tudo o que representasse Ramsés.

Embora inacabado, o templo de milhões de anos já produzia uma energia contra a qual o próprio Chenar sentia alguma dificuldade em lutar. Hieróglifos, cenas esculpidas e pinturas vivas, todas afirmando em cada pedra a presença e a força de Ramsés. Não, não, tudo não passava de uma ilusão criada pela noite!

Chenar libertou-se da letargia que sentia invadi-lo. Instalou o dispositivo preparado por Ofir e saiu do recinto do Ramesseum.

O TEMPLO DE MILHÕES de anos tomava forma, crescia como um ser cheio de vigor, graças ao qual o reinado de Ramsés ia-se construindo. O rei prestou homenagem ao edifício no qual, a partir daquele momento, viria buscar a força de que se alimentavam seu pensamento e sua ação.

Assim como em Karnak e em Luxor, mestres-de-obras, talhadores de pedra, escultores, pintores e desenhistas haviam conseguido maravilhas. O santuário, várias capelas e seus respectivos anexos e mais uma pequena sala de colunas estavam terminados, tal como a construção reservada ao culto de Sethi. Todas as outras partes do conjunto sagrado encontravam-se em canteiros de obras, sem contar com os armazéns de tijolos, a biblioteca e as habitações dos sacerdotes.

Plantada no segundo ano do reinado, a acácia do Ramesseum crescera também com uma surpreendente rapidez. Apesar de esguia, sua folhagem já produzia uma sombra agradável. Nefertari acariciou o tronco da árvore.

O casal real atravessou o grande pátio sob o olhar respeitoso e maravilhado dos talhadores de pedra que haviam pousado o maço e o cinzel.

Depois de conversar com seu chefe de equipe, Ramsés perguntou sobre as dificuldades de cada um. O rei não esquecia as horas exaustivas passadas nas pedreiras de Gebel Silsileh, numa época em que desejava tornar-se talhador de pedra. O monarca prometeu aos artesãos um prêmio especial: vinho e vestuário de primeira qualidade.

Quando o casal real avançava para a capela de Sethi, Nefertari levou a mão ao coração e parou.

– Um perigo... um perigo muito próximo.

– Aqui, neste templo? – espantou-se Ramsés.

O mal-estar dissipou-se. O casal real foi se aproximando do santuário em que seria venerada para sempre a alma de Sethi.

– Não empurre a porta desse santuário, Ramsés. O perigo está aí, atrás dela. Deixe-me agir.

Nefertari abriu a porta de madeira dourada.

Logo na entrada, um olho de cornalina quebrado em diversos fragmentos; em frente da estátua de Sethi, ao fundo da capela, via-se uma bola vermelha, formada por pêlos de animais do deserto.

Investida do poder de Ísis, a grande deusa da magia, a rainha reconstituiu o olho. Se o pé do rei tivesse tocado nos fragmentos do símbolo profanado, Ramsés teria ficado paralisado. Em seguida, Nefertari segurou a bola com a bainha do vestido, sem tocá-la com os dedos, e levou-a para fora, para ser queimada.

O mau-olhado, constatou o casal, eis o que tinham ousado fazer os seres vindos das trevas, desejosos de quebrar o laço que unia Sethi ao filho, e assim reduzir o senhor das Duas Terras ao estado de um simples déspota, inteiramente privado dos ensinamentos sobrenaturais de seu predecessor.

Quem, senão Chenar, pensou Ramsés, teria ido tão longe no caminho do mal, com o auxílio de um mago vendido aos hititas? Quem, senão Chenar, se empenharia em destruir aquilo que seu coração demasiado pequeno não podia conter?

## 34

Moisés hesitava.

É verdade que deveria cumprir a missão de que Deus o incumbira, mas tal obstáculo não ultrapassaria suas aptidões? Atualmente não acalentava muitas ilusões: Ramsés não cederia. Moisés conhecia suficientemente o rei do Egito para saber que este não pronunciara palavras ao acaso, pois considerava os hebreus parte integrante do povo egípcio.

A idéia do êxodo, no entanto, alimentava os espíritos, e a aceitação do profeta ia aumentando dia a dia. Muitos pensavam que as relações privilegiadas de Moisés com Ramsés facilitariam a obtenção de um acordo. Um a um, os chefes de tribo haviam-se reduzido ao silêncio; sem ter quem o contradissesse, Aarão pudera, enfim, no último conselho dos anciãos, apresentar Moisés como o chefe do povo hebreu, reunido na mesma fé e na mesma vontade.

Esquecidas as divergências, restava ao profeta vencer apenas um único inimigo: Ramsés o Grande.

Aarão veio perturbar a meditação de Moisés.

– Há um oleiro que pede para ver você.

– Fale com ele.

– É com você que ele quer falar e com mais ninguém.

– Por quê?

– Promessas que lhe fez no passado. Confia muito em você.

– Faça-o entrar.

Com uma curta peruca negra presa por uma tira branca que lhe escondia a testa e deixava as orelhas livres, o rosto queimado e envolto por uma pequena barba e um bigode de pêlos mal-aparados, o visitante podia passar por um simples oleiro hebreu.

O vulto, no entanto, despertou as suspeitas de Moisés, pois o homem não lhe era desconhecido.

– O que quer comigo?

– Antes, nossos ideais eram os mesmos.

– Ofir!

– Eu próprio, Moisés.

– Mudou muito.

– Sou procurado pela guarda de Ramsés.

– E ele não tem boas razões para isso? Se não estou enganado, você é um espião hitita.

– É verdade que trabalhei para eles, mas minha rede foi desmantelada, e os hititas já não estão em condições de destruir o Egito.

– Portanto, mentiu-me; apenas procurava utilizar-me contra Ramsés!

– Não, Moisés. Você e eu acreditamos num deus único e todo-poderoso, e meu contato com os hebreus convenceu-me de que esse deus é Jeová, e nenhum outro.

– Considera-me tão estúpido para me deixar cair nessas belas palavras?

– Mesmo que se recuse a acreditar em minha sinceridade, servirei sua causa porque é a única que merece ser seguida. Fique sabendo que não espero qualquer benefício pessoal, mas apenas a salvação de minha alma.

Moisés ficou perturbado.

– Renunciou à sua fé em Aton?

– Compreendi que Aton não passava de uma prefiguração do verdadeiro Deus. Assim que descobri a verdade, renunciei aos meus erros.

– O que aconteceu com a jovem que você queria levar ao poder?

– Teve uma morte brutal que me provocou imenso desgosto, e a guarda egípcia está me acusando de um crime horrível que não cometi. Vi nessa tragédia um sinal do destino. Hoje, você é o único que pode opor-se a Ramsés. É por isso que o apoiarei com todas as minhas forças.

– O que deseja, Ofir?

– Ajudar você a impor a fé em Jeová, nada mais.

– Sabe que Jeová exige o êxodo de meu povo?

– Aprovo esse projeto grandioso. Se for acompanhado pela queda de Ramsés e pela difusão da verdadeira fé no Egito, ficarei muito feliz.

– Um espião não é sempre um espião?

– Já não tenho nenhum contato com os hititas, todos mergulhados em brigas de sucessão; esse episódio de minha vida está esquecido. O futuro e a esperança agora são você, Moisés.

– Como pensa em ajudar-me?

– Não será fácil lutar contra Ramsés, mas minha experiência de luta clandestina lhe será útil.

– Meu povo só quer sair do Egito e não revoltar-se contra Ramsés.

– Qual é a diferença, Moisés? Sua atitude parecerá irracional aos olhos de Ramsés e, como tal, ele a reprimirá.

No seu íntimo, o hebreu teve que admitir que o mago líbio tinha razão.

– Tenho de refletir, Ofir.

– Você é o chefe, Moisés. Permita-me dar-lhe apenas um conselho: não tente nada durante a ausência de Ramsés.

Com ele talvez você possa negociar, mas seus assessores Ameni e Serramanna, sem esquecer a rainha-mãe Touya, não terão qualquer indulgência em relação a seu povo. Para manter a ordem pública no reino ordenarão uma repressão sangrenta. Aproveitemos a viagem do casal real para desenvolver nossa união, convencer os indecisos e nos preparar para um conflito inevitável.

A determinação de Ofir impressionou Moisés. Embora não estivesse decidido a aliar-se ao mago, poderia negar a pertinência de suas afirmações?

O CHEFE DA GUARDA de Tebas afirmou que seus homens não haviam poupado esforços para encontrar Chenar e seus possíveis cúmplices. Ramsés dera-lhes a direção do agressor que tentara, no Nilo, trespassá-lo com uma flecha, mas as investigações das forças da ordem haviam-se revelado inúteis.

– Abandonou Tebas – afirmou Nefertari.

– Está convencida tanto quanto eu de que ele está vivo.

– Pressinto uma presença perigosa, uma força das trevas... Será Chenar, o mago ou algum de seus sequazes?

– É ele – afirmou Ramsés. – Tentou cortar para sempre o laço que me ligava a Sethi a fim de me privar da proteção de meu pai.

– O mau-olhado não terá qualquer eficácia; o fogo impediu-o de fazer mal. Graças a uma cola à base de resina, reconstituímos o olho roubado dos tesouros do templo de Seth, em Pi-Ramsés.

– Os animais do deserto, cujos pêlos formavam o olho vermelho, são criaturas de Seth... Chenar tinha intenção de destruí-lo utilizando sua temível energia.

– Subestimou a qualidade de seus laços com Seth.

– Uma harmonia que deverei recriar todos os dias... À menor falha de atenção, o fogo de Seth aniquila aquele que considerava ter se tornado seu senhor.

– Quando partimos para o Grande Sul?

– Depois de termos nos encontrado com nossa morte.

O casal real dirigiu-se para o vale mais meridional da montanha tebana, denominado "lugar de regeneração" ou "lugar dos lótus". Seria nesse Vale das Rainhas que repousaria para a eternidade Touya, a mãe de Ramsés, e Nefertari, a grande esposa real. Seus túmulos haviam sido escavados sob a proteção do cume, domínio da deusa do silêncio. Naquele deserto esmagado pelo sol, reinava Hathor, a sorridente deusa do céu, que fazia as estrelas brilharem e o coração de seus fiéis dançar.

Hathor, que Nefertari descobriu nas paredes de seu túmulo, na atitude da magnetizadora que oferece a energia da ressurreição a uma grande esposa real eternamente jovem, com um toucado de ouro em forma de cabeça de abutre. Simbolizava, assim, a mãe divina. Os pintores conseguiram reproduzir a beleza da "doce de amor" em formas de incrível perfeição.

– Esta morada lhe convém, Nefertari?

– Tantos esplendores... Não sou digna de tal oferenda.

– Nunca houve morada de eternidade semelhante nem nunca mais haverá; você, cujo amor é o sopro da vida, reinará para sempre no coração dos deuses e dos homens.

Osíris de rosto verde, envolto num manto branco; Ra, o luminoso, coroado por um enorme sol; Khepri, o príncipe das metamorfoses, com cabeça de escaravelho; Maât, a Regra Universal, bela e esguia jovem tendo como único distintivo uma pluma de avestruz, leve como a verdade... As potências divinas haviam-se reunido para regenerar Nefertari, no tempo e para além dos tempos. Em breve, nas colunas ainda vazias, um escriba da Casa da Vida traçaria os hieróglifos do "Livro de sair à Luz" e do "Livro das Portas", que permitiriam à rainha viajar pelos belos caminhos do outro mundo, evitando-lhe os perigos.

Já não era a morte, mas o sorriso do mistério.

DURANTE VÁRIOS DIAS, Nefertari examinou as figuras divinas que habitavam a morada de eternidade, da qual ela se tornaria, no momento da grande travessia, a hóspede privilegiada. Familiarizou-se com o além de sua própria existência e partilhou um silêncio que, no coração da terra, tinha o sabor do céu.

Quando Nefertari decidiu deixar o "lugar dos lótus", Ramsés levou-a à "grande planície" – o Vale dos Reis –, onde os faraós repousavam desde o início da décima oitava dinastia. O casal real permaneceu longas horas nos túmulos de Ramsés, o primeiro de seu nome, e de Sethi. Cada pintura era uma obra-prima, e a rainha leu, coluna por coluna, o "Livro do quarto oculto", que revelava as fases da transmutação do sol moribundo no jovem sol, modelo da ressurreição do faraó.

Com emoção, Nefertari descobriu a morada de eternidade de Ramsés o Grande. Em pequenos potes, os pintores desfaziam os pigmentos minerais finamente esmagados, antes de animarem as paredes com figuras simbólicas que preservariam a sobrevivência do monarca. O pó colorido, misturado com água e resina de acácia, proporcionava-lhes uma extraordinária precisão de execução.

"A morada do ouro", a sala do sarcófago de oito pilares, estava quase terminada. A morte podia acolher Ramsés.

O rei chamou o mestre-de-obras.

– Tal como no túmulo de alguns de meus antepassados, será aberto um corredor que penetrará a rocha e deixará ali a pedra bruta. Evocará o último segredo, que nenhum espírito humano pode conhecer.

Nefertari e Ramsés tiveram a sensação de que acabavam de ultrapassar uma etapa decisiva, vindo juntar-se agora a seu amor a consciência de sua própria morte, o despertar e não o fim.

## 35

Serramanna teve de mostrar-se paciente.

Meba saíra de casa há mais de uma hora para assistir ao banquete organizado pela rainha-mãe Touya, preocupada em manter a coesão da corte na ausência do casal real. Em contato regular com Ramsés por intermédio dos mensageiros, a viúva de Sethi estava satisfeita com o trabalho meticuloso de Ameni e com o rigor de Serramanna, que mantinha a ordem sem problemas. Entre os hebreus, a agitação parecia ter-se acalmado.

Mas o antigo pirata, confiando em seu faro, tinha certeza de que aquela calma precedia uma tempestade. É verdade que Moisés se contentava em manter conversações com os notáveis do povo egípcio, mas tornara-se indiscutivelmente o chefe dos hebreus. Além disso, muitos dignitários egípcios, conhecedores da fidelidade de Ramsés à amizade, consideravam aconselhável não hostilizar Moisés. Estavam convencidos de que, mais cedo ou mais tarde, o hebreu ocuparia de novo um posto importante e abandonaria suas confusas teorias.

Meba, no entanto, encontrava-se na primeira fila de preocupações de Serramanna. O sardo sabia que o diplomata roubara o pincel de Kha, mas com que intenção? O antigo pirata detestava os diplomatas em geral e Meba em particular, demasiado mundano, demasiado elegante e demasiado ocioso; um indivíduo como aquele possuía todos os dons naturais para a mentira.

E se o pincel de Kha estivesse escondido na casa de Meba? Serramanna o faria confessar o roubo, e o aristocrata seria obrigado a explicar as razões de tal gesto perante um tribunal.

O jardineiro de Meba foi deitar-se, e os serviçais retiraram-se para suas moradas. O sardo dirigiu-se para os fundos da casa e chegou ao terraço; deslocando-se com a leveza de um gato, ergueu o alçapão que dava para o celeiro, descendo com facilidade para os compartimentos principais.

Serramanna dispunha de boa parte da noite para finalizar sua exploração.

– NADA – declarou o sardo, carrancudo e mal barbeado.

– Essa busca era ilegal – lembrou-lhe Ameni.

– Se tivesse dado resultado, esse Meba teria deixado de fazer mal às pessoas.

– Por que essa cisma com ele?

– Porque ele é perigoso.

– Meba, perigoso? Ele só se preocupa com a carreira, e essa constante preocupação o fez esquecer todo o restante.

O sardo devorou com apetite uma porção de peixe seco, regado com um molho de sabor fortíssimo.

– Talvez tenha razão – disse com a boca cheia. – Meu instinto, porém, garante-me que se trata de má rês. Compete-me colocá-lo sob vigilância constante, pois sei que vai acabar cometendo um erro.

– Faça como quiser... Mas nada de exagero!

– Moisés também devia ser colocado sob vigilância.

– Foi meu companheiro de universidade – lembrou-lhe Ameni – e de Ramsés também.

– Esse hebreu é um perigoso agitador! Você é o servidor do faraó, e Moisés vai se revoltar contra o faraó.

– Não chegará a isso.

– Claro que chegará! Nas tripulações que comandei, eu identificava logo os indivíduos como ele... Não há nada igual para criar complicações. Mas o faraó e você recusam-se a me dar ouvidos!

– Conhecemos Moisés e somos menos pessimistas do que você.

– Um dia haverá de lamentar essa cegueira.

– Vá deitar-se, e cuidado para não se meter com os hebreus. Nosso papel é manter a ordem e não espalhar a perturbação.

ACHA ESTAVA ALOJADO no palácio, fazia uma refeição rústica mas aceitável, bebia um vinho de qualidade média e gozava da ternura muito profissional de uma loura hitita que o camareiro tivera a excelente idéia de lhe propor. Desprovida de qualquer pudor, a jovem desejava verificar pessoalmente a reputação, atribuída aos egípcios, de serem amantes maravilhosos. Prestativo, Acha prestara-se à experiência, ora ativo, ora passivo, mas com grande entusiasmo.

Haveria forma mais agradável de passar o tempo? Uri-Techup, admirado com a irreverência de Acha, sentia-se, no entanto, lisonjeado com a presença do ministro das Relações Exteriores do faraó; não significaria isso que Ramsés já o reconhecia como futuro imperador, ele, o filho de Muwattali?

Uri-Techup irrompeu no quarto de Acha no momento em que a loura hitita beijava o egípcio com intensa avidez.



– Voltarei depois – disse Uri-Techup.

– Fique – pediu Acha. – Esta jovem compreenderá que os assuntos de Estado por vezes passam à frente do prazer.

A encantadora hitita sumiu do recinto, e Acha vestiu uma sofisticada túnica.

– Como está o imperador? – perguntou a Uri-Techup.

– Seu estado continua o mesmo.

– Renovo minha proposta: deixe-me tratá-lo.

– Por que viria em auxílio de seu pior inimigo?

– Sua pergunta me deixa confuso.

O tom de Uri-Techup tornou-se cortante.

– No entanto, deve responder-me, e imediatamente.

– Os diplomatas não gostam de revelar seus segredos de forma assim tão direta... O caráter humanitário de minha missão não o satisfaz?

– Exijo uma resposta verdadeira.

Acha pareceu aborrecido.

– Pois bem... Ramsés aprendeu a conhecer Muwattali. Sente por ele grande estima e mesmo certa admiração. A doença de seu pai o preocupa.

– Está brincando comigo?

– Deduzo, então – continuou Acha –, que não gostaria de ser acusado de ter assassinado seu próprio pai.

Apesar da raiva que sentia crescer dentro de si, Uri-Techup não protestou. Acha tirou proveito daquela vantagem.

– Tudo o que se passa na corte hitita nos interessa. Sabemos que o exército deseja que a transferência de poderes se efetue com calma e que o próprio imperador possa designar seu sucessor. É por isso que gostaria de ajudá-lo a recuperar a saúde aplicando os recursos de nossa medicina.

Uri-Techup não podia aceitar tal oferta. Se Muwattali recuperasse a fala, o mandaria para a prisão e confiaria o império a Hattusil.

– Como é possível estar tão bem-informado? - perguntou a Acha.

– É difícil para mim...

– Responda à pergunta.

– Lamento, mas devo manter silêncio.

– Não está no Egito, Acha, mas em minha capital!

– Na qualidade de embaixador em missão oficial, não tenho nada a temer.

– Sou um soldado, não um diplomata. E estamos em guerra.

– Será isso uma ameaça?

– Desconheço a paciência, Acha. Portanto, comece a falar.

– Iria... até a tortura?

– Não hesitaria um instante.

Trêmulo, Acha apertou-se mais dentro da túnica.

– Poupará minha vida se eu falar?

– Ficaremos bons amigos.

Acha baixou os olhos.

– Devo confessar-lhe que minha verdadeira missão consiste em propor uma trégua ao imperador Muwattali.

– Uma trégua? Por quanto tempo?

– O máximo de tempo possível...

Uri-Techup rejubilou. Quer dizer então que o exército do faraó estava exausto! Logo que aqueles malditos oráculos se tornassem favoráveis, o novo senhor do Hatti lançar-se-ia de assalto ao Delta.

– Depois... – recomeçou Acha, hesitante.

– Continue.

– Sabemos que o imperador hesita entre você e o irmão Hattusil no que se refere à sucessão.

 – Quem o está informando, Acha?

– Conceder-nos-ia essa trégua, se o poder fosse seu?

"Por que não utilizar a astúcia, tão cara a meu pai?", pensou Uri-Techup.

– Sou um homem de guerra, mas não elimino essa possibilidade, a menos que ela enfraqueça o Hatti.

Acha descontraiu-se.

– Tinha dito a Ramsés que você era um verdadeiro estadista e não me enganei. Se realmente desejar, conseguiremos a paz.

– Claro, a paz... Mas não me respondeu à pergunta que lhe fiz: quem está lhe passando informações?

– Oficiais superiores que fingem apoiá-lo. Na realidade, traem-no em benefício de Hattusil.

A revelação teve sobre Uri-Techup o efeito de um raio.

– Com Hattusil – continuou Acha – não conseguiremos paz nem trégua. Seu único objetivo é encabeçar uma vasta coligação, como em Kadesh, e esmagar nossas tropas.

– Quero nomes, Acha.

– Vamos nos tornar aliados contra Hattusil?

Uri-Techup sentiu de repente os músculos tensos como quando próximo de um combate. Utilizar um egípcio para se desembaraçar de seu rival, mas que estranha manobra do destino! Só não deixaria passar semelhante ocasião.

– Ajude-me a eliminar os traidores Acha, e obterá sua trégua, e, talvez até mais.

E o diplomata começou a falar.

Cada nome que ia revelando era como uma punhalada. Havia na lista alguns dos mais entusiastas partidários de Uri-Techup, pelo menos em palavras, e até mesmo oficiais superiores que combateram a seu lado, afirmando-lhe que já o consideravam o novo senhor do Hatti.

Lívido, Uri-Techup dirigiu-se em passadas pesadas para a porta do quarto.

– Mais um favorzinho – acrescentou Acha. – Poderia mandar minha jovem amiga de volta para o quarto?

## 36

Percorrendo as pedreiras de granito de Assuã com Bakhen, Ramsés reviu, na lembrança, o pai escolhendo as pedras boas que se transformariam em obeliscos e estátuas. Aos 17 anos, o filho de Sethi tivera a felicidade de descobrir esse espaço mágico guiado pelo faraó, em busca dos veios de granito de qualidade perfeita. Hoje, era ele, Ramsés, quem guiava aquela exploração, devendo demonstrar também as mesmas qualidades de percepção de Sethi.

Ramsés utilizou a varinha mágica de Sethi, que lhe permitia sentir nas mãos as correntes secretas da terra. O mundo dos homens não passava de uma emergência que brotara do oceano de energia, na "primeira vez", e que a ele regressaria quando os deuses criassem um novo ciclo de vida; tanto no subsolo como nos céus verificavam-se constantes metamorfoses, cujos ecos podiam ser captados por um espírito atento.

Aparentemente, as pedreiras eram um universo imóvel, fechado e hostil, em que o calor era insuportável durante uma boa parte do ano. Mas ali, o ventre da terra revelava-se de uma extraordinária generosidade, fazendo surgir na superfície um granito de inigualável esplendor. Era, por excelência, o material imperecível que faria viver para sempre as moradas de eternidade.

Ramsés parou.

– Escavará aqui – ordenou a Bakhen – e trará para cima um monólito no qual talhará um colosso para o Ramesseum. Consultou os artesãos?

– Todos se apresentaram como voluntários para a Núbia. Tive que selecionar uma pequena equipe. Majestade... não pretendo parecer abusado, mas tenho um pedido a lhe fazer.

– Estou ouvindo, Bakhen.

– Aceitaria minha presença nessa expedição?

– Tenho uma boa razão para recusar: sua nomeação como terceiro profeta de Amon de Karnak obriga-o a permanecer em Tebas.

– Eu... eu não desejava essa promoção.

– Bem sei, Bakhen, mas o grande sacerdote Nebu e eu mesmo achamos que podemos depositar um peso maior sobre seus ombros. Será assistente do grande sacerdote, manterá a prosperidade de seus domínios e velará pela construção de meu templo de milhões de anos. Graças a você, Nebu enfrentará mais despreocupadamente as dificuldades do cotidiano.

Com o punho fechado sobre o coração, Bakhen jurou que assumiria os deveres de seu novo cargo.

DE GRANDE INTENSIDADE, mas sem excessos que pudessem ser perigosos para os diques, canais e culturas, a cheia facilitava a viagem do casal real, de sua escolta e dos talhadores de pedra. O caos rochoso da primeira catarata desaparecera sob as águas agitadas das correntes e de redemoinhos que tornavam a navegação perigosa. Era preciso, especialmente, desconfiar dos desníveis bruscos, visíveis apenas no último momento, e das ondas violentas, capazes de virar qualquer barco cargueiro mal equilibrado. Assim, colocou-se em ação um luxo de precauções para preparar o canal, o qual levaria a flotilha real a ultrapassar sem perigo a catarata.

Geralmente calmo e indiferente às agitações humanas, Matador revelava algum nervosismo; o enorme leão tinha pressa de partir para a Núbia, sua terra natal. Ramsés acalmou-o, afagando-lhe a espessa juba.

Dois homens pediram para subir a bordo e falar com o monarca. O primeiro, um escriba encarregado da vigilância do nilômetro, apresentou seu relatório.

– Majestade, a cheia está atingindo 21 côvados e três palmos e um terço.*

– Parece-me excelente.

– Perfeitamente satisfatório, Majestade. Este ano o Egito não terá qualquer problema de irrigação.

O segundo personagem era o chefe da guarda de Elefantina, e sua intervenção foi bem menos tranqüilizadora.

– Majestade, a alfândega registrou a passagem de um homem correspondendo à descrição dada.

– Por que não foi detido?

– O chefe do posto estava ausente, e ninguém quis assumir tal responsabilidade, ainda mais que o homem não havia cometido qualquer infração.

Ramsés conteve a raiva.

– E o que mais?

– O homem alugou um barco rápido para o sul; declarou ser comerciante.

– Em que consistia seu carregamento?

– Jarros contendo carne seca de vaca para os fortes da segunda catarata.

– Quando partiu?

– Há uma semana.

---

 *Cerca de 11,275 metros.

– Transmita seus sinais aos comandantes das praças fortes e ordene-lhes que o prendam se ele se apresentar à porta de alguma dessas praças.

Aliviado por ter escapado de uma punição, o guarda correu para transmitir as ordens.

– Chenar precede-nos na Núbia – constatou Nefertari. – Considera prudente continuar nossa viagem?

– O que temos a temer de um fugitivo?

– Está disposto a tudo... Seu ódio talvez o conduza à loucura.

– Não será Chenar que nos impedirá de prosseguir. Não subestimo sua capacidade de fazer o mal, Nefertari, mas não tenho medo dele. Um dia ficaremos frente a frente, e ele se inclinará perante seu rei antes de ser castigado pelos deuses.

Abraçaram-se, e esse momento de comunhão reforçou ainda mais a determinação de Ramsés.

DESCONFIADO, SETAOU ia da popa à proa, atravessava o barco, pulava para o seguinte, examinava os carregamentos, verificava os cordames, apalpava as velas, experimentava a solidez dos lemes; a navegação não era seu prazer favorito, e ele não confiava em marinheiros muito seguros de si. Felizmente, a administração fluvial mandara preparar um canal espaçoso, livre de escolhos e navegável, mesmo em período de subida das águas. Mas o encantador de serpentes não se sentia verdadeiramente em segurança, apenas quando pisasse de novo em terra firme.

De volta ao barco real no qual tinha uma cabine reservada, Setaou verificou se não esquecera nada: potes com filtros, pequenos vasos cheios de remédios sólidos e líquidos, cestos para serpentes de tamanhos diversos, trituradores, almofarizes, pilões, navalhas de bronze, saquinhos de óxido de chumbo e de limalha de cobre, ocre vermelho, argila medicinal, sacos de cebolas, compressas, potes de mel, garrafas... Não faltava quase nada.

Entoando uma velha canção núbia, Lótus dobrava saiotes e túnicas, arrumando-os em arcas de madeira. Estava nua por causa do calor, e seus gestos felinos deslumbraram Setaou.

– Estes barcos têm estrutura sólida – disse ele, agarrando-a pela cintura.

– Fez uma inspeção cuidadosa?

– Não sou um homem sério?

– Vá examinar os mastros mais de perto; ainda não acabei as arrumações.

– Isso não é urgente.

– Não suporto a desordem.

O saiote de Setaou caiu no chão da cabine.

– Será tão cruel que abandona um amante neste estado?

As carícias de Setaou tornaram-se mais ousadas para permitir que Lótus continuasse seu meticuloso trabalho.

– Aproveita-se da minha fraqueza na hora em que vou rever a Núbia.

– Qual a melhor forma de celebrar esse momento maravilhoso senão fazendo amor?

O CORTEJO DE BARCOS de partida para o Sul foi saudado por numerosa multidão. Alguns garotos mais intrépidos, auxiliados por flutuadores de juncos, seguiram em seu rastro até a entrada do canal. Quem poderia esquecer que o casal real havia oferecido à população um banquete ao ar livre com cerveja à vontade?

Verdadeiras moradias flutuantes, os barcos construídos para as viagens à Núbia eram ao mesmo tempo sólidos e confortáveis. Com um único mastro central e uma enorme vela presa por abundante cordame, dispunham de leme duplo – um a bombordo e outro a estibordo. As aberturas das espaçosas e bem decoradas cabines tinham sido calculadas de forma a garantirem uma boa circulação de ar.

Transposta a catarata, a flotilha retomou seu ritmo de cruzeiro.

Nefertari quis convidar Setaou e Lótus para partilharem um suco de alfarroba, mas os suspiros de prazer que saíam da cabine do casal dissuadiram-na de bater na porta. Divertida, a rainha debruçou-se à proa ao lado de Matador, cujas narinas fremiam com o ar da Núbia.

A grande esposa real agradeceu às divindades por lhe proporcionarem tanta felicidade, uma felicidade que deveria irradiar sobre seu povo. Ela, a modesta e reservada tocadora de alaúde, destinada a uma obsoleta mas tranqüila carreira, vivia com Ramsés uma existência prodigiosa.

Descobria-o todas as manhãs, e seu amor crescia com a força serena de um elo mágico que nada e ninguém jamais conseguiriam quebrar. Se Ramsés tivesse sido agricultor ou furador de vasos de pedra dura, Nefertari o amaria com a mesma intensidade; contudo, o papel que o destino atribuíra a ela e ao marido a impedia de saborear egoisticamente sua felicidade. O casal real era forçado a pensar a todo instante nessa civilização que seus predecessores lhe haviam confiado e que ele deveria legar, mais bela ainda, a seus sucessores.

Não seria o Egito dos faraós uma sucessão de seres de amor, de fé e de dever, que tinham recusado a mediocridade, a baixeza e a vaidade a fim de formarem uma cadeia de luzes humanas a serviço da luz divina?

Quando o braço de Ramsés apertou contra si a grande esposa real com aquela força cheia de doçura, a força que levou Nefertari a se apaixonar desde seu primeiro encontro, a rainha reviu na memória, no mesmo instante, os anos passados juntos, misturando alegrias e provações; alegrias e provações ultrapassadas graças a esta certeza de serem apenas um em todas as circunstâncias.

Com o simples contato de seu corpo, Nefertari soube que o mesmo fogo que lhe inflamava o coração também os transportava, a ela e ao monarca, pelos caminhos do invisível em que a deusa do amor tocava a música das estrelas.

## 37

Umas vezes saltava reto, altivo e impetuoso, outras enlanguescia em curvas sedutoras, não hesitando em acariciar em sua passagem uma aldeia animada por risos de crianças: assim se desenrolava o Nilo do Grande Sul, sem nunca perder a majestade do rio celeste do qual era o prolongamento terrestre. Passando entre as colinas desérticas e as ilhotas de granito, alimentava uma estreita faixa de vegetação, salpicada de palmeiras mediterrânicas. Grous coroados, íbis, flamingos rosa e pelicanos sobrevoavam a flotilha real, fascinada pelo absoluto do azul e do deserto.

Durante as escalas, as tribos locais vinham dançar em redor da tenda real; Ramsés conversava com os chefes, Setaou e Lótus tomavam nota de suas queixas e seus desejos, À noite, em torno de uma fogueira, evocavam-se o mistério do rio criador e a subida da cheia benéfica, e celebrava-se o nome de Ramsés o Grande, o esposo do Egito e da Núbia.

Nefertari deu-se conta de que a fama do faraó ia crescendo e que alguns o consideravam um deus. Desde a vitória em Kadesh, o relato da batalha andava de boca em boca, mesmo nas aldeias mais afastadas. Ver Ramsés e Nefertari era considerado um favor divino; não tinha Amon penetrado no espírito do rei para animar seu braço, e Hathor no da rainha para espalhar o amor como um cintilar de pedras preciosas?

Como o vento norte soprava mansamente, o avanço era lento. Ramsés e Nefertari saboreavam aquelas horas imóveis e passavam a maior parte do tempo na ponte, protegidos por um guarda-sol. Matador reencontrara a serenidade e dormia também na ponte.

Não seriam a areia de ouro e a pureza do deserto ecos de um outro mundo? Quanto mais o barco navegava na direção do domínio de Hathor – região esquecida onde a deusa dava forma a uma pedra miraculosa –, mais Nefertari tinha a sensação de estar realizando um ato fundamental que a ligava à origem de todas as coisas.

As noites eram deliciosas.

Na cabine do casal real encontrava-se a cama preferida de Ramsés, cujo colchão era feito de meadas de cânhamo entrecruzadas de forma perfeita e presas à armação; duas tiras de lona conferiam-lhe grande flexibilidade. Montada com cavilhas e encaixes, a armação era reforçada embaixo por uma preocupação com a solidez. Na base, representações de papiros, acianos e mandrágoras rodeavam a representação do papiro e do lótus, simbolizando o Norte e o Sul. Mesmo durante o sono, o faraó continuava sendo o mediador.

As noites eram deliciosas porque, ao calor do verão núbio, o amor de Ramsés era tão vasto como o céu estrelado.

GRAÇAS ÀS PLACAS de prata que Ofir lhe dera e que representavam uma verdadeira fortuna, Chenar comprara os serviços de aproximadamente cinqüenta pescadores núbios, felizes por poderem melhorar seu dia-a-dia, mesmo que aquela exigência do egípcio fosse extravagante e perigosa. A maior parte dos negros acreditara na loucura passageira de um homem rico e caprichoso que desejava assistir a um espetáculo inédito, mas que pagava bem e garantia o sustento de suas famílias durante vários anos.

Chenar não gostava da Núbia. Por detestar o sol e o calor, transpirava durante todo o dia. Obrigado a beber muita água e a ingerir apenas uma comida medíocre, alegrava-se, no entanto, por ter estabelecido a estratégia que lhe permitiria eliminar Ramsés.

A detestada Núbia proporcionava-lhe assim uma corja de assassinos implacáveis que os soldados de Ramsés não seriam capazes de repelir. Um grupo renitente à disciplina, cuja violência e aptidões para o combate, contudo, eram inigualáveis.

Bastava-lhe agora esperar pelo barco de Ramsés.

O VICE-REI DA NÚBIA passava dias calmos em seu confortável palácio de Buhan, próximo da segunda catarata, vigiada por várias fortalezas que impediam qualquer tentativa de agressão núbia. No passado, alguns chefes de tribo tinham pensado em invadir o Egito, que decidira acabar com tal perigo construindo impressionantes praças-fortes, cujas guarnições, regularmente abastecidas, recebiam salários generosos.

O vice-rei da Núbia, que também detinha o título de "filho real de Kush", uma das províncias núbias, alimentava apenas uma preocupação, da maior importância: garantir a extração do ouro e em seguida transportá-lo para Tebas,

Mênfis e Pi-Ramsés. Os ourives utilizavam o metal precioso, "a carne dos deuses", para adornar portas, paredes dos templos e estátuas; já o faraó utilizava-o em suas relações diplomáticas com vários países, cuja benevolente neutralidade conquistava dessa forma.

O título de vice-rei da Núbia era uma posição bastante invejável, mesmo que o próprio vice-rei tivesse que morar longe do Egito durante longos meses. O alto funcionário administrava uma imensa região e se apoiava numa casta militar experiente que contava em suas fileiras numerosos autóctones. Como não receava qualquer revolta da parte de tribos em paz, o vice-rei entregava-se aos prazeres da boa mesa, da música e da poesia. A esposa, depois de lhe ter dado quatro filhos, mostrava-se de um ciúme feroz que o impedia de apreciar as formas provocadoras das jovens núbias, tão peritas nos jogos do amor. Divorciar-se conduziria o vice-rei à ruína, porque a esposa obteria indenizações enormes e uma pensão alimentar que nunca mais permitiria ao notável viver uma vida despreocupada.

O egípcio tinha horror aos incidentes que pudessem perturbar sua tranqüilidade... E eis que um despacho oficial anunciava a vinda do casal real! Mas o documento não detalhava nem a finalidade exata da viagem, nem a data de chegada a Buhan. E um outro despacho ordenava a prisão de Chenar, o irmão mais velho de Ramsés, há muito tempo considerado morto, cuja aparência devia ter mudado muito! O vice-rei hesitava em enviar um barco ao encontro do monarca; já que o faraó não corria perigo, mais valia concentrar-se no esmero do acolhimento e na organização das recepções em honra do casal real.

O comandante da fortaleza de Buhan fez então seu relatório cotidiano ao vice-rei.

– Não há quaisquer vestígios do suspeito na região, mas verificou-se um fato estranho.

– Detesto incidentes, comandante!

– Mesmo assim, posso falar a respeito dele?

– Se quiser...

– Diversos pescadores deixaram sua aldeia durante dois dias – revelou o oficial. – Ao voltarem, embebedaram-se e se envolveram em lutas. Um deles morreu durante uma dessas lutas, e encontrei em sua choupana uma pequena barra de prata.

– Uma verdadeira fortuna!

– É verdade, mas nossos interrogatórios foram infrutíferos; ninguém revelou a origem daquela barra. Estou convencido de que alguém pagou aos pescadores para roubar peixe destinado ao exército.

Se o vice-rei se lançasse em investigações inúteis, o faraó o acusaria de ineficácia; a melhor solução consistia em não fazer nada e esperar que o monarca não viesse a saber do caso.

O VENTO ERA TÃO fraco que os marinheiros, sem ter nada para fazer, dormiam ou jogavam dados. Aproveitavam a viagem calma e as escalas festivas, ocasião para agradáveis encontros com acolhedoras núbias.

O capitão do último barco da flotilha não gostava de ver sua tripulação desocupada, de forma que se preparava para ordenar uma faxina geral, quando um choque violento abalou a embarcação, levando vários marinheiros a caírem pesadamente no convés.

– Um rochedo, chocamo-nos contra um rochedo!

À proa do barco real, Ramsés ouvira o estalar do casco. Todos os barcos baixaram imediatamente suas velas e paravam no meio do rio que, naquele lugar, era bastante estreito.

Lótus foi a primeira a compreender.

Várias dezenas de rochedos cinzentos mal conseguiam emergir da água lodosa, porém um olhar mais atento distinguiria, na superfície, minúsculos olhos e orelhas.

– Manadas de hipopótamos – disse Lótus a Ramsés.

A bela núbia subiu ao topo do mastro e constatou que a flotilha estava presa numa ratoeira. Desceu agilmente e não escondeu a verdade.

– Nunca vi tantos, Majestade! Não podemos recuar nem avançar. É estranho... Parece que alguém os obrigou a se reunirem aqui.

O faraó conhecia o perigo. Os hipopótamos adultos pesavam mais de três toneladas e estavam armados de armas temíveis: caninos amarelados e enormes, capazes de perfurar o casco de um barco. Particularmente irascíveis, os senhores do rio estavam muito à vontade na água e nadavam com uma surpreendente agilidade. Quando provocados, a raiva os fazia abrir os enormes maxilares num bocejo ameaçador.

– Se os machos dominantes decidirem brigar para conquistar as fêmeas – informou Lótus –, devastarão tudo à sua passagem e levarão nossos barcos para o fundo. Muitos de nós morreremos despedaçados ou afogados.

Dezenas de orelhas fremiram, olhos semicerrados abriram-se, narinas emergiram à superfície da água, goelas entreabriram-se, e sinistros sons fizeram esvoaçar as flores pendentes das acácias. Os corpos dos machos eram sulcados por cicatrizes, vestígios de combates violentos, que sempre terminavam com a morte de um dos adversários.

A visão dos horríveis caninos amarelos petrificou os marinheiros. Não tardaram a descobrir alguns enormes machos à frente de grupos de às vezes vinte animais, cada vez mais nervosos. Se passassem ao ataque, começariam por esmagar com uma dentada os lemes dos barcos, tornando impossível manobrá-los, jogando-se depois contra eles com toda a sua massa até fazê-los naufragar. Lançar-se à água e tentar nadar era inútil, pois como poderiam abrir caminho até a margem passando pelo meio daqueles monstros enfurecidos?

– Vamos ter que usar os arpões – afirmou Setaou.

– São muito numerosos – considerou Ramsés. – Conseguiremos apenas matar alguns e provocar a fúria dos restantes.

– Não vamos nos deixar massacrar sem reagir!

– Foi assim que me comportei em Kadesh! Meu pai Amon é o senhor do vento. Façamos silêncio para que sua voz se apresente.

Ramsés e Nefertari ergueram as mãos em gesto de oferenda, com as palmas voltadas para o céu. Apoiado nas patas, olhando ao longe, o enorme leão mantinha-se ereto à direita do dono.

A ordem foi passada de barco em barco. O silêncio passou a reinar sobre a flotilha.

Inúmeras bocarras de hipopótamos se fecharam lentamente; os senhores do Nilo, de pele frágil, imergiram, não deixando ver-lhes senão as pontas das narinas e das orelhas. Os olhos semicerrados pareceram adormecer.

Nada se mexeu durante intermináveis minutos.

A brisa do norte refrescou a face de Lótus, a mesma brisa que encarnava o sopro da vida. O barco real avançou lentamente, logo seguido pelos outros barcos, que passaram um a um entre os hipopótamos subitamente calmos.

Do topo da palmeira mediterrânica na qual se acomodara para assistir ao naufrágio, Chenar foi testemunha do novo milagre que Ramsés acabava de realizar. Um milagre...

Não, uma sorte louca, um vento inesperado que surgira no meio do dia, em plena canícula!

Enraivecido, Chenar esmagou entre os dedos tâmaras túrgidas de sol.

## 38

Durante a estação quente, os oleiros hebreus entravam de férias. Uns aproveitavam para repousar em família, outros complementavam o salário trabalhando como jardineiros nas grandes propriedades. A colheita de frutos anunciava-se abundante; as famosas maçãs de Pi-Ramsés ocupariam um lugar de destaque na mesa dos banquetes.

As beldades cochilavam nos quiosques de madeira, cobertos de trepadeiras, ou tomavam banho nos lagos; os rapazes nadavam à frente delas, diversificando as proezas para impressioná-las; os mais velhos gozavam a frescura à sombra de vinhas e contavam a última façanha de Ramsés, que, por meio de sua magia, dominara uma imensa manada de hipopótamos em fúria. E repetia-se o refrão da canção: "Que alegria viver em Pi-Ramsés, os palácios resplandecem de ouro e turquesa, o vento é suave, e as aves brincam junto dos lagos", refrão que até os oleiros hebreus cantarolavam.

O plano de êxodo parecia esquecido. No entanto, quando Ameni viu Moisés entrar em seu gabinete, receou que aquela perfeita calma fosse alterada.

– Nunca descansa, Ameni?

– Uma pasta ocupa o lugar da outra; na ausência de Ramsés, ainda é pior. O rei é capaz de tomar uma decisão em alguns momentos, mas a preocupação com o pormenor é minha.

– Não pensa em casar-se?

– Não me fale em desgraças! A mulher não pararia de me censurar por trabalhar demais, poria minhas coisas em desordem e não me deixaria servir corretamente ao faraó.

– O faraó, nosso amigo...

– Continua a ser seu amigo, Moisés?

– Duvida, Ameni?

– Diante de sua atitude, há motivo para se duvidar.

– A causa dos hebreus é justa.

– O êxodo é uma loucura!

– Se seu povo estivesse em cativeiro, não sentiria desejo de libertá-lo?

– Que cativeiro, Moisés? Todos são livres no Egito, tanto você quanto os outros!

– Nossa verdadeira liberdade é afirmarmos nossa fé em Jeová, o verdadeiro Deus, o Deus único.

– Ocupo-me de administração, não de teologia.

– Pode dizer-me quando Ramsés voltará?

– Não sei.

– Se soubesse, você me diria?

Ameni tamborilou os dedos numa tabuleta de escrita.

– Não aprovo seus projetos, Moisés; como sou seu amigo, devo informá-lo de que Serramanna o considera um homem perigoso. Não se transforme num fator de perturbação, senão ele restabelecerá a ordem com firmeza, e você poderá sofrer com isso.

– Graças a Jeová, não temo ninguém.

– Mesmo assim, acho que deve ter cuidado com Serramanna; se você perturbar a ordem pública, ele atacará.



– Não viria em meu auxílio, Ameni?

– Minha religião é o Egito. Se trair seu país, passará para o lado das trevas.

– Receio que não tenhamos mais nada em comum.

– De quem é a culpa, Moisés?

O hebreu estava mergulhado em sombrios pensamentos quando saiu do gabinete de Ameni. Ofir tinha razão: devia aguardar a volta de Ramsés e tentar convencê-lo, esperando que a palavra fosse a arma adequada.

ALOJADO NUMA RESIDÊNCIA do bairro hebreu, o mago Ofir terminava a instalação de seu laboratório. Já começara as experiências de encantamento servindo-se do pincel de Kha, o filho mais velho de Ramsés, mas sem qualquer êxito. O objeto permanecia inerte, desprovido de vibrações, como se nenhuma mão humana o tivesse manejado algum dia.

A proteção mágica de que Kha gozava era de uma eficácia perfeita, a ponto de perturbar o mago líbio. Disporia de meios suficientes para ultrapassar tal barreira? Lembrou-se de um homem que podia ajudá-lo: o diplomata Meba.

O dignitário, contudo, ao surgir em sua frente, nada tinha do personagem florescente e seguro de si; trêmulo, enfiado num manto com capuz que lhe escondia o rosto, Meba assemelhava-se a um fugitivo.

– Já caiu a noite – observou Ofir.

– Mesmo assim podiam reconhecer-me... Vir aqui é muito perigoso para mim! Não devíamos evitar este tipo de encontro?

– Era necessário que viesse.

Meba lamentava sua aliança com o espião hitita, mas como conseguiria se livrar dele?

– O que tem para me dizer, Ofir?

– Podem acontecer profundas modificações no império hitita.

– Em que sentido?

– Num sentido que nos será favorável. E suas informações?

– Acha é um homem prudente. Apenas Ameni tem conhecimento das mensagens diplomáticas que lhe são destinadas, antes de fazer chegar a Ramsés o essencial. São em códigos e ignoro o segredo. Mostrar-me muito interessado faria de mim um suspeito.

– Quero saber o conteúdo dessas mensagens.

– Os perigos...

O olhar glacial de Ofir dissuadiu Meba de procurar outras desculpas.

– Farei o melhor que puder.

– Tem certeza de que o pincel de escrita que roubou pertencia realmente a Kha?

– Claro que sim!

– É Setaou que faz o filho de Ramsés beneficiar-se de uma proteção mágica, não é verdade?

– Sim.

– Setaou partiu para a Núbia com Ramsés, mas seu dispositivo revela-se mais eficaz do que eu imaginara. Quais foram as precauções exatas que ele tomou?

– Talismãs, creio eu... Mas já não posso aproximar-me de Kha!

– Por quê?

– Serramanna desconfia de que fui eu quem roubou o pincel. Se der um passo em falso, ele me prenderá!

– Deve manter o sangue-frio, Meba. A justiça não é uma palavra inútil no Egito. O sardo não tem qualquer prova contra você; portanto, não há perigo.

– Tenho certeza de que Kha também desconfia!

– Ele tem um confidente?

 O diplomata refletiu.

– Sim, seu preceptor Nedjem, o ministro da Agricultura.

– Interrogue-o e tente descobrir a natureza desses talismãs.

– É extremamente perigoso.

– Está a serviço do império hitita, Meba.

O dignitário baixou o olhar.

– Farei o melhor que puder, prometo-lhe.

SERRAMANNA DEU uma forte palmada nas nádegas da libanesa de 20 anos que acabara de distraí-lo com ingenuidade, mas com entusiasmo. Tinha seios que a mão do sardo não esqueceria e coxas perturbadoras, verdadeiro apelo a que um homem de bem não podia escapar. E o antigo pirata gabava-se de, atualmente, pertencer a essa categoria.

– Gostaria de recomeçar – sussurrou ela.

– Desapareça, tenho trabalho!

Assustada, a moça não insistiu.

Serramanna saltou para o dorso do cavalo e galopou até o posto da guarda onde seus homens se revezavam. Em geral, jogavam dados ou faziam o jogo da serpente, além de discutirem acaloradamente a respeito do soldo ou de seus adiantamentos. Na ausência do casal real, Serramanna duplicara os períodos de trabalho para garantir a proteção da rainha-mãe e dos membros da família real.

Reinava um profundo silêncio no interior do posto.

– Ficaram mudos? – perguntou Serramanna, pressentindo algum incidente.

O chefe do posto levantou-se com os ombros curvados.

– Antes de mais nada, chefe, respeitamos as ordens.

– E o resultado?

– Respeitamos as ordens, mas o vigia do bairro hebreu não teve sorte... Não viu Meba passar.

– Quer dizer que adormeceu!

– Pode-se dizer que sim, chefe.

– E chama a isso "respeitar as ordens"?

– Fez tanto calor hoje que...

– Ordeno que siga um suspeito, não se afaste dele à distância de uma sandália, sobretudo se ele entrar no bairro dos oleiros hebreus, e você falha na vigilância!

– Isso não voltará a acontecer, chefe!

– Mais um erro como este e mando todos para casa, para as ilhas gregas ou para o mundo das trevas!

Furioso, martelando o chão com seu passo pesado, Serramanna saiu do posto da guarda. Seu faro garantia-lhe que Meba estava ligado aos contestadores hebreus e que ajudaria Moisés. Muitos notáveis da corte, igualmente estúpidos, não faziam idéia do perigo que o profeta hebreu representava.

OFIR FECHOU a porta do laboratório. Os dois homens que recebia, Amos e Baduch, não precisavam ser informados de suas experiências. Tais como o mago, os dois beduínos vestiam-se à maneira dos oleiros hebreus e tinham deixado crescer o bigode.

Graças às tribos nômades controladas pelos dois cúmplices, Ofir permanecia em contato com Hattusa, a capital hitita. Faziam questão de cobrar caro, o que evitaria uma traição precoce.

– O imperador Muwattali continua vivo – revelou Amos. – O filho, Uri-Techup, deveria sucedê-lo.

– Os militares preparam uma ofensiva?

– Para já, não.

– Teremos armas?

– Em quantidade suficiente, mas o transporte apresenta um problema. Teremos de fazer muitas entregas pequenas para equipar os hebreus se não quisermos atrair a atenção das autoridades egípcias. Será demorado, mas não devemos cometer imprudências. Conseguiu fazer um acordo com Moisés?

– Ainda não, mas vou conseguir. Armazenarão as armas nas adegas das casas dos hebreus decididos a combater o exército e a guarda do faraó.

– Faremos uma lista das pessoas de confiança.

– Quando começaremos as entregas?

– No próximo mês.

## 39

O oficial encarregado da segurança da capital hitita era um dos mais ferrenhos partidários de Uri-Techup; como muitos outros militares, esperava com impaciência a morte do imperador Muwattali e a tomada do poder pelo filho, que finalmente ordenaria a ofensiva contra o Egito.

Depois de ele próprio ter verificado que seus homens estavam corretamente posicionados nos pontos estratégicos da cidade, o oficial tomou o caminho da caserna para um repouso bem merecido. No dia seguinte, submeteria os preguiçosos a um treinamento intensivo e distribuiria alguns castigos para manter a disciplina.

Hattusa era bastante assustadora, com suas fortificações e muralhas cinzentas, mas, depois da vitória, o exército hitita festejaria nos ricos campos do Egito e gozaria o bom tempo às margens do Nilo.

O oficial sentou-se na cama, tirou os sapatos e massageou os pés com um ungüento barato, à base de urtigas.

Começava a adormecer quando a porta se abriu de repente e surgiram dois soldados, com as espadas desembainhadas.

– O que deu em vocês? Saiam daqui!

– Você é pior do que um abutre! Você traiu nosso comandante Uri-Techup!

– Vocês ficaram loucos?

– Eis sua recompensa!

E os dois soldados, soltando um grito carniceiro, enterraram as espadas no estômago do oficial.

Um sol pálido estava nascendo. Depois de uma noite em claro, Uri-Techup sentia necessidade de comer. Quando estava bebendo leite quente e comendo queijo de cabra, os dois executores – finalmente! – se apresentaram.

– Missão cumprida.

– Dificuldades?

– Nenhuma. Todos os traidores foram apanhados de surpresa.

– Mande fazer uma pira na frente da porta dos leões e arrume ali os cadáveres; amanhã, eu próprio acenderei o fogo que os queimará. Todos ficarão sabendo da sorte reservada àqueles que tentam apunhalar-me pelas costas.

Graças aos nomes revelados por Acha, o expurgo fora rápido e brutal; Hattusil já não tinha nenhum informante entre os que estavam a favor de Uri-Techup.

O general-chefe dirigiu-se ao quarto do imperador, seu pai. Dois enfermeiros haviam instalado uma poltrona no terraço do palácio que dominava a cidade alta.

O olhar de Muwattali permanecia fixo, e as mãos apertavam os braços da cadeira.

– Já pode falar, meu pai?

A boca entreabriu-se, mas nenhum som saiu-lhe dos lábios. Uri-Techup permaneceu tranqüilo.

– Nada tem a recear pelo império, meu pai, eu zelarei por ele. Hattusil está escondido na província, já não é ninguém e nem preciso me livrar dele. O covarde apodrecerá no medo e no esquecimento.

Brilhou nos olhos de Muwattali um fulgor de ódio.

– Não tem o direito de me criticar, meu pai; quando não dispomos do poder, não devemos apoderar-nos dele, seja por que método for?

Uri-Techup tirou o punhal da bainha.

– Não está cansado de sofrer, meu pai? Um grande imperador só tem gosto pela arte de governar. No estado em que está, que esperança lhe resta para voltar a praticá-la? Faça um esforço para que seu olhar me suplique para abreviar esta horrível tortura.

Uri-Techup aproximou-se de Muwattali. As pálpebras do soberano não baixaram.

– Aprove meu gesto, aprove-o e dê-me esse trono que por direito me pertence.

Muwattali recusava com todo o seu ser, e o olhar fixo desafiava o do filho.

Uri-Techup ergueu o braço, pronto para atacar.

– Cederá ou não, por todos os deuses?!

Sob a pressão dos dedos do imperador, um dos braços da poltrona estalou como um fruto maduro. Estupefato, Uri-Techup largou o punhal, que rolou pelos mosaicos.

NO INTERIOR DO SANTUÁRIO de Yazilikaya, erguido no flanco de uma colina, a nordeste da capital hitita, os sacerdotes lavavam a estátua do deus da Tempestade para manter sua força; celebraram depois os rituais destinados a afastar o caos e a sepultar o mal dentro da terra: espetaram sete pregos de ferro, sete de bronze e sete de cobre antes de imolarem um leitãozinho, carregado com as forças obscuras que ameaçavam o equilíbrio do país.

Terminada a cerimônia, os celebrantes passaram em frente a um friso de 12 deuses, detiveram-se diante de uma mesa de pedra e ingeriram uma bebida forte para expulsar qualquer contrariedade de seus espíritos. Subiram depois uma escada talhada na rocha, até chegarem a uma capela aberta no centro da pedra e orarem.

Um sacerdote e uma sacerdotisa afastaram-se da procissão e desceram a um quarto subterrâneo iluminado por lampiões a óleo. Hattusil e Putuhepa tiraram o capuz que lhes escondia o rosto.

– Este momento de paz reconfortou-me – confessou ela.

– Aqui estamos seguros – afirmou Hattusil. – Nenhum soldado de Uri-Techup ousará aventurar-se neste local sagrado. Por precaução, mandarei instalar vigias em torno do santuário. Está satisfeita com seu périplo?

– Os resultados ultrapassaram minhas esperanças. Muitos oficiais são menos dedicados a Uri-Techup do que supúnhamos, além de muito sensíveis à idéia de conquistarem uma bela fortuna sem se arriscarem a ser mortos. Alguns estão igualmente conscientes do perigo que a Assíria representa e sentem necessidade de reforçar nosso sistema defensivo em vez de nos lançarmos numa louca aventura contra o Egito.

Hattusil bebia as palavras da esposa como um néctar.

– Trata-se de um sonho, Putuhepa; ou você é portadora realmente de uma verdadeira esperança?

– O ouro de Acha fez maravilhas e soltou muitas línguas; militares de alta patente detestam a arrogância, a crueldade e a vaidade de Uri-Techup. Já não acreditam em seu discurso de conquistador nem em sua capacidade para vencer Ramsés, e também não lhe perdoam a atitude em relação ao imperador. É verdade que não se atreveu a matar o pai, mas não deseja abertamente sua morte? Se agirmos bem, o reinado de Uri-Techup será breve.

– Meu irmão agoniza, e não posso ir em seu auxílio...

– Por que não tentamos um golpe pela força?

– Seria um erro, Putuhepa; o destino de Muwattali está escrito.

A bela sacerdotisa olhou o marido com admiração.

– Teria a coragem de sacrificar seus sentimentos para reinar sobre o Hatti?

– Se for necessário... Mas os que me ligam a você são indestrutíveis.

– Combateremos juntos e venceremos juntos, Hattusil. Como os comerciantes o receberam?

– A confiança deles não diminuiu e talvez tenha sido mesmo reforçada graças aos erros de Uri-Techup, que, segundo eles, arruinará o império. Temos o apoio da província, mas falta-nos o da capital.

– A reserva de ouro de Acha está ainda longe de se esgotar; irei a Hattusa e convencerei os responsáveis militares de alta patente a passarem para nosso lado.

– Se você cair nas mãos de Uri-Techup...

– Temos amigos em Hattusa que me esconderão, e organizarei breves entrevistas em lugares diferentes.

– É muito perigoso, Putuhepa.

– Não podemos dar sossego a Uri-Techup nem perder uma chance que seja.

A LÍNGUA DA JOVEM hitita loura lambia lentamente as costas de Acha, semi-adormecido, e ia subindo até a nuca. Quando o prazer se tornou muito doce, o diplomata saiu de sua letargia, voltou-se de lado e enlaçou a amante, cujos seios palpitavam. Preparava-se para gratificá-la com uma carícia inédita quando Uri-Techup irrompeu no quarto.

– Só pensa no amor, Acha!

– Sua capital revela-se rica em descobertas fascinantes. – Uri-Techup agarrou a loura pelos cabelos e a lançou para fora do quarto, enquanto o egípcio se perfumava e vestia as roupas.

– Estou muito bem-disposto – declarou o hitita, cujos músculos pareciam mais salientes do que o habitual.

Com a longa cabeleira e o peito coberto por pêlos ruivos, o filho do imperador evidenciava sua postura de guerreiro implacável.

– Todos os meus adversários foram eliminados – afirmou Uri-Techup. – Já não há um único traidor. A partir de agora, o exército obedecerá a um mínimo gesto meu.

Uri-Techup havia pensado muito antes de desencadear o expurgo. Se Acha dissera a verdade, a ocasião era propícia para eliminar as ovelhas ranhosas; se o egípcio mentira, seria o momento de eliminar eventuais concorrentes. Decidida por sugestão do embaixador egípcio, a sangrenta operação, todas as contas feitas, só apresentava vantagens.

– Continua recusando deixar-me tratar seu pai?

– O mal do imperador é incurável; é inútil atormentá-lo com drogas que não melhorarão seu estado e que podem aumentar-lhe o sofrimento.

– Estando ele incapacitado de governar, o império vai ficar sem chefe?

Uri-Techup esboçou um sorriso triunfante.

– Em breve os oficiais superiores me elegerão imperador.

– E estabeleceremos uma longa trégua, não é verdade?

– Ainda duvida?

 – Tenho sua palavra.

– Falta ainda um obstáculo fundamental: Hattusil, o irmão do imperador.

– Sua influência não é praticamente nula?

– Enquanto for vivo tentará prejudicar-me! Com o apoio dos comerciantes, conspirará para me privar dos recursos materiais de que necessito para equipar corretamente o exército.

– Não é capaz de impedi-lo?

– Hattusil é uma verdadeira enguia e possui a arte de se esconder.

– É meio aborrecido – reconheceu Acha –, mas há uma solução.

O olhar de Uri-Techup iluminou-se.

– Qual, meu amigo?

– Preparando-lhe uma cilada.

– E... me ajudaria a capturá-lo?

– Não é esse o papel do embaixador egípcio que deseja oferecer um suntuoso presente ao novo imperador do Hatti?

## 40

Utilizando seus dons de vidente, Nefertari confirmara os pressentimentos de Ramsés: a presença das manadas de hipopótamos, prontas para se lançarem num feroz combate que destruiria a flotilha egípcia durante o confronto, não fora obra do acaso. Batedores e pescadores haviam obrigado os animais a se agruparem.

– Chenar... Foi ele quem preparou a cilada – afirmou Ramsés. – Nunca deixará de tentar nos destruir, pois essa é sua única razão de viver. Nefertari, ainda quer continuar nosso caminho para o Sul?

– O faraó não deve desistir de seu projeto.

O Nilo e as paisagens da Núbia fizeram-nos esquecer Chenar e seu ódio. Na escala, Lótus e Setaou capturaram serpentes admiráveis, uma das quais tinha a cabeça negra com riscas vermelhas. A colheita de veneno iria ser das melhores.

A sedutora núbia de pele dourada estava ainda mais bonita do que de costume; quanto ao generoso vinho de palma e aos prazeres do amor, em meio à doçura quente das noites, ambos transformaram a viagem numa festa de desejos.

Quando a luz da alvorada revivia o verde das palmeiras e o ocre das colinas, Nefertari saboreava a alegria dessa ressurreição, saudada pelo canto de centenas de aves. Todas as manhãs, envergando o tradicional vestido branco de alças, venerava os deuses do céu, da terra e do mundo intermediário, agradecendo-lhes por terem dado a vida ao povo do Egito.

Um pequeno cargueiro havia naufragado numa ilhota arenosa.

O barco real parou próximo à embarcação abandonada. Não lhe notaram qualquer sinal de vida.

Ramsés, Setaou e dois marinheiros entraram numa outra barca para examiná-lo mais de perto. Nefertari tentara dissuadir o rei, mas este, convencido de que se tratava do barco de Chenar, esperava descobrir nele alguma pista.

Não havia nada no convés.

– O porão está com a porta fechada – observou um marinheiro.

Com a ajuda de Setaou, conseguiram quebrar o ferrolho de madeira.

Qual a razão daquele naufrágio num ponto do rio que nunca apresentara qualquer perigo? Qual a razão daquele abandono precipitado, que sequer dera tempo à tripulação para armazenar a carga?

O marinheiro entrou no porão.

De repente um grito terrível ecoou pelo azul da manhã nascente. Setaou recuou. Até ele, que desconhecia o medo diante dos répteis mais temíveis, ficou petrificado diante da cena à sua frente.

Vários crocodilos, que penetraram no porão por uma gigantesca fenda, haviam abocanhado o marinheiro pelas pernas e o devoravam com suas poderosas mandíbulas. O homem já não gritava.

Ramsés quis socorrer o infeliz, mas Setaou o impediu.

– Isso só faria com que o matassem também...

Uma nova emboscada, tão cruel como a anterior. Chenar previra a reação do irmão, cuja intrepidez lhe era conhecida.

Com o coração cheio de ódio, o rei deu meia-volta, seguido por Setaou e pelo outro marinheiro. A seguir, saltaram do barco naufragado para o banco de areia.

Entre eles e o barco, um crocodilo, com mais de 8 metros de comprimento e pesando quase 1 tonelada, observava-os com o olhar fixo e a boca aberta, pronto para atacar. Embora se apresentasse de uma imobilidade cadavérica, o enorme réptil podia revelar-se de extraordinária rapidez; na escrita hieroglífica, o sinal do crocodilo simbolizava a ação fulminante da qual ninguém podia escapar.

Setaou olhou à sua volta: estavam cercados por outros répteis. Não havia possibilidade de fugir.

Outros crocodilos, de boca fechada, mas deixando à mostra dentes afiados como punhais, pareciam sorrir à idéia de saborear tão belas presas.

Do barco real era impossível ver a cena. Dentro de algum tempo se inquietariam por não verem regressar o pequeno grupo; então seria tarde demais.

– Não quero morrer assim – murmurou Setaou.

Ramsés retirou lentamente seu punhal da bainha: não morreria sem combater. Quando o animal atacasse, esgueirar-se-ia por baixo dele e tentaria rasgar-lhe a garganta. Luta desesperada da qual Chenar, sem necessidade de se mostrar, sairia vitorioso.

Rapidamente, o crocodilo avançou 2 metros e estacou de novo. O marinheiro ajoelhara e tapara os olhos com as mãos.

– Vamos gritar juntos, indo na direção do animal – disse Ramsés a Setaou. – Talvez nos ouçam do barco. Você vai pela esquerda e eu, pela direita.

O último pensamento de Ramsés foi para Nefertari, tão próxima e agora tão distante. Esvaziou então o espírito, concentrou as energias e se fixou no enorme crocodilo.

O rei ia soltar seu grito quando percebeu um movimento no maciço de plantas espinhosas que orlavam a margem. E o barrido estourou, tonitruante e tão potente, que assustou os próprios crocodilos.

Um barrido na medida de um gigantesco elefante macho que penetrou na água com rapidez e atingiu a ilhota. Com a tromba, agarrou o crocodilo pela cauda e o lançou contra os outros crocodilos, que, empurrando-se uns aos outros, desapareceram na água.

– É você! – exclamou Ramsés. – É você! Meu fiel amigo!

A tromba do elefante, cujas presas pesavam uns 80 quilos cada uma, rodeou docemente a cintura do rei do Egito, ergueu-o e pousou-o sobre sua nuca, enquanto as largas orelhas agitavam-se no ar.

– Um dia salvei-lhe a vida; hoje você salvou a minha.

Ferido por uma flecha cravada em sua tromba, socorrido e curado graças à intervenção de Ramsés e Setaou, o jovem elefante transformara-se num soberbo animal, de olhos pequenos e brilhantes de inteligência.

Quando Ramsés lhe acariciou a testa, soltou um novo barrido, dessa vez de alegria.

NEDJEM, O MINISTRO da Agricultura, deu o último retoque em seu relatório. Graças à excelente cheia, os celeiros ficariam repletos, e a dupla nação viveria na abundância. Mesmo a gestão rigorosa dos escribas do Tesouro permitiria uma diminuição dos impostos. De regresso à sua capital, Ramsés constataria, tranqüilo, que todos os altos funcionários haviam realizado sua tarefa com zelo, sob o controle atento e crítico de Ameni.

Nedjem dirigiu-se apressado para o jardim do palácio, onde Kha devia estar brincando com a irmã, Meritamon; mas lá encontrou apenas a garotinha, praticando alaúde.

– Seu irmão saiu há muito tempo?

– Não veio.

– Devíamos nos encontrar aqui...

Nedjem dirigiu-se para a biblioteca, onde, pouco depois do almoço, deixara o pequeno Kha, desejoso de copiar as *Sabedorias* escritas por mestres do pensamento da época das pirâmides.

O adolescente continuava lá, sentado à maneira de escriba, fazendo correr o fino pincel sobre o papiro que desenrolara nos joelhos.

– Mas... ainda não está cansado?

– Não, Nedjem; estes textos são de tal forma belos que copiá-los dissipa o cansaço e torna a mão ligeira.

– Talvez fosse conveniente... interrompê-lo.

– Oh, não! Agora não! Gostaria tanto de estudar o tratado de geometria do mestre-de-obras que construiu a pirâmide de Unas, em Saqqara.

– O jantar...

– Não tenho fome, Nedjem; será que pode me atender?

– Está bem, concedo-lhe mais um bocadinho, porém...

Kha levantou-se, beijou o ministro nas faces e depois retomou a posição de escriba, mergulhando com avidez na leitura, na escrita e na pesquisa.

Ao sair da biblioteca, Nedjem balançava a cabeça. Mais uma vez se maravilhava com os dons extraordinários do filho mais velho de Ramsés. O menino prodígio transformara-se num adolescente que confirmava as promessas previstas; se Kha continuasse a crescer em sabedoria, o faraó poderia ter certeza de vir a ter um sucessor digno dele.

– Nossa agricultura vai bem, meu caro Nedjem?

A voz que interrompera a meditação do ministro era a do elegante e sorridente Meba.

– Bem, muito bem.

– Há muito tempo não temos ocasião de conversar... Aceita um convite para jantar?

– Uma lista de ocupações obriga-me a recusar.

– Fico desolado.

– Eu também, Meba, mas o serviço do reino tem prioridade sobre as distrações.

– Não é essa a convicção de todos os servidores do faraó? E não anima todas as nossas iniciativas?

– Infelizmente, os homens são apenas homens e esquecem muitas vezes seu dever.

Meba detestava aquele desmancha-prazeres ingênuo e doutoral, mas devia fingir respeito e amabilidade para lhe extorquir as informações de que necessitava.

A situação do diplomata não era das melhores; diversas tentativas infrutíferas haviam-lhe provado que não conseguiria tomar conhecimento das mensagens codificadas de Acha, e Ameni jamais cometia qualquer imprudência.

– Posso deixá-lo em seu domicílio? Tenho um carro novo e dois cavalos muito dóceis.

– Obrigado, mas gosto muito de andar – respondeu Nedjem, rabugento.

– Tem tido ocasião de rever Kha?

O rosto do ministro da Agricultura iluminou-se.

– Sim, tive essa felicidade.

– Que rapaz espantoso!

– Mais do que espantoso! Tem o estofo de um rei.

Meba tornou-se grave.

– Só um homem igual a você, Nedjem, pode protegê-lo das más influências. Um talento como o dele forçosamente atrairá ciúmes e cobiças.

– Fique tranqüilo, Setaou o colocou protegido do mau-olhado.

– Tem certeza de que tomou todas as precauções?

– Um amuleto em forma de haste de papiro, que garante vigor e desenvolvimento, e uma fita na qual está desenhado um olho completo não serão um perfeito equipamento mágico contra as forças nocivas, venham elas de onde vierem?

– Impressionante, realmente.

– Além disso – acrescentou Nedjem –, Kha impregna-se cotidianamente das fórmulas gravadas no laboratório do templo de Amon. Acredite, aquela criança está bem protegida.

– Estou mais descansado. Poderei um destes dias renovar meu convite para jantar?

– Para ser franco, não aprecio as festas mundanas. 

– Como o compreendo, meu caro! Na diplomacia, infelizmente, não é possível evitá-las.

Quando os dois homens se separaram, Meba teve vontade de pular feito um macaco. Ofir ficaria contente com ele.

## 41

Quando o barco ancorou em Abu-Simbel, o grande elefante macho, que seguira pela trilha do deserto, deu um barrido de boas-vindas. Do alto da falésia, velaria por Ramsés, que redescobria com deslumbramento a enseada de areia dourada onde a montanha se separava e se unia. O rei se lembrava de sua descoberta de um local encantado e da busca de Lótus, que encontrara a pedra da deusa, carregada de poderes curativos.

A bela núbia não resistiu ao prazer de mergulhar nua nas águas do rio e nadar com agilidade para a margem inundada de sol. Vários marinheiros a imitaram, felizes por terem chegado ilesos.

Ficaram todos subjugados pelo esplendor do lugar dominado por um esporão rochoso que servia de ponto de referência aos navegadores; o Nilo desenhava uma curva encantadora, rodeando uma falésia dividida em dois promontórios entre os quais se insinuava uma vastidão de areia fulva.

Com o corpo brilhando pelas gotas de água prateada, Lótus escalou-a rindo, seguida por Setaou vestido em sua pele de antílope, abarrotada de soluções medicinais.

— O que lhe inspira este lugar? – perguntou Ramsés a Nefertari.

— Sinto aqui a presença da deusa Hathor, as pedras são semelhantes a estrelas, e o ouro do céu fazem-nas brilhar.

— Ao norte, uma falésia de arenito quase cai a pique, indo desembocar nas águas profundas; ao sul, a montanha se afasta e deixa a descoberto uma imensa plataforma. Os dois promontórios simbolizam um casal. Celebrarei aqui nosso amor construindo dois santuários indissociáveis um do outro, igual ao faraó e à grande esposa real. Sua imagem ficará para sempre gravada na pedra e contemplará o sol que a fará renascer todos os dias.

Embora seu gesto fosse protocolar, Nefertari prendeu docemente os braços em volta do pescoço de Ramsés e o beijou com sofreguidão.

QUANDO O VICE-REI da Núbia avistou Abu-Simbel de seu barco, esfregou os olhos, julgando-se vítima de uma miragem.

Na margem, dezenas de talhadores de pedra haviam preparado um canteiro de obras na medida para uma grande construção. Alguns, utilizando andaimes de madeira, começavam a talhar a falésia de arenito, enquanto outros cortavam blocos. As ferramentas necessárias foram trazidas em barcos de carga, e os chefes de equipe, preocupados com a indispensável disciplina, haviam dividido os artesãos em pequenos grupos encarregados de tarefas bem definidas.

O mestre-de-obras era o próprio Ramsés. Na plataforma, uma maquete e planos; o rei velava pela tradução perfeita de sua visão e pela obrigação de retificar os erros, depois de dialogar com o arquiteto e o chefe dos escultores.

Como podia o vice-rei da Núbia revelar sua presença sem importunar o soberano? Assim, considerou prudente esperar que Ramsés olhasse para ele. Não se dizia que o rei tinha um caráter irritado e que detestava ser contrariado?

De súbito, sentiu algo roçar seu pé esquerdo, algo macio e fresco... O alto funcionário baixou os olhos e ficou petrificado.

Uma serpente vermelha e negra, com cerca de 1 metro, havia rastejado pela areia e parara sobre o pé do vice-rei. Daria o bote a qualquer momento. Um minúsculo gesto... e o réptil atacaria.

A alguns passos dele encontrava-se uma jovem de seios nus, com um saiote curto, que, ao ser agitado por uma ligeira brisa, revelava seus encantos mais do que os escondia.

– Uma serpente – murmurou o vice-rei que, apesar do calor, gelara de medo.

Lótus não ficou nem um pouco perturbada com o espetáculo.

– De que tem medo?

– Mas... esta serpente...

– Fale mais alto, não consigo ouvi-lo.

Lentamente, o réptil lhe foi subindo pela perna. O vice-rei não pôde articular nem mais uma palavra.

Lótus aproximou-se.

– Você é quem a incomodou.

O alto funcionário começou a sentir-se mal.

A bela núbia agarrou a serpente e a enrolou no braço esquerdo. Por que aquele homem excessivamente gordo, de músculos flácidos, tivera medo daquele réptil se ela já lhe retirara o veneno?

O vice-rei correu até ficar sem fôlego, tropeçou numa pedra e se estatelou no chão, a pouca distância de Ramsés. O rei olhou com curiosidade o enorme personagem caído.

– Não será uma atitude de deferência um tanto exagerada?

– Perdoe-me, Majestade, mas uma serpente... Majestade, acabo de escapar da morte!

O vice-rei ergueu-se.

– Prendeu Chenar?

– Pode estar certo de que não poupei esforços, Majestade! Tudo foi feito para sua satisfação.

– Não respondeu à minha pergunta.

– Nosso fracasso é apenas momentâneo, Majestade. Meus soldados controlam perfeitamente a Alta e a Baixa Núbia. O causador dessas perturbações não nos escapará.

– Por que demorou tanto a vir me ver?

– As exigências da segurança local...

– Terão importância maior do que as do casal real?

O vice-rei enrubesceu.

– Claro que não, Majestade! De maneira nenhuma era o que eu queria dizer e...

– Siga-me.

O alto funcionário temia a fúria do faraó, mas Ramsés continuava calmo.

O vice-rei seguiu-o até o interior de uma das grandes tendas erguidas na orla do canteiro de obras. Servia de enfermaria a Setaou, que acabava de costurar a perna de um talhador de pedra, ferida por uma lasca de arenito.

– Gosta da Núbia, Setaou? – interrogou o rei.

– Acha necessário fazer-me essa pergunta?

– Parece-me que sua esposa também a adora.

– Aqui, ela acaba comigo! Parece que sua energia redobra, e seus desejos amorosos são insaciáveis.

O vice-rei estava petrificado. Como era possível alguém dirigir-se naqueles termos ao senhor das Duas Terras?

– Conhece este alto funcionário que fez o favor de vir a nosso encontro?

– Detesto os funcionários – retorquiu Setaou. – Cobrem-se de privilégios que acabam por sufocá-los.

– Lamento por você.

Setaou olhou o rei com espanto.

– O que está querendo dizer?

– A Núbia é um imenso território, e administrá-lo é uma tarefa bastante pesada. Não concorda, vice-rei?

– Sim, sim, Majestade!

– A bela província de Kush, por si só, exige um pulso forte. É também sua opinião, vice-rei?

– Com certeza, Majestade!

– Como tenho grande respeito por suas opiniões, decidi nomear meu amigo Setaou "filho real da província de Kush" e confiar-lhe sua gestão.

Como se nada daquilo lhe interessasse, Setaou continuou dobrando as ligaduras. O vice-rei parecia uma estátua à qual o escultor se tivesse esquecido de dar vida.

– Majestade, os problemas que surgirão, minhas relações com Setaou...

– Serão francas e cordiais, tenho certeza. Regresse à fortaleza de Buhan e preocupe-se com a prisão de Chenar.

Arrasado, o vice-rei retirou-se.

Setaou cruzou os braços.

– Suponho que se trate de uma brincadeira, Majestade.

– As serpentes são muito numerosas nesta região; portanto, Setaou, você recolherá muito veneno, Lótus ficará contente e vocês terão a oportunidade de viver neste lugar incomparável. Preciso de você, meu amigo, para dirigir os trabalhos e velar pelo crescimento dos dois templos de Abu-Simbel. Os dois santuários serão destinados a imortalizar a imagem do casal real. Aqui, no coração da Núbia, será celebrado o mistério central de nossa civilização. Mas se minha decisão lhe desagrada, deixo-lhe a liberdade de recusar.

Setaou emitiu uma espécie de grunhido.

– Com certeza andou conspirando com Lótus... E quem pode resistir à vontade do faraó?

PELA MAGIA DO RITO, o rei transferiu a alma dos inimigos do sul para o norte, a dos inimigos do norte para o sul, a dos adversários do oeste para o leste, e a dos adversários do leste para o oeste. Com a inversão dos pontos cardeais que orientavam a região para fora do mundo visível, Abu-Simbel ficaria ao abrigo das tormentas humanas; um campo de forças criado pela rainha em torno das futuras construções os protegeria dos ataques externos.

Na pequena capela construída na frente da fachada do grande templo, Ramsés ofereceu a Maât o amor que o unia a Nefertari e ligou à luz a unidade do casal real cujo casamento, perpetuamente celebrado em Abu-Simbel, reuniria as energias divinas, fonte principal do povo do Egito.

Sob o olhar de Ramsés e de Nefertari nasceram o templo do rei e o templo da rainha. Os artesãos mergulharam no coração da falésia para ali escavar o *naos*; o rochedo seria talhado numa altura de 33 metros, por uma largura de 38 metros, e escavado a 63 metros de profundidade.

Quando os nomes de Ramsés e de Nefertari foram gravados pela primeira vez na pedra de Abu-Simbel, Ramsés ordenou que se procedessem aos preparativos da partida.

– Vai regressar a Pi-Ramsés? – perguntou Setaou.

– Ainda não. Vou escolher vários outros locais na Núbia onde mandarei erigir santuários; deuses e deusas habitarão este país de fogo, e será você que coordenará os esforços de nossos construtores. Que Abu-Simbel seja o clarão central, rodeado por um pacífico exército de santuários que contribuirão para a consolidação da paz. Serão necessários muitos anos para realizar esta obra, mas venceremos o tempo.

COMOVIDA E SILENCIOSA, Lótus viu o barco real afastar-se, e ficou admirando Ramsés e Nefertari à proa da embarcação de vela branca que deslizava sobre a água azul, à imagem do céu da Núbia.

Naquele momento, Lótus conseguiu formular aquilo que um dia pressentira: era por amar Nefertari e saber fazer-se amar por ela que Ramsés possuía a estatura de um grande faraó.

Nefertari, a dama de Abu-Simbel, abria os caminhos do céu e da terra.

## 42

Chenar espumava de raiva.

Nada saíra de acordo com o que previra. Depois do fracasso das tentativas para eliminar Ramsés e provocar irreparáveis prejuízos à sua expedição, Chenar fora obrigado a fugir para o Grande Sul.

A bordo de um barco roubado de uma aldeia cujos habitantes, para azar seu, haviam tido a infeliz idéia de apresentar queixa, Chenar fora perseguido por soldados do vice-rei; não fosse a habilidade dos marinheiros núbios, teria caído nas mãos deles. Por prudência, tivera que abandonar a embarcação e se aventurar no deserto, com a esperança de confundir as pistas. O mercenário cretense, braço direito de Chenar, praguejava contra o calor, o sol quente e a permanente ameaça representada por répteis, leões e outras feras.

Mas Chenar teimava em querer chegar ao país de Iram, para sublevar as tribos capazes de atacar Abu-Simbel e destruir-lhe o canteiro de obras. Quando a insegurança reinasse na Núbia, o prestígio do faraó ficaria arruinado, e seus adversários coligar-se-iam para derrotá-lo.

O pequeno grupo comandado por Chenar chegou próximo da área de lavagem do ouro, zona proibida onde trabalhavam operários especializados, sob a vigilância do exército egípcio. Era dessa área que os revoltosos deveriam apoderar-se para impedir a entrega do metal precioso ao Egito.

Do alto de uma duna, Chenar viu os operários núbios lavarem o mineral, separando-o da ganga terrosa que estava presa nele, mesmo depois de triturado e esmagado. A água tirada de um poço aberto em pleno deserto enchia um reservatório e corria para uma rampa que terminava em uma bacia de decantação; a fraca corrente era suficiente para arrastar os materiais terrosos e liberar o ouro. No entanto, para que o valioso metal ficasse completamente purificado, era indispensável repetir várias vezes a operação.

Os soldados egípcios eram numerosos e estavam bem armados. Um simples comando não teria qualquer possibilidade de eliminá-los; Chenar teria, portanto, de fomentar uma revolta de grande porte a fim de reunir centenas de guerreiros provenientes de diversas tribos.

Foi no país de Iram que Chenar, a conselho de seu guia núbio, se encontrou com um chefe de clã, um negro enorme coberto de cicatrizes. Este recebeu-o numa cabana espaçosa no centro de sua aldeia, mas a recepção foi fria.

– Você é egípcio.

– Sou, mas odeio Ramsés.

– E eu odeio todos os faraós que oprimem meu país. Quem o está enviando?

– Poderosos inimigos de Ramsés que habitam o norte do Egito. Se os ajudarmos, vencerão o faraó e lhe devolverão a terra.

– Se nos revoltarmos, os soldados do faraó nos massacrarão.

– Concordo que seu clã não bastará, por isso é indispensável estabelecer alianças.

– As alianças são difíceis, muito difíceis... É necessário nos reunirmos para falar durante muito e muito tempo, durante luas e luas.

A paciência era a virtude que mais faltava em Chenar; refreou, porém, o ódio e jurou a si mesmo ser perseverante, quaisquer que fossem os adiamentos e atrasos inerentes às negociações.

– Está disposto a ajudar-me? – perguntou ao chefe de clã.

– Devo permanecer aqui, em minha aldeia; para estabelecer contatos adequados seria necessário ir até a aldeia vizinha. E é muito longe.

O mercenário cretense entregou a Chenar uma placa de prata.

– Com este tesouro – disse o egípcio – alimentará seu clã durante muitos meses. Eu pago a quem me ajuda.

O núbio ficou deslumbrado.

– Se eu negociar com os outros, você me dará isto?

– E se conseguir convencê-los, ganhará muito mais.

– Vai ser demorado, muito demorado...

– Começaremos logo que o sol nascer.

DE REGRESSO A PI-RAMSÉS, Iset a Bela não parava de sonhar com a cabana de juncos em que ocultara seus encontros amorosos com Ramsés, antes de ele conhecer Nefertari; tinha então esperado casar-se com o homem por quem continuava apaixonada, mas como poderia rivalizar com aquela mulher sublime que se tornara, de pleno direito, a grande esposa real?

Às vezes, quando o mal de amor se tornava demasiado intenso, Iset a Bela deixava de se maquiar, trajava vestidos velhos, esquecia-se de se perfumar... Mas o afeto que dedicava a Kha e a Merneptah, os dois filhos que Ramsés lhe dera, e a Meritamon, a filha do rei e de Nefertari, permitia-lhe fugir à tristeza, sonhando com o futuro daquelas três crianças: Merneptah, um menino belo e forte, de inteligência muito viva; Meritamon, uma linda criança sonhadora e música notável; Kha, um futuro sábio extraordinário. Esses três seres eram sua esperança, eles seriam seu futuro.

Seu camareiro trouxe-lhe um colar de quatro voltas composto por ametistas e cornalinas, brincos de prata e também um vestido colorido e bordado com fios dourados. Dolente, a irmã de Ramsés, seguia-o.

– Parece cansada, Iset.

– Um cansaço passageiro. Mas... para quem são estas maravilhas?

– Permita-me que lhe ofereça estes modestos presentes.

– Sinto-me muito sensibilizada, não sei como lhe agradecer.

A volumosa morena, de ar tranqüilo e protetor, decidira passar à ofensiva.

– Sua existência não é um fardo muito pesado, minha querida Iset?

– Não, claro que não, pois tenho a felicidade de criar os filhos de Ramsés o Grande.

– Por que tem de contentar-se com um destino sem fulgor?

– Adoro o rei, adoro seus filhos. Os deuses não me concederam assim a felicidade?

– Os deuses... os deuses são uma ilusão, Iset!

– O que está dizendo?

– Só existe um único Deus, o que Akhenaton venerou, aquele a quem oram Moisés e os hebreus. É a Ele que nos devemos dirigir.

– Siga seu caminho, Dolente, pois esse não é o meu.

A irmã de Ramsés compreendeu que não convenceria Iset a Bela, demasiado leviana e medrosa; havia, porém, um outro terreno pelo qual Dolente podia enveredar, com alguma esperança de sucesso.

– Parece-me uma injustiça ver você reduzida à categoria de segunda esposa.

– Não penso assim, Dolente. Nefertari é mais bela e mais inteligente do que eu; nenhuma mulher poderá igualá-la.

– Não é verdade. Além disso, ela sofre de um abominável defeito.

– Qual?

– Nefertari não ama Ramsés.

– Como ousa supor...

– Não suponho, eu sei. Por acaso ignora que meu passatempo favorito consiste em escutar os cortesãos e catar suas confidências? Posso, pois, afirmar que Nefertari não passa de uma dissimulada. O que era ela antes de encontrar Ramsés? Uma pobre sacerdotisa sem futuro, uma música medíocre, cuja única competência teria sido a de servir aos deuses no interior de um templo... E eis que Ramsés pousa os olhos sobre os dela! Um verdadeiro milagre, uma perturbação que transformou a mocinha tímida numa ambiciosa mercenária.

 – Perdoe-me, Dolente, mas não consigo aceitar isso.

– Conhece a verdadeira razão da viagem do casal real à Núbia? Nefertari exigiu que fosse erguido um templo imenso em sua glória que imortalizasse o nome dela! Ramsés cedeu e inaugurou um dispendioso canteiro de obras que durará vários anos. A ambição de Nefertari acaba de vir à tona: ocupar o lugar do rei e reinar sozinha sobre o país. Portanto, todos os meios que usarmos serão bons para impedir essa loucura.

– Nem ouse pensar...

– Repito: *todos* os meios. Só uma pessoa pode salvar Ramsés: você, Iset.

A jovem ficou confusa. É verdade que desconfiava de Dolente, mas a irmã de Ramsés apresentava argumentos perturbadores. No entanto, Nefertari sempre parecera sincera... Se bem que o exercício do poder subentendia uma vaidade incoercível. Subitamente, a imagem de uma Nefertari apaixonada, venerando Ramsés, fragmentou-se. Que destino mais belo poderia haver para uma fofoqueira senão o de seduzir o senhor das Duas Terras?

– O que me aconselha, Dolente?

– Ramsés foi iludido; era com você que ele deveria ter se casado, pois você é a mãe de seu filho mais velho, Kha, que a corte já reconhece como seu sucessor. Se ama o rei, Iset, se ama o Egito e quer sua felicidade, só existe uma solução: livre-se de Nefertari.

Iset a Bela fechou os olhos.

– Dolente, isso é impossível!

– Eu a ajudarei.

– O crime é um ato abominável, pois conduz à destruição do espírito, da alma e do nome... Atacar a grande esposa real é perder-se para toda a eternidade.

– Quem saberá? Quando decidir atacar, será necessário agir na sombra e não deixar qualquer rastro.

– É essa a vontade de seu deus, Dolente?

– Nefertari é uma mulher perversa que conspurca o coração de Ramsés e o leva a cometer graves erros. Você e eu temos o dever de nos unir para impedi-la de fazer o mal; só assim seremos fiéis ao rei.

– Preciso refletir.

– É perfeitamente normal! Estimo-a muito, Iset, e sei que tomará a decisão certa. E, seja ela qual for, terá meu afeto para sempre.

Iset a Bela esboçou um sorriso tão pálido que, antes de partir, Dolente a beijou nas duas faces.

A segunda esposa de Ramsés sentia-se sufocar. Com andar hesitante, dirigiu-se à janela que dava para um dos jardins do palácio e se deixou envolver por um intenso raio de luz que não conseguiu dissipar sua perturbação.

Em seu íntimo elevou-se uma oração dirigida às forças ocultas no céu, às forças que decidiam o destino dos seres, a duração de sua existência e a hora de sua morte. Teria o direito de agir em seu lugar, de cortar o fio dos dias de Nefertari, abreviando-lhe a existência, porque a grande esposa real prejudicava Ramsés?

Uma rival! Pela primeira vez, Iset a Bela considerava realmente Nefertari uma rival. Seu pacto mudo quebrava-se, e o conflito latente surgia com uma violência contida há muitos anos. Iset era a mãe dos dois filhos de Ramsés, a primeira mulher que ele amara, aquela que deveria ter reinado junto com ele. Dolente havia-lhe revelado uma verdade que até então tentara sufocar.

Afastada Nefertari, Ramsés tomaria finalmente consciência de que esse amor não passara de um episódio fugaz. Liberto da feiticeira de pérfidas intenções, o rei voltaria para Iset a Bela, para sua paixão da juventude, para aquela que nunca deixara de amá-lo.

# 43

Embora sentisse profundo desprezo pelos hebreus, o sinistro Ofir considerava, de maneira cínica, que o bairro dos oleiros lhe proporcionava um esconderijo bastante seguro, mesmo tendo que mudar de morada com freqüência para garantir o máximo de segurança. Graças a falsas informações sabiamente espalhadas, Serramanna acabara por acreditar que o mago líbio havia deixado o Egito, resignando-se, portanto, a abandonar as investigações mais intensivas. Apenas mantinham-se as patrulhas habituais, encarregadas de evitar qualquer desordem noturna.

O mago, no entanto, não estava satisfeito. A situação permanecia estacionária há vários meses; naquele décimo quinto ano do reinado de Ramsés, agora com 37 anos, o reino do Egito apresentava uma saúde invejável.

As notícias provenientes do império hitita eram estranhas e pouco tranqüilizadoras. É verdade que Uri-Techup continuava a defender a guerra contra o Egito a qualquer preço, mas não lançava nenhuma ofensiva. Além disso, a barreira protetora formada pelo sul da Síria e por Canaã estava ocupada por tropas egípcias aguerridas e capazes de repelir um assalto maciço. Por que o obstinado Uri-Techup ainda hesitava? As mensagens exageradamente curtas que os beduínos transmitiam a Ofir não lhe davam qualquer explicação.

Ao sul, Chenar não conseguia amotinar as tribos núbias. As conversações prolongavam-se, intermináveis, sem qualquer resultado concreto.

Na corte, Dolente continuava insistindo na amizade com Iset a Bela para convencê-la a agir, mas a segunda esposa do rei não se sentia capaz de tomar uma decisão. E Meba, inapto para obter o conteúdo dos textos em código que Acha enviava a Ameni, revelava-se de uma total ineficácia. É certo que obtivera informações valiosas sobre o equipamento mágico de que dispunha o jovem Kha, mas o filho mais velho de Ramsés levava uma existência voltada para os estudos, e, por mais que Ofir tentasse, não conseguia detectar qualquer falha ou desvio.

Depois de sua longa viagem, durante a qual fundara numerosos templos, Ramsés regressara à capital. Nefertari resplandecia de felicidade. Apesar dos perigos da guerra, o casal real gozava de extraordinária popularidade; todos continuavam convictos de que ele manteria o país numa prosperidade duradoura e que saberia proteger o Egito de qualquer agressão externa.

Feito o balanço, Ofir estava mergulhado em melancolia. Os anos passavam, e a esperança de aniquilar Ramsés esvaía-se. Ele, o mestre dos espiões que nunca duvidara do sucesso de sua missão, começava a inquietar-se com o possível resultado e a ceder ao desânimo.

Estava ao fundo da sala de entrada, sentado e nas trevas, quando um homem entrou em sua casa.

– Gostaria de falar-lhe.

– Moisés...

– Está ocupado?

– Não, apenas refletia.

– Ramsés está finalmente de regresso, e tive paciência de esperar, como me aconselhou.

A firmeza do tom de voz de Moisés devolveu a confiança a Ofir; estaria o hebreu finalmente decidido a tomar a iniciativa?

– Reuni o conselho dos anciãos – continuou o profeta – e decidiram nomear-me porta-voz junto ao faraó.

– Então o êxodo continua decidido?

– O povo hebreu sairá do Egito, porque essa é a vontade de Jeová. Continua mantendo seus compromissos?

– Nossos amigos beduínos entregaram as armas; estão armazenadas nas adegas.

– Não usaremos de violência, mas seria bom dispormos de um meio de defesa no caso de sermos perseguidos.

– E serão, Moisés, serão! Ramsés não aceitará a insurreição de um povo inteiro.

– Não desejamos revoltar-nos, mas sim sair deste país e alcançar a terra que nos está prometida.

Ofir rejubilava interiormente. Finalmente, um motivo para se alegrar! Moisés iria criar um clima de insegurança propício à intervenção militar de Uri-Techup.

DIANTE DO FRISO dos 12 deuses do santuário de Yazilikaya, a sacerdotisa Putuhepa, com os longos cabelos presos num coque e escondidos por um gorro, estava deitada num leito de pedra, como se estivesse morta.

Ingerira uma beberagem perigosa que a mergulhara num sono profundo durante três dias e três noites. Concluíra que não existia método mais seguro para entrar em contato com as forças do destino e, assim, decifrar-lhes a vontade.

A consulta aos oráculos vulgares, sempre desfavoráveis a Uri-Techup, não fora suficiente para fazê-la tomar uma decisão que afetaria tanto a existência de Hattusil quanto a sua. Decidira, portanto, utilizar aquele método mais radical, ainda que perigoso.

É verdade que a maior parte do clã dos comerciantes e boa parte do exército, depois de um intenso trabalho de sapa, inclinava-se em favor de Hattusil, mas não estariam ele e Putuhepa iludindo-se quanto a seu futuro? Graças ao ouro do embaixador egípcio Acha, numerosos oficiais superiores defendiam o reforço das defesas internas e dos postos fronteiriços, bem como o abandono de um plano de ataque contra o Egito. Mas será que não mudariam de opinião se Uri-Techup deixasse de ser cego e descobrisse a conspiração que tramavam contra ele?

Contestar a tomada do poder de Uri-Techup terminaria, mais cedo ou mais tarde, numa guerra civil de resultado incerto; também Hattusil, apesar da quantidade de apoios de que dispunha, ainda hesitava em tentar uma campanha sangrenta na qual milhares de hititas desapareceriam.

Era por isso que Putuhepa desejara praticar o sonho premonitório, que só aconteceria durante um período de sono forçado.

Às vezes a pessoa não mais despertava; em outras, o espírito perdia o essencial de suas faculdades. Por esse motivo, Hattusil dera uma opinião desfavorável à esposa, Putuhepa, que tivera de insistir dez vezes antes de finalmente conseguir sua aprovação.

E ali estava ela, imóvel, quase sem respirar, há três dias e três noites. De acordo com os livros de adivinhação, ela agora iria abrir os olhos e revelar o que as forças do destino lhe haviam dado a conhecer.

Nervoso, Hattusil envolveu-se melhor em seu manto de lã.

Já passara do prazo.

– Putuhepa... Acorde, suplico-lhe!

Um estremecimento. Não, enganara-se... Ela não se mexera. Sim, realmente era um estremecimento! Putuhepa abriu os olhos e fitou a rocha sobre a qual tinham sido esculpidos os 12 deuses.

Saiu então de sua boca uma voz lenta e profunda que Hattusil não reconheceu.

– Vi o deus da Tempestade e a deusa Ishtar... Tanto um como outro me disseram: "Eu apóio seu marido, e todo o país se colocará atrás dele, enquanto seu inimigo se assemelhará a um porco em sua pocilga."

UMA DOCE MÃO, tão doce que o fez pensar em mel e no orvalho primaveril; carícias tão insistentes que lhe provocaram sensações novas e um prazer cuja intensidade o submergia. A quinta amante hitita de Acha possuía qualidades idênticas às precedentes, mas ele começava a sentir saudades das egípcias, das margens do Nilo e dos palmares.

O amor era a única alternativa para o ambiente pesado e aborrecido da capital hitita. Acrescentavam-se a isso numerosas entrevistas com os principais representantes do clã dos comerciantes e alguns discretos militares de alta patente. Oficialmente, Acha mantinha longas negociações com Uri-Techup, o novo senhor do Hatti, sucessor de Muwattali, cuja agonia parecia interminável e cujas forças iam diminuindo. O egípcio tinha também uma missão oficial: cercar Hattusil, descobrir seu esconderijo e entregá-lo a Uri-Techup. Acha entregava-lhe relatórios pormenorizados a intervalos regulares, quando o filho do imperador regressava de seus períodos de treinamento à frente da divisão de carros, da cavalaria ou da infantaria, mantidas em estado de alerta permanente.

Por três vezes e por muito pouco, os soldados de Uri-Techup haviam falhado na prisão de Hattusil, avisado no último momento por misteriosos aliados.

Certa ocasião, Acha e a amante haviam terminado suas efusões quando Uri-Techup penetrou no quarto do embaixador egípcio.

O olhar do guerreiro era duro, quase parado.

– Tenho boas notícias – disse Acha, que esfregava as mãos com óleo perfumado.

– Também eu – declarou Uri-Techup, com a intensidade de um vencedor. – Meu pai, Muwattali, acaba de morrer, e sou o único senhor do Hatti!

– Minhas felicitações!... Mas falta ainda Hattusil.

– Não me escapará por muito tempo, embora meu império seja muito vasto. Mas, e as notícias boas que você tem para mim?

– Elas se referem exatamente a Hattusil; graças a um informante digno de crédito, creio que sei onde se encontra o irmão de Muwattali. Mas...

– Mas o quê, Acha?

– Uma vez preso Hattusil, você me garante que selaremos a paz?

– Fez a escolha correta, meu amigo, pode ter certeza. O Egito não ficará desiludido. Onde se oculta o traidor?

– No santuário de Yazilikaya.

O PRÓPRIO URI-TECHUP assumira o comando de um pequeno destacamento com dez homens, para não alertar eventuais sentinelas. Um deslocamento de tropas certamente os alertaria, provocando assim a fuga de Hattusil.

Então foram os sacerdotes, colocados sob o controle de Putuhepa, que haviam dado refúgio ao irmão do falecido imperador! Uri-Techup lhes daria um terrível, porém justo castigo.

Hattusil cometera a imprudência de residir perto da capital, num local de fácil acesso; dessa vez não lhe escaparia. Uri-Techup hesitava entre a execução sumária e um lento e viciado processo; tendo pouca consideração pela instituição judicial, mesmo bem preparada, optou pela primeira solução. Em virtude de sua posição, devia, infelizmente, renunciar a cortar ele próprio o pescoço de Hattusil, encarregando um de seus homens dessa infame tarefa. De regresso a Hattusa, Uri-Techup organizaria grandiosos funerais para Muwattali, enquanto ele, seu filho bem-amado, seria seu incontestável sucessor.

Com um exército pronto para combater, invadiria o sul da Síria, estabeleceria a ligação com os beduínos, ocuparia Canaã, passaria a fronteira egípcia e enfrentaria um faraó que havia cometido o erro fatal de acreditar na paz, como lhe garantia seu embaixador.

Ele, Uri-Techup, senhor do império do Hatti! Seu sonho se realizava sem ter necessidade de se apoiar na dispendiosa coligação formada por Hattusil. Uri-Techup sentia-se suficientemente forte para conquistar a Assíria, o Egito, a Núbia e toda a Ásia; sua glória ofuscaria a dos outros imperadores hititas.

O pequeno grupo aproximou-se do rochedo sagrado de Yazilikaya no qual haviam sido construídas várias capelas. Dizia-se que ali residia o casal divino supremo – o deus da Tempestade e sua esposa. Na segunda parte de seu nome, Techup, o novo imperador não tinha o nome desse deus terrível e temido? Sim, ele era a própria Tempestade divina cujo raio cairia sobre seus inimigos.

No limiar do santuário estavam um homem, uma mulher e uma criança.

Hattusil, a esposa Putuhepa e a filhinha do casal, de 8 anos. Os imbecis rendiam-se, confiantes na clemência de Uri-Techup!

O novo imperador fez o destacamento parar e saboreou seu triunfo. Acha proporcionara-lhe a oportunidade de se desembaraçar de seus últimos adversários. Eliminada aquela família maldita, mandaria estrangular o embaixador egípcio, que se tornara inútil. E dizer que aquele imbecil acreditara no desejo de paz de Uri-Techup! Haviam sido anos e anos de paciente espera, anos e anos de provações para, finalmente, atingir o poder absoluto...

– Matem-nos! – ordenou Uri-Techup a seus soldados.

Quando os arcos se retesaram, Uri-Techup sentiu uma indescritível sensação de prazer. O pérfido Hattusil e a arrogante Putuhepa trespassados de flechas, seus cadáveres queimados... Haveria cena mais deliciosa?

As flechas, porém, não foram disparadas.

– Matem-nos! – repetiu Uri-Techup, exasperado.

Os arcos voltaram-se em sua direção.

Fora traído!... Haviam-no traído, a ele, o novo imperador! Eis por que Hattusil, a esposa e a filha estavam tão calmos. O irmão de Muwattali avançou.

– É nosso prisioneiro, Uri-Techup. Renda-se e será julgado.

Com um grito de ódio, Uri-Techup empinou o cavalo, surpreendendo os arqueiros, que recuaram. Com o ímpeto do guerreiro treinado para o combate, o filho do imperador morto quebrou o cerco e se lançou na direção da capital.

As flechas assobiavam-lhe aos ouvidos, mas nenhuma o atingiu.

## 44

Uri-Techup passou pela porta dos leões e galopou até o palácio, forçando tanto o cavalo que o pobre animal acabou morrendo com o coração dilacerado no topo da acrópole, local de onde o imperador do Hatti gostava de contemplar seu império.

O chefe da guarda particular veio correndo recebê-lo.

– O que se passa, Majestade?

– Onde está o egípcio?

– Em seus aposentos.

Desta vez, Acha não se entregava aos prazeres do amor com uma bela hitita loura; estava, sim, enrolado num espesso manto, com a adaga ao lado.

Uri-Techup deixou explodir sua fúria.

– Uma emboscada... Sofri uma emboscada! Soldados de meu próprio exército revoltaram-se contra mim!

– É necessário fugir – considerou Acha.

As palavras do egípcio espantaram o hitita.

– Fugir... Fugir, como? Meu exército vai arrasar aquele santuário maldito e massacrar todos os rebeldes!

– Você já não tem exército.

– Não tenho exército? – gritou Uri-Techup, irritado. – O que quer dizer com isso?

– Seus generais respeitam os oráculos e as revelações que os deuses transmitem a Putuhepa; foi por isso que se aliaram a Hattusil. Restam-lhe sua guarda particular e um ou dois regimentos, que não resistirão durante muito tempo. Dentro das próximas horas, você será feito prisioneiro em seu próprio palácio, até a chegada triunfal de Hattusil.

– Não é verdade, não é possível...

– Aceite a realidade, Uri-Techup. Pouco a pouco, Hattusil foi se apoderando de todas as alavancas do império.

– Combaterei até o fim!

– Atitude suicida. Há uma solução melhor.

– Fale!

– Conhece perfeitamente o exército hitita, suas reais forças, seu armamento, seu modo de funcionamento, suas fraquezas...

– Com certeza, mas...

– Se partir imediatamente, tenho meios de fazê-lo sair do Hatti.

– E ir para onde?

– Para o Egito.

Uri-Techup ficou como que fulminado.

– Egito?! Está delirando, Acha?

– Em que outro país estará em segurança, protegido de Hattusil? É claro que esse direito de asilo deve ser negociado; é por isso que, em troca da salvação de sua vida, deverá contar a Ramsés tudo sobre o exército hitita.

– O que está me pedindo é traição.

– Compete a você tomar a decisão.

Uri-Techup sentiu vontade de matar Acha. Não tinha sido o egípcio que o manipulara? Por outro lado, oferecia-lhe a única possibilidade de sobreviver, é verdade que desonrado, mas vivo... E, mais ainda, a chance de prejudicar Hattusil, revelando seus segredos militares.

– Aceito.

– É o caminho da razão.

– Vai acompanhar-me, Acha?

– Não. Ficarei aqui.

– É muito arriscado.

– Minha missão ainda não terminou; esqueceu-se de que vim em busca da paz?

DESDE QUE A NOTÍCIA da fuga de Uri-Techup foi tornada pública, os últimos soldados que lhe permaneciam fiéis aliaram-se à causa de Hattusil, proclamado imperador. O primeiro dever do novo soberano consistiu em prestar homenagem a seu irmão Muwattali, cujo corpo foi cremado numa gigantesca pira durante grandiosa cerimônia, seguida por uma semana de festas.

Durante o banquete que encerrou as cerimônias da coroação, Acha ocupou um lugar de honra, à esquerda do imperador Hattusil.

– Majestade, permita-me desejar-lhe um reinado longo e sereno.

– Nem sinal de Uri-Techup... Você, Acha, que possui o gênio da informação, não terá qualquer pista a esse respeito?

– Nenhuma, Majestade; com certeza nunca mais ouvirá falar de seu sobrinho.

– Muito me surpreenderia. Uri-Techup é um homem rancoroso e obstinado, e não deixará de se vingar.

– Seria preciso ter meios para isso.

– Um guerreiro de sua têmpera nunca desistirá.

– Não compartilho seus receios.

– É curioso, Acha... Estou com a sensação de que você sabe mais do que já me disse a esse respeito.

– É apenas impressão sua.

– Não terá ajudado Uri-Techup a sair do país?

– O futuro nos reserva realmente muitas surpresas, mas não sou responsável por elas. Minha única missão consiste em convencê-lo a iniciar negociações com Ramsés, tendo como objetivo a paz.

– Você faz um jogo muito perigoso, Acha. Suponha que mudei de opinião e que tenciono continuar a guerra contra o Egito.

– Está muito a par da situação internacional para negligenciar o perigo assírio e também muito preocupado com o bem-estar de seu povo para arruiná-lo num conflito inútil.

– Sua análise não deixa de ser pertinente, mas devo aceitá-la como a visão política que melhor me convém? A verdade não é útil quando se trata de governar; já a guerra tem a vantagem de eliminar as contestações e criar um novo entusiasmo.

– Será tão indiferente à quantidade de mortos?

– Mas como evitá-los?

– Construindo a paz.

– Admiro sua obstinação, Acha.

– Amo a vida, Majestade, e a guerra destrói quase todas as alegrias.

– Esse mundo deve desagradar-lhe.

– No Egito impera uma deusa surpreendente, Maât, que impõe a todos, mesmo ao faraó, a obrigação de respeitar a Regra do universo e de fazer reinar a justiça na terra. Esse mundo não me desagrada, Majestade.

– A fábula é bonita, mas não passa de uma fábula.

– Engana-se, Majestade. Caso se decida a atacar o Egito, será com Maât que irá se deparar. E, se saísse vitorioso, seria uma civilização inigualável que aniquilaria.

– O que interessa, se o Hatti dominar o mundo?

– Impossível, Majestade. É tarde demais para impedir a Assíria de se tornar uma grande potência. Só uma aliança com o Egito salvaguardará seu território.

– Se não estou enganado, Acha, você não é meu conselheiro, mas o embaixador do Egito... E está constantemente pregando o mesmo sermão!

– É apenas aparência, Majestade; mesmo não tendo o Hatti o encanto de meu país, adquiri um afeto por ele e não desejo vê-lo mergulhar no caos.

– Está sendo sincero?

– Admito que a sinceridade dos diplomatas está sempre sujeita a desconfiança... No entanto, peço-lhe que acredite em mim. O objetivo de Ramsés é realmente a paz.

 – Compromete-se em nome de seu rei?

– Sem hesitar. Pela minha voz está ouvindo a dele.

– É necessário, para tal afirmação, que haja uma grande amizade entre vocês...

– E existe mesmo, Majestade.

– Ramsés tem sorte, muita sorte.

– É o que lhe afirmam todos os seus adversários.

TODOS OS DIAS, nos últimos cinco anos, Kha dirigia-se ao templo de Amon, onde passava pelo menos uma hora no laboratório cujos textos conhecia de cor. Com o correr dos anos, entrara em contato com os especialistas de astronomia, geometria, simbolismo e outras ciências sagradas; graças a eles, descobrira as paisagens do pensamento e avançara nos caminhos do conhecimento.

Apesar da pouca idade, Kha seria iniciado nos primeiros mistérios do templo. Quando a corte de Ramsés soubera da notícia, ficara deslumbrada; não havia dúvida de que o filho mais velho do rei estava destinado às mais altas funções religiosas.

Kha tirou o amuleto que usava no pescoço e a fita enrolada em seu pulso esquerdo. Nu e de olhos fechados, foi conduzido a uma cripta do templo para ali meditar perante os segredos da criação revelados nas paredes. Quatro rãs machos e quatro serpentes fêmeas formavam os pares primordiais que haviam modelado o mundo, linhas onduladas evocavam a água primordial na qual o Princípio despertara para criar o universo, e uma vaca celeste paria as estrelas.

Depois, o jovem foi conduzido ao limiar da sala de colunas onde dois sacerdotes, com máscaras de íbis de Thot e de falcão de Hórus, deitaram água fresca sobre sua cabeça e ombros. Os dois deuses vestiram-lhe um saiote branco e o convidaram a venerar as divindades presentes sobre as colunas.

Dez sacerdotes de cabeça raspada rodearam Kha. O jovem teve de responder a mil questões sobre a natureza secreta do deus Amon, os elementos da criação contidos no ovo do mundo, o significado dos principais hieróglifos, o conteúdo das fórmulas de oferenda e sobre muitos outros temas que apenas um escriba competente poderia abordar sem errar.

Os ritualistas não fizeram observações nem comentários. Kha esperou bastante tempo pelo veredicto numa capela silenciosa.

No meio da noite, um velho sacerdote tomou-o pela mão e o conduziu até o telhado do templo. Lá, fez o jovem sentar-se e contemplar o céu estrelado, o corpo da deusa Nut, a única capaz de transformar a morte em vida.

Elevado à categoria de detentor da Regra, Kha pensou apenas nos dias radiosos que iria passar no templo para descobrir a totalidade dos rituais. Dominado pela emoção, esqueceu-se de recolocar a fita no pulso e também o amuleto protetor que havia tirado do pescoço.

## 45

Em Abu-Simbel, Setaou estava encantado com um canteiro de obras, que animava com uma energia constante para oferecer ao casal real um monumento sem igual; em Tebas, Bakhen fazia progressos na construção do templo de milhões de anos de Ramsés; quanto à capital de fachadas de turquesa, esta tornava-se cada dia mais deslumbrante.

Desde que o faraó voltara a Pi-Ramsés, Ameni montara acampamento em seu gabinete. Angustiado com a idéia de talvez ter cometido um erro, o secretário particular e porta-sandálias do rei trabalhava dia e noite, sem se conceder o menor período de repouso. Quase calvo e um pouco mais magro, apesar de um apetite voraz, o chefe oculto da administração egípcia dormia pouco, sabia tudo o que se passava na corte sem nunca aparecer lá e continuava a recusar os títulos honoríficos com os quais queriam honrá-lo. Embora se queixasse da fraqueza de suas costas e das dores nos ossos, o próprio Ameni carregava os dossiês confidenciais que tinha de discutir com Ramsés, pouco se preocupando com o peso dos papiros e das tabuletas de madeira.

Equipado com um porta-pincéis de madeira dourada que o rei lhe oferecera, o escriba sentia uma verdadeira devoção por Ramsés, a quem se sentia ligado por laços invisíveis, mas impossíveis de quebrar. E como não admirar a obra do Filho da Luz, já inscrito na longa seqüência de dinastias como um dos mais extraordinários representantes da instituição faraônica? Ameni felicitava-se todos os dias por ter tido a sorte de nascer no século de Ramsés.

– Deparou com graves dificuldades, Ameni?

– Nada que não conseguisse superar. Sua mãe, Touya, ajudou-me muito. Quando alguns funcionários demonstravam excessiva má vontade, intervinha de forma enérgica. Nosso Egito está próspero, Majestade, mas não devemos descuidar-nos. Bastam alguns dias de atraso na manutenção dos canais, uma falta de vigilância na contagem das cabeças de gado, indulgência para com os escribas preguiçosos, para que toda a estrutura ameace ruir.

– Qual é a última mensagem de Acha?

Ameni encheu o peito de ar.

– Hoje posso afirmar que nosso colega de universidade é um verdadeiro gênio.

– Quando regressa do Hatti?

– Bem... ele continua na capital hitita.

Ramsés ficou espantado.

– Sua missão devia terminar com a subida de Hattusil ao trono.

– Está sendo forçado a prolongá-la, mas nos reservou uma surpresa e tanto!

Perante o entusiasmo de Ameni, Ramsés compreendeu que Acha conseguira um novo êxito. Em outras palavras, conseguira realizar com sucesso a totalidade do plano concebido com Ramsés, apesar das enormes dificuldades.

– Permita-me, Majestade, que eu abra a porta de seu gabinete para fazer entrar um visitante notável?

Ramsés aquiesceu, preparando-se para viver uma estranha vitória, graças à perícia de seu fiel ministro das Relações Exteriores.

Serramanna empurrou à sua frente um homem alto, musculoso, de cabelos compridos e com o peito coberto de pêlos ruivos. Irritado com o gesto do sardo, Uri-Techup voltou-se para o colosso com o punho erguido.

– Não trate assim o legítimo imperador do Hatti!

– E você – interveio Ramsés –, não eleve a voz no reino que lhe está concedendo hospitalidade.

Uri-Techup tentou sustentar o olhar do faraó, mas só o conseguiu por alguns instantes. O guerreiro hitita sentiu o peso cruel da derrota. Comparecer assim perante Ramsés, como um vulgar fugitivo... Ramsés, cuja força o fascinava e o dominava.

– Solicito asilo político a Vossa Majestade e sei qual é seu preço. Responderei a todas as suas perguntas relativas aos pontos fortes e às fraquezas do exército hitita.

– Comecemos imediatamente – exigiu Ramsés.

Com o fogo lento da humilhação correndo-lhe nas veias, Uri-Techup curvou-se.

O POMAR DO PALÁCIO estava em flor; uma romãzeira, um zimbro, uma figueira e uma árvore de incenso rivalizavam em beleza. Era ali que Iset a Bela gostava de passear com Merneptah. A forte constituição do garoto de 9 anos surpreendia os preceptores; o filho mais novo de Ramsés gostava de brincar com Vigilante, o cão amarelo-dourado; apesar de sua idade avançada, o animal cedia aos caprichos da criança. Corriam juntos atrás das borboletas que nunca conseguiam apanhar, e logo depois Vigilante deitava-se e mergulhava num sono reparador. Quanto a Matador, o leão núbio, este aceitara deixar-se acariciar por Merneptah, primeiro desconfiado e, por fim, confiante.

Iset lamentava a época, já longínqua, em que Kha, Meritamon e Merneptah brincavam naquele pomar ou no jardim vizinho, saboreando sem restrições a despreocupação da infância. Atualmente, Kha estudava no templo, enquanto a linda Meritamon, que já fora pedida em casamento por grandes dignitários, consagrava-se à música sacra. Iset a Bela recordava o jovenzinho muito sério, com seu material de escrita, e a encantadora menininha com sua harpa portátil, muito grande para ela. É como se fora ontem, uma felicidade já inacessível.

Quantas vezes Iset já se encontrara com Dolente e quantas horas haviam passado a falar de Nefertari, de sua ambição e de sua hipocrisia? Pensando nisso, a segunda esposa do rei sentia a cabeça rodar. Finalmente, cansada e vencida pela obstinação de Dolente, decidira agir.

Sobre uma mesa baixa de sicômoro pintada, cuja decoração representava lótus azuis, Iset colocara duas taças com suco de alfarroba. A que ofereceria a Nefertari continha um veneno de efeito retardado. Quando a grande esposa real morresse, daí a quatro ou cinco semanas, ninguém se lembraria de acusar Iset a Bela. Fora Dolente quem lhe entregara a arma invisível do crime, afirmando-lhe que apenas a justiça divina seria responsável pela morte de Nefertari.

Pouco antes do pôr-do-sol, a rainha entrou no pomar; tirou o diadema e beijou Merneptah e Iset.

– Foi um dia esgotante – confessou.

– Tem visto o rei, Majestade?

– Infelizmente, não. Ameni mantém-no prisioneiro e, do meu lado, tenho que resolver inúmeros problemas urgentes.

– O turbilhão da vida pública e seus deveres rituais não a deixam atordoada?

– Mais do que você pode imaginar, Iset; como eu era feliz na Núbia! Ramsés e eu nunca nos separávamos, cada segundo era um deslumbramento.

– No entanto...

A voz de Iset tremia; Nefertari ficou meio desconfiada.

– Sente-se mal?

– Não, mas... estou...

Iset a Bela não conseguia controlar-se; então fez a pergunta que lhe queimava os lábios e o coração.

– Majestade, ama verdadeiramente Ramsés?

Uma sombra de contrariedade velou por instantes o rosto de Nefertari, mas um sorriso radiante dissipou-a.

– Por que duvida?

– Murmura-se na corte...

– A corte murmura como um pega tagarela, e ninguém nunca conseguirá fazer calar esse disse-me-disse cuja única função é falar mal e caluniar. Já não sabe disso há tanto tempo?

– Sei, claro, mas...

– Sou de origem modesta e casei com Ramsés o Grande: eis o motivo para esses boatos. Não seria natural que assim pensassem?

Nefertari olhou Iset direto nos olhos.

– Amei Ramsés desde nosso primeiro encontro, desde o primeiro segundo em que o vi, mas não ousava confessá-lo nem a mim própria. E esse amor não parou de aumentar até nosso casamento, e até agora não pára de aumentar, e perdurará para além da morte.

– Não exigiu a construção de um templo para sua glória em Abu-Simbel?

– Não, Iset. É o faraó que deseja celebrar na pedra a unidade inalterável do casal real. Quem senão ele conceberia projetos tão grandiosos?

Iset a Bela ergueu-se e se dirigiu para a mesa baixa sobre a qual estavam as duas taças.

– Amar Ramsés é um privilégio sem fim – continuou Nefertari. – Ele é tudo para mim, e eu sou tudo para ele.

Iset bateu na mesa com o joelho, fazendo as duas taças cambalearem, e seu conteúdo espalhar-se sobre a grama.

– Perdoe-me, Majestade, estou comovida; por favor, esqueça minhas dúvidas absurdas e desprezíveis.

O IMPERADOR HATTUSIL mandara retirar todos os troféus de guerra que enfeitavam a sala de audiências do palácio. A pedra cinzenta e fria, demasiado austera para seu gosto, seria recoberta de tapeçarias com decoração geométrica e cores vivas.

Envolto num enorme manto de tecido multicor, com o pescoço adornado por um colar de prata, uma pulseira próxima do cotovelo esquerdo e os cabelos presos por uma fita, Hattusil colocara na cabeça o gorro de lã pertencente a seu falecido irmão. Econômico, pouco preocupado com sua aparência, administraria as finanças do Estado com um rigor até então nunca aplicado.

Os principais representantes do clã dos comerciantes apresentavam-se um após o outro na sala de audiência, a fim de definir com o imperador as prioridades econômicas do país. A imperatriz Putuhepa, colocada à frente da casta religiosa, estava também presente nessas entrevistas e lutava em prol de uma redução importante no orçamento do exército. Apesar de readquirirem os privilégios, os comerciantes admiravam-se com essa atitude: quer dizer, então, que o Hatti não estava em guerra com o Egito?

Seguindo um método que costumava funcionar bem, Hattusil agia com pequenos toques, multiplicava as entrevistas particulares, tanto com negociantes como com oficiais superiores, e insistia nas vantagens de uma trégua prolongada, sem nunca pronunciar a palavra "paz". Putuhepa seguia a mesma estratégia nos meios religiosos, e o embaixador egípcio Acha era uma prova viva da melhoria das relações entre as duas potências adversárias. Já que o Egito desistia de atacar o Hatti, por que o Hatti não tomava uma iniciativa no sentido de interromper o conflito?

Todavia, acabava de estourar uma tempestade, desmoronando todo o belo castelo de ilusões.

Hattusil convocou Acha imediatamente.

– Devo informá-lo da decisão que acabo de tomar e que você comunicará a Ramsés.

– Uma proposta de paz, Majestade?

– Não, Acha. A confirmação de que a guerra continua.

O embaixador ficou perplexo.

– Qual a razão dessa súbita reviravolta?

– Acabo de saber que Uri-Techup pediu e obteve asilo político no Egito.

– Esse pormenor o choca tanto assim a ponto de pôr em risco nossos acordos?

– Foi você, Acha, que o ajudou a sair do Hatti e a refugiar-se em seu país.

– Isso já não pertence ao passado, Majestade?

– Quero a cabeça de Uri-Techup; esse traidor deve ser condenado e executado. Nenhuma negociação de paz será estabelecida enquanto o assassino de meu irmão não tiver regressado ao Hatti.

– Já que ele tem residência fixa em Pi-Ramsés, o que tem a recear?

– Quero ver seu cadáver arder numa pira aqui, em minha capital.

– É pouco provável que Ramsés aceite quebrar sua palavra e extradite um homem a quem concedeu sua proteção.

– Parta imediatamente para Pi-Ramsés, convença seu rei e me traga Uri-Techup. Caso contrário, meu exército invadirá o Egito, e eu próprio capturarei o traidor.

## 46

Sob o forte calor de maio, chegava a época das colheitas depois de as searas terem sido avaliadas. Os ceifeiros separavam as espigas douradas dos caules, deixando a palha no terreno; corajosos e infatigáveis, os burros transportavam o trigo para a zona de debulha. O trabalho era duro, mas ninguém ficava sem pão, frutos e água fresca. E nenhum vigilante se atreveria a proibir a sesta.

E fora a época escolhida por Homero para deixar de escrever. Quando Ramsés foi visitá-lo, o poeta não fumava folhas de sálvia em seu fornilho de cachimbo feito de uma concha de caracol; vestindo uma túnica de lã apesar do calor, estava estendido numa cama, junto de seu limoeiro, com a cabeça numa almofada.

– Majestade... Já não esperava voltar a vê-lo.

– O que lhe aconteceu?

– Nada mais do que a idade avançada. Minha mão está cansada e meu coração também.

– Por que não mandou chamar os médicos do palácio?

– Não estou doente, Majestade; não faz a morte parte da harmonia? Heitor, meu gato preto rajado de branco, deixou-me. Não tenho coragem de substituí-lo.

– Tem ainda obras para escrever, Homero.

– Dei o melhor de mim mesmo na *Ilíada* e na *Odisséia*. Como já chegou a hora da última passagem, por que revoltar-me?

– Vamos tratá-lo.

– Há quanto tempo reina, Majestade?

– Há 15 anos.

– Ainda não tem experiência suficiente para mentir bem a um velho que já viu muitos homens morrerem. A morte insinuou-se em minhas veias, gela-me o sangue, e nenhuma medicina poderá entravar-lhe a conquista. Mas há algo mais importante, muito mais importante: seus antepassados edificaram um país único, saiba preservá-lo. Como está a guerra com os hititas?

– Acha cumpriu sua missão: esperamos assinar um tratado que porá fim à hostilidade.

– Como é doce deixar esta terra em paz, depois de tanto ter escrito sobre a guerra... "O fulgor luminoso do sol mergulha no oceano," diz um de meus heróis, "penetra na terra fecunda, e chega a noite escura, a noite tenebrosa que os vencidos desejam com ardor." Hoje, sou eu que estou vencido e que anseio pelas trevas.

– Vou mandar construir para você uma magnífica morada de eternidade.

– Não, Majestade... Permaneci grego, e para meu povo o outro mundo é apenas esquecimento e dor. Na minha idade, é bastante tarde para abandonar essas crenças. Mesmo que esse futuro não lhe pareça alegre, foi aquele para o qual me preparei.

– Nossos sábios afirmam que as obras dos grandes escritores serão mais duradouras do que as pirâmides.

Homero sorriu.

– Concede-me um último favor, Majestade? Segure minha mão direita, aquela que escreveu... Graças à sua força, ser-me-á fácil passar para o outro lado.

E o poeta se apagou, tranqüilo.

HOMERO REPOUSAVA sob a terra, perto de seu limoeiro; dentro da mortalha, um exemplar da *Ilíada* e da *Odisséia*, e um papiro relatando a batalha em Kadesh. Apenas Ramsés, Nefertari e Ameni, muito abalados, haviam assistido ao enterro.

Quando o monarca regressou ao gabinete, Serramanna apresentou-lhe um relatório.

– Nenhuma pista, nenhum rastro do mago Ofir, Majestade; talvez tenha deixado o Egito.

– Não poderá estar escondido entre os hebreus?

– Pode sim, se tiver mudado de aspecto e conquistado sua confiança.

– O que dizem seus informantes?

– Mantêm-se silenciosos desde que Moisés foi escolhido para ser o líder dos hebreus.

– Ignora, portanto, o que estão tramando.

– Sim e não, Majestade.

– Explique-se, Serramanna.

– Só pode tratar-se de uma revolta conduzida por Moisés e pelos inimigos do Egito.

– Moisés solicitou-me uma entrevista particular.

– Não lhe conceda, Majestade!

– O que receia?

– Que ele tente eliminá-lo.

– Seus receios não serão exagerados?

– Um revoltoso é capaz de tudo.

– Moisés é meu amigo de infância.

– Ele já esqueceu essa amizade, Majestade.

A LUZ DE MAIO inundava o gabinete de Ramsés, iluminado por três grandes janelas, uma delas com vista para o interior de um pátio onde estavam parados vários carros. Paredes brancas, uma poltrona de espaldar alto para o monarca e cadeiras de palha para os visitantes, um armário para papiros e uma grande mesa formavam o ambiente austero que Sethi não teria desaprovado. Sethi, cuja estátua Ramsés sempre contemplava.

Moisés entrou.

Alto, de ombros largos, cabeleira abundante, barba densa e rosto queimado, o hebreu exibia uma poderosa maturidade.

– Sente-se, Moisés.

– Prefiro ficar de pé.

– O que deseja?

– Minha ausência foi longa, e minha reflexão ainda mais profunda por causa disso.

– Conduziu-o à sabedoria?

– Fui instruído com toda a sabedoria dos egípcios, mas o que é ela em comparação à vontade de Jeová?

– Isso quer dizer que ainda não desistiu de seus projetos insensatos!

– Pelo contrário, convenci a maioria do meu povo a seguir-me. E em breve todos estarão a meu lado.

– Recordo-me das palavras de meu pai, Sethi: "O faraó não deve tolerar rebeldes ou causadores de perturbações. Caso contrário, seria o fim do reinado de Maât e a chegada da desordem, que provoca a infelicidade de todos, grandes e pequenos."

– A lei que rege o Egito já não diz respeito aos hebreus.

– Enquanto viverem nesta terra, deverão submeter-se a ela.

– Conceda a meu povo autorização para se lançar a três dias de marcha no deserto e lá oferecer sacrifícios a Jeová.

– As razões de segurança que lhe expliquei obrigam-me a responder de forma negativa.

Moisés apertou mais seu cajado nodoso.

– Não posso contentar-me com essa resposta.

– Em nome de nossa amizade, esquecerei sua insolência.

– Tenho consciência de estar me dirigindo ao faraó, senhor das Duas Terras, e não tenho a menor intenção de lhe faltar ao respeito. Contudo, as exigências de Jeová permanecem e continuarão a exprimir-se pela minha voz.

– Se empurrar os hebreus para a revolta, estará me obrigando a reprimi-la.

– Também tenho consciência disso. É por isso que Jeová utilizará outros meios. Se persiste em recusar aos hebreus a liberdade que exigem, Deus fará cair sobre o Egito males terríveis.

– Está pensando que me assusta?

– Defenderei minha causa perante seus notáveis e perante seu povo; assim, o poder infinito de Jeová os convencerá.

– O Egito não tem nada a temer de você, Moisés.

Como Nefertari era bela! Enquanto a rainha dirigia os rituais de consagração de uma nova capela dedicada à longínqua deusa, Ramsés admirava-a.

Ela, a doçura do amor, aquela cuja voz emanava alegria e nunca pronunciava uma palavra inútil; ela, que enchia o palácio com seu perfume e sua graça; ela, que sabia ver o bem e o mal sem os confundir, tornara-se a adorada soberana das Duas Terras. Com um colar de ouro de cinco voltas e uma coroa encimada por duas plumas, parecia pertencer ao universo das deusas, onde a juventude e a beleza nunca desaparecem.

No olhar da rainha-mãe, Touya, Ramsés distinguiu um reflexo de felicidade: o de constatar que a rainha que lhe sucedera era digna do Egito. Seu auxílio discreto, mas eficaz, permitira a Nefertari desabrochar e encontrar o tom certo que caracteriza os grandes soberanos.

O ritual foi seguido de uma recepção em honra de Touya. Todos os cortesãos fizeram questão de felicitar a rainha-mãe, que não prestou muita atenção às banalidades habituais. O diplomata Meba conseguiu finalmente aproximar-se de Touya e do faraó; com um largo sorriso nos lábios, teceu elogios à viúva de Sethi.

– Considero insuficiente seu trabalho no Ministério das Relações Exteriores – interrompeu-o Ramsés. – Na ausência de Acha, deveria trocar mais correspondência com nossos aliados.

– Majestade, a quantidade e a qualidade dos tributos que eles lhe prometem são excepcionais! Pode estar certo de que negociei a alto preço o apoio do Egito. Muitos embaixadores solicitam um pouco de crédito para prestarem homenagem a Vossa Majestade, porque nunca o prestígio de um faraó foi tão deslumbrante!

 – Não tem mais nada para me dizer?

– Tenho, Majestade: Acha acaba de anunciar seu regresso iminente a Pi-Ramsés. Tenciono organizar uma bela festa para recebê-lo.

– Seu despacho explica as razões dessa viagem?

– Não, Majestade.

O rei e a mãe afastaram-se.

– A paz continua a ser construída, Ramsés?

– Se Acha não deu qualquer informação a Meba e deixou bruscamente o Hatti, com certeza não foi para me trazer uma boa notícia.

## 47

Depois de uma dezena de longas entrevistas com Uri-Techup, Ramsés ficara sabendo tudo sobre o exército hitita: suas estratégias preferidas, seu armamento, suas forças e fraquezas. A forma como o general derrotado mostrara-se cooperativo provava sua ânsia de querer prejudicar Hattusil. Em troca das informações que fornecia, Uri-Techup beneficiava-se de uma *villa*, com dois servidores sírios, e de uma comida que aprendera imediatamente a apreciar, tudo sob uma rigorosa vigilância da guarda palaciana.

Ramsés tomou consciência do tamanho da ferocidade do monstro que ele próprio enfrentara com o ímpeto da juventude. Sem a proteção de Amon e de Sethi, sua imprudência teria conduzido o Egito ao desastre. Mesmo enfraquecido, o Hatti continuava a ser uma temível potência militar. Portanto, uma aliança, mesmo restrita, entre o Egito e o Hatti significava uma paz duradoura na região, pois nenhum povo se atreveria a atacar semelhante força.

Ramsés evocava esta perspectiva com Nefertari, à sombra de um sicômoro, quando Ameni, esbaforido, anunciou a chegada de Acha.

O longo período de exílio do chefe da diplomacia egípcia não o modificara. Com o rosto longo e esguio, um pequeno bigode muito bem tratado, olhos brilhantes e inteligentes, membros ágeis, ele podia parecer desdenhoso e distante, sendo freqüente muitos acreditarem que ele atravessava a existência com uma suprema ironia.

Acha curvou-se diante do casal real.

– Que Vossas Majestades me perdoem, mas não tive tempo de me banhar, e de me massagear e perfumar... Sou uma espécie de nômade imundo que ousa apresentar-se perante o casal real, mas a mensagem que trago é muito mais urgente do que o sacrifício a meu conforto pessoal.

– Deixaremos então as congratulações para mais tarde – respondeu Ramsés, sorrindo –, embora seu regresso nos proporcione uma daquelas raras alegrias que jamais se apagam da memória.

– No meu estado, receber o abraço de meu rei seria quase um crime de lesa-majestade. Como o Egito é belo, Ramsés! Só um grande viajante é capaz de apreciar seu valor.

– Não é verdade – retorquiu Ameni. – Viajar deforma o espírito. Em contrapartida, não sair do gabinete e ver o passar das estações pela janela permite saborear a felicidade de viver aqui.

– Vamos deixar também essa discussão para mais tarde – brincou Ramsés. – Expulsaram-no do Hatti, Acha?

– Não, mas o imperador Hattusil fez questão de que suas exigências fossem transmitidas pessoalmente da boca do embaixador para o ouvido do faraó.

– Está vindo anunciar-me o início das conversações que conduzirão à paz?

– Seria meu desejo mais intenso, porém, infelizmente, sou portador de um ultimato.

– Será Hattusil tão belicoso quanto Uri-Techup?

– Hattusil admite que fazer a paz com o Egito estrangularia a ameaça assíria, mas a dificuldade é justamente Uri-Techup.

– Sua manobra foi esplêndida! Graças a ela, sei tudo sobre o exército hitita.

– O que será muito útil em caso de conflito, concordo. Porém, se não lhe entregarmos Uri-Techup, Hattusil continuará a guerra.

– Uri-Techup é nosso hóspede.

– Hattusil quer ver seu cadáver arder numa pira.

– Concedi asilo político ao filho de Muwattali e não trairei minha palavra. Caso contrário, Maât deixaria de reinar sobre o Egito para dar lugar à mentira e à covardia.

– Foi exatamente o que disse a Hattusil, mas a posição dele não se modificará: ou Uri-Techup é extraditado e a paz se torna possível, ou o conflito vai continuar.

– Também minha posição não mudará: o Egito não desprezará o direito de asilo, e Uri-Techup não será extraditado.

Acha deixou-se cair numa poltrona de espaldar baixo.

– Todos estes anos perdidos, todos estes esforços reduzidos a nada... Era um risco a correr, e Vossa Majestade tem razão: é preferível a guerra ao perjúrio. Pelo menos, estamos mais bem informados para combater os hititas.

– Autoriza-me o faraó a intervir? – pediu Nefertari.

A voz doce e serena da grande esposa real encantou o monarca, o embaixador e o escriba.

– No passado, foram mulheres que libertaram o Egito do ocupante – lembrou Nefertari. – Foram também as mulheres que negociaram os tratados de paz com as cortes estrangeiras; a própria Touya não seguiu essa tradição, mostrando-me o exemplo a seguir?

– O que propõe? – perguntou Ramsés.

– Vou escrever à imperatriz Putuhepa; se conseguir convencê-la a reiniciar as negociações, não acabará por convencer o marido a mostrar-se menos intransigente?

– O obstáculo representado por Uri-Techup não pode ser descartado – objetou Acha. – Contudo, a imperatriz Putuhepa é uma mulher brilhante e inteligente, mais preocupada com a grandeza do Hatti do que com seu interesse pessoal. E a rainha do Egito, intervindo junto a ela, não a deixará insensível. Como a influência de Putuhepa sobre Hattusil é considerável, talvez essa sugestão venha a ter conseqüências favoráveis. Não ocultarei à grande esposa real as dificuldades de sua tarefa.

– Peço desculpa por deixá-lo agora – disse Nefertari –, mas deve compreender que cai sobre mim uma pesada responsabilidade.

Fascinado e comovido, Acha viu a rainha afastar-se, com leveza e luminosa.

– Se Nefertari conseguir abrir uma brecha – disse Ramsés ao embaixador –, você regressará ao Hatti. Nunca extraditarei Uri-Techup, e você há de conseguir a paz.

– Está exigindo o impossível; é por isso que gosto tanto de trabalhar com você.

O rei dirigiu-se a Ameni.

– Pediu a Setaou que regressasse com urgência?

– Sim, Majestade.

– O que se passa? – inquietou-se Acha.

– Moisés considera-se intérprete de seu deus único, esse Jeová que lhe ordenou que conduzisse os hebreus para fora do Egito – explicou Ameni.

– Quer dizer... todos os hebreus?

– Para ele, trata-se de um povo que tem direito à sua independência.

– É uma loucura!

– Não só é impossível fazer Moisés ter bom senso, como está começando mesmo a tornar-se ameaçador.

– Está com medo?

– O que eu mais receio é que nosso amigo Moisés se transforme num inimigo temível – declarou Ramsés –, e aprendi a não subestimar meus adversários. É por isso que a presença de Setaou se torna indispensável.

– Que absurdo! – lamentou Acha. – Moisés era uma pessoa firme e honesta.

– Continua sendo, mas colocou suas qualidades a serviço de um dogma e de uma verdade definitivos.

– Isso me causa medo, Ramsés. Não é essa a guerra que se deve mais temer do que um conflito com os hititas?

– Sim. Ou ganhamos ou perecemos.

SETAOU POUSOU suas grandes mãos sobre os frágeis ombros de Kha.

– Por todas as serpentes da terra, você está praticamente um homem feito.

O contraste entre as duas figuras era flagrante. Kha, o filho mais velho de Ramsés, era um jovem escriba de tez pálida e aspecto frágil; Setaou, corpulento, viril, de pele morena, músculos desenvolvidos, cabeça quadrada, mal barbeado, envergando uma túnica de pele de antílope com inúmeros bolsos, e com um físico de aventureiro e de garimpeiro.

Ao vê-los, ninguém ousaria acreditar que pudesse uni-los qualquer tipo de amizade. No entanto, Kha considerava 

Setaou o mestre que o iniciara no conhecimento do invisível; quanto a Setaou, via em Kha um ser excepcional, capaz de penetrar no coração dos mistérios.

– Receio que tenha cometido muitos disparates desde minha partida – insinuou Setaou.

Kha sorriu.

– Bem... espero não desapontá-lo.

– Foi promovido!

– É verdade que desempenho algumas funções ritualísticas no templo... Mas não tive opção. E depois... Bom, a verdade é que estou muito contente por isso.

– Ainda bem, meu rapaz! Mas, diga-me... Não vejo o amuleto em seu pescoço nem a fita atada em seu pulso.

– Tirei-os no momento da purificação, no templo, e não consegui encontrá-los depois. Mas agora não existe qualquer perigo, já que você regressou, tanto assim que me beneficiei da magia dos rituais.

– Mesmo assim, devia usar os amuletos.

– Você os usa, Setaou?

– Na realidade, tenho minha pele de antílope.

Uma flecha veio cravar-se bem no centro do alvo, causando espanto nos dois homens que se encontravam na mira de tiro onde costumavam treinar os arqueiros de elite. Fora naquele lugar que o monarca lhes marcara um encontro.

– Ramsés continua tão hábil como sempre – constatou Setaou.

Kha viu o pai pousar o arco que só ele conseguia retesar, o mesmo que utilizara na batalha em Kadesh. A estatura do monarca parecia ter aumentado. Sua simples presença encarnava a autoridade suprema.

Kha prostrou-se perante o ser que era muito mais do que seu pai.

 – Por que nos reunimos aqui? – perguntou Setaou.

– Porque você e meu filho vão me ajudar a travar um combate em que será necessário ter uma pontaria perfeita.

Kha respondeu sem titubear.

– Receio não ser muito hábil.

– Não se engane, meu filho; será com o espírito e com a magia que você terá de lutar.

– Pertenço ao pessoal do templo de Amon e...

– Os sacerdotes o escolheram por unanimidade como superior de sua comunidade.

– Mas... ainda não tenho 20 anos!

– A idade não importa. No entanto, recusei sua proposta.

Kha sentiu-se aliviado.

– Recebi uma má notícia – revelou Ramsés. – O grande sacerdote de Ptah, em Mênfis, acaba de desaparecer. Por isso escolhi você para substituí-lo, meu filho.

– Eu, grande sacerdote de Ptah?... Mas é...

– É essa minha vontade. Com esse título, fará parte dos notáveis diante dos quais Moisés irá se apresentar.

– O que inventou ele agora? – perguntou Setaou.

– Tendo em vista minha recusa de deixar os hebreus se aventurarem pelo deserto, Moisés ameaça o Egito, afirmando que o país sofrerá castigos infligidos por seu deus. O novo grande sacerdote de Ptah e o melhor de meus mágicos saberão dissipar a ilusão?

## 48

Acompanhado por Aarão, Moisés apresentou-se na porta de acesso à sala de audiência do palácio de Pi-Ramsés, vigiada por Serramanna e pela guarda de honra. Quando o hebreu passou, o sardo lançou-lhe um olhar carrancudo; no lugar do monarca, teria mandado atirar aquele revoltado num cárcere fedorento ou, melhor ainda, tê-lo-ia despachado para os confins do deserto. O antigo pirata confiava em seu instinto: aquele Moisés não tinha outra intenção senão prejudicar Ramsés.

Avançando pela alameda central, entre as duas filas de colunas, o líder e porta-voz do povo hebreu constatou, não sem certo prazer, que a sala de audiência estava bastante cheia.

À direita do rei, encontrava-se seu filho Kha, envergando uma pele de pantera adornada com estrelas de ouro. Apesar da pouca idade, Kha acabava de conquistar uma elevadíssima função; levando-se em consideração a grandeza de seu espírito e de seus conhecimentos, nenhum sacerdote contestara aquela decisão. Competia ao filho mais velho do faraó captar a mensagem dos deuses para transcrevê-la em hieróglifos, o que provaria suas qualidades; todos observariam seu comportamento com bastante atenção, pois ele teria que preservar as tradições da época das pirâmides, aquela idade de ouro durante a qual foram formulados os valores criativos da civilização egípcia.

Aquela nomeação espantara Moisés, mas, ao ver Kha de perto, compreendeu que a determinação e a maturidade do jovem eram excepcionais. Seria, sem sombra de dúvida, um adversário temível.

E o que dizer do personagem que se encontrava à esquerda do faraó? Setaou, o encantador de serpentes e verdadeiro mago-mor do reino! Setaou, que era, tal como Ramsés, um de seus colegas de universidade, assim como Ameni, sentado um pouco atrás e já preparado para anotar o conteúdo essencial dos debates.

Moisés não queria pensar nos anos em que trabalhara para a grandeza do Egito. Seu passado havia morrido no dia em que Jeová lhe confiara sua difícil missão e não tinha o direito de se enternecer pensando no passado.

Moisés e Aarão permaneceram imóveis na base dos degraus que conduziam ao estrado em que o faraó e seus dignitários haviam se instalado.

– Qual o assunto que deseja debater nesta corte? – interrogou Ameni.

– Não tenho intenção de debater nada – respondeu Moisés –, mas sim exigir o que me é devido, de acordo com a vontade de Jeová; que o faraó me autorize a deixar o Egito à frente de meu povo.

– Autorização recusada por motivo de segurança pública.

– Essa recusa é uma ofensa a Jeová.

– Que eu saiba, Jeová não reina sobre o Egito.

– No entanto, a Sua fúria será terrível! Deus me protege e realizará prodígios para manifestar Seu poder.

– Eu o conheci bem, Moisés; chegamos mesmo a ser amigos. Durante nossos estudos, você não vivia de ilusões.

– Você é escriba egípcio, Ameni, e eu, o líder do povo hebreu. Foi Jeová que me falou e posso prová-lo!

Aarão lançou seu cajado ao chão, e Moisés fixou-o com um olhar intenso. Os nós da madeira animaram-se, o cajado ondulou e se transformou numa serpente.

Assustados, diversos cortesãos recuaram; a serpente avançou para Ramsés, que não manifestou qualquer receio. Setaou saltou e agarrou o réptil pela cauda.

Numerosas exclamações acompanharam seu gesto, outras também brotaram quando a serpente se transformou em cajado na mão de Setaou.

– Fui eu próprio que ensinei esse truque de mágica a Moisés, no harém de Mer-Ur, há muito tempo. É preciso mais para impressionar os conselheiros do faraó e a corte do Egito.

Moisés e Setaou desafiaram-se com o olhar. Entre os dois homens desaparecera qualquer laço de amizade.

– Dentro de uma semana – predisse o profeta – outro prodígio deixará seu povo paralisado de espanto!

GUARDADA POR VIGILANTE, que dormia à sombra de uma tamargueira, Nefertari banhava-se nua no lago mais próximo do palácio. A água mantinha-se sempre pura graças às lamelas de cobre presas nas pedras, às plantas devoradoras de bactérias e a um sistema de canalizações que garantia uma renovação regular do líquido; além disso, um especialista lançava na água, a intervalos regulares, um pó à base de sais de cobre.

Com a aproximação da cheia, o calor tornava-se sufocante; antes de começar suas audiências, a rainha saboreava esse momento delicioso em que o corpo, descontraído e feliz, dava livre curso ao pensamento, leve como uma pluma. Enquanto nadava, Nefertari pensava nas palavras, algumas reconfortantes, outras severas, que deveria dirigir a seus interlocutores, cujas reclamações eram cada uma mais urgentes do que as outras.

Trajando um vestido de alças que lhe deixava os seios nus e com os cabelos soltos, Iset avançou sem ruído até junto do lago. Ela, que havia sido denominada "a bela", sentia-se quase banal ao admirar Nefertari. Todos os gestos da rainha eram de uma incomparável pureza, cada uma de suas atitudes parecia nascer do pincel de um gênio da pintura que tivesse sabido captar a beleza perfeita no corpo de uma mulher.

Depois de hesitar muito e de ter falado uma última vez com Dolente, que continuava instigando-a, Iset tomara uma decisão definitiva.

Dessa vez agiria.

Libertando o espírito de qualquer receio que pudesse comprometer sua iniciativa, Iset deu mais um passo na direção do lago. Tinha que agir... Não devia desviar-se mais de seu objetivo.

Nefertari viu-a.

– Iset, venha tomar banho!

– Não me sinto bem, Majestade.

A rainha nadou agilmente até a margem e saiu por uma escada de pedra.

– O que você tem?

– Não sei...

– Merneptah lhe preocupa?

– Não, ele está muito bem, e sua robustez surpreende-me todos os dias.

– Deite-se nos mosaicos quentes a meu lado.

– Perdoe-me, mas não gosto muito de ficar ao sol

O corpo de Nefertari encantava a alma, pois assemelhava-se ao da deusa do Ocidente, cujo sorriso iluminava a terra e o Além. Deitada de costas, com os braços ao longo do corpo, os olhos fechados, estava simultaneamente próxima e inacessível.

– Por que está tão angustiada, Iset?

A dúvida apoderou-se novamente da segunda esposa de Ramsés; deveria manter sua decisão ou fugir, correndo o risco de ser considerada louca? Felizmente, Nefertari não a olhava. A ocasião era perfeita demais, Iset não devia deixá-la passar.

– Majestade... Majestade, gostaria de...

Iset a Bela ajoelhou-se perto do rosto de Nefertari; a rainha permaneceu imóvel, envolta em luz.

– Majestade, eu quis matá-la.

– Não acredito em você, Iset.

– É verdade, precisava confessar-lhe isso... Esse peso estava se tornando insuportável. Agora já sabe.

A rainha abriu os olhos, ergueu-se e segurou a mão de Iset a Bela.

– Quem tentou fazer de você uma criminosa?

– Convenci-me de que não amava Ramsés e que apenas a ambição a movia. Fui cega e estúpida! Como pude dar ouvidos a tão desprezíveis calúnias?

– Todos os seres têm momentos de fraqueza, Iset; o mal tenta então apoderar-se da consciência e estrangular o coração. Resistiu a esse terrível pensamento, isso não é o essencial?

– Tenho vergonha de mim mesma, tanta vergonha... Quando decidir colocar-me perante um tribunal, aceitarei minha condenação.

– Quem lhe mentiu a meu respeito?

– Desejava confessar minha falta, Majestade, e não fazer o papel de delatora.

– Ao tentarem me destruir, era a Ramsés que queriam atingir; tem a obrigação de me dizer a verdade, Iset, se realmente ama o rei.

– Você... você não me odeia?

– Não é ambiciosa nem dada a intrigas, e tem a coragem de reconhecer seus erros; não só não a odeio como a estimo.

Iset chorou e falou profusamente, libertando seu coração.

MOISÉS REUNIRA milhares de hebreus à margem do Nilo, acompanhados de uma leva de curiosos vindos dos diversos bairros da capital. Segundo o boato que correra, o deus guerreiro dos hebreus iria realizar um grande prodígio, provando ser mais poderoso do que todos os deuses do Egito reunidos. Diante disso, não deveria o faraó satisfazer as exigências do profeta?

Contrariando a opinião de Ameni e de Serramanna, Ramsés decidira dar a autorização. Enviar o exército e a guarda para dispersarem a manifestação teria sido uma reação excessiva; nem Moisés nem os hebreus perturbavam a ordem pública, e os vendedores ambulantes alegravam-se por verem aquela multidão fervilhante.

Do terraço de seu palácio, o faraó olhava o rio em cuja margem uma multidão impaciente estava reunida, mas pensava sobretudo nas terríveis revelações que Nefertari acabava de lhe fazer.

– Há alguma dúvida?

– Não, Ramsés; Iset foi sincera.

– Devia castigá-la severamente.

– Suplico sua indulgência; foi por amor que quase cometeu um ato terrível. Mas o irreparável não se verificou e, graças a ela, sabemos que sua irmã Dolente o odeia a ponto de chegar ao crime.

– Esperava que Dolente tivesse vencido os demônios que lhe corroem a alma há tantos anos... Mas enganei-me. Essa minha irmã nunca mudará.

– Vai entregá-la à justiça?

– Negará e acusará Iset a Bela de ter inventado tudo; o processo poderá acabar num escândalo.

– Permanecerá impune a instigadora de um crime?

– Não, Nefertari; Dolente serviu-se de Iset, nós nos serviremos de Dolente.

À margem do rio, as pessoas agitavam-se, e ouviam-se gritos.

Moisés lançou seu bastão no Nilo, cuja água adquiriu um tom avermelhado.

O profeta recolheu um pouco de água numa taça e espalhou-a no solo.

– Todos são testemunhas deste prodígio! Por vontade de Jeová, a água do Nilo transformou-se em sangue... E se seu desejo não for satisfeito, esse sangue espalhar-se-á por todos os canais do país, e os peixes morrerão. Essa é a primeira praga que cairá sobre o Egito.

Kha, por sua vez, recolheu também um pouco da água estranha, de odor ocre.

– Nada disso se verificará, Moisés; aquilo que predisse não passa de água vermelha da cheia. Durante alguns dias essa água não é potável, e não se deve consumir nenhum peixe. Se isso é um prodígio, deve-se à natureza, e são as leis da natureza que devemos respeitar.

O jovem e frágil Kha não sentia qualquer temor diante do corpulento Moisés. O hebreu conteve o ódio.

– Belas palavras as suas, mas como explica que meu cajado tenha provocado a subida da água sangrenta?

– Quem contesta em Moisés sua qualidade de profeta? Pressentiu a transformação das águas, a força que vinha do sul e o dia em que o rio vermelho apareceria. Conhece este pais tão bem como eu, e nenhum de seus segredos lhe escapa.

– Até agora – trovejou Moisés – Jeová contentou-se com avisos! Como o Egito teima em duvidar, fará cair sobre ele outras pragas ainda mais dolorosas.

## 49

O próprio Acha levou a carta à grande esposa real, que conversava com Ramsés sobre a administração dos celeiros.

– Eis a resposta que estava esperando, Majestade. Vem pessoalmente da imperatriz Putuhepa. Espero que seu conteúdo não a decepcione.

A tabuleta, envolta num tecido valioso, estava marcada com o selo da rainha hitita.

– Quer lê-la para nós, Acha? Por um lado, você decifra o hitita perfeitamente; por outro, as informações provenientes de Hattusa lhe dizem respeito.

O chefe da diplomacia egípcia obedeceu.

"À minha irmã, a rainha Nefertari, esposa do sol, Ramsés o Grande. Como passa minha irmã, sua família está com boa saúde, seus cavalos encontram-se soberbos e vigorosos? A bela estação chegou ao Hatti. A cheia no Egito será boa?

Recebi a longa carta de minha irmã Nefertari e a li com grande atenção. O imperador Hattusil está muito contrariado com a presença do canalha Uri-Techup em Pi-Ramsés; Uri-Techup é um ser malvado, violento e covarde. Mereceria ser extraditado e reconduzido a Hattusa para ser julgado. O imperador Hattusil mantém-se inabalável a esse respeito.

Mas a paz entre nossos países não será um ideal tão grandioso que justifique certos sacrifícios? É verdade que não é possível estabelecer um compromisso em relação a Uri-Techup, e o imperador exige, com razão, sua extradição. No entanto, insisti junto a ele para que reconhecesse a lealdade do faraó, que honra a palavra dada. Que confiança poderíamos ter num soberano que a desonrasse?

Portanto, embora o caso do traidor Uri-Techup não seja negociável, por que não imaginá-lo solucionado para podermos avançar para o estabelecimento de um tratado de não-agressão? A redação desse documento demorará muito tempo; portanto, torna-se conveniente iniciar as discussões.

Partilha a rainha do Egito, minha irmã, meus pensamentos? Se fosse esse o caso, seria bom que nos enviasse com a maior rapidez um diplomata de elevada categoria e da confiança do faraó. Sugiro o nome de Acha.

À minha irmã, a rainha Nefertari, com toda a minha amizade."

– Somos forçados a recusar essa proposta – lamentou Ramsés.

– Recusá-la por quê? – espantou-se Acha.

– Porque se trata de uma armadilha destinada a concretizar uma vingança. O imperador não o perdoa por ter feito Uri-Techup sair do Hatti. Se você for lá, não voltará mais.

– Analiso essa carta de forma diferente, Majestade. A rainha Nefertari soube encontrar argumentos convincentes, e a imperatriz Putuhepa confirma seu desejo de paz. Considerando a influência que ela exerce sobre o imperador, é um passo definitivo!

– Acha tem razão – considerou Nefertari. – Minha irmã Putuhepa compreendeu perfeitamente o sentido da missiva que lhe enviei. Não falemos mais de Uri-Techup e tratemos das negociações para preparar um acordo de paz, tanto no conteúdo como na forma.

– Uri-Techup não é uma ilusão! – objetou Ramsés.

– Devo esclarecer mais ainda minha posição e a de minha irmã Putuhepa? Hattusil exige a extradição de Uri-Techup, e Ramsés não a aceita. Portanto, que cada um permaneça firme e intransigente, enquanto as negociações progridem. Não é a isso que se chama... diplomacia?

– Tenho confiança em Putuhepa – acrescentou Acha.

– Se você e a rainha se unem contra mim, como poderei resistir? Enviaremos então um diplomata, mas não você.

– É impossível, Majestade. Está bem claro que os desejos da imperatriz são ordens. E quem conhece tão bem o Hatti e nossos interlocutores senão eu?

– Está tão disposto assim a correr esses riscos, Acha?

– Deixar de lado semelhante oportunidade de fazer a paz seria um crime! Todas as nossas forças devem se consagrar a esta tarefa: a conquista do impossível... Não é essa a marca de seu reinado?

– Nunca o vi tão entusiasmado.

– Gosto do prazer e dos prazeres, e a guerra não lhes é nada propícia.

– Não a decidirei a qualquer preço; e afirmo que o Egito nunca sairá perdendo.

– Havia considerado algumas dificuldades desse gênero, mas fazem parte de minha profissão. Vamos trabalhar dias a fio para elaborar um projeto apresentável, visitarei algumas amigas muito queridas e depois partirei para o Hatti. E juro que vencerei, já que você assim o exige.

PRIMEIRO, UM SALTO surpreendente; depois parou a menos de um metro de Setaou, que, sentado na margem, observava com satisfação a mudança da água do Nilo, que se tornava novamente potável.

Uma segunda, depois uma terceira, ágeis, saltitantes, com gradações de verde: magníficas rãs saltaram do lodo que o rio depositava sobre a terra do Egito para fertilizá-la e garantir a alimentação do povo do faraó.

À frente de um imponente cortejo, Aarão estendeu seu cajado sobre o Nilo e falou com voz forte:

– Já que o faraó se recusa a deixar os hebreus saírem do Egito, eis que, depois da água transformada em sangue, Jeová lança a segunda praga sobre o opressor: rãs, milhões e milhões de rãs que se introduzirão por toda parte, nas oficinas, nas casas, nos quartos dos ricos!

Setaou regressou em passo tranqüilo a seu laboratório, onde Lótus preparava novos remédios com o veneno de estupendas cobras capturadas na região de Abu-Simbel, de onde chegavam notícias tranqüilizadoras: trabalhava-se com regularidade no canteiro de obras. O encantador de serpentes e a mulher tinham pressa de voltar para lá, assim que Ramsés autorizasse.

Setaou sorriu. Nem ele nem Kha teriam de lutar contra Aarão e aquela praga; o lugar-tenente de Moisés devia ter consultado seu líder antes de proferir uma maldição que não assustaria nenhum egípcio.

Naquela época do ano, a proliferação de rãs nada tinha de anormal e, além disso, era considerada pelo povo um feliz presságio. Na escrita hieroglífica, o signo da rã servia para escrever o número "cem mil", de valor quase incalculável, relacionado com a abundância que a cheia proporcionava.

Observando as metamorfoses do batráquio, os sacerdotes das primeiras dinastias haviam observado as mutações incessantes da vida; na consciência popular, a rã transformara-se assim, simultaneamente, no símbolo de um nascimento feliz ao término de numerosas etapas, partindo do embrião até chegar à criança, e no da eternidade que subsistia através e para além do tempo.

A partir do dia seguinte, Kha mandou distribuir gratuitamente amuletos em faiança representando rãs. Encantada com esse presente inesperado, a população da capital aclamou o nome de Ramsés e se sentiu grata a Aarão e aos hebreus, pois, graças à agitação destes últimos, muitas pessoas modestas se tornaram proprietárias de um objeto precioso.

ACHA DEU O ÚLTIMO retoque no projeto de tratado que havia elaborado com o casal real; foram necessários mais de cinqüenta dias de trabalho intensivo para pesar cada termo, e a revisão de Nefertari tinha sido de grande utilidade. Tal como admitira o chefe da diplomacia egípcia, as exigências do faraó tornariam as negociações difíceis; no entanto, Ramsés não tratara o Hatti como um vencido, e sim como um parceiro que teria inúmeras vantagens com o referido acordo. Se Putuhepa desejava realmente a paz, o caso apresentava-se negociável.

Ameni trouxe um magnífico papiro de cor âmbar, no qual Ramsés pessoalmente escreveria suas propostas.

– Os habitantes do bairro sul fizeram-me uma queixa: o lugar foi invadido por milhares e milhares de mosquitos.

– Nesta estação, os mosquitos proliferam quando as regras de higiene não são rigorosamente respeitadas. Será que se esqueceram de secar algum pântano?

– Segundo Aarão, Majestade, essa seria a terceira praga infligida ao Egito por Jeová. O discípulo de Moisés estendeu o cajado e bateu na poeira do chão para que ela se transformasse em mosquitos; pode ou não ver nisso o dedo de um deus vingativo.

– Nosso amigo Moisés sempre demonstrou obstinação – recordou Acha.

– Mande imediatamente o serviço de desinfecção para o bairro sul – ordenou Ramsés a Ameni – e liberte os habitantes desse flagelo.

A CHEIA ABUNDANTE prometia um futuro feliz. Ramsés celebrou os rituais da alvorada no templo de Amon e concedeu a si próprio o prazer de um passeio pelo desembarcadouro na companhia de Matador, antes de regressar ao palácio para redigir uma carta, dirigida a Hattusil, que acompanharia suas propostas de paz.

De repente, escutou o cajado de Moisés bater no empedrado. O enorme leão fixou o hebreu sem rugir.

– Deixe meu povo partir, Ramsés, para que possa prestar o culto que Jeová espera dele.

– Já não dissemos um ao outro tudo o que tínhamos a dizer, Moisés?

– Prodígios e pragas revelaram-lhe a vontade de Jeová.

– É realmente meu amigo que profere palavras tão estranhas?

– Já não existe o amigo! Sou o mensageiro de Jeová, e você é o faraó ímpio.

– Como poderei curá-lo dessa cegueira?

– Você é que está cego!

– Siga seu caminho, Moisés, que eu seguirei o meu, aconteça o que acontecer.

– Conceda-me um favor: venha ver os rebanhos de meus irmãos hebreus.

– O que têm eles de especial?

– Venha, peço-lhe.

Matador, Serramanna e um esquadrão de mercenários garantiram a proteção do monarca. Moisés mandara reunir os rebanhos dos hebreus a 10 quilômetros da capital, numa zona pantanosa.

Em torno dos animais zumbiam milhares de moscardos que não lhes davam tréguas e faziam-nos mugirem de dor.

– Eis a quarta praga ordenada por Jeová – revelou Moisés. – Bastará que disperse esses animais para os moscardos invadirem a capital.

– Medíocre estratégia... Precisava manter os animais neste estado de sujeira e fazê-los sofrer assim?

– Devemos sacrificar a Jeová cordeiros, vacas e outros animais que os egípcios consideram sagrados. Se celebrarmos nossos rituais em seu país, provocaremos a fúria dos camponeses. Deixe-nos ir para o deserto, ou os moscardos atacarão seus súditos.

– Serramanna e um contingente do exército acompanharão você, seus sacerdotes e os animais doentes até uma zona desértica onde farão seus sacrifícios. O restante do rebanho será desinfetado e reinstalado em suas pastagens. Depois você regressará a Pi-Ramsés.

– Isso é apenas um adiamento, Ramsés; amanhã você será obrigado a autorizar os hebreus a saírem do Egito.

## 50

– É necessário atacar com energia, com muito mais energia – considerou Ofir.

– Mas não fizemos o sacrifício a Jeová no deserto, tal como Ele exigira? – observou Moisés. – Ramsés cedeu e há de ceder mais ainda.

– Sua paciência não estará se esgotando?

– Jeová nos protege.

– Tenho outra idéia, Moisés, uma idéia que se traduzirá numa quinta praga, capaz de ferir profundamente o faraó.

– Não somos nós que devemos decidir, e sim Jeová.

– Mas Jeová não precisa de ajuda? Ramsés é um tirano obstinado, e apenas os sinais do Além podem impressioná-lo a ponto de fazê-lo recuar. Deixe-me ajudá-lo.

Moisés concordou.

Ofir saiu da casa do profeta e foi se encontrar com seus cúmplices Amos e Baduch. Os dois chefes beduínos continuavam guardando armas nas adegas das casas do bairro hebreu; estavam de regresso do norte da Síria, onde tinham feito contato com mensageiros hititas. O mago estava ansioso para receber notícias frescas e instruções.

Amos untara a cabeça calva com óleo.

– O imperador Hattusil está furioso – revelou – porque Ramsés se recusa a extraditar Uri-Techup e parece prestes a recomeçar a guerra.

– Magnífico! O que espera o monarca de minha rede de espionagem?

– As ordens são simples: continue mantendo a agitação dos hebreus no Egito, organize motins por todo o país para enfraquecer Ramsés, faça com que Uri-Techup fuja e leve-o de volta a Hattusa. Ou, então, mate-o.

DEDOS-TORTOS ERA um camponês que adorava seu pedaço de terra e seu pequeno rebanho de vinte vacas, cada qual mais bonita, graciosa e meiga, embora a favorita tivesse seu temperamento e não deixasse ninguém aproximar-se. Dedos-Tortos passava longas horas conversando com ela.

Todas as manhãs Ruça, uma vaca endiabrada, o despertava lambendo-lhe o rosto; Dedos-Tortos tentava em vão agarrá-la pela orelha, mas sempre acabava tendo que se levantar.

Nessa manhã, quando o sol já ia alto no céu, Dedos-Tortos saiu de casa.

– Ruça... Onde está você, Ruça?

Esfregando os olhos, Dedos-Tortos deu alguns passos pelo campo e viu a vaca deitada de lado.

– O que você tem, Ruça?

Com a língua pendurada, os olhos vítreos, o ventre inchado, a bela vaca agonizava. Um pouco mais adiante, duas outras já estavam mortas.

Dominado pelo pânico, Dedos-Tortos correu até a praça da aldeia para procurar o auxílio de um veterinário. Viu-o, então, cercado por uns dez criadores que viviam a mesma tragédia.

– Uma epidemia! – gritou Dedos-Tortos. – Temos de avisar o palácio imediatamente!

Quando Ofir, do terraço de sua casa, viu surgir um grupo de camponeses inquietos e furiosos, constatou que suas ordens haviam sido corretamente executadas. Envenenando algumas vacas, os chefes beduínos Amos e Baduch estavam criando uma verdadeira confusão.

No meio da avenida que conduzia ao palácio, Moisés deteve o cortejo.

– Estão sendo vítimas da quinta praga que Jeová faz cair sobre o Egito! Sua mão ferirá todos os rebanhos, a peste atacará tanto o gado pequeno como o gado maior! Só os animais pertencentes a meu povo serão poupados.

Serramanna e grande quantidade de soldados estavam preparados para repelir os camponeses, quando Lótus, montando um cavalo negro, chegou a galope e parou perto dos manifestantes.

– Que ninguém se aflija – disse com voz calma. – Não se trata de uma epidemia, mas de um envenenamento. Já salvei duas vacas leiteiras e, com o auxílio dos veterinários, tratarei dos animais que ainda não morreram.

A esperança deu lugar imediatamente ao desespero, mas quando o ministro da Agricultura anunciou que o faraó substituiria os animais mortos por conta do Estado, a serenidade voltou ao seio dos agricultores.

Ofir e seus aliados ainda tinham bastante veneno para continuar ajudando Moisés, mas agora sem nada lhe dizer. Utilizando uma antiga receita de magia, por ordem de Jeová, o profeta enchera as mãos com a cinza do forno que lançara ao ar, para que esta caísse em forma de chuva sobre as pessoas e os animais, cobrindo-os de pústulas. Essa sexta praga seria tão terrível que o faraó se veria finalmente forçado a ceder.

Ofir tivera outra idéia. Que melhor maneira de impressionar o monarca senão atacando os que lhe estavam mais próximos? Amos, o calvo, irreconhecível graças a uma peruca que lhe ocultava metade da testa, entregara alimentos estragados ao cozinheiro que preparava as refeições de Ameni e de seus funcionários.

Quando o porta-sandálias do rei lhe trouxe os dossiês com os assuntos cotidianos, Ramsés notou uma erupção avermelhada na face do amigo.

– Machucou-se?

– Não, mas essa coisa começa a tornar-se dolorosa.

– Vou mandar chamar o doutor Pariamakhu.

Acompanhado por uma encantadora jovem, o médico do palácio acorreu, aflito.

– Está doente, Majestade?

– Bem sabe, caro doutor, que desconheço qualquer doença. Examine, por favor, meu secretário particular.

Pariamakhu girou em torno de Ameni, apalpou-lhe a pele dos braços, tomou-lhe o pulso e encostou a orelha em seu peito.

– À primeira vista, não há nada de anormal... Tenho de refletir.

– Caso se trate de erupção provocada por perturbações gástricas – sugeriu a jovem com voz tímida –, não seria melhor preparar um remédio à base de frutos cortados de sicômoro, anis, mel, resina de terebintina e funcho, e prescrevê-lo sob a forma de aplicação externa e poção?

O doutor Pariamakhu exibiu um ar importante.

– Talvez não seja má idéia... Experimentemos, e logo se verá. Vá ao laboratório, minha filha, e mande preparar esse remédio.

A moça saiu apressada, depois de ter-se curvado, trêmula, perante o monarca.

– Como se chama sua assistente? – perguntou Ramsés.

– Neferet, Majestade; não lhe preste atenção, é apenas uma principiante.

– Pareceu-me muito competente.

– Não fez mais do que repetir uma fórmula que lhe ensinei. É uma simples aprendiz sem muito futuro.

OFIR ESTAVA pensativo.

Os remédios haviam debelado a pequena epidemia de erupções cutâneas, e Ramsés continuava irredutível em sua decisão. Moisés e Aarão controlavam os hebreus, pois qualquer agitação intempestiva provocaria a brutal intervenção de Serramanna e da guarda.

A esse revés vinha juntar-se a ruptura do contato com Dolente, a irmã do rei. Tinha certeza de que havia fracassado. Nefertari continuava viva e não sofria de qualquer doença que lhe minasse a saúde. Sentindo-se ameaçada, Dolente não se atrevia a ir ao bairro hebreu, nem mesmo de noite, privando assim Ofir de informações diretas sobre os pequenos segredos da corte.

Esse contratempo não impedia o espião hitita de instigar o sentimento de revolta dos hebreus; uma facção dura, unida atrás de Moisés e de Aarão, era uma ponta-de-lança cada vez mais temível.

Ia ser difícil organizar a fuga de Uri-Techup. Detido numa *villa* guardada dia e noite pelos homens de Serramanna, Uri-Techup estava derrotado, mas ainda incomodava. Em vez de correr perigos desnecessários, a melhor solução seria fazê-lo desaparecer para atrair mais rapidamente as boas graças de Hattusil. Inteligente, esperto e implacável, o novo imperador seguia bem a linha de seu irmão Muwattali.

Ofir mantinha também um aliado, e ninguém desconfiava de sua traição: era o diplomata Meba. Apesar de sua mediocridade, seria ele que o ajudaria a eliminar Uri-Techup.

A ESCOLTA DE ACHA fora reduzida ao mínimo, porque o chefe da diplomacia egípcia, ao contrário do que dissera a Ramsés, considerava ter, na melhor das hipóteses, uma chance em mil de ser bem recebido na capital hitita. Aos olhos do novo imperador, surgia como um personagem suspeito que permitira a Uri-Techup escapar ao castigo. Mostrar-se-ia Hattusil mais rancoroso do que político? Se cedesse ao ódio, mandaria prender, até mesmo executar, todos os membros da missão diplomática, com Acha encabeçando a fila, o que obrigaria Ramsés a desencadear uma ofensiva em represália a tal afronta.

É verdade que Putuhepa parecia lutar em favor da paz, mas até que ponto deixaria de solidarizar-se com o marido? A imperatriz do Hatti não se fecharia num sonho; se o caminho das negociações se revelasse muito difícil, defenderia, claro, o do confronto.

Um vento fortíssimo, muito comum nos planaltos da Anatólia, acompanhou Acha e sua escolta até as portas da capital hitita, cujo aspecto de fortaleza inatacável lhe pareceu ainda mais angustiante do que em suas viagens precedentes.

O chefe da diplomacia egípcia entregou as cartas credenciais a um oficial e esperou durante longo tempo junto a uma das portas laterais antes de lhe permitirem entrar em Hattusa pela porta dos leões. Ao contrário do que esperava, Acha não foi conduzido ao palácio e sim a um edifício de pedra cinzenta talhada. Ali ficava o quarto que lhe fora destinado, guarnecido apenas de uma janela com barras de ferro.

Mesmo com certo otimismo, o local assemelhava-se muito a uma prisão.

Lidar com o temperamento hitita exigia habilidade e sorte, muita sorte. Não teria Acha já esgotado a cota que o destino lhe atribuíra?

Pouco depois do entardecer, um militar com capacete e pesada armadura pediu-lhe que o acompanhasse. Dessa vez seguiu por uma ruela que levava à acrópole onde se erguia o palácio do imperador.

Chegara a hora da verdade, se é que ela existia no mundo da diplomacia.

Ardia o fogo na lareira da sala de audiência decorada com tapeçarias. A imperatriz Putuhepa saboreava-lhe o agradável calor.

– Que o embaixador do Egito se digne a sentar-se a meu lado, junto do fogo; a noite vai ser fria.

Acha instalou-se numa cadeira tosca, a uma discreta distância.

– Apreciei muito as cartas da rainha Nefertari – declarou a imperatriz. – Seu pensamento é luminoso, seus argumentos, convincentes e suas intenções, honestas.

– Devo interpretar então que o imperador aceita encetar negociações?

– Tanto o imperador quanto eu esperamos propostas concretas.

– Sou portador de um texto elaborado por Ramsés e Nefertari, e redigido pelo próprio faraó, que servirá de base às nossas discussões.

– Era essa a iniciativa que eu desejava; é evidente que o Hatti também tem suas exigências.

– Estou aqui para ouvi-las, com o firme propósito de chegar a um acordo.

– O calor de suas palavras é tão doce como o do fogo, Acha. Terá se sentido inquieto com esta recepção... um tanto reservada?

– Não teria sido conveniente, não é verdade?

– Hattusil pegou uma friagem e ficou de cama durante algum tempo; meus dias são muito sobrecarregados, e foi por isso que tive que fazê-lo esperar. A partir de amanhã, o imperador já estará em condições de iniciar as negociações.

## 51

O dia ainda não despontara, e Ramsés dirigia-se ao templo de Amon quando, de repente, Moisés lhe barrou o caminho. O rei segurou no braço do guarda que o acompanhava.

– Tenho de falar-lhe, faraó!

– Seja breve.

– Não compreende que até agora Jeová tem-se mostrado tolerante? Se Ele quisesse, você e seu povo já teriam sido aniquilados! Concedeu-lhe a vida para melhor proclamar o Seu poder, Ele que não tem rival. Permita aos hebreus que saiam do Egito, senão...



– Senão o quê?

– Uma sétima praga causará sofrimentos insuportáveis a seu país: uma chuva de granizo tão violenta que a quantidade de vítimas será incalculável! Quando eu brandir meu cajado para o céu, a trovoada ribombará e os relâmpagos cruzarão o firmamento.

– Ignora que um dos principais templos desta cidade é dedicado a Seth, senhor da tempestade? Ele é a fúria do céu, e saberei acalmá-lo com os rituais.

– Desta vez não conseguirá. Homens e animais morrerão.

– Afaste-se de meu caminho.

Nessa mesma tarde, o rei consultou "os sacerdotes da hora", que observavam o céu, estudavam o movimento dos planetas e prediziam o tempo. Previam de fato fortes precipitações que poderiam destruir parte da colheita de linho.

Quando as intempéries se desencadearam, Ramsés fechou-se no santuário de Seth e permaneceu só diante do deus. Os olhos vermelhos da monumental estátua brilhavam como carvões em brasa.

O rei não tinha o poder de opor-se à vontade de Seth e à fúria das nuvens, mas, comunicando-se com seu espírito, atenuaria os efeitos e diminuiria sua duração. Seu pai lhe ensinara como dialogar com Seth e canalizar sua força destrutiva sem ele próprio ser destruído. O faraó precisou despender muita energia para suportar o confronto e não ceder nem mesmo um centímetro de terreno às chamas invisíveis de Seth, mas sua iniciativa foi coroada de êxito.

O DIPLOMATA MEBA tremia de pavor. Embora disfarçado com uma peruca curta e uma túnica grosseira mal cortada, receava ser reconhecido. Mas quem poderia identificá-lo naquela cervejaria do bairro das docas repleta de encarregados de armazém e de marinheiros sedentos?

Amos, o calvo barbudo, sentou-se à sua frente.

– Quem... quem o mandou aqui?

– O mago. Você é realmente...

– Nada de nomes! Entregue-lhe esta tabuleta. Contém uma informação que talvez lhe interesse.

– O mago deseja que você elimine Uri-Techup.

– Mas ele está com a residência vigiada.

– As ordens são claras: mate Uri-Techup. Caso contrário, vamos denunciá-lo a Ramsés.

A DÚVIDA COMEÇAVA a espalhar-se entre os hebreus. Já sete pragas tinham se abatido sobre o Egito, e o faraó permanecia inabalável. Durante a reunião do conselho dos anciãos, Moisés conseguiu, no entanto, manter sua confiança.

– O que tenciona fazer agora?

– Desencadear uma oitava praga, tão terrível que os egípcios se sentirão abandonados por seus deuses.

– Qual será esse flagelo?

– Olhe o céu a leste e saberá.

– Sairemos finalmente do Egito?

– Sejam tão persistentes como eu fui durante longos anos e coloquem sua fé em Jeová; Ele nos conduzirá à Terra Prometida.

NO MEIO DA NOITE, Nefertari despertou em sobressalto.

Ramsés, a seu lado, dormia serenamente. A rainha saiu do quarto sem fazer ruído e deu alguns passos pelo terraço. O ar estava perfumado, a cidade permanecia silenciosa e calma, mas a angústia da grande esposa real aumentava cada vez mais. A visão que a afligira não desaparecia, e o pesadelo continuava a apertar-lhe o coração.

Ramsés apertou-a docemente nos braços.

– Um sonho mau, Nefertari?

– Se fosse apenas isso...

– Do que tem medo?

– De um perigo que vem do leste, junto com um vento terrível...

Ramsés olhou naquela direção.

Concentrou-se durante algum tempo, como se estivesse vendo nas trevas. O espírito do rei tornou-se céu e noite e transportou-se para o extremo da terra, lá onde nasciam os ventos.

O que Ramsés viu era tão aterrador que se vestiu às pressas, despertou o pessoal da administração do palácio e mandou chamar Ameni.

FORMADA POR MILHÕES e milhões de gafanhotos, a gigantesca nuvem vinha do leste, empurrada por um vento fortíssimo. Não era a primeira vez que acontecia um ataque daqueles, mas esse era de uma dimensão apavorante.

Graças à intervenção do faraó, os camponeses do Delta haviam acendido fogueiras nas quais lançavam substâncias odoríferas destinadas a afastar os terríveis insetos; sobre algumas das culturas haviam sido colocados enormes panos de linho grosseiro.

Quando Moisés gritara que os insetos devorariam todas as árvores do Egito e não deixariam qualquer fruto, a terrível notícia espalhara-se rapidamente pelos campos graças aos mensageiros reais e, agora, todos se congratulavam por terem tomado rapidamente as precauções preconizadas por Ramsés.

Os prejuízos foram mínimos, e todos se lembraram de que o gafanhoto era uma das formas simbólicas que a alma do faraó assumia para atingir o céu, num salto gigantesco.

Quando em pequeno número, o inseto era considerado benéfico, mas, em bando, se tornava temível.

O casal real percorreu de carro os arredores da capital, detendo-se em várias aldeias que temiam um novo ataque; mas Ramsés e Nefertari prometeram que o flagelo não tardaria a desaparecer.

Tal como pressentira a grande esposa real, o vento leste diminuiu, sendo substituído por rajadas que arrastaram a nuvem de gafanhotos para o mar de juncos, e depois para os campos cultivados.

– VOCÊ NÃO ESTÁ DOENTE – disse o doutor Pariamakhu a Meba –, mas mesmo assim deveria tirar alguns dias de repouso.

– Este mal-estar...

– O coração está em excelente estado, e o fígado funciona bem. Não se preocupe, você vai viver cem anos!

Meba simulara um mal-estar, na esperança de que Pariamakhu lhe mandasse ficar no quarto algumas semanas, período em que Ofir e seus cúmplices talvez fossem presos.

Mas aquele plano infantil não dera certo... E denunciá-los seria denunciar-se a si próprio!

Não tinha outro remédio senão executar a missão. Mas como se aproximaria de Uri-Techup sem chamar a atenção de Serramanna e de sua guarda de elite?

Concluiu, então, que sua melhor arma era a diplomacia. Quando cruzou com o sardo num dos corredores do palácio, o diplomata abordou-o.

– Acha enviou-me uma mensagem ordenando que eu interrogue Uri-Techup e anote suas confidências sobre a administração hitita – declarou Meba. – Aquilo que Uri-Techup me disser tem de permanecer secreto, por isso devemos encontrar-nos a sós. Anotarei e selarei suas declarações em um papiro, depois as enviarei ao rei.

Serramanna pareceu contrariado.

– De quanto tempo vai precisar?

– Não sei.

– Tem pressa?

– É uma missão urgente.

– Bem... Então, vamos.

URI-TECHUP RECEBEU o diplomata com desconfiança, mas Meba soube demonstrar amabilidade e convicção, acalmando o hitita. Não o pressionou com perguntas, felicitou-o por sua colaboração e garantiu-lhe que seu futuro acabaria por esclarecer-se.

Uri-Techup descreveu as mais impressionantes batalhas e contou mesmo algumas piadas.

– Está satisfeito com a forma como é tratado? – perguntou Meba.

– O alojamento e a comida são agradáveis, faço exercícios, mas... faltam-me mulheres.

– Talvez haja um jeito...

– Como?

– Exija um passeio pelos jardins, ao cair da tarde, para aproveitar-lhe o frescor. E no maciço de tamargueiras, perto da porta menor, uma mulher o estará esperando.

– Creio que vamos nos tornar bons amigos.

– É o meu maior desejo, Uri-Techup.

O TEMPO TORNOU-SE PESADO, e o céu escureceu. O deus Seth demonstrava novamente seu poder. O calor sufocante e a ausência de vento proporcionaram a Uri-Techup a oportunidade de pedir um passeio pelos jardins. Acompanharam-no dois guardas, que o deixaram perambular entre os maciços de flores, pois sabiam que o hitita não tinha qualquer chance de escapar. Afinal, por que havia de tentar escapar da prisão dourada em que se encontrava em segurança?

Escondido sob as tamargueiras, Meba tremia. Drogado com uma infusão de mandrágora e fora de seu estado normal, o diplomata escalara o muro do jardim e se preparava para atacar.

Quando Uri-Techup se inclinasse sobre ele, cortar-lhe-ia o pescoço com um punhal de lâmina curta, roubado de um oficial de infantaria. Depois de abandonar a arma sobre o cadáver, acusaria um grupo de militares furiosos de terem fomentado uma conspiração para se vingarem de um inimigo responsável pela morte de muitos egípcios.

Meba nunca matara ninguém e sabia que esse ato o conduziria à condenação eterna, mas se defenderia perante os juízes do outro mundo, explicando que havia sido manipulado. No momento, devia pensar apenas no punhal e no pescoço de Uri-Techup.

Passos.

Passos lentos e cautelosos. Viu sua presa aproximar-se, imobilizar-se, inclinar-se...

Meba ergueu o braço para atacar, mas um violento soco na cabeça o fez mergulhar no nada.

Serramanna ergueu o diplomata, segurando-o pela gola da túnica.

– Traidor, medíocre e estúpido... Acorde, Meba.

O corpo do diplomata permaneceu inerte.

– Deixe de brincadeira!

A cabeça formava com a linha do pescoço um ângulo bizarro. Serramanna compreendeu, contrariado, que lhe batera com muita força.

## 52

No âmbito do indispensável inquérito administrativo sobre a morte brutal de Meba, Serramanna tivera de se submeter a um interrogatório intenso conduzido por Ameni. Pouco à vontade, o sardo temia ser castigado.

– O processo é claro – concluiu o escriba. – Suspeitava, com razão, que o diplomata Meba lhe tinha mentido e que queria matar Uri-Techup. Tentou deter Meba em flagrante delito, mas este debateu-se, pôs sua existência em perigo e sucumbiu durante a luta.

O ex-pirata descontraiu-se.

– É um magnífico relatório.

– Embora morto, Meba será julgado por um tribunal. Como não há dúvidas sobre sua culpa, seu nome será retirado de todos os documentos oficiais. Todavia, uma questão permanece: para quem trabalhava?

– Disse-me que estava sob as ordens de Acha.

Ameni mordiscou o pincel.

– Mandar eliminar o hitita para livrar Ramsés de um personagem incômodo... Se fosse verdade, Acha nunca teria confiado essa tarefa a um medroso! E, principalmente, não teria ido contra a vontade de Ramsés, que respeita muito o direito de asilo. Meba mentiu mais uma vez. E se fosse um dos membros da rede de espionagem hitita instalada em nosso território?

– Essa rede não era favorável a Uri-Techup?

– Mas o atual imperador é Hattusil. Uri-Techup não passa de um renegado. Eliminando seu inimigo número um, a rede conquistaria as boas graças do novo senhor do Hatti.

O sardo cofiou o longo bigode.

– Em outras palavras: Ofir e Chenar não só continuam bem vivos, como instalados no Egito.

– Chenar desapareceu na Núbia, e Ofir não se manifesta há anos.

Serramanna fechou os punhos.

– Esse maldito mago talvez esteja bem perto de nós! Os testemunhos relativos à sua fuga para a Líbia seriam outras tantas mentiras destinadas a relaxar minha desconfiança.

– Ofir não provou que sabia colocar-se fora de nosso alcance?

– De meu alcance não, Ameni, de meu não...

– E se dessa vez, para variar, você o trouxesse vivo?

DURANTE TRÊS intermináveis dias, espessas nuvens negras ocultaram o sol sobre Pi-Ramsés. Aos olhos dos egípcios, as perturbações causadas pelo deus Seth misturavam-se aos perigos transportados pelos mensageiros da deusa Sekhmet, anunciadores das doenças e das infelicidades.

Uma única pessoa podia evitar que a situação se agravasse: a grande esposa real, encarnação terrestre da Regra eterna que o faraó alimentava com oferendas. Foi o momento em que cada um olhou para si mesmo e, sem complacência, tentou corrigir suas falhas de comportamento. Assumindo os defeitos e as imperfeições de seu povo, Nefertari foi ao templo de Mut, em Tebas, para depositar oferendas aos pés da estátua da temível deusa Sekhmet e assim transformar as trevas em luz.

Na capital, Ramsés concordou em receber Moisés, que clamava ser a escuridão que cobria a capital a nona das pragas infligidas por Jeová ao povo egípcio.

 – Está finalmente convencido, faraó?

– Está apenas interpretando fenômenos naturais, atribuindo-os ao seu deus; é sua visão do real e a respeito, mas não admito que espalhe a perturbação entre o povo em nome de uma religião. Tal atitude é contrária à lei de Maât e só pode conduzir ao caos e à guerra civil.

– As exigências de Jeová permanecem inalteráveis.

– Abandone o Egito com seus fiéis, Moisés, e vá orar ao seu deus lá onde você quiser.

– Não é assim que Jeová o interpreta; é todo o povo hebreu que deve partir comigo.

– Deixará aqui o gado, tanto o pequeno como o grande, porque a maior parte lhes foi alugado e não lhes pertence. Os que rejeitam o Egito não têm o direito de gozar de seus benefícios.

– Nossos rebanhos nos acompanharão; nenhuma cabeça de gado permanecerá em seu país, pois todas servirão ao culto de Jeová. Precisamos delas para oferecer sacrifícios e holocaustos até nossa chegada à Terra Prometida.

– Tenciona comportar-se como um ladrão?

– Só Jeová pode me julgar.

– Que fé pode justificar semelhantes excessos?

– Você é incapaz de compreendê-la. Contente-se em inclinar-se.

– Os faraós conseguiram sufocar o fanatismo e a intolerância, venenos mortais que corroem o coração do homem. Não receia, como eu, as conseqüências de uma verdade absoluta e definitiva, imposta por alguns homens a outros?

– Cumpra a vontade de Jeová.

– Não tem na boca senão ameaças e fantasias, Moisés? O que aconteceu com a amizade que nos conduzia pelo caminho do conhecimento?

– Só o futuro me interessa, e esse futuro consiste no êxodo de meu povo.

– Saia deste palácio, Moisés, e nunca mais reapareça na minha frente. Caso contrário, vou considerá-lo um rebelde, e o tribunal sentenciará contra você o castigo aplicável aos causadores de perturbações.

VERMELHO DE RAIVA, Moisés transpôs a porta do palácio, não saudou os cortesãos que, de boa vontade, teriam trocado algumas palavras com ele, e chegou à sua casa do bairro hebreu onde Ofir o esperava.

Os aliados do mago haviam-lhe contado sobre o fracasso e a morte de Meba, mas o último relatório escrito do diplomata continha uma informação interessante: durante uma cerimônia no templo de Ptah, em Mênfis, Meba havia constatado que Kha se despojara das proteções mágicas concebidas por Setaou. É verdade que sua função de grande sacerdote o colocava ao abrigo das forças obscuras, mas por que Ofir não tentava sua sorte?

– Ramsés cedeu? – perguntou o mago.

– Não cederá nunca! – respondeu Moisés.

– Ramsés ignora o medo. Esta situação permanecerá sem saída enquanto não recorrermos à violência.

– Uma revolta...

– Dispomos de armas.

– Os hebreus serão exterminados.

– Quem fala de uma luta aberta? É a morte que devemos utilizar, e será ela a décima e última praga infligida ao Egito.

A fúria de Moisés não abrandava e, ao ouvir as palavras ameaçadoras de Ofir, julgou ouvir a voz de Jeová.

– Tem razão, Ofir; é necessário ferir Ramsés com muita força, pois só assim ele será obrigado a libertar os hebreus.

À meia-noite, a noite da morte, Jeová atravessará o Egito, e todos os primogênitos morrerão.

Ofir esperara desesperadamente por aquele momento! Finalmente ia vingar-se das derrotas que o faraó lhe infligira.

– À cabeça dos primogênitos figura Kha, o filho de Ramsés e seu provável sucessor. Até o momento, o jovem beneficiava-se de uma proteção mágica que nunca consegui vencer. Mas agora...

– A mão de Jeová não o poupará.

– Devemos enganá-los – propôs Ofir. – Os hebreus têm de se confraternizar com os egípcios como antes, e aproveitar para roubar-lhes objetos preciosos, pois teremos necessidade deles durante o êxodo.

– Celebraremos a Páscoa – anunciou Moisés – e marcaremos nossas casas com vermelho, tendo um ramo de hissopo mergulhado no sangue do gado imolado para a cerimônia. Na noite da morte, o Exterminador poupará essas casas.

Ofir precipitou-se para seu laboratório. Graças ao pincel de Kha, roubado por Meba, o mago talvez conseguisse paralisar o filho mais velho de Ramsés e fazê-lo deslizar para o nada.

OS JOGOS DE SOMBRA e de luz que davam vida ao jardim tornavam Nefertari ainda mais bela. Misteriosa e sublime, evoluindo com a graça de uma deusa entre os pequenos bosques e as flores, ela era a felicidade. No entanto, ao lhe beijar a mão, Ramsés sentiu imediatamente sua contrariedade.

– Moisés continua nos ameaçando – murmurou ela.

– Era meu amigo, e não posso acreditar que sua alma seja má.

– Também eu sinto estima por ele, mas há um fogo destruidor que se apoderou de seu coração, e é esse fogo que eu temo.

Com ar preocupado, Setaou abordou o casal real.

– Perdoe-me, mas tenho o hábito de ir direto ao assunto: Kha está doente.

– É grave? – inquietou-se Nefertari.

– Receio que sim, Majestade; meus remédios parecem ineficazes.

– Quer dizer...

– Não nos enganemos: é feitiço.

Filha de Ísis, a feiticeira por excelência, a grande esposa real precipitou-se para a cabeceira do filho mais velho de Ramsés.

Apesar da dor, Kha, o grande sacerdote de Ptah, demonstrava uma impressionante dignidade. Estendido numa cama baixa, com as feições marcadas, a pele acinzentada, o primogênito do rei estava com a respiração acelerada.

– Não consigo mexer meus braços nem minhas pernas – disse a Nefertari.

A rainha pousou as mãos sobre as têmporas do jovem.

– Eu lhe darei toda a minha energia – prometeu ela – e lutaremos juntos contra a morte covarde. Eu lhe darei toda a felicidade que a vida me deu, e você não morrerá.

NA CAPITAL HITITA, as negociações avançavam muito lentamente. Hattusil discutia artigo por artigo do projeto de tratado que havia sido redigido por Ramsés, propunha outra fórmula sobre o assunto, batalhava firmemente com Acha e chegava a um compromisso em que pesava e repesava cada palavra. Putuhepa também fazia comentários, o que provocava ainda outras discussões.

Acha mostrava-se de uma paciência a toda prova. Tinha consciência de estar participando da elaboração de uma paz da qual dependia a felicidade de todo o Oriente Médio e de boa parte da Ásia.

– Não pode esquecer – lembrou Hattusil – que exijo a extradição de Uri-Techup.

– Será o último ponto a ser discutido – disse Acha – quando tivermos concluído um acordo sobre a globalidade do tratado.

– Considerável otimismo... Mas está convencido de que o imperador do Hatti tem total confiança em você?

– Se cometesse esse erro, seria imperador do Hatti?

– Atribuindo-me pensamentos reservados, não estará comprometendo o resultado das negociações?

– É inevitável que tenha segundas intenções, Majestade, e procure obter um tratado mais favorável para o Hatti do que para o Egito... Meu papel consiste em restabelecer o equilíbrio dos pratos da balança.

– Um jogo delicado, talvez fadado ao fracasso.

– O futuro do mundo... Eis o que Ramsés me confiou, eis o que se encontra em suas mãos, Majestade.

– Sou paciente, lúcido e teimoso, meu caro Acha.

– Eu também, Majestade.

## 53

Serramanna jamais abandonava a casa da guarda reservada a seus mercenários. Quando muito, concedia a si próprio algumas distrações com uma jovem da cervejaria de maior reputação; mas o prazer não conseguia arrancá-lo de sua obsessão: a de seu adversário, mais cedo ou mais tarde, cometer um erro, estando ele vigilante para poder agarrá-lo.

A doença de Kha mergulhava o sardo numa profunda tristeza; tudo o que se relacionava ao rei e a seus familiares o afetava como se a família real fosse sua própria família, por isso batia com os pés, furioso por não poder eliminar os inimigos de Ramsés.

Um de seus mercenários veio apresentar-lhe um relatório.

– Estão acontecendo coisas estranhas no bairro dos hebreus...

– Explique-se.

– Há marcas de tinta vermelha sobre as portas das casas deles. Não sei por que, mas pensei que isso lhe interessaria.

– Fez bem. Traga-me Abner aqui, sob qualquer pretexto.

Depois de haver testemunhado em favor de Moisés, o oleiro Abner, que anteriormente demonstrara certa tendência para fazer chantagem com seus irmãos hebreus, nunca mais abrira a boca.

De cabeça baixa, o hebreu estava visivelmente pouco à vontade.

– Por acaso cometeu algum delito? – perguntou Serramanna com voz dura.

– Oh não, meu senhor! Minha vida é tão imaculada como o hábito branco de um sacerdote.

– Então por que está tremendo?

– Não passo de um miserável oleiro e...

– Basta, Abner; por que sujou a porta de sua casa com tinta vermelha?

– Foi um acidente, meu senhor!

– Um acidente que se reproduziu em dezenas de outras portas? Deixe de me tratar como se eu fosse um imbecil.

O gigante sardo estalou as articulações dos dedos, e o hebreu sobressaltou-se.

– É... é uma espécie de moda!

– É mesmo? E se a minha moda consistisse em cortar-lhe o nariz e as orelhas?

– Não tem esse direito, o tribunal o condenaria.

– Motivo de força maior: investigo o encantamento lançado sobre o filho mais velho de Ramsés e não me admiraria se viesse a saber que você está metido nisso.

Os juízes mostravam-se muito severos em relação às pessoas que praticavam a magia negra; Abner arriscava-se a uma severa condenação.

– Sou inocente!

– Com seu passado, será difícil acreditar nisso.

– Não me faça isso, senhor, tenho uma família, filhos...

– Ou fala, ou eu o acuso.

Entre sua segurança e a de Moisés, Abner não demorou muito para falar.

– Moisés lançou uma maldição sobre os primogênitos – revelou. – Na noite da desgraça, serão mortos por Jeová. Para que os hebreus sejam poupados, é necessário um sinal que permita distinguir suas casas.

– Por todos os demônios do mar, esse Moisés é um monstro!

– Permite... permite que eu saia agora em liberdade, senhor?

– Iria dar com a língua nos dentes, seu traidorzinho. Na prisão estará bem guardado.

Satisfeito com a decisão, Abner balançou a cabeça.

– E quando poderei sair?

– Qual é data fixada para a noite da desgraça?

Não sei, mas está próxima.

Serramanna precipitou-se para o palácio de Ramsés, que o recebeu logo que terminou sua entrevista com o ministro da Agricultura. Muito chocado com a doença de Kha, que apenas a magia de Nefertari mantinha vivo, Nedjem mal tinha forças para cumprir suas funções. Ramsés, porém, convencera-o de que o serviço ao país e à comunidade dos egípcios passava à frente de qualquer outra coisa, mesmo de uma tragédia pessoal.

O sardo relatou-lhe as palavras de Abner.

– Esse homem mente – exclamou o rei. – Moisés nunca teria imaginado semelhante abominação.

– Abner é um covarde e tem medo de mim; o que me disse é verdade.

– Uma sucessão de crimes, a eliminação fria e sistemática dos primogênitos... Semelhante horror só poderia ter germinado num cérebro doente. Moisés, repito, nunca faria uma coisa dessas.

– Sugiro uma ostentação das forças da ordem para impedir os assassinos de executarem seu projeto.

– Faça também com que a guarda da província intervenha.

– Perdoe-me, Majestade... mas Moisés não deveria ser preso?

– Não cometeu nenhum delito, e o tribunal o absolveria. Tenho que arranjar outra solução.

– Gostaria de lhe propor uma estratégia que vai considerar horrível, mas que poderá revelar-se eficaz...

– Está muito cauteloso! Fale, Serramanna.

– Anunciemos que Kha não viverá mais de três dias.

Ramsés estremeceu à simples menção dessa lúgubre previsão.

– Sabia que iria chocar-se, Majestade, mas essa notícia levará inevitavelmente os assassinos a agirem mais depressa, e quero tirar proveito da situação.

O rei refletiu apenas por alguns momentos.

– Pode agir, Serramanna.

DOLENTE, A IRMÃ DE RAMSÉS, esbofeteou a cabeleireira que puxara com força uma das madeixas de sua imponente cabeleira escura.

– Desapareça daqui, desajeitada!

A jovem desapareceu, em prantos. A pedicure substituiu-a imediatamente.

– Tire-me as cutículas e pinte-me as unhas de vermelho... E tome cuidado para não me ferir!

A pedicure felicitou-se intimamente por sua longa experiência.

– Trabalha muito bem – admitiu Dolente. – Vou pagar-lhe e recomendá-la às minhas amigas.

– Obrigada, princesa; apesar da tristeza reinante, oferece-me uma bela satisfação.

– Por que fala de tristeza?

– Minha primeira cliente desta manhã, uma grande dama da corte, acaba de saber da terrível notícia: o filho mais velho do rei vai morrer.

– Não será um simples rumor?

– Infelizmente, não! Segundo o médico do palácio, Kha não sobreviverá mais de três dias.

– Termine logo seu trabalho porque tenho o que fazer.

A urgência: era a única situação em que Dolente se via obrigada a infringir as regras de segurança. Esquecendo a maquiagem, colocou uma peruca ordinária e jogou uma capa marrom sobre os ombros. Ninguém a reconheceria.

Dolente misturou-se com os pedestres e se dirigiu para o bairro dos oleiros hebreus. Passou por um carregador de água e um vendedor de queijos, afastou com a mão nervosa duas meninas que brincavam com uma boneca no meio da rua, esbarrou em um velho que andava muito lentamente e, por fim, bateu cinco vezes numa pequena porta pintada de verde-escuro.

A porta abriu-se, rangendo.

– Quem é você? – perguntou um oleiro.

– Sou amiga do mago Ofir.

– Entre.

O homem conduziu Dolente por uma escada que levava a uma adega iluminada por um lampião a óleo, cuja luz fraca revelou o rosto inquietante do líbio. O aspecto de ave de rapina, as maçãs do rosto salientes e o nariz proeminente constituíam uma figura misteriosa, mas que fascinava a irmã de Ramsés.

Ofir segurava o pincel de Kha na mão, que estava recoberto de sinais estranhos e queimado parcialmente.

– Que pressa é essa, Dolente?

– Kha vai morrer nas próximas horas.

– Terão os médicos do palácio desistido de curá-lo?

– Pariamakhu acha que ele está prestes a morrer.

– É uma excelente notícia, mas que só vai modificar um pouco meus planos. Fez muito bem em avisar-me.

Significava que a noite do Exterminador ocorreria mais cedo do que estava previsto. Os primogênitos morreriam, a começar pelo filho de Ramsés, e o desespero cairia sobre o povo egípcio, que, apavorado com o poder e a fúria de Jeová, voltar-se-ia contra Ramsés. A revolta seria imensa.

Dolente lançou-se aos pés do mago.

– O que vai acontecer, Ofir?

– Ramsés será escorraçado, e Moisés e o verdadeiro Deus triunfarão.

– Nosso sonho realizado...

– É da realidade que devemos falar primeiro, minha querida Dolente... Como tem sido bom manter-se perseverante!

– Não seria possível evitar... certas violências?

Ofir ergueu Dolente e colocou as palmas das mãos sobre as faces da enorme mulher morena, quase desfalecida.

– É Moisés quem toma as decisões, e Moisés é inspirado por Jeová. Não devemos discutir suas ordens, sejam quais forem as conseqüências.

Uma porta abriu-se bruscamente, um grito foi sufocado, passos rápidos subiram a escada, e o gigante sardo irrompeu na adega!

Com as costas da mão, Serramanna empurrou Dolente. O sardo a seguira até o esconderijo do mago e, lá, aplicou nele uma forte cabeçada. Ao cair, o espião hitita não largara o pincel de Kha, que continuava apertado em sua mão. O antigo pirata pisou-lhe o braço com força e o obrigou a abrir os dedos.

– Ofir... Finalmente, apanhei-o!

## 54

Setaou entrou no quarto de Kha, atirou o pincel enfeitiçado sobre os mosaicos do chão e o pisou com raiva até reduzi-lo a minúsculos fragmentos.

Nefertari, que não parara de magnetizar o filho mais velho de Ramsés, ergueu para Setaou os olhos cheios de gratidão.

– O encantamento foi destruído, Majestade; Kha em breve melhorará.

Nefertari retirou as mãos da nuca do jovem antes de desmaiar, esgotada.

DEPOIS QUE O DOUTOR Pariamakhu prescreveu fortificantes inofensivos, Setaou administrou à rainha um remédio que realmente devolveria a seu sangue a energia perdida.

– A grande esposa real foi além dos limites do cansaço – disse ele a Ramsés.

– Exijo toda a verdade, Setaou.

– Oferecendo sua magia a Kha, Nefertari privou-se de muitos anos de vida.

Ramsés permaneceu à cabeceira da rainha, tentando dar-lhe sua própria força, a força sobre a qual se edificava seu reino. E estava pronto a sacrificá-lo para que Nefertari tivesse uma longa e feliz velhice e iluminasse com sua beleza o duplo país.

Foi necessária a persuasão de Ameni para fazer Ramsés regressar aos assuntos de Estado. O rei só concordou em conversar com o amigo depois de ter ouvido a voz tranqüilizadora de Nefertari afirmar que sentia a noite afastar-se de si.

– Serramanna trouxe-me um longo relatório – declarou Ameni. – O mago Ofir foi preso e será julgado por espionagem, magia negra, tentativa de assassinato de membros da família real e assassinato da infeliz Lita e de sua criada. Mas ele não é o único culpado: Moisés é tão perigoso quanto ele. Ofir falou e revelou que Moisés tinha intenção de eliminar todos os primogênitos do Egito. Sem a intervenção de Serramanna, que destruiu esse projeto monstruoso, quantas vítimas teríamos de lamentar?

DO MAIS VELHO ao mais jovem, do mais humilde ao mais rico, do mais culto ao mais ignorante, todos os hebreus ficaram estupefatos. Ninguém esperava ver surgir o faraó em pessoa, à frente de um destacamento de soldados comandado por Serramanna. As ruas ficaram desertas, e cada um se contentou em observar o monarca por trás das persianas semicerradas.

Ramsés encaminhou-se diretamente à casa de Moisés. Alertado pelo barulho, este se encontrava no limiar, de cajado na mão.

– Não devíamos tornar a ver-nos, Majestade.

– Será nosso último encontro, Moisés, pode ter certeza. Por que tentou espalhar a morte?

– Só existe em mim a obediência a Jeová.

– O seu deus não será demasiado cruel? Respeito sua fé, meu amigo, mas recuso que ela seja uma fonte de discórdia na terra legada por meus antepassados. Abandone o Egito, Moisés, abandone-o com seus hebreus. Vá viver em qualquer outro lugar a sua verdade. Não é você que solicita o êxodo, sou eu que o exijo.

VESTIDO NUMA LONGA túnica de lã vermelha e negra, o imperador Hattusil contemplava sua capital do alto da acrópole, no topo da colina onde se erguia seu palácio. A esposa Putuhepa deu-lhe ternamente o braço.

– Nosso país é rude, mas não desprovido de beleza. Por que sacrificá-lo a um ressentimento?

– Uri-Techup deve ser castigado – afirmou o imperador.

– Já não está sendo? Imagine um guerreiro implacável como ele tendo a residência vigiada no país de seu pior inimigo! Não estará a vaidade de Uri-Techup mortalmente ferida?

– Não tenho o direito de concordar nesse ponto.

– A Assíria não lhe permitirá manter essa obstinação durante muito tempo. O exército deles mostra-se cada vez mais ameaçador e não hesitará em atacar-nos se souber que as negociações de paz com o Egito fracassaram.

– Essas negociações são secretas.

– Terá o imperador do Hatti se tornado ingênuo? Os mensageiros não param de ir e vir entre o Hatti e o Egito, entre o Egito e o Hatti, e aquilo que era secreto já não o é. Se não concluirmos o mais rápido possível um pacto de não-agressão, os assírios vão nos considerar uma presa fácil, já que Ramsés assistirá à nossa queda sem reagir.

– Os hititas saberão defender-se.

– Desde o início de seu reinado, Hattusil, seu povo mudou muito. Até mesmo os soldados anseiam pela paz. E você próprio, terá outro objetivo?

– Não será Nefertari que a está influenciando?

– Minha irmã, a rainha do Egito, partilha minhas convicções; conseguiu convencer Ramsés a deixar de entrar em guerra com os hititas, mas seremos nós capazes de corresponder à sua esperança?

– Uri-Techup...

– Uri-Techup pertence ao passado. Que se case com uma egípcia, que faça parte do povo do faraó e desapareça de nosso futuro!

– Está me pedindo muito...

– Não é esse meu dever de imperatriz?

– Ramsés considerará meu recuo um sinal de fraqueza.

– Nem Nefertari nem eu interpretaremos assim seu gesto magnânimo.

– Por acaso são as mulheres que dirigem a política externa do Hatti e do Egito?

– Por que não, se conseguirmos alcançar a paz? – respondeu Putuhepa.

O MAGO OFIR falou muito durante seu julgamento. Gabou-se de ter sido o chefe da rede de espionagem hitita no Egito e de ter atentado contra a vida de Kha. Quando descreveu a forma como tinha matado a infeliz Lita e a criada, os jurados compreenderam que Ofir não sentia qualquer remorso e que não hesitaria em matar de novo, com a mesma frieza.

Dolente soluçava. Acusada por Ofir de cumplicidade ativa, não desmentiu nada e se contentou em implorar a clemência do irmão, o rei do Egito. Acusou Chenar, cuja má influência a afastara do caminho certo.

A deliberação demorou pouco. O vizir deu o veredicto. Condenado à morte, Ofir executar-se-ia a si próprio com veneno; Dolente, cujo nome seria anulado e retirado de todos os documentos oficiais, viveria exilada para sempre no sul da Síria, onde trabalharia como empregada rural, colocada à disposição do dono de uma fazenda para executar todas as tarefas pesadas. Quanto a Chenar, foi condenado (à revelia) à pena capital, e seu nome mergulharia igualmente no nada.

Setaou e Lótus regressaram a Abu-Simbel no próprio dia em que Acha regressou ao Egito. Mal tiveram tempo de se abraçar antes de novamente se separarem.

Acha foi imediatamente recebido pelo casal real; embora muito cansada, Nefertari não deixara de se corresponder com Putuhepa. Matador, o leão núbio, e seu companheiro Vigilante, o cão amarelo-dourado, ainda bastante ativo apesar da idade, não abandonavam a rainha, como se soubessem que sua presença lhe dava alguma força. Sempre que podia escapulir às exigências de seu cargo, Ramsés corria para junto da esposa. Passeavam nos jardins do palácio, e ele lia para ela os textos dos sábios do tempo das pirâmides. Ambos tomavam cada vez mais consciência do amor imenso que os unia, do amor secreto que nenhuma palavra podia descrever, ardente como um céu de verão e doce como um pôr-do-sol sobre o Nilo.

Era Nefertari que obrigava Ramsés a separar-se dela para se voltar para o Egito, orientar o timão do Estado na direção certa e responder às mil e uma perguntas cotidianas formuladas pelos ministros e altos funcionários. Graças a Iset a Bela, a Meritamon e a Kha, que recuperara a saúde, a convalescença da rainha estava rodeada de alegria e juventude. Apreciava as visitas do pequeno Merneptah, já de notável personalidade, e de Touya, hábil em disfarçar seu próprio cansaço.

Acha inclinou-se perante Nefertari.

– Sua inteligência e beleza fizeram-me muita falta, Majestade.

– Traz boas notícias?

– Excelentes.

– Hattusil deseja assinar um tratado? – perguntou Ramsés, desconfiado.

– Graças à rainha do Egito e à imperatriz Putuhepa, o caso de Uri-Techup está quase resolvido: pois que permaneça no Egito e se entrose em nossa sociedade. Assim, não haverá mais nenhum obstáculo à realização de nosso acordo.

Um largo sorriso iluminou o rosto de Nefertari.

– Teremos conseguido a mais bela das vitórias?

– Nosso principal apoio foi a imperatriz Putuhepa; o teor das cartas da grande esposa real tocou-lhe o coração. Desde o início do reinado de Hattusil, os hititas receiam o perigo representado pelo exército assírio e sabem que nós, os inimigos de ontem, seremos seu melhor apoio amanhã.

– Atuemos rapidamente – recomendou Nefertari – para aproveitarmos este momento de graça.

– Trago a versão do tratado de não-agressão proposta por Hattusil. Vamos estudá-la com muita atenção, e, logo que tenha obtido o seu acordo e o do faraó, partirei de novo para o Hatti.

O casal real e Acha lançaram-se ao trabalho; não sem surpresa, Ramsés constatou que Hattusil aceitara a maior parte de suas condições.

Acha realizara um trabalho surpreendente, sem trair o pensamento do rei. E quando Touya terminou por sua vez sua minuciosa leitura, deu também sua aprovação.

– O QUE ESTÁ SE passando aqui? – perguntou o vice-rei da Núbia, cujo carro, puxado por dois cavalos e guiado por um condutor experiente, se dirigia para o palácio de Pi-Ramsés, seguindo pelas ruas barulhentas e cheias de gente.

– É o êxodo dos hebreus – respondeu o condutor. – Conduzidos por seu líder Moisés, abandonam o Egito e partem para sua Terra Prometida.

– Por que o faraó aceitou semelhante loucura?

– Ramsés os expulsou por perturbarem a ordem pública.

Estupefato, o vice-rei da Núbia, em visita oficial à capital, viu milhares de homens, mulheres e crianças saírem de Pi-Ramsés, levando à sua frente os rebanhos e puxando carroças repletas de roupas e provisões. Alguns cantavam, outros tinham um ar triste. Afastar-se da terra onde levavam uma vida agradável desesperava a maior parte deles, mas não ousavam opor-se a Moisés.

Recebido por Ameni, o vice-rei da Núbia foi conduzido ao gabinete de Ramsés.

– Qual o motivo de sua visita? – espantou-se o monarca.

– Queria avisá-lo o mais depressa possível, Majestade. Não hesitei, portanto, em tomar um barco rápido para vir lhe fazer pessoalmente um relatório sobre os trágicos acontecimentos que enlutam o território de que estou encarregado... Foram tão inesperados, tão brutais! Não podia imaginar...

– Pare de tagarelar – exigiu Ramsés – e conte logo tudo.

O vice-rei da Núbia engoliu em seco.

– Uma revolta, Majestade. Uma terrível revolta de tribos coligadas.

## 55

Chenar conseguira.

Mês após mês, argumentara e tornara a argumentar, insistindo em convencer, um a um, os chefes de tribos a se aliarem com seus confrades para se apoderarem da principal mina de ouro da Núbia. Embora propusesse pagar-lhes generosamente, distribuindo entre eles placas de prata, os guerreiros negros haviam-se mostrado indecisos à idéia de desafiar Ramsés o Grande. Não era uma loucura, portanto, opor-se ao exército egípcio que, no início do reinado de Sethi, infligira uma pesada derrota aos revoltosos?

Apesar de inúmeros fracassos, Chenar continuara insistindo. Sua última chance de eliminar Ramsés seria atraí-lo para uma emboscada. Para isso bastava-lhe obter a ajuda de combatentes destemidos, decididos a apoderar-se de vultosas riquezas sem medo de enfrentar os soldados do faraó.

A perseverança de Chenar acabara por recompensá-lo. O primeiro chefe cedera, depois o segundo, o terceiro e vários outros... E foram necessárias novas conversações para designar quem encabeçaria a revolta.

A discussão degenerara em desordem, durante a qual dois chefes de clã e o mercenário cretense haviam sido mortos. Chegaram, então, a um acordo sobre o nome de Chenar; embora não fosse núbio, era ele quem melhor conhecia Ramsés e seu exército.

Os guardas encarregados de vigiar os trabalhadores da mina opuseram apenas uma fraca resistência à turba enraivecida de guerreiros negros, armados com lanças e arcos; em algumas horas, os guerreiros tornaram-se senhores do local e, em poucos dias, repeliram as tropas vindas da fortaleza de Buhan para restabelecer a ordem.

Diante da dimensão da revolta, o vice-rei da Núbia não tivera outra solução senão relatar os acontecimentos a Ramsés.

Chenar sabia que o irmão viria em pessoa dominar os revoltosos. Cometeria, assim, um erro fatal.

COLINAS DESÉRTICAS, elevações de granito, uma estreita faixa de vegetação resistindo ao avanço do deserto, o céu de um azul absoluto, cruzado por pelicanos, flamingos rosa, grous coroados e jaburus, palmeiras com tronco duplo... Eis a admirável Núbia que Ramsés amava e cujo fascínio se fazia sentir a cada momento, apesar das graves preocupações que haviam forçado o rei e seu exército a dirigir-se com urgência para o Grande Sul.

Segundo o relatório do vice-rei, as tribos núbias revoltadas haviam-se apoderado da principal mina de ouro. A interrupção da produção do metal precioso acarretaria conseqüências catastróficas: por um lado, os ourives precisavam do metal precioso para adornar os templos; por outro, o rei usava-o como presente para seus vassalos, a fim de assegurar ótimas relações diplomáticas.

Embora lhe custasse afastar-se de Nefertari, Ramsés tinha que atacar depressa e com força, ainda mais por ter uma certeza, confirmada pela intuição da grande esposa real: o instigador daquela revolta não podia ser outro senão Chenar.

Seu irmão mais velho não desaparecera, como todos haviam suposto, nas solidões desérticas, mas estava bem vivo e maquinara uma forma de espalhar a anarquia. Com o ouro sob controle, financiaria a insurreição de bandos de mercenários, atacaria as fortalezas egípcias e se lançaria numa aventura insensata, à conquista da terra dos faraós. O ódio e o ciúme, alimentados pelos fracassos, fizeram com que Chenar penetrasse num reino do qual não voltaria a sair: o reino da loucura.

Todos os laços de afeto entre ele e Ramsés haviam sido rompidos. Nem mesmo Touya protestara quando o faraó lhe confidenciara suas intenções. Aquele confronto fratricida seria o último.

Vários "filhos reais" estavam ao lado de Ramsés, impacientes por provarem sua bravura. Com perucas de pontas longas, camisas plissadas de mangas compridas e um saiote com um pano na frente, seguravam com orgulho a insígnia do deus chacal, "o desbravador de caminhos".

Quando um gigantesco elefante lhes barrou o caminho, até os mais eufóricos estiveram prestes a fugir; Ramsés, porém, avançou para o enorme animal, que o ergueu pela tromba e o colocou sobre o pescoço, entre as duas grandes orelhas que se agitavam num ritmo frenético. Como duvidar ainda da proteção divina de que o faraó gozava?

Matador, o leão de juba magnífica, avançou à direita do elefante em direção à mina. Tanto os arqueiros como os soldados de infantaria estavam convencidos de que o faraó desbarataria as fileiras inimigas com um violento ataque, mas Ramsés mandou erguer o acampamento a boa distância do objetivo. Os cozinheiros começaram imediatamente a trabalhar, limparam-se as armas, afiaram-se as lâminas e alimentaram-se os burros e bois.

Um "filho real" de 20 anos ousou emitir um protesto.

– Por que esperar, Majestade? Alguns núbios revoltados são incapazes de opor-se a nossas forças!

– Conhece mal este país e seus habitantes. Os núbios são arqueiros terríveis e combatem com uma fúria desmedida. Se já nos considerarmos vencedores, muitos homens morrerão.

– Não é essa a lei da guerra?

– Minha lei consiste em poupar o máximo de vidas.

– Mas... os núbios não se renderão!

– Sob ameaça, com certeza não.

– Claro que não vamos negociar com esses selvagens, Majestade!

– Temos de deslumbrá-los. É o fulgor que dá a vitória, não o braço armado. Os núbios costumam armar emboscadas, atacando e apanhando o inimigo pela retaguarda. Não lhes daremos oportunidade para tal, pois os atacaremos de surpresa.

SIM, CHENAR conhecia bem Ramsés. O rei atacaria de frente, seguindo pelo único caminho que conduzia à mina. De um lado e de outro do local, colinas queimadas de sol e rochedos serviriam de esconderijo aos arqueiros núbios. Matariam os oficiais, o exército egípcio debandaria, e Chenar executaria com suas próprias mãos um Ramsés suplicante e desesperado.

Nem um único soldado egípcio sairia vivo daquela armadilha.

Chenar penduraria então o cadáver de Ramsés na proa de seu barco e faria uma entrada triunfante em Elefantina, antes de se apoderar de Tebas, Mênfis, Pi-Ramsés e de todo o Egito. O povo aliar-se-ia à sua causa, e ele, Chenar, governaria finalmente, vingando-se de todos aqueles que não quiseram reconhecer seu valor.

O irmão do rei saiu da cabana de pedra ocupada antes pelo contramestre encarregado de vigiar o trabalho de purificação do ouro e subiu até o topo da área de lavagem do mineral aurífero. Apenas a água, correndo num declive suave sobre o plano inclinado que caía em uma bacia de decantação, conseguia libertar o metal precioso de sua ganga. As partículas de terra ficavam em suspensão, e o mineral, mais pesado e mais denso, caía no fundo da bacia. Era uma operação fatigante, que exigia uma enorme paciência. Chenar pensou em sua própria vida; quantos intermináveis anos não tivera que passar antes de conseguir libertar-se da magia de Ramsés, antes de estar em condições de o vencer e de afirmar sua própria grandeza! Sentia uma espécie de embriaguez, agora que chegara a hora do triunfo!

Um vigia fez grandes sinais, e gritos quebraram o silêncio. Com plumas espetadas nos cabelos encarapinhados, os guerreiros negros correram em todas as direções.

– O que se passa aqui? Parem com essa agitação!

Chenar desceu de seu promontório e agarrou um chefe de tribo que andava em círculos, aterrorizado.

– Ordeno-lhe que se acalme! Quem comanda aqui sou eu!

O guerreiro apontou com a lança para as colinas em volta e para os rochedos.

– Por toda parte... Eles estão por toda parte!

Chenar avançou até o centro da praça, ergueu os olhos e os viu.

Milhares de soldados egípcios cercavam a mina.

No topo da colina mais alta, uma dezena de homens havia armado um dossel sob o qual fora instalado um trono. Com a coroa azul, Ramsés sentou-se nele. O leão deitou-se a seus pés.

Nem um único núbio conseguia desviar o olhar daquele monarca de 42 anos que, no vigésimo ano de seu reinado, estava no auge do poder. Apesar de sua coragem, os guerreiros negros compreenderam que atacá-lo seria suicídio. A emboscada que Chenar pensava ter armado fechava-se sobre eles. Os soldados do faraó haviam eliminado as sentinelas núbias e não deixavam aos insurretos qualquer chance de fuga.

– Vamos vencer! – berrou Chenar. – Todos comigo!

Os chefes núbios caíram em si. Sim, era preciso lutar.

Um deles, seguido por cerca de vinte guerreiros gritando e brandindo as lanças, escalou a encosta em direção ao rei.

Flechadas certeiras os derrubaram no chão. Mais hábil do que seus camaradas, um jovem combatente, correndo em ziguezague, chegou quase ao pé do trono. Matador saltou e cravou-lhe as garras na cabeça.

Com o cetro de comando na mão, Ramsés permanecera impassível; Matador escavou o chão, sacudiu a juba e voltou a deitar-se aos pés de seu senhor.

Quase todos os guerreiros núbios abandonaram as armas e se prostraram, em sinal de submissão. Furioso, Chenar começou a chutar os chefes.

– Ergam-se e lutem! Ramsés não é invencível!

Como ninguém lhe obedecesse, Chenar cravou a espada no estômago de um velho chefe de clã, cujas convulsões foram violentas e breves. Seu estertor de agonia impressionou os companheiros; consternados, ergueram-se e dirigiram ao irmão de Ramsés olhares carregados de ódio.

– Você nos traiu! – declarou um deles. – Traiu e mentiu para nós. Ninguém pode vencer Ramsés, e você nos cobre de desgraça.

– Lutem, seus covardes!

– Mentiu-nos – repetiram em coro.

– Sigam-me, e matemos Ramsés!

Com os olhos esbugalhados e a espada erguida, Chenar atingiu o promontório de onde ele dominava o reservatório de água e a área de lavagem do ouro.

– Sou o senhor, o único senhor do Egito e da Núbia. Sou...

Dez flechas disparadas pelos chefes de clã cravaram-se ao mesmo tempo em sua cabeça, pescoço e tórax. Chenar caiu de costas sobre o plano inclinado e, lentamente, seu corpo começou a deslizar para a bacia de decantação, misturado com a ganga terrosa que uma serena corrente de água purificava.

## 56

Nenhum acidente assinalara a partida dos hebreus. Muitos egípcios lamentavam a perda de amigos e vizinhos que haviam se lançado numa aventura insensata. Por seu lado, muitos hebreus receavam a difícil travessia de um deserto cheio de perigos. Quantos inimigos teriam de enfrentar, quantos povos e tribos se oporiam à passagem dos adoradores de Jeová?

Serramanna estava furioso.

Antes de partir para a Núbia, Ramsés confiara a Ameni e ao sardo o cuidado de manter a ordem na capital. À mínima alteração da ordem causada pelos hebreus, as forças de segurança deviam intervir, com decisão e rapidamente. Como o início do êxodo se desenrolara calmamente, Serramanna não tivera qualquer motivo para interpelar Moisés e Aarão.

O sardo continuava convencido de que o faraó fizera mal em poupar o líder dos hebreus; nem mesmo uma antiga e profunda amizade justificava semelhante tolerância. Mesmo longe do Egito, Moisés ainda era capaz de querer prejudicá-lo.

Por precaução, Serramanna pedira a uma dezena de mercenários que seguissem os hebreus e lhe enviassem relatórios regulares sobre seu avanço. Para sua grande surpresa, o profeta não seguira pelo caminho de Silé, ladeado de poços e vigiado pelo exército egípcio, mas preferira escolher uma pista difícil que levava ao mar de juncos. Moisés eliminara, assim, qualquer tentação de retorno.

– Serramanna! – exclamou Ameni. – Eu estava à sua procura. Vai ficar eternamente olhando para a estrada do norte?

– Esse Moisés, que tanto mal fez e que partiu sem nada lhe acontecer... Não gosto de injustiças.

– Antes de morrer, Ofir deu-nos uma última informação interessante, como se quisesse destruir-se totalmente, à maneira de um escorpião: dois chefes de tribos beduínas, Amos e Baduch, saíram do Egito com os hebreus. Foram eles que forneceram as armas aos fiéis de Jeová, tendo em vista os combates que terão de travar durante o êxodo.

Serramanna bateu com um dos punhos na palma da mão.

– Esses dois facínoras devem ser considerados criminosos... Tenho, portanto, o dever de detê-los, bem como seu cúmplice, Moisés.

– Seu raciocínio é corretíssimo.

– Partirei imediatamente com cinqüenta carros e juro que trarei os três para metê-los na prisão.

RAMSÉS APERTOU Nefertari nos braços. A bem-amada, quase sem maquiagem, perfumada como uma deusa, estava mais bela do que nunca.

– Chenar morreu – revelou o rei – e a revolta dos núbios terminou.

– A Núbia irá finalmente conhecer a paz?

– Os chefes dos revoltosos foram executados por alta traição, e as aldeias subjugadas por eles organizaram festejos para celebrar-lhes a morte. O ouro roubado me foi devolvido; depositei uma parte em Abu-Simbel e outra em Karnak.

– Os trabalhos em Abu-Simbel estão avançados?

– Setaou anima os canteiros de obras com notável energia.

A rainha não conseguiu dissimular por mais tempo a informação principal.

– Serramanna e uma frota de carros lançaram-se na perseguição de Moisés.

– Por quê?

– Por causa da presença de dois espiões beduínos, a serviço dos hititas, que saíram com os hebreus. Serramanna quer prender esses dois homens e Moisés; Ameni não se opôs a essa intervenção, por estar de acordo com a lei.

Ramsés imaginou Moisés à frente de seu povo, martelando o solo com seu cajado, abrindo caminho, obrigando os indecisos a continuarem e implorando a Jeová que se manifestasse à noite sob a forma de uma coluna de fogo e, de dia, sob a forma de uma coluna de nuvens. Nenhum obstáculo o faria recuar, nenhum inimigo lhe meteria medo.

– Acabo de receber uma longa carta de Putuhepa – acrescentou Nefertari. – Está convencida de que alcançaremos nossos propósitos.

– Que maravilhosa notícia!

Ramsés, com o espírito ausente, pronunciara as palavras sem pensar nelas.

– Receia que Moisés seja morto, não é verdade?

– Nunca mais quero vê-lo.

– No que se refere ao tratado de paz, ainda há um ponto delicado.

– Uri-Techup mais uma vez?

– Não, é um problema de formulação... Hattusil não quer reconhecer que é o único responsável pelo clima de guerra e se queixa de estar sendo inferiorizado, como que obrigado a submeter-se à vontade do faraó.

– Não é essa a realidade?

– O texto do tratado se tornará público, sendo lido pelas gerações futuras: Hattusil recusa-se a ficar malvisto.

– Que o hitita se curve ou será aniquilado!

– Deveremos renunciar à paz por causa de algumas palavras excessivas?

– Todas as palavras contam.

– Posso pelo menos propor uma nova redação ao senhor das Duas Terras?

– Levando em consideração as exigências de Hattusil, sim.

– Levando em consideração o futuro de dois povos que rejeitam a guerra, os massacres e a infelicidade.

Ramsés beijou Nefertari na testa.

– Tenho alguma chance de escapar à argumentação diplomática da grande esposa real?

– Nenhuma – respondeu ela, pousando a cabeça no ombro do monarca.

Moisés fora dominado por uma fúria violenta, e Aarão tivera que bater com seu cajado nas costas de alguns insatisfeitos, já fartos de andarem e desejosos de regressarem ao Egito, onde dispunham de comida abundante e viviam em casas confortáveis. A maior parte deles detestava o deserto e não conseguia habituar-se a dormir ao ar livre ou debaixo de tendas; muitos começavam a protestar contra a dura jornada que o profeta lhes impunha.

Erguera-se então a voz de Moisés, incitando os indecisos e covardes a obedecerem a Jeová e a continuarem o caminho para a Terra Prometida, quaisquer que fossem as ciladas e provações. E a longa marcha recomeçara para além de Silé, numa paisagem aquática e úmida; os hebreus enterravam-se por vezes na lama, as carroças recuavam e as sanguessugas atacavam homens e animais.

Moisés decidiu parar não muito distante da fronteira, perto do lago Sarbonis e do Mediterrâneo. O local era considerado perigoso, porque o vento do deserto acumulava enormes bancos de areia sobre superfícies de água de localização incerta e criava falsas faixas de terra, formando "o mar de juncos".

Não vivia ninguém naqueles lugares desolados, abandonados às rajadas de vento e às fúrias do mar e do céu; lugares que até mesmo os pescadores evitavam, com medo de serem tragados pelas areias movediças.

Uma mulher desgrenhada prostrou-se aos pés de Moisés.

– Vamos morrer todos aqui, nesta solidão!

– Engana-se.

– Olhe em seu redor! É esta a Terra Prometida?

– Claro que não.

 – Não iremos mais longe, Moisés.

– Iremos, sim. Nos próximos dias atravessaremos a fronteira e iremos aonde Jeová nos chama.

– Como pode estar tão seguro de si?

– Porque vi a Sua presença, mulher, e Ele me falou. Vá dormir agora; ainda temos uma grande jornada pela frente.

Subjugada, a mulher obedeceu.

– Este lugar é horrível – declarou Aarão. – Tenho pressa de me pôr novamente a caminho.

– Era necessário termos um repouso prolongado; amanhã, na alvorada, Jeová nos dará forças para continuar.

– Nunca duvida de nosso êxito?

– Nunca, Aarão.

OS CARROS DE SERRAMANNA, acompanhados por um "filho real" representando Ramsés, tinham avançado a toda velocidade na perseguição dos hebreus. Quando sentiram a maresia, as narinas do antigo pirata dilataram-se. Fez sinal para que seus homens parassem.

– Qual de vocês conhece este lugar?

Um condutor experiente tomou a palavra.

– Este lugar é assombrado. Aconselho a não perturbar os demônios.

– No entanto – objetou o sardo –, os hebreus seguiram por este caminho.

– Eles são livres para se comportarem como imbecis... Nós, sim, deveríamos recuar.

Ao longe, viram fumaça.

– O acampamento dos hebreus não está distante – observou o "filho real". – Procedamos à prisão dos malfeitores.

– Os fiéis de Jeová estão armados – lembrou Serramanna – e são numerosos.

– Nossos homens sabem lutar, e nossos carros dão-nos a supremacia. A uma boa distância, lançaremos uma chuva de flechas e exigiremos que Moisés e os dois chefes beduínos nos sejam entregues. Caso contrário, atacaremos.

Com certa apreensão, os carros retomaram a marcha em meio às terras úmidas.

AARÃO ACORDOU sobressaltado; Moisés já estava de pé, com o cajado na mão.

– Esse ruído surdo...

– Sim, é o ruído dos carros egípcios.

– Estão nos atacando!

– Temos tempo de escapar.

Os dois beduínos, Amos e Baduch, recusaram a aventurar-se no "mar de juncos", mas os hebreus, mesmo assustados, concordaram em seguir Moisés. Com o cair da noite, ninguém conseguia distinguir a água da margem de areia, mas Moisés avançava com passos seguros entre o mar e o lago, guiado pelo fogo que lhe queimava a alma desde a adolescência, o fogo transformado em desejo de uma Terra Prometida.

Ao espalharem-se, os carros egípcios cometeram seu erro fatal: alguns enterraram-se nas areias movediças, outros sumiram nos pântanos percorridos por correntes invisíveis; o carro do "filho real" passou numa terra viscosa, enquanto o de Serramanna atropelou os dois beduínos que tinham se separado dos hebreus.

O vento do leste levantou-se, aliando-se ao do deserto e secando a passagem seguida pelos hebreus para atravessarem o "mar de juncos".

Indiferente à morte dos dois espiões, esmagados pelas rodas de seu carro, Serramanna ficou por sua vez coberto de areia; enquanto soltava os veículos e reunia seus homens, alguns deles feridos, o vento mudou de repente. Carregadas de umidade, as rajadas de vento provocaram grandes vagas, que inundaram toda a passagem.

Com a raiva corroendo-lhe o coração, Serramanna viu Moisés escapar.

## 57

Apesar dos cuidados que lhe eram prodigalizados por Neferet, uma jovem médica com dons excepcionais, a rainha-mãe Touya preparava-se para a grande viagem. Em breve se reuniria a Sethi e abandonaria um Egito terrestre cujo futuro feliz estaria quase assegurado. "Quase", porque o tratado de paz com os hititas ainda não estava concluído.

Quando Nefertari veio encontrá-la no jardim em que meditava, Touya notou a emoção da grande esposa real.

– Majestade, acabo de receber esta carta da imperatriz Putuhepa.

– Meus olhos estão cansados; peço-lhe que a leia.

A voz doce e envolvente da rainha encantou o coração de Touya.

> "À minha irmã, a esposa do sol, Nefertari. Tudo vai bem para nossos dois países, e espero que sua saúde e a dos que lhe estão próximos sejam florescentes. Minha filha passa muito bem, e meus cavalos estão magníficos; que o mesmo se passe com seus filhos, seus cavalos e o leão de Ramsés o Grande. O seu servidor Hattusil está aos pés do faraó e prostra-se perante ele.

Paz e fraternidade: são essas as palavras que devem ser pronunciadas, porque o deus-luz do Egito e o deus-tempestade do Hatti querem confraternizar.

Sendo portadores do texto do tratado, os embaixadores do Egito e do Hatti puseram-se a caminho, em direção a Pi-Ramsés, a fim de que o faraó sele para sempre nossa decisão comum.

Que minha irmã Nefertari seja protegida pelos deuses e deusas."

Caindo nos braços uma da outra, Nefertari e Touya choraram de alegria.

SERRAMANNA SENTIA-SE como um inseto que ia ser esmagado pela sandália de Ramsés. De cabeça baixa, o sardo preparava-se para ser expulso do palácio e não suportava aquele fracasso. Ele, o antigo pirata, habituara-se à sua existência de homem da ordem e corretor de erros. Uma fidelidade absoluta a Ramsés dera sentido à sua vida e o compensara por uma vida errante; este Egito, que ele pretendera pilhar, tornara-se sua pátria. Ele, o navegador, fixara-se em terra sem sentir vontade de voltar a partir.

Serramanna era grato a Ramsés por este não o obrigar a passar uma humilhação diante da corte e de seus subordinados; o monarca recebia-o em seu gabinete, frente a frente.

– Majestade, cometi um erro. Ninguém conhecia o terreno e...

– E os dois espiões beduínos?

– Morreram esmagados debaixo das rodas de meu carro.

– Tem certeza de que Moisés escapou da tempestade?

– Ele e os hebreus atravessaram o "mar de juncos".

– Vamos esquecê-los, então, já que atravessaram a fronteira.

– Mas... Moisés o traiu!

– Ele que siga seu caminho, Serramanna. Já que não há mais perigo de perturbar a harmonia das Duas Terras, que siga para seu destino. Tenho uma missão importante para você.

O sardo quase não acreditou no que ouvia. O rei perdoava-lhe o fracasso!

– Siga até a fronteira com dois regimentos de carros para receber a missão diplomática hitita e garanta sua proteção.

– É uma missão... uma missão...

– Uma missão decisiva para a paz do mundo, Serramanna.

HATTUSIL CEDERA.

Dando simultaneamente ouvidos à sua intuição de homem de Estado, aos conselhos da esposa Putuhepa e às recomendações do embaixador egípcio Acha, redigira o texto de um tratado de não-agressão com o Egito, sem se opor às exigências de Ramsés, e nomeara dois mensageiros, encarregados de levarem ao faraó as tabuletas de prata cobertas com a versão do acordo em escrita cuneiforme.

Hattusil prometia a Ramsés expor o tratado no templo da deusa do Sol, em Hattusa, com a condição de o soberano egípcio fazer o mesmo num dos grandes santuários das Duas Terras; mas aceitaria Ramsés ratificar o documento sem lhe acrescentar novas cláusulas?

Desde a capital hitita à fronteira egípcia, a atmosfera permaneceu tensa. Acha tinha consciência de não poder pedir mais a Hattusil; se Ramsés manifestasse qualquer descontentamento, o projeto se tornaria letra morta. Quanto aos soldados hititas, estes não dissimulavam sua inquietação; era provável que grupos de dissidentes tentassem atacá-los para impedir que os mensageiros da paz chegassem a seu destino. Gargantas, desfiladeiros, florestas, tudo lhes parecia motivo de emboscadas, mas a viagem desenrolou-se sem incidentes.

Quando viu Serramanna e os carros egípcios, Acha deu um longo suspiro de alívio. Dali em diante, viajaria com tranqüilidade.

O sardo e o oficial superior dos carros hititas cumprimentaram-se friamente; o antigo pirata teria de boa vontade exterminado os bárbaros, mas tinha de obedecer a Ramsés e cumprir sua missão.

Pela primeira vez, carros hititas penetraram no Delta e rodaram pela estrada que conduzia a Pi-Ramsés.

– O que se passou com a revolta da Núbia? – perguntou Acha.

– Ouviram falar disso em Hattusa? – inquietou-se o sardo.

– Tranqüilize-se, a informação permaneceu confidencial.

– Ramsés restabeleceu a ordem, e Chenar foi executado pelos próprios aliados.

– Que possa a paz estabelecer-se tanto no Norte como no Sul! Se Ramsés aceitar o tratado que lhe será apresentado pelos mensageiros hititas, será aberta uma era de prosperidade, da qual as gerações futuras jamais se esquecerão.

– Por que haveria de recusar?

– Por causa de um pormenor que nem chega a isso... Sejamos otimistas, Serramanna.

AO 21º DIA da estação de inverno do 21º ano do reinado de Ramsés, Acha e os dois diplomatas hititas foram introduzidos por Ameni na sala de audiência do palácio de Pi-Ramsés, cuja magnificência os deixou estupefatos. Ao cinzento de seu mundo guerreiro sucedia-se um universo colorido, misturando a grandiosidade e o requinte.

Os mensageiros apresentaram ao faraó as tabuletas de prata; Acha leu a declaração preliminar.

> Que um milhar de divindades, entre os deuses e as deusas do Hatti e do Egito, sejam testemunhas deste tratado estabelecido entre o imperador do Hatti e o faraó do Egito. Que sejam testemunhas o sol, a lua, os deuses e as deusas do céu e da terra, das montanhas e das ribeiras, do mar, dos ventos e das nuvens.
>
> Esses milhares de divindades destruirão a casa, o país e os súditos daquele que não respeitar o tratado. Quanto àquele que o respeitar, esses milhares de divindades atuarão para que seja próspero e viva feliz com todos os da sua casa, seus filhos e seus súditos.*

Na presença da grande esposa real Nefertari e da rainha-mãe Touya, Ramsés aprovou a declaração que Ameni transcreveu para o papiro.

– O imperador Hattusil reconhece a responsabilidade dos hititas nos atos de guerra cometidos durante esses últimos anos?

– Sim, Majestade – respondeu um dos dois embaixadores.

– Admite que este tratado empenha também nossos sucessores?

*Texto autêntico do tratado conservado nos arquivos hititas e egípcios.

– Nosso imperador deseja que este acordo crie paz e fraternidade, e que seja aplicado por nossos filhos e por filhos de nossos filhos.

– Que fronteiras respeitaremos?

– O Oronte, uma linha de fortificações no sul da Síria, a estrada que separa Byblos, a Egípcia da província de Amurru, considerada um protetorado hitita, a estrada que passa ao sul de Kadesh, a Hitita e a que separa do limite setentrional da planície de Beqaa, sob a influência egípcia. Os portos fenícios permanecerão sob o controle do faraó; os diplomatas e os comerciantes egípcios circularão livremente pela estrada que conduz ao Hatti.

Acha conteve a respiração.

Aceitaria Ramsés renunciar definitivamente à cidadela de Kadesh e, sobretudo, à província de Amurru? Nem Sethi nem o filho tinham conseguido apoderar-se da famosa praça-forte junto da qual Ramsés conseguira sua maior vitória, e parecia lógico que Kadesh permaneceria no território hitita.

Mas Amurru... O Egito lutara muito para conservar aquela província, e soldados tinham sido mortos por ela. Acha receava que o faraó se mostrasse intransigente quanto a ela.

O monarca fitou Nefertari. No olhar da rainha leu a resposta.

– Aceitamos – declarou Ramsés o Grande.

Ameni continuou escrevendo, e Acha sentiu-se dominado por uma imensa alegria.

– O que mais deseja meu irmão Hattusil? – perguntou Ramsés.

– Um pacto definitivo de não-agressão, Majestade, e uma aliança defensiva contra quem quer que ataque o Egito ou o Hatti.

– Está pensando na Assíria?

– Em qualquer povo que tente apoderar-se das terras do Egito ou do Hatti.

– Também nós desejamos esse pacto e essa aliança; graças a eles, manteremos prosperidade e felicidade.

Com mão segura, Ameni continuou a redigir.

– Majestade, o imperador Hattusil deseja também que, em nossos países, seja respeitada e salvaguardada a sucessão real de acordo com os rituais e as tradições.

– Nem poderia ser de outra forma.

– Nosso soberano gostaria finalmente de regulamentar o problema da extradição mútua de fugitivos.

Acha temia esse último obstáculo; um único pormenor controverso tornaria a pôr em risco a totalidade do acordo.

– Exijo que as pessoas extraditadas sejam tratadas humanamente – declarou Ramsés. – Ao serem devolvidas a seu país, seja o Egito ou o Hatti, não sofrerão castigos nem afrontas, e sua casa lhes deverá ser devolvida intacta. Uri-Techup, que se tornou egípcio, será livre para decidir seu destino.

Tendo recebido indicação de Hattusil para aceitarem aquelas condições, os dois embaixadores concordaram.

O tratado podia, assim, entrar em vigor.

Ameni entregaria a versão definitiva aos escribas reais, que a copiariam em papiros de primeira qualidade.

– Este texto será gravado na pedra de diversos templos do Egito – anunciou Ramsés –, como é o caso do santuário de Ra em Heliópolis, na área sul da alameda oriental do nono pilone de Karnak e na fachada do grande templo de Abu-Simbel. Assim, de norte a sul, do Delta à Núbia, os egípcios ficarão sabendo que viverão para sempre em paz com os hititas, sob o olhar das divindades.

# 58

Alojados nas alas do palácio destinadas aos países estrangeiros, os embaixadores hititas participaram da euforia geral que dominava a capital egípcia; constataram a imensa popularidade de Ramsés, celebrado por todos os lugares num cântico freqüentemente entoado em coro: "Ele nos deslumbra como o sol, revigora-nos como a água e o vento, nós o amamos como amamos o pão e belos tecidos, porque ele é o pai e a mãe de todo o país, a luz das duas margens."

Nefertari convidou os hititas a assistirem a um ritual celebrado no templo de Hathor. Ouviram a evocação ao poder único que se criava, a si próprio, todos os dias, dava vida a todas as formas de existência, iluminava os rostos e fazia estremecer de felicidade as árvores e as flores. Quando os olhares se voltaram para o Princípio oculto no ouro do céu, as aves levantaram vôo nesse instante feliz e, sob os passos dos seres humanos, abriu-se um caminho de paz.

Passando do espanto à satisfação, os hititas foram convidados para um banquete durante o qual saborearam empanados de pombos, rins marinados, pernas de vaca assadas, percas do Nilo, patos grelhados, lentilhas, alhos e cebolas doces, abobrinhas, alfaces, pepinos, ervilhas, feijões, compota de figos, maçãs, tâmaras, melancias, queijos de cabra, iogurtes, bolos de mel redondos, pão fresco, cerveja doce e vinhos tinto e branco. Para aquela ocasião excepcional, foi servido um vinho de rara qualidade, colocado em jarros marcados com o símbolo de Anubis, o senhor do deserto, ao sexto dia do quarto ano do reinado de Sethi. Os diplomatas admiraram-se com a abundância e a qualidade das iguarias, apreciaram a beleza da baixela de pedra e acabaram por entregar-se à alegria coletiva, cantando em egípcio os louvores a Ramsés.

Era realmente a paz.

A CAPITAL HAVIA finalmente adormecido.

Apesar da hora tardia, Nefertari escreveu de seu próprio punho uma longa carta a sua irmã Putuhepa para lhe agradecer os esforços feitos e falar-lhe das horas maravilhosas que o Hatti e o Egito viviam. Quando a rainha colocou seu selo, Ramsés pousou-lhe docemente as mãos sobre os ombros.

– Ainda não terminou a jornada de trabalho?

– O dia tem mais tarefas do que horas, não pode ser de outra forma, e é bom que assim seja: não são essas as palavras que você repete constantemente a seus altos funcionários? A grande esposa real não pode fugir à regra.

O perfume de Nefertari embriagava Ramsés. O mestre perfumador do templo utilizara mais de 16 ingredientes, entre os quais o junco odorífero, a baga de zimbro, flores de giesta, resina de terebintina, mirra e aromas. Uma sombra verde sublinhava a delicadeza das pálpebras, e uma peruca embebida em óleo da Líbia salientava-lhe a sublime beleza do rosto.

Ramsés tirou-lhe a peruca, soltando a longa e ondulada cabeleira de Nefertari.

– Estou feliz... Não agimos em prol da felicidade de nosso povo?

– Seu nome ficará para sempre associado a este tratado; foi você que construiu esta paz.

– O que interessa nossa glória, perante a correta seqüência dos dias e dos rituais?

O rei fez deslizar as alças do vestido de Nefertari ao longo dos ombros e a beijou no pescoço.

– Como posso falar-lhe sobre todo o meu amor?

Ela voltou-se e pousou os lábios sobre os dele.

– Acha que é hora para discursos?

A PRIMEIRA CARTA oficial proveniente do Hatti, na seqüência da assinatura do tratado de paz, provocou uma forte onda de curiosidade na corte de Pi-Ramsés. Desejaria Hattusil rever algum ponto essencial do acordo?

O rei quebrou o selo colocado sobre o tecido que cobria a tabuleta de madeira preciosa e leu o texto escrito em caracteres cuneiformes. Dirigiu-se imediatamente aos aposentos da rainha. Nefertari terminava de reler o ritual para as festas da primavera.

– Estranha correspondência, realmente!

– Algum incidente grave? – inquietou-se a rainha.

– Não, uma espécie de pedido de socorro. Uma princesa hitita, de nome impossível de pronunciar, está doente. Segundo Hattusil, parece possuída por um demônio que os médicos do Hatti não conseguem expulsar de seu corpo. Tendo conhecimento dos talentos de nossos terapeutas, nosso novo aliado suplica-me que lhe envie um curandeiro da Casa da Vida para restabelecer a saúde da princesa e permitir-lhe ter finalmente o filho que deseja.

– É uma excelente notícia; os laços entre nossos dois países vão reforçar-se cada vez mais.

O rei mandou chamar Acha, a quem comunicou o conteudo da missiva de Hattusil.

O chefe da diplomacia egípcia caiu na gargalhada.

– Este pedido parece-lhe assim tão disparatado? – espantou-se a rainha.

– Tenho a sensação de que o imperador hitita tem uma confiança verdadeiramente ilimitada em nossa medicina! Está pedindo nada menos do que um milagre.

– Subestima nossa ciência?

– Certamente não; mas como poderá dar um filho a uma mulher, por mais princesa hitita que seja, se ela já passou dos 60 anos?

Depois de um momento de franco acesso de riso, Ramsés ditou a Ameni uma resposta para seu irmão Hattusil.

> "Quanto à princesa doente – sobretudo na sua idade –, temos conhecimento do caso. Ninguém pode fabricar medicamentos que a façam engravidar. Mas se o deus da tempestade e o do sol assim o decidirem... Eu lhe enviarei um excelente mago e um médico competente."

Ramsés enviou imediatamente para Hattusa uma estátua mágica do deus curandeiro Khonsu, aquele que percorre o espaço encarnado numa lua crescente. Quem senão uma divindade, realmente, conseguiria modificar as leis da fisiologia?

QUANDO A MENSAGEM de Nebu, o grande sacerdote de Karnak, chegou a Pi-Ramsés, o rei decidiu transferir a corte para Tebas. Com sua eficácia habitual, Ameni fretou os barcos necessários e distribuiu ordens a fim de que a viagem se efetuasse nas melhores condições possíveis.

No barco real estavam instalados todos os que eram caros a Ramsés: sua esposa, Nefertari, resplandecente; a mãe, Touya, que demonstrava sua alegria por ter vivido tempo suficiente para ver instaurar-se a paz entre o Egito e o Hatti; Iset a Bela, muito comovida por ser convidada para a grande festa que se preparava; seus três filhos, Kha, o grande sacerdote de Mênfis, Meritamon, a música, e o jovem Merneptah, de impressionante estatura; os fiéis amigos Ameni e Acha, graças aos quais Ramsés conseguira construir um reinado feliz; o ministro Nedjem e Serramanna, seus leais servidores. Apenas faltavam Setaou e Lótus, que, obrigados a vir de Abu-Simbel, só se reuniriam ao cortejo em Tebas. E Moisés... Moisés, que renegara o Egito.

No desembarcadouro, o grande sacerdote de Karnak recebeu pessoalmente o casal real. Nebu já estava realmente muito velho. Curvado, deslocando-se com dificuldade, com a mão crispada na bengala e a voz trêmula, sofria de um reumatismo deformador; o olhar, porém, permanecia vivo, e o sentido da autoridade não enfraquecera.

O rei e o grande sacerdote abraçaram-se.

– Cumpri minha promessa, Majestade. Graças ao trabalho de Bakhen e de suas equipes de artesãos, seu templo de milhões de anos está terminado. As divindades concederam-me a felicidade de contemplar esta imensa obra-prima onde residirão.

– Manterei a minha, Nebu. Subiremos juntos ao terraço do templo e contemplaremos o santuário, suas dependências e o palácio.

O ENORME PILONE, cuja face interna era decorada com cenas da vitória em Kadesh, o amplo primeiro pátio de pilares representando o rei como Osíris, um colosso com a altura de 17 metros representando o rei sentado; um segundo pilone mostrando o ritual das colheitas; a sala de colunas com 31 metros de comprimento e 41 metros de largura; o santuário cujos baixos-relevos apresentavam os mistérios do culto cotidiano; a grande árvore esculpida que simbolizava a perenidade da instituição faraônica... Quantas maravilhas admirou o casal real, no cúmulo da felicidade.

As festas da inauguração do templo de milhões de anos duraram várias semanas. Para Ramsés, seu apogeu devia ser o nascimento ritual da capela consagrada a seu pai e a sua mãe; Nefertari e o monarca pronunciariam as palavras de animação gravadas para sempre nas colunas de hieróglifos.

Quando o faraó estava acabando de vestir-se na "morada da manhã", Ameni surgiu à sua frente com o rosto desfigurado.

– Sua mãe... sua mãe quer vê-lo.

Ramsés correu para os aposentos de Touya.

A viúva de Sethi estava deitada de costas, com os braços ao longo do corpo e os olhos semicerrados. O rei ajoelhou-se e beijou-lhe as mãos.

– Está muito cansada para participar da inauguração de sua capela?

– Não é o cansaço que me pesa, mas sim a morte que chega.

– Vamos afastá-la juntos.

– Já não tenho forças para isso, Ramsés... Mas por que havia de revoltar-me? Chegou a hora de reunir-me com Sethi, e essa hora é um momento feliz.

– Tem a crueldade de abandonar o Egito?

– O casal real reina e segue o caminho reto... Sei que a próxima cheia será excelente, e a justiça, respeitada. Posso partir descansada, meu filho, graças à paz que Nefertari e você souberam construir e que vocês hão de tornar duradoura. É tão belo um país sereno, onde as crianças brincam, os rebanhos voltam dos campos e os pastores entoam uma canção ao som de flauta, com pessoas se respeitando e sabendo que o faraó as protege... Preserve essa felicidade,

Ramsés, preserve todas essas felicidades e transmita essa Regra a seu sucessor.

Touya não tremia perante a suprema prova. Permanecia altiva e soberana, e seu olhar impassível fitava a eternidade.

– Ame o Egito com todo o seu ser, Ramsés, e que nenhum sentimento humano se sobreponha a esse amor, que nenhuma provação, por mais cruel que seja, o desvie de seus deveres de faraó.

A mão de Touya apertou com força a do filho.

– Deseje-me, rei do Egito, que eu alcance o campo das oferendas, a terra das felicidades; deseje-me que eu me instale para sempre nesse país maravilhoso de água e de luz, e que ali brilhe em companhia de nossos antepassados e de Sethi...

E a voz de Touya extinguiu-se num suspiro profundo como o Além.

## 59

No Vale das Rainhas, lugar de beleza e perfeição, a morada de eternidade de Touya situava-se perto de que havia sido prevista para Nefertari. A grande esposa real e o faraó dirigiram os funerais da viúva de Sethi, cuja múmia repousaria, a partir daquele momento, na câmara de ouro. Transformada em Osíris e em Hathor, Touya sobreviveria por intermédio de seu corpo de luz, que todos os dias seria reanimado pela energia invisível proveniente das profundezas do céu. Foram depositados no túmulo o mobiliário ritual, os vasos com as vísceras, os tecidos preciosos, os jarros de vinho, os vasos com óleos e ungüentos, os alimentos mumificados, os trajes de sacerdotisa, os cetros, os adornos, colares e jóias, as sandálias de ouro e de prata, e outros tesouros que faziam de Touya uma viajante equipada para percorrer as belas rotas do Ocidente e as paisagens do outro mundo.

Ramsés tentava acolher a tristeza e a felicidade com a mesma força de ânimo. De um lado, a paz tão longamente desejada com os hititas e a conclusão do Ramesseum, seu templo de milhões de anos; de outro, a morte de Touya. O filho e o homem estavam amargurados, mas o faraó não tinha o direito de trair a rainha-mãe, tão firme que nem a própria morte parecia ter tido sobre ela qualquer domínio. Devia respeitar a mensagem que lhe deixara: o Egito tinha de passar à frente de seus sentimentos, à frente de sua alegria e de sua tristeza.

E Ramsés submeteu-se às exigências de sua função, assistido por Nefertari; continuou a segurar o timão do Estado como se Touya estivesse presente. Dali por diante, devia aprender a prescindir de seus conselhos e de suas intervenções. Era a Nefertari que competia agora assegurar as tarefas que Touya desempenhava; apesar da coragem da esposa, Ramsés sentia que o peso se tornava esmagador.

Todos os dias, depois da celebração dos rituais da alvorada, o casal real meditava longos momentos na capela do Ramesseum dedicada a Touya e a Sethi; o rei sentia necessidade de se impregnar da realidade invisível criada pelas pedras vivas e pelos hieróglifos animados pelo Verbo. Comungando com a alma de seus predecessores, Ramsés e Nefertari embebiam-se dessa luz secreta que lhes alimentava o pensamento.

AO TÉRMINO DOS setenta dias de luto, Ameni considerou indispensável apresentar a Ramsés os assuntos urgentes.

Instalado nos gabinetes do Ramesseum com sua equipe de escribas, reduzida mas eficaz, o secretário particular do faraó estava em contato permanente com Pi-Ramsés e não perdera um instante sequer no estudo dos dossiês.

– A cheia está excelente – revelou a Ramsés –, o tesouro do reino nunca foi tão considerável, a gestão de nossas reservas alimentares não revela qualquer falha, e as corporações de artesãos trabalham incansavelmente. Quanto aos preços, mantêm-se estáveis, e não há ameaça de qualquer inflação.

– O ouro da Núbia?

– A extração e o armazenamento são satisfatórios.

– Estará me descrevendo um paraíso?

– Com certeza não... Mas esforçamo-nos em ser dignos de Touya e de Sethi.

– Então qual a razão dessa ponta de contrariedade em sua voz?

– Bem... Acha gostaria de lhe falar, mas não sabe se o momento...

– Parece que ele lhe inoculou o sentido da diplomacia; diga-lhe que venha à minha biblioteca.

A BIBLIOTECA DO Ramesseum seria digna da Casa da Vida de Heliópolis; todos os dias chegavam ali papiros e tabuletas inscritos cuja classificação o próprio monarca supervisava. Sem o conhecimento dos rituais, dos textos filosóficos e dos arquivos, era impossível governar bem o Egito.

Elegante, envergando um traje de linho de excepcional qualidade enfeitado com franjas coloridas, Acha extasiou-se.

– Trabalhar aqui será uma bênção, Majestade.

– O Ramesseum será um dos centros vitais do reino. Deseja falar-me de algum livro de sabedoria?

– Queria simplesmente vê-lo.

– Estou bem, Acha. Nada apagará a morte de Touya, nunca esquecerei Sethi, mas tanto um como o outro traçaram um caminho de que não me desviarei. Estarão os hititas nos causando problemas?

– Nenhum, Majestade. Hattusil está perfeitamente encantado com nosso tratado, que obrigou a Assíria a encolher-se em sua concha. O acordo de assistência mútua entre o Egito e o Hatti levou os militares assírios a compreenderem que qualquer agressão provocaria uma resposta maciça e imediata. Estão decorrendo inúmeros contatos comerciais com o Hatti, e posso afirmar que a paz reinará na região durante muitos anos. Não é a palavra dada tão sólida quanto o granito?

– Nesse caso, por que se atormenta?

– É por causa de Moisés... Aceita ouvir-me falar dele?

– Estou ouvindo.

– Meus espiões não perdem os hebreus de vista.

– Onde se encontram agora?

– Continuam andando pelo deserto, apesar dos protestos cada vez mais numerosos; Moisés, porém, governa seu povo com pulso de ferro. "Jeová é um fogo devorador e um deus ciumento", gosta de repetir.

– Sabe qual é o destino dele?

– É provável que a Terra Prometida seja Canaã, mas será difícil se apoderarem dela. Os hebreus já lutaram com o povo de Madiã e com os amorritas, e atualmente estão atacando o território de Moab. Os povos da região têm medo dos nômades hebreus, que consideram temíveis salteadores.

– Moisés não desistirá; se tiver de travar cem batalhas, ele as travará. Tenho certeza de que observou Canaã do alto do monte Negeb e viu ali um país onde correm o mel e o vinho.

– Os hebreus espalham a confusão, Majestade.

– O que sugere, Acha?

– Eliminemos Moisés. Livres de seu líder, regressarão ao Egito, desde que você prometa não castigá-los.

– Expulse esse plano de seu espírito. Moisés seguirá seu próprio destino.

– O amigo alegra-se com sua decisão, mas o diplomata lamenta. Assim como eu, você está convencido de que Moisés atingirá seus objetivos e que sua chegada à Terra Prometida modificará o equilíbrio do Oriente Médio.

– Desde que Moisés não exporte sua doutrina, por que não haveremos de conseguir nos entender? A paz entre nossos dois povos será um grande fator de equilíbrio.

– Está me dando uma bela lição de política estrangeira e de diplomacia.

– Não, Acha; tento simplesmente traçar um caminho de esperança.

NO CORAÇÃO DE ISET a Bela a ternura substituíra a paixão. Ela, que dera dois filhos a Ramsés, continuava a sentir a mesma adoração pelo rei, mas desistira de conquistá-lo. Como lutar contra Nefertari, que, com o passar dos anos, se tornava cada vez mais bela e luminosa? Com a maturidade, Iset a Bela acalmara-se e aprendera a saborear as alegrias que a vida lhe oferecia. Conversar com Kha sobre os mistérios da criação, ouvir Merneptah, descrever-lhe o funcionamento da sociedade egípcia que ele estudava com a seriedade de um futuro dirigente, passear com Nefertari nos jardins do palácio, ver Ramsés o maior número de vezes possível... Não estaria ela beneficiando-se de inestimáveis tesouros?

– Anda – propôs-lhe a grande esposa real –, vamos passear de barco no rio.

Era verão, a cheia transformara o Egito num imenso lago e navegava-se de um povoado para outro. O sol ardente fazia brilharem as águas fecundadoras, e centenas de aves dançavam no céu.

Sob um dossel branco, as duas mulheres haviam untado a pele com óleo perfumado; jarros de barro mantinham a água fresca.

– Kha partiu de novo para Mênfis – informou Iset a Bela.

– E você lamenta?

– O filho mais velho do rei apenas se interessa pelos monumentos antigos, pelos símbolos e rituais. Quando o pai o chamar para seu lado a fim de que se ocupe dos assuntos de Estado, como irá reagir?

– Sua inteligência é tão grande que saberá adaptar-se.

– O que pensa de Merneptah?

– É muito diferente do irmão, mas o homem extraordinário já aflora sob o jovem que ainda é.

– Sua filha Meritamon tornou-se uma mulher maravilhosa.

– Realiza meu sonho de criança: viver num templo e tocar música para as divindades.

– Todo o povo a venera, Nefertari; o amor dele equivale àquele que você lhe dedica.

– Como você mudou, Iset!

– Desisti. Os demônios da cobiça saíram de minha alma. Sinto-me em paz comigo mesma. E se soubesse quanto a admiro por aquilo que é, pela obra que realiza...

– Graças a seu auxílio, a ausência de Touya será menos pesada de suportar. Já que está livre das preocupações de educação, aceita trabalhar a meu lado?

– Não sou digna...

– Deixe que eu faça o julgamento.

– Majestade...

Nefertari beijou Iset a Bela na testa. Era verão, e o Egito estava em festa.

O PALÁCIO DO RAMESSEUM já era tão animado quanto o de Pi-Ramsés. Tal como desejava o rei, os anexos de seu templo de milhões de anos impunham-se como o principal centro econômico do Alto Egito, trabalhando em sintonia com Karnak. Na margem oeste de Tebas, o Ramesseum proclamaria para sempre a magnificência do reinado de Ramsés o Grande, cuja vastidão já impressionava os espíritos.

Foi Ameni quem recebeu a mensagem assinada por Setaou. Deixando de lado todos os assuntos, com a respiração entrecortada pela emoção, o escriba saiu à procura de Ramsés, encontrando-o no grande lago próximo do palácio; como de hábito, na bela estação, o rei nadava pelo menos meia hora.

– Majestade, uma carta vinda da Núbia!

O monarca nadou até a margem. Ajoelhou-se, Ameni estendeu-lhe o papiro.

Continha apenas algumas palavras... as que Ramsés esperava.

## 60

À proa do barco do casal real via-se uma cabeça da deusa Hathor em madeira dourada, segurando o astro solar entre os chifres. A soberana das estrelas era também a senhora da navegação; sua presença vigilante garantia uma viagem serena até Abu-Simbel.

Abu-Simbel, cujos dois templos celebravam a união de Ramsés e Nefertari, estava pronto. A mensagem de Setaou não tinha qualquer ambigüidade, e o encantador de serpentes não costumava gabar-se. No centro do barco havia uma cabine de teto arqueado e apoiado sobre duas colunatas com capitel em forma de papiros atrás e de lótus à frente; as aberturas permitiam que o ar circulasse. Sonhadora, a rainha saboreava a viagem como uma guloseima.

Nefertari disfarçava um intenso cansaço para não inquietar o rei; ergueu-se e reuniu-se a ele sob o toldo branco estendido à popa, entre quatro estacas. Deitado de lado, o enorme leão dormitava, com o velho cão amarelo-dourado apoiado em suas costas; mergulhado num sono reparador, Vigilante sabia-se protegido por Matador.

– Abu-Simbel... Alguma vez um rei fez semelhante oferta a uma rainha?

– Algum rei teve a sorte de casar com Nefertari?

– É felicidade demais, Ramsés... Às vezes sinto até certo receio.

– Devemos partilhar essa felicidade com nosso povo, com todo o Egito e as gerações que nos sucederão; por isso quis que o casal real estivesse presente para sempre na pedra de Abu-Simbel. Nem você nem eu, Nefertari, mas o faraó e a grande esposa real dos quais somos apenas as encarnações terrestres e passageiras.

Nefertari aninhou-se nos braços de Ramsés e contemplou a Núbia, selvagem e esplêndida.

SURGIU A FALÉSIA de granito, domínio da deusa Hathor, enquadrando a oeste uma curva do Nilo. Em outra época, uma zona de areia fulva separava dois promontórios que desafiavam a mão do arquiteto e do escultor; e essa mão agira, transformando a rocha apaixonada em dois templos cavados em seu coração e revelados por fachadas cujo poder e graça deslumbraram a rainha. Em frente ao santuário do sul, quatro colossos de Ramsés sentado, com altura de 20 metros; em frente ao do norte, colossos do faraó em pé e em movimento enquadravam uma Nefertari com 10 metros de altura.

Abu-Simbel nunca mais seria um simples ponto de referência para os marinheiros, e sim um local transfigurado onde o fogo do espírito brilharia, imóvel e imutável, no ouro do deserto núbio.

Na margem, Setaou e Lótus fizeram sinais de boas-vindas, sendo imitados por todos os artesãos que os rodeavam. Houve um movimento de recuo quando Matador avançou pelo passadiço para descer à terra, mas a elevada estatura do rei dirimiu os receios. A fera manteve-se à sua direita, e o velho cão amarelo-dourado, à esquerda.

Ramsés nunca vira semelhante expressão de contentamento no rosto de Setaou.

– Pode sentir-se orgulhoso de si próprio – disse o rei, abraçando o amigo.

– É aos arquitetos e aos escultores que deve felicitar não a mim. Não fiz mais do que encorajá-los para que criassem uma obra digna de você.

– Digna das forças misteriosas que residem neste templo, Setaou.

Ao chegar ao fim do passadiço, Nefertari deu um passo em falso; Lótus amparou-a e notou que a rainha não estava se sentindo bem.

 – Continuemos – exigiu Nefertari. – Estou bem.

– Mas, Majestade...

– Não estraguemos a festa de inauguração, Lótus.

– Tenho um remédio que talvez acabe com seu cansaço.

O rude Setaou não sabia como comportar-se perante Nefertari, cuja beleza o fascinava; comovido, curvou-se.

– Majestade... queria lhe dizer...

– Celebremos o nascimento de Abu-Simbel, Setaou. Desejo que seja inesquecível.

TODOS OS CHEFES das tribos núbias foram convidados a vir a Abu-Simbel festejar a criação dos dois templos. Ostentando seus mais belos colares e saiotes novos, haviam beijado os pés de Ramsés e de Nefertari e depois entoado um cântico de vitória que se elevara até o céu estrelado.

Nessa noite, houve mais alimentos deliciosos do que grãos de areia na margem, mais peças assadas de carne do que flores nos jardins reais, uma quantidade inumerável de pães e bolos. O vinho correu como uma cheia abundante, e olíbano e incenso arderam nos altares erguidos ao ar livre. Assim como lá longe, no Norte, a paz fora estabelecida com os hititas, a mesma paz reinaria também durante muito tempo no Grande Sul.

– Abu-Simbel é, a partir de agora, o centro espiritual da Núbia e a expressão simbólica do amor que une o faraó à grande esposa real – confidenciou Ramsés a Setaou. – Você, meu amigo, convocará aqui, em datas regulares, os chefes de tribo e os fará participar dos rituais que sacralizam esta terra.

– Em outras palavras, permite-me que permaneça na Núbia... Lótus vai ficar apaixonada por mim.

À doce noite de setembro seguiu-se uma semana de festas e rituais, durante os quais os participantes conheceram, deslumbrados, o interior do fabuloso templo. Na sala de três naves e oito pilares em que estava encostada a estátua do rei sob a forma de Osíris, com 8 metros de altura, admiraram as cenas da batalha em Kadesh e o encontro do monarca com as divindades, que o abraçavam para melhor lhe comunicarem sua energia.

No dia do equinócio de outono, apenas Ramsés e Nefertari penetraram no santo dos santos. Logo que o sol nasceu, sua luz atingiu o eixo do templo e veio iluminar o fundo do santuário, onde, sentados num banquinho de pedra, se encontravam quatro deuses: Ra-Horus do país luminoso, o *ka* de Ramsés, Amon, o deus oculto, e Ptah, o construtor. Este último permanecia nas trevas, exceto nos dois equinócios; nessas duas manhãs, a claridade do alvorecer tocava levemente a estátua de Ptah, cujas palavras Ramsés ouviu emergir das profundezas da terra: "Confraternizo-me com você e concedo-lhe a longevidade, a estabilidade e o poder; estamos unidos na alegria do coração; faço com que seu pensamento esteja em harmonia com o dos deuses, escolhi-o e torno suas palavras eficazes. Alimento-o de vida para que faça viver os outros."

Quando o casal real saiu do grande templo, egípcios e núbios soltaram gritos de alegria. Chegara o momento de inaugurar o segundo santuário dedicado à rainha e que tinha o nome de "Nefertari para quem o sol nasce".

A grande esposa real ofereceu flores à deusa Hathor para que se iluminasse o rosto da soberana das estrelas; identificando-se com Sechat, a padroeira da Casa da Vida, Nefertari dirigiu-se a Ramsés:

– Você devolveu o vigor e a coragem ao Egito, é o seu senhor; como o falcão celeste, estendeu suas asas sobre seu povo. Para ele, você é semelhante a uma muralha de metal celeste que nenhuma força hostil poderá quebrar.

– Para Nefertari – respondeu o rei –, construí para sempre um templo escavado na montanha pura da Núbia, em magnificente pedra de granito.

A rainha trajava um longo vestido amarelo, um colar de turquesas e sandálias douradas; sobre a peruca azul, uma coroa formada por dois longos e esguios chifres de vaca envolvendo um sol encimado por duas altas plumas. Segurava na mão direita a chave da vida, e na esquerda um cetro flexível, que evocava o lótus surgido das águas na primeira manhã do mundo.

No topo dos pilares do templo da rainha viam-se rostos sorridentes da deusa Hathor e, nas paredes, cenas de rituais envolvendo Ramsés, Nefertari e as divindades.

A rainha apoiou-se no braço do monarca.

– O que se passa, Nefertari?

– Apenas um pouco de cansaço.

– Quer que interrompamos o ritual?

– Não, porque quero descobrir cada uma das cenas deste templo com você, ler cada um destes textos, participar de cada uma das oferendas... Pois não foi esta a morada que construiu para mim?

O sorriso da esposa tranqüilizou o rei, que agiu de acordo com o desejo por ela expresso; ambos animaram cada parcela do templo até o *naos* em que surgia a vaca celeste, encarnação de Hathor, saindo da rocha.

Nefertari permaneceu durante longo tempo na penumbra do santuário, como se a doçura da deusa pudesse dissipar o frio que se insinuava em suas veias.

– Gostaria de rever a cena da coroação – pediu ao rei.

De um lado e do outro da representação da rainha, com uma silhueta esbelta e quase irreal, Ísis e Hathor magnetizavam sua coroa. O escultor tinha dado magnificência particular àquele instante, durante o qual uma mulher deste mundo entrava viva no universo divino para dar, na terra, testemunho de sua realidade.

– Abrace-me, Ramsés.

Nefertari estava gelada.

– Estou morrendo, Ramsés, estou morrendo de exaustão, mas morro aqui, em meu templo, com você, e bem perto de você, pois formamos apenas, e para sempre, um único ser.

O rei apertou-a contra o corpo com tanta força que julgou poder reter sua vida, aquela vida que ela dera, sem poupar, aos que lhe estavam próximos e a todo o Egito para lhes permitir escapar a quaisquer malefícios.

Ramsés viu o rosto sereno e puro da rainha ficar petrificado e a cabeça inclinar-se lentamente. Sem revolta e sem medo, a respiração de Nefertari acabava de extinguir-se.

Ramsés transportou a grande esposa real nos braços, como a noiva com a qual o futuro esposo atravessasse o limiar de sua casa para selar o casamento. Sabia que Nefertari se tornaria uma estrela eterna, que sua mãe, o céu, a faria nascer de novo e que a elevaria até a barca da viagem da eternidade; mas, mesmo diante de todo esse saber, como poderia acalmar a dor insuportável que lhe despedaçava o coração?

Ramsés avançou até a porta do templo; com a alma vazia e o olhar perdido, saiu do santuário.

Vigilante, seu velho cão amarelo-dourado, acabava de morrer entre as patas de Matador, que lambia docemente a cabeça de seu companheiro como se quisesse curá-lo da morte.

Ramsés sofria muito para poder chorar. Naquele momento, sua força e grandeza não lhe serviam para nada.

O faraó ergueu para o sol o corpo sublime daquela que amaria por toda a eternidade, Nefertari, a Dama de Abu-Simbel, para a qual brilhava a luz.

*fim do volume 4*

ATENDIMENTO AO LEITOR E VENDAS DIRETAS

Você pode adquirir os títulos da BestBolso através do Marketing Direto do Grupo Editorial Record.

- Telefone: (21) 2585-2002
  (de segunda a sexta-feira, das 8h30 às 18h)
- E-mail: mdireto@record.com.br
- Fax: (21) 2585-2010

Entre em contato conosco caso tenha alguma dúvida, precise de informações ou queira se cadastrar para receber nossos informativos de lançamentos e promoções.

Nossos sites:
www.edicoesbestbolso.com.br
www.record.com.br

EDIÇÕES
BestBolso

Este livro foi composto na tipologia Minion, em
corpo 10,5/13, e impresso em papel off-set 56g/m² no Sistema
Cameron da Divisão Gráfica da Distribuidora Record.

EDIÇÕES BESTBOLSO

## *Alguns títulos publicados*

1. *O diário de Anne Frank*, Otto H. Frank e Mirjam Pressler
2. *O jogo das contas de vidro*, Hermann Hesse
3. *Baudolino*, Umberto Eco
4. *O poderoso chefão*, Mario Puzo
5. *Ramsés – O filho da luz*, Christian Jacq
6. *Ramsés – O templo de milhões de anos*, Christian Jacq
7. *Ramsés – A batalha de Kadesh*, Christian Jacq
8. *A pérola*, John Steinbeck
9. *A queda*, Albert Camus
10. *O Gattopardo*, Tomasi di Lampedusa
11. *O amante de Lady Chatterley*, D. H. Lawrence
12. *O evangelho segundo o Filho*, Norman Mailer
13. *O negociador*, Frederick Forsyth
14. *Paula*, Isabel Allende
15. *O grande Gatsby*, F. Scott Fitzgerald
16. *A lista de Schindler*, Thomas Keneally
17. *Ragtime*, E. L. Doctorow
18. *Prelúdio de sangue*, Jean Plaidy
19. *O crepúsculo da águia*, Jean Plaidy
20. *Um estranho no ninho*, Ken Kesey
21. *O império do Sol*, J. G. Ballard
22. *O buraco da agulha*, Ken Follett
23. *O pianista*, Władysław Szpilman
24. *Doutor Jivago*, Boris Pasternak
25. *A casa das sete mulheres*, Leticia Wierzchowski
26. *Uma mente brilhante*, Sylvia Nasar
27. *Getúlio*, Juremir Machado da Silva
28. *Exodus*, Leon Uris
29. *Entre dois palácios*, Nagib Mahfuz
30. *Encrenca é o meu negócio*, Raymond Chandler